理论与批评

| 中 国 文 学 理 论 与 批 评 丛 书 |

学术顾问　钱中文 | 主编　吴子林

中国诗学：从古典到现代

李春青　著

全国百佳图书出版单位
时代出版传媒股份有限公司
黄　山　书　社

总　序

通读眼前的八部书稿，各种情绪：兴奋、激动、享受、叹息、伤感、寂寥……轮番袭来，纠结于心。这时，我想起了一部电影——

音乐家科伦布的爱妻亡故，他从此带着两个女儿隐居深林，整日独自研习古大提琴。在绵延无休的乐声中，他看见深爱的亡妻，此刻就坐在他对面聆听。之后，他们一起祷告，一起乘坐马车，一起并肩走过春色茂密的森林，一起来到河岸渡口，直到她独自坐上小船离去。怕她再次消失，他不忍停下手中的乐曲。为了让她一遍一遍重现，他用余生不断拉奏心爱的大提琴，记下心里的悲伤乐曲，想看看爱将延续到哪里。

这是一个清静的世界。老房子旧得幽静、坦然，乐声绵延无休、难以捉摸，家中的器皿也都散发出乐器的光泽。科伦布在森林里拉琴、作曲，他拒绝宫廷表演的邀请，拒绝各种矫饰，只为灵感而作曲，只是记下瞬间的颤抖，删除多余的抒情。他的演奏闻名遐迩，在传说中更是出神入化。

有一天，17岁的红衣少年，一个鞋匠的儿子，敲响了音乐家的门。他立志成为伟大的音乐家，慕名前来学艺，几经周折，红衣少年成了科伦布的学生。后来，红衣少年背着老师受聘为皇家乐队的演奏家，而被逐出师门。再后来，红衣少年成了宫廷乐长，生活富足；音乐给他带来了华丽的马车、镶嵌珠宝的假发衣饰、显贵的地位与指挥权杖，但他不再有17岁时那湛蓝的眼神。他深感自己始终未得音乐的要领。他记得，年少的那个午后，在森林里听到的琴曲，那种庄重、静穆、悠远而哀伤的，才是真正的音乐。

老人弥留之际，宫廷乐长深夜赶赴森林小屋，去上最后一堂音乐课。当他一身显阔地走进那简朴肃穆的家中，发现自己不过是个臃肿的丑角。他问老人："音乐是什么？为了供奉上帝？为了取悦国王？为了金钱？为了荣誉？是爱情的忧伤？或是自暴自弃的放纵？"

都不是。

他终于领悟，自己的疑问便是答案："是不是给死者的礼物？是给那些不能说话的人低声的安慰，给那些消逝了的童年？是为了让鞋匠的锤声变得柔和？是为了那我们出生之前就已存在过的时间，在我们呼吸之前，或者看见光亮之前……"

——这是电影《尘世里的每一个清晨》所讲述的三百多年前的故事，它把我们带回到音乐的黄金时代，唤醒了许多温馨美好的记忆。

是的，倘若音乐有魂魄的话，那就是它的毫无用处，它的无用之用。音乐是爱，是恩慈，是虔诚，是内心孤独的吟唱，是出神的一瞬，是人类关于光明、自由和宁静的力量的梦想。

“一个民族的政治生活只是它存在的浅层部分；为了了解其内在的生命——其行动的源泉，我们必须通过他的文学、哲学，以及艺术这些反映该民族理念、情感和梦想的东西，来深入探索它的灵魂。”罗曼·罗兰写道，“音乐展示给我们的是在表面的死亡之下生命的延续，是在世界的废墟之中一种永恒精神的绽放。”①

文学艺术的研究与创作一样，都是一种生气灌注、深邃博大的“创世”，也就是发现、创造可能世界，帮助人们建立生命的、家族的、民族的“根”的意识，确立经验的、文化的统一感与连续性，在滋养自身的同时，影响人类的精神世界。

安贝托·艾柯在《诺伯托·博比奥：重新审视博学之士的命运》一文中强调，知识分子的责任不在“解决”危机，而在“制造”危机，即时刻营造出一种危机感，唤起人类的共同意识的危机感，并寻找、创造普遍的社会共识。

20 世纪 70 年代末 80 年代初，即进入“新时期”以来，整个国家处在一种社会转型之中。如何建立中国自己的崭新形态的文艺理论，成了文艺学界的重要课题。面对当代西方文化传入所引发的诸多挑战，以及当代文学创作所提出的诸多命题，经　大批文艺理论家、批评家的共同努力，中国当代的文艺理论终于实现了现代性的转型，即“从一家‘专政’式的独语，转变为‘百家争鸣’式的对话；从政治话语转变为学科的学术话语；从非常态的中心话语，转变为自主发展的常态话语”②。文艺学研究的视野得到前所未有的拓展，如文艺社会学、文艺心理学、文艺美学、文艺解释学、中西比较诗学、文艺生态学、文艺符号学、文艺人类学、文化诗学等领域，都有人在尝试，并获得了不少结实的成果。

---

① ［法］罗曼·罗兰著：《音乐散文集》，冷杉、代红译，中国文联出版社 1999 年版，第 1 页、第 7 页。

② 童庆炳撰：《新时期文学理论现代性转型概说》，《童庆炳文集》第 3 卷，北京师范大学出版社 2016 年版，第 468 页。

值得强调的是，其中的一些杰出的代表，如钱中文、童庆炳、孙绍振等文艺理论家，他们大多经历过各种政治运动，从没脱离当代中国的政治、文化现实。置身于风云际会的时代，他们怀抱笃定的理想主义的激情，广泛关注历史与现实的政治、经济、科技、文化各领域，对现有的种种结构模式始终保持质疑的态度，并通过精深的研究推翻僵化不合理的部分，表现出了对时代命脉的精确诊断和敏锐切入。由于洞察了语言符号背后的价值世界，他们成功揭示了其中丰沛而深厚的精神质地，呈现了关于生活世界的总体想象，开启了一个个一般人所未曾领悟的心灵世界。他们的学术成果是对社会文化问题的思考，是显示人文知识分子存在身份的根据，体现了对社会应履行的责任。

至于当下学界的中坚力量，如高建平、王岳川、李春青、陈晓明等一批学者，则是这些前贤的薪火相传者。与师长辈学者一样，对于他们而言，个人与历史、个人与国家互为镜像；他们有着丰富的内心生活及准则，善于提取、想象、弘扬历史与现实中稀薄而弥足珍贵的东西，并以其充沛的语言敞开、释放灵魂的悸动、精神的能量，以内在心灵的秩序对抗外部庸众的世界。

在我看来，文艺理论、美学的研究者以及批评家与作家、艺术家一样，都是这个世界的观察者、倾听者、质疑者和审判员，都是在为一个“缺席的民族”而写作，而不是做历史的书写者、抄写者和打字员。

名利诱惑与学术追求，对于所有问学者来说，是人生中不断出现的十字路口。文学艺术和生命宛若一条河流，收集了星光、烈日、蓝天、雾霾、彩虹和暴雨。面对欲望与生命力蠢动的世界，真正的学者以学术为宗教、为信仰为志业，他们洞察哪些是浮云，哪些是本质；他们所能看到的不只是现在，还有未来；他们播撒怀疑的种子，而不是收成已然明确的事实；他们不只是理念的唤醒者，同时还是社会革新进程的引导者；他们知道，生命只能燃烧，不可虚耗——因为他们手头所持有之物，不外乎时间、记忆和文学艺术所创造的美；而理论的勃勃生机，只能源于抵御纷扰人生的各种诱惑或压力，源于创造性的质疑、心无旁骛的虔诚劳作和漫长执着的自我探寻。只有在思考和写作中，每个人才能找到自己真正的皈依之所——这是上述优秀学者给我们的深刻启示。

由钱中文先生担任学术顾问，本人主编了“中国文学理论与批评丛书”。本着“学术乃天下公器”的宗旨，我们拟分期分批分人结集出版，以检阅当代中国学人的学术实绩。本丛书具有开放结构，第一辑推出的为我国当代著名的文艺理论家、美学家、批评家，其中既有年逾八旬的资深学者，也有中、青年学术新锐；每人一集，收录“有分量”的代表作，凸显“一家之言”的戛戛独造。

主编这套丛书的愿望有二：

其一，展现新时期以来中国文艺理论研究与批评所取得的实绩，凸显那些富于中国特色的、有个性、有识见、敢论断、敢担当的学术创见。如，钱中文的“新理性精神”文论，童庆炳的“文化诗学”，孙绍振的“文学文本解读学”，高建平、王岳川之于中西美学的剖析，李春青之于中国古典诗学的建构性清理，以及陈晓明、吴子林之于中国“文学问题”的探究等等。

有识之士指出，一个城市乃至一个国家的文化质量，跟它是否拥有富于价值的文学记忆或文化记忆，有着很大的关系。所谓文学记忆或文化记忆，就是有一个或一批伟大的作家、思想家，他或他们代表这个城市、国家，这个城市、国家也进入了这一个或一批伟大作家、思想家的创作生命。简言之，文学记忆或文化记忆直接关系到一个国家的文化形象的塑造，其义大焉。

毫无疑问，包括文艺理论、文学批评在内的学术本身，是中国当代文学记忆或文化记忆的重要组成部分。随着我国上升成为世界第二大经济体，中国正成为一个世界性的大国，系统地向世界展现中国的现代化成就、中国文化和价值观，塑形中国的“大国形象”，至关重要。为此，在推出本丛书的同时，我们还将努力组织专家将它们译成外文，使它们走出国门，走向世界，逐步实现中国文论走出去的宏愿，让西方人了解中国、认识中国——这是颇有文化远见的举措，在一切追求市场效应的今天显得尤为难能可贵。

其二，志在薪梓承传，泽被后学，希冀后来者能赓续前人纯正的学术品格，全副身心投入到文学这一健康的终生事业中去，以扭转目前文艺理论、美学研究以及文学批评的窘境或困境，切实推进现实社会的改善与进步，使人们重获生命的完满，走出一条焕发生命韵致与光泽的道路。

马克思有句格言："最先朝气蓬勃地投入新生活的人，他们的命运是令人羡慕的。"[①]通读完八部书稿，只觉时光如电，一股氤氲之气回荡其间。偶尔抬眼远望，只见雾霾重重，晨昏不明，仿佛自己悬浮于另一个世界；一阵北风骤起，雾霾一点一点散去，古老的都城一点一点透明起来，一点一点安详、生动起来。

户外，市声隐隐沸动，如深山松涛；窗外，落叶敲打着落叶，雨点追逐着雨点；远方，迷迷蒙蒙，嚣嘈不舍昼夜——我听到了生活行进的坚实步履……

一切都只是开端。"中国文学理论与批评丛书"还将推出第二辑、第三辑……并将进一步扩大规模。我们真诚地希望读者诸君提出宝贵的批评建议。

是为序。

吴子林

2016年12月23日

---

① [德]马克思撰：《致R》(1843年5月)，见《马克思恩格斯全集》第1卷，第408页。

目 录

导　论
在“文人”与“士大夫”之间

春秋战国以降，中国古代文化学术包括文艺思想的发展演变，大抵与知识阶层的社会境遇、身份意识直接相关，因此要了解中国古代占主导地位的文化学术与文学艺术，就不能不先了解古代知识阶层的身份特征。在我看来，“文人”与“士大夫”这两种身份之间的冲突与互渗正是这一知识主体的重要特征之一。这一特征在历代学术文化、文学艺术上都留下了深深的印记。

公元178年，即东汉灵帝光和元年，汉灵帝置鸿都门学：在全国范围内招了一批与他自己志趣相投的才艺之士待诏鸿都门下，这些人的“才艺”包括善写文章辞赋以及书法，此外他们还善于讲述民间逸闻趣事。他们中的许多人凭着这些才艺而被授予官职，这与当时征辟察举的标准显然不相一致，于是受到当时主流士大夫的激烈批评：

> 蔡邕上封事曰：“……夫书画辞赋，才之小者；匡国治政，未有其能。陛下即位之初，先涉经术，

听政余日,观省篇章,聊以游意当代博奕,非以为教化取士之本。而诸生竞利,作者鼎沸,其高者颇引经训风喻之言,下则连偶俗语,有类俳优,或窃成文,虚冒名氏。臣每受诏于盛化门,差次录第,其未及者,亦复随辈皆见拜擢。既加之恩,难复收改,但守奉禄,于义已弘,不可复使治民及在州郡。”(《资治通鉴》卷五十七)

从蔡邕的这段话中,我们也可以窥见鸿都门学的大体内容。第一,鸿都门学的主要内容是辞赋、书法和绘画。在以经学为主导的文化语境中,辞赋、书法、绘画一直是作为“小道”而受到压制的,根本不能进入主流话语系统之中。灵帝置鸿都门学,专门招揽这类才艺之士,这种行为本身就足够振聋发聩了。在“清流”与“浊流”大决战的两次“党锢之祸”的历史语境中,灵帝此举一方面证明了这位“好文学”的年轻帝王有敢于蔑视主流意识形态的勇气,另一方面也说明辞赋、书法和绘画等文学艺术门类在当时的社会上已经相当普遍,成为许多读书人的雅好,只是未能获得主流文化的地位而已。第二,如果说西汉前期的辞赋还有张扬国威、润色鸿业的政治意义,那么到了东汉后期,辞赋就成了纯粹的娱情之物了。“连偶俗语,有类俳优”是说在辞赋中用对偶、用俗语,其作用近似于善于表演的艺人。俳优是指以歌舞谐戏的表演为业之人,其职能就是给人以愉悦享受。蔡邕用“连偶俗语,有类俳优”来批评鸿都门学的辞赋、书画之类,恰恰说明了此类书写方式和文化符号,在当时已经成为疏离于政治生活的消遣娱乐方式。

尽管遭到正统士大夫的批评，但一个明显的事实是，自灵帝置鸿都门学之后，那些表现人们“闲情逸致”的艺文形式开始获得了主流文化的认可。可以说，朝廷从各地招来待诏鸿都门下的那批多才多艺的“诸生”们就是最早具有“文人”身份的一批人。如果说传统的“士大夫”是以读书做官及“以天下为己任”的政治诉求为基本特征的，那么“文人”就是以琴棋书画、诗词歌赋这类关乎“闲情逸致”的才艺为身份标志的。因此，“文人”身份的产生必将和其原本的“士大夫”身份发生某种冲突。

一、“文人”与“士大夫”的身份冲突

蔡邕等人对鸿都门学的批评可以理解为正统“士大夫”与新兴之“文人”两种身份的冲突，是蔡邕等人站在“士大夫”立场上对“文人”身份的拒斥。就蔡邕本人而言，他是典型的兼具“士大夫”与“文人”双重身份的人物。看前引其奏疏，显然是一位忧国忧民且敢于直言的政治家，而这正是“士大夫”身份最基本的表现。然而再看看蔡邕的辞赋、书法以及关于琴的理论，就知道除了政治家以外，他又是一位杰出的辞赋家、书法家、音乐家，是历史上少有的具有多方面技能的艺术天才。他在辞赋、书法、音乐方面的修养不知要比那些鸿都门学待诏们高明多少倍。但是在蔡邕的心目中，“士大夫”才是自己的基本身份，“文人”则不过体现了自己无足轻重的个人爱好而已。这种心态与西汉的东方朔、扬雄如出一辙。后者“雕虫小技，壮夫不为”之谈就是这种心态的集中表现。

其实这种身份的冲突并非汉儒所独有，其源可以追溯到先秦士人那里。被后世士大夫阶层奉为“至圣先师”的孔子就是最突出的代表。在著名的“侍坐章”中就鲜明地展示了这种身份的冲突：

> 子路、曾皙、冉有、公西华侍坐。子曰：“以吾一日长乎尔，毋吾以也。居则曰：‘不吾知也！’如或知尔，则何以哉？”子路率尔而对曰：

“千乘之国,摄乎大国之间,加之以师旅,因之以饥馑;由也为之,比及三年,可使有勇,且知方也。”夫子哂之。“求,尔何如?”对曰:“方六七十,如五六十,求也为之,比及三年,可使足民。如其礼乐,以俟君子。”“赤,尔何如?”对曰:“非曰能之,愿学焉。宗庙之事,如会同,端章甫,愿为小相焉。”“点,尔何如?”鼓瑟希,铿尔,舍瑟而作,对曰:“异乎三子者之撰。”子曰:“何伤乎?亦各言其志也。”曰:“莫春者,春服既成,冠者五六人,童子六七人,浴乎沂,风乎舞雩,咏而归。”夫子喟然叹曰:“吾与点也。”(《论语·先进》)

让我们来分析一下这段有趣的文字。这里子路、冉有、公西华三人所言都是当时士人最正当的,也是最普遍的志向。孔门弟子及其后学大都走上三人所言之路。也就是说,孔子的“学而优则仕”(《论语·子张》)之谓与孟子的“士之仕也,犹农夫之耕也”(《孟子·滕文公下》)之谓原是先秦两汉儒家士人之共识①。而曾点之志,在儒家士人中则属于“另类”。令人奇怪的是,那么汲汲于“克己复礼”、以道自任的孔子居然会赞成曾点!这里的微妙玄机何在呢?

这里正体现了以孔子为代表的先秦士人阶层普遍的人格冲突。这种人格冲突主要表现在社会责任感、历史使命感与个人精神的独立与自由之间的冲突。对于先秦士人阶层以及两汉以后的士大夫阶层来说,这种冲突是固有的,与生俱来的。这是因为这个社会阶层从一开始就承担着来自社会现实的巨大压力,因而把改造社会作为自己的神圣使命②。从这个意义上说,士人天生就是“政治的动物”。但是作为拥有丰富知识的

---

① (汉)许慎《说文解字》:“士,事也。”《段注》:“士事叠韵,引申之,凡能事其事者称士。《白虎通》曰:‘士者,事也,任事之称也。’故《传》曰:‘通古今,辩然否,谓之士。’”班固《汉书·食货志》:“学以居位曰士。”可知在古人眼中,“士”而“仕”乃天经地义之事。

② 在士人阶层诞生的时代,这种社会压力来自于社会动荡,也就是春秋战国之际“礼崩乐坏”的现实——原有的社会价值规范被破坏了,新的价值规范还没有建立起来,新兴的士人阶层对此深感忧虑,认为自己有责任恢复社会价值秩序。在秦汉之后大一统的君主专制时代,士大夫阶层的压力则来自君权与百姓两个方面,因为士大夫阶层认为自己同时对君权和天下百姓都负有责任。

读书人，他们又拥有丰富的精神世界，有个人的情趣及对心灵自由的追求。这就构成了一种人格冲突——一方面关心天下，自认为对这个世界负有重要责任，一方面又看护自己的内心世界，极力追求内心的自由与宁静。从整体上来看，儒家士人代表着士人阶层强烈的社会责任感与历史使命感的一面，他们具有“天生德于予”（《论语·述而》）、“如欲平治天下，当今之世，舍我其谁也”（《孟子·公孙丑下》）的抱负与自信。儒家思想的主旨就是为天下定规则，使纷乱的世界从无序走向有序。道家，特别是庄子，则刚好相反，代表着士人阶层极力维护个体精神自由的一面，以摒弃与超越现实通行价值观为己任，以“独与天地精神相往来”为人生至境，鄙视一切的依傍与凭借，对人世间的功名利禄不屑一顾，对那些为了功利目的而蝇营狗苟之辈嗤之以鼻。道家的思想当然也带有政治上的目的，甚至也是一种救世之术，但是它彰显了士人阶层对心灵自由的向往，则是毋庸置疑的。

儒、道两大思想体系契合了中国古代士大夫阶层两种最基本的精神追求和人格倾向，故而深为他们所服膺，就像长江、黄河成为中华民族的象征一样，儒、道两家也几乎成为中国传统文化之别名。然而，儒、道作为士人阶层两种精神倾向的话语表征这一事实并不代表着儒家士人与道家士人是两种截然不同的人格类型。事实上，无论是儒家士人还是道家士人，他们的人格结构都是一样的，都有着社会责任感、历史使命感与个体精神自由之间的对立与冲突。二者的区别在于人格的主导倾向不同。所以，儒家身上有道家色彩，道家身上有儒家色彩，就不是什么稀奇之事了。前引孔子的“吾与点也”之志，在我看来，正是儒家身上的道家色彩之显露，或者说，是孔子这位终生以“克己复礼”为职志的士人思想家人格结构中个体心灵自由之维度的表现，因此也是孔子所代表的士人阶层所固有的人格冲突之显现。这种依违于出世与入世的矛盾心态在孔子那里多有表现，例如：“天下有道则见，无道则隐。邦有道，贫且贱焉，耻也；邦无道，富且贵焉，耻也。”（《论语·泰伯》）又：“宁武子邦有道则知，邦无道则愚。其知可及也,其愚不可及也。"(《论语·公冶长》)又:"道不行,乘桴浮于海。从我者其由与?"(《论语·公冶长》)这些话里面都显示孔子内心深处的一种选择——隐居,远离世事纷争,保持内心宁静。对于一个有智慧的饱学之士,在一个战乱频仍的时代,隐居往往是最好的选择。对于子路、冉有、公西华等人的志向,孔子之所以或不表态,或则"哂之",是因为在孔子看来,这些志向是幼稚的,即使实现了也不足以改变这乱世的局面,与其不能实现"克己复礼"——根本上就是使天下从无序状态复归于有序——还不如像曾点那样在悠游恬适之中寻求内心的自由与安宁呢!因此孔子的"吾与点也"之志体现了先秦士人阶层的人格冲突,就如同儒、道两家的学术分野表征着先秦士人的人格冲突一样。从这个意义上说,孔子正是"文人"的鼻祖——他多才多艺,而且有悠游闲适的文人情怀①,并不是一个整天疾首蹙额、忧心忡忡的利禄之徒或者愤世嫉俗的政治家。"子在川上,曰:'逝者如斯夫!不舍昼夜。'"(《论语·子罕》)——这不是典型的触景生情、感物伤怀的文人趣味吗?"子曰:'予欲无言。'子贡曰:'子如不言,则小子何述焉?'子曰:'天何言哉?四时行焉,百物生焉,天何言哉?'"(《论语·阳货》)这不是典型的中国古代文人对人生与世界之存在的深刻生命体验与领悟吗?所以孔子不仅是政治家、教育家、思想家,而且是文人,真正的文人——看护并表现个体生命体验与个人情趣的人。

二、士大夫的自我疏离与文人趣味之功能

综上所述,从士人阶层诞生之日起,其人格结构中就隐含着一个根深蒂固的矛盾:承担社会责任与守护心灵自由。孔子是最早一批士人的代表人物,他念兹在兹的是"克己复礼",其周游列国、游说诸侯,为此;删述六经、收徒讲学,亦为此。然而,孔子又是中国古代最早的一批"体制外"

① 《论语·述而》:"子之燕居,申申如也,夭夭如也。"朱熹注引杨氏云:"申申,其容舒也。夭夭,其色愉也。"见《四书集注·论语集注》,岳麓书社1987年版,第134页。

的知识人的代表者，拥有自由思想的权利与对心灵自由的向往，其“吾与点也”之志正是其向往心灵自由的证明。就整个先秦士人阶层而言，可以说老庄之学（特别是庄子）更多地表达了对心灵自由的向往与追求，而儒、墨之学则更多地表达了对社会责任的承担精神。具体到一个士人思想家身上，就往往是二者兼具而有所侧重。这说明对于士人阶层而言，入世与出世、社会责任与心灵自由、集体主体与个体主体两种选择是基于士人人格的深层矛盾，是一种根深蒂固、难以消弭的人格冲突的表现形式。这就意味着，对先秦的士人阶层和秦汉之后的士大夫阶层来说，这两种人格倾向都潜伏在他们的内心深处，至于哪种倾向显露出来并形成某种话语系统的强大内在动力，则要看具体社会条件与士人阶层的境遇。

士人阶层人格中的这两种基本倾向之间构成一种内在的张力关系，维系着整个人格结构的某种平衡，二者缺一不可。当集体主体，即从社会责任出发来言说的那个角色，受到挫折之后，其负面的或消极的心理能量可以通过个体主体，即从人心灵自由出发来言说的那个角色予以宣泄，从而使倾斜的人格恢复平衡。孔子周游列国，处处碰壁，其实现政治理想的希望极为渺茫，于是自然生出“吾与点也”的冲动；屈原以楚国的长治久安为己任，忠于君主，勤劳王事，但信而见疑，忠而被谤，集体主体严重受挫，于是以哀婉瑰丽的《离骚》宣泄之。但总体言之，士人或士大夫的这种维持人格平衡的方式亦受历史条件的制约而呈现历史性特征。下面述其大概。

春秋战国时期，诸侯争霸，天下大乱，士人阶层诞生不久，主要兴趣集中于弭平战乱、重建社会秩序。此时，“立法者”是士人思想家们最主要的身份认同。在这样的情况下，士人阶层找到两种保持个体心灵自由的有效方式，一是哲学的，二是道德的。哲学的方式由杨朱、庄子及名家学者所代表，乃以一种“超越”的方式与社会现实相疏离，也因此与自身的“立法者”角色相疏离。杨朱之学高举“为我”大旗，以个体生命为最高价值；庄子则提升心灵，在想象中与造物者游，一万物、齐生死，从而保证个体精神的自由无碍。名家则设置概念的游戏世界,徜徉乎其中,一切人世价值均被超越。当然,从另一个角度看,上述诸种“超越”方式,也可以理解为一种“立法”,也是提供一种社会价值秩序,但无可否认的是,其实际的作用是主体心灵的自我调节。道德的方式由孔子、孟子等人代表着,他们试图通过建构一种高尚人格来作为一种精神指向,将人的心灵引向“内在超越”之途,从而与现实保持一定距离,也使自身的“立法者”角色在遭遇挫折时有自救之道。例如孔子的远大抱负当然是“克己复礼”,但其具体政治理想则与子路、公西华等人并无不同,即做官。但他还另有一种人格理想或称为道德理想,即君子、仁者,直至圣人。当他的政治理想遭遇挫折时,他就会用道德理想来自我安慰。他说:“天生德于予,桓魋其如予何!”(《论语·述而》)这是一种道德自信。孟子在政治上遭受的挫折更大,孔子至少还有做几天鲁国的大司寇、摄几天相位的机会,而且晚年在鲁国被尊为“国老”,也受到相当的尊重,他的弟子中做大夫、邑宰、家臣者众多,所以他在政治上也有一定影响力。孟子尽管受到齐宣王、梁惠王等君主表面上的尊重,却从来没有做官的机会,对当时的政治可以说没有丝毫发言权。其心灵自救的手段也就比孔子更进了一步。例如孟子提出一套“天爵”“人爵”的说法来强调道德价值之重要①。在孟子的价值观念中,“天爵”显然高于“人爵”,这是一个值得追问的问题:“天爵”从什么意义上说才高于“人爵”呢?公卿大夫在政治上居于高位,有发号施令之权,在经济上他们是“肉食者”,有很高的俸禄,在社会地位上,他们受到全体下层百姓的敬畏。“人爵”呢?其价值何在?作为一介百姓,其仁义忠信又能有多少实际效果呢?恐怕距离“博施于民而能济众”的儒家最高理想太遥远了。按照孟子的逻辑,“天爵”之高于“人爵”,就只能在他和其他儒家建构起来的评价系统中才能实现,而“天爵”的功能根本上不在于改变世界,而在于充实自身,使自己的人格完满自足。所以孟子又提

① 孟子曰:“有天爵者,有人爵者。仁义忠信,乐善不倦,此天爵也;公卿大夫,此人爵也。古之人修其天爵,而人爵从之。今之人修其天爵,以要人爵;既得人爵,而弃其天爵,则惑之甚者也,终亦必亡而已矣。”见《孟子·告子上》,中华书局2008年版,第209页。

出“养气”之说。什么是“养气”，其实就是一种道德的自我修养，是因具有较高道德品质而获得的一种自信心的不断积累。这种道德自信积累到一定程度，主体就会产生一种藐视一切的气概，就会彻底消弭因政治生活的不顺而带来的挫折感。孟子本人正是这样的，翻开《孟子》一书，那种由道德自信而带来的气概与气势会扑面而来，这在先秦诸子中是无与伦比的。如果说杨朱、庄子等人是借助于想象力来膨胀心灵，从而超越现实，获得内心完满自足的，那么孔子、孟子就是借助于道德修养，把心灵提升到高于世间一切价值的位置上，以此来获得内心的充实与安宁的。从这个意义上说，先秦的道家与儒家学说都具有某种宗教功能，也具有某种艺术功能。

汉儒身处与先秦士人大不相同的文化语境，其解决人格矛盾的方式也发生了很大变化。总体言之，汉儒寻求实现个体价值以保持内心平衡的方式较之先秦士人似乎更多了一些选择。

首先，“做学问”成了一条普遍的路径。由于在汉代先秦儒家修习的“六艺”都成了经典，而这些经典由于年代久远，许多文字已难明其义，再加上传承过程中的增删改窜，就更是错讹百出，又经历了秦火之灾，于是就有了一门章句训诂之学应运而生。“做学问”，尤其是求真的学问，对于知识阶层而言，是使心灵完满自足的最佳方式之一。汉学——主要是传注之学、章句训诂之学——即在此期间形成，影响了中国两千多年传统文化的发展演变。就其主流而言，汉学是一门“求真”的学问，目的是探求经典之原意。对于知识阶层而言，“求真”常常就是最终目标，汉儒开创的“汉学”这一门学问，就成为许多读书人一生追求的目标，所谓皓首穷经就是这个意思。经学固然与做官相关，是一条仕进之路，但是也有许多儒生一心向学，终身不仕。例如党锢之祸之后的郑玄，绝意仕进，编注群经，成为一代经学大师。经学大行于世，渐渐形成了完备的评价系统，士大夫在这个领域中可以得到肯定，从而实现自身价值，于是经学也就成为他们心灵寄托的一种方式。当仕途多舛、实现政治理想的希望渺茫之时,他们就会回归经学之中,以保持心灵的宁静平和。在儒生中,因知世事不可为,遂绝意仕进,专心学问者所在多有。翻翻《后汉书·儒林列传》,诸如被时人称为"居今行古任定祖"的任安、习《京氏易》与《古文尚书》的孙期、传《毛诗》的孔子建、习《古文尚书》的杨伦等,或中道辞官归隐,一心向学;或埋头经书,终身不仕。对这批儒生的心态,孔僖回答劝其出仕为官的好友崔篆的话是很好的注脚:"吾有布衣之心,子有衮冕之志,各从所好,不亦善乎!道既乖矣,请从此辞。"(《后汉书·儒林列传》)做官是一种志向,做学问也是一种志向;做官是一种爱好,做学问也是一种爱好,二者均足以令人安身立命。这说明,在汉代"做学问"已经被相当多的士人视为职志了。

除了"做学问"之外,实践儒家伦理、砥砺名节,在人格修养上追求至善境界也是汉儒保持人格完满自足的重要方式。汉儒普遍重名节,这在中国历史上也是很突出的。特别是东汉时期,士大夫视名节如性命,常能独自反省,自觉压制私欲,努力实践儒家伦理纲常。这有近于先秦儒家的"道德超越"。像陈蕃、陈寔、李膺、范滂、郭泰、赵壹等人无不人品高洁、蔑视权贵,成为世人之楷模。这些人在实现政治理想方面遭遇挫折,在道德上却占据绝对的优势地位,在天下士人的敬仰中他们也会产生一种自我实现的感觉,从而达到内心的完满自足。自古以来,对于领导着社会主流文化的知识阶层而言,道德上的优势地位始终是他们优越感和自信心的主要支撑。

除了"做学问"与追求道德上的优势地位之外,汉儒还有一种保持人格张力平衡的重要方式,那就是创造性书写。中国古代从汉代开始才有"作者""文人""诗人"的自觉意识。先秦诸子虽然著书立说,却没有明确的"作者"意识,孔子是"述而不作"的,孟子是"不得已"的,庄子是"以卮言为曼衍"的,都不是明确的作者意识。东汉时期人们才开始有作者意识，这在王充的《论衡》中表达得很清楚[1]。“诗人”这个词在西汉以前基本上都是指《诗经》的作者，不是一般意义上的“诗人”，到了东汉，才开始指时人之作诗者。“文人”这个词在先秦典籍中是指那些有美好品德的先祖，到了东汉才开始指善于写诗辞歌赋之人。这都是因为，此时的书写，特别是辞赋、歌诗、史传、论说诸种文章的写作，已经成为比较普遍的现象。由于多种原因，楚文化在汉初具有重要影响，再加上帝王们的特别爱好，辞赋创作在汉代成为影响巨大的文学样式。辞赋与后世的诗歌词曲创作相比似乎更多地表达了某种集体意识，缺乏个体的细腻情感，这是不错的。即使如此，辞赋创作也还是成为士大夫实现自身价值的另一种途径，成为消弭因政治理想不能实现而造成的挫折感的有效手段。西汉时期，除了高祖、武帝等帝王们偶作歌诗之类，士大夫的创造性书写主要是辞赋。士大夫的辞赋创作看上去是为了投帝王之所好，是为了“润色鸿业”，但实际创作过程，从布局谋篇到遣词造句，则是艰难的个人创作。刘勰云：“至于草区禽族，庶品杂类，则触兴致情，因变取会，拟诸形容，则言务纤密；象其物宜，则理贵侧附。”（《文心雕龙·诠赋》）颇能概括辞赋创作的甘苦。因此西汉的辞赋之作虽然的确没有表达多少个人情趣，但也确实是艰难的文学创作，而且是自觉的创作，其中蕴含了士大夫们的审美趣味。辞赋的大规模出现，在中国文学史上是一件大事，在中国士大夫阶层的发展历史上同样是一件大事。这说明这个中国古代的知识阶层获得了一种新的言说方式，一种新的书写方式。他们可以通过这种言说与书写，与帝王和社会建立一种特殊关系。这种关系不是政治的、经济的，也不是道德的，而是美学的，是一种趣味的联系，一种没有直接利害关系的

① （汉）王充《论衡》：“或曰：‘圣人作，贤者述。以贤而作者，非也。《论衡》《政务》，可谓作者。’曰：〔非〕作也，亦非述也，论也。论者，述之次也。五经之兴，可谓作矣。《太史公书》、刘子政《序》、班叔皮《传》，可谓述矣。桓山君《新论》、邹伯奇《检论》，可谓论矣。今观《论衡》《政务》，桓、邹之二论也，非所谓作也。造端更为，前始未有，若仓颉作书，奚仲作车是也。《易》言伏羲作八卦，前是未有八卦，伏羲造之，故曰作也。文王图八，自演为六十四，故曰衍。谓《论衡》之成，犹六十四卦，而又非也。六十四卦以状衍增益，其卦溢，其数多。今《论衡》就世俗之书，订其真伪，辩其实虚，非造始更为，无本于前也。儒生就先师之说，诘而难之；文吏就狱卿之事，覆而考之，谓《论衡》为作，儒生、文吏谓作乎？”（《对作篇》）

联系。建立这种联系的意义在于:士大夫可以通过一种无直接功利作用的方式实现自身价值了,他们的精神世界从此多出了一个维度。这一精神维度的重要性在于:魏晋以后直接导致文学艺术大繁荣的文人趣味正是从这里衍生而出的。

在汉代,有人已经意识到建功立业与文章书写是士大夫实现自身价值的两种不同方式。司马迁的"发愤著书"说旨在揭示仕途困窘对于书写的刺激作用,王充则意识到仕途畅达对书写的负面影响:

> 文王日昃不暇食,周公一沐三握发,何暇优游为丽美之文于笔札?孔子作《春秋》,不用于周也。司马长卿不预公卿之事,故能作《子虚》之赋。扬子云存中郎之官,故能成《太玄经》,就《法言》。使孔子得王,《春秋》不作;长卿、子云为相,赋玄不工。(《论衡·书解》)

司马迁和王充从相反的角度论证了同一个道理:建功立业或事功与文章书写之间呈现一种反向作用的关系,事功有成者,文章无成;文章有成者,事功无成。这说明,对于以治国平天下为己任的士大夫阶层来说,文章书写这种自我实现的方式,是作为事功的补充而存在的,是不得已而求其次的。正是由于这个原因,司马迁写出流传千古的鸿篇巨制,却郁郁而终;杜甫诗名满天下,却总觉得自己是个失败者。书写的补偿功能只能在一定程度上缓解其"不得志"的心理缺失,却不能根本上消除那种深刻的挫折感。这就意味着,"文人"是"士大夫"的补充身份,永远不能取而代之,而且永远处于"附属"地位;"文章书写"是"事功"的补充行为,永不可能居于事功之上。

三、达观——"文人"与"士大夫"身份冲突的解决方式

对于孔子的这种"文人趣味",汉唐儒者似乎不大能够认同,因为他们过于热衷于建功立业了,把功名看得甚至比生命还重要,只有宋儒——

在老庄佛释之学刺激下重新在儒学内部寻求所谓“内在超越”(牟宗三语)之路的士人——才对孔子的“吾与点也”之志深有会心,并且把“孔颜乐处”作为为学的根本点之一,作为一种终生追求的“圣贤气象”。宋明儒者念兹在兹的“心中无事”“常舒泰”“如光风霁月”的精神状态或心理状态,的确与孔子的“吾与点也”之志一脉相承,都可以视为士人阶层固有的人格冲突的产物。从看护内心世界,维护心灵的自由、宁静与超越这个角度看,宋儒是真正继承了先秦儒家的衣钵了。

然而,对于汉唐儒者来说情况又如何呢?他们是如何呵护自己的内心,如何保持心灵自由的状态的呢?他们的确没有像宋儒那样从儒学中寻求“内在超越”的资源,但是他们依然存在人格的内在冲突,依然有自己的解决办法。除了借助于道家之学与佛释之学,寄情于诗词歌赋,徜徉于琴棋书画也是他们自我超越、自我解脱的方式之一。换言之,“文人”这种身份是士人或士大夫阶层固有人格冲突的必然产物。这是一种身份的自我疏离,是士人对自身文化人格的自觉整合与完善,这是一种良性的冲突,可以使士人们的内心世界保持一种张力与平衡。如此,则来自政治理想与使命的压力可以在吟诗作赋与徜徉山水中得以缓解,而在仕途中遭受的坎坷与屈辱亦可以在诗文书画与自然山水的审美娱乐中得以消弭。

对于“文人”身份的形成来说,没有什么比诗文书画更有意义了。在西汉,《诗经》作品虽然很多都饱含着个人情趣与生命体验,但是由于它们被神化了,成了儒家经典,因此就是作为一种政治话语或意识形态话语而被解读的,早已失去传达个人情怀的功能。因此在这个时期,那种从楚文化直接继承而来的辞赋作品就成为一种可以利用的言说方式。例如贾谊,他的辞赋在汉代士大夫中最接近屈原,原本是借助辞赋来抒发个人内心积郁与不平的。当然,贾谊辞赋中表达的那种屈原式的情感与后来以“闲情逸致”为主要特点的“文人趣味”并不完全一致,尽管也是一种个人情感,但这种情感绝非“闲情逸致”,而是带有强烈的政治色彩,是士大夫情怀。汉代以及后世历代士大夫共有的那种“士不遇”和“有志不获骋”的慨叹,都不属于文人情趣而应是士大夫情怀。然而,在贾谊身上表现出的另外一种情趣和智慧则反映出与士大夫人格相疏离的“文人”品格,这就是达观心态。贾谊著名的《鹏鸟赋》云:

且夫天地为炉兮,造化为工;阴阳为炭兮,万物为铜。合散消息兮,安有常则?千变万化兮,未始有极。忽然为人兮,何足控抟;化为异物兮,又何足患!小智自私兮,贱彼贵我;达人大观兮,物无不可。贪夫殉财兮,烈士殉名。夸者死权兮,品庶每生。怵迫之徒兮,或趋西东;大人不曲兮,意变齐同。愚士系俗兮,窘若囚拘;至人遗物兮,独与道俱。众人惑惑兮,好恶积亿;真人恬漠兮,独与道息。释智遗形兮,超然自丧;寥廓忽荒兮,与道翱翔。乘流则逝兮,得坻则止;纵躯委命兮,不私与己。其生兮若浮,其死兮若休;澹乎若深渊止之静,泛乎若不系之舟。不以生故自宝兮,养空而浮;德人无累兮,知命不忧。细故蒂芥兮,何足以疑!

贾谊在这段文字中表达的是一种“达观心态”,尽管在实际的生活中他未必能够真正做到这一点。至少,对于一个士大夫来说,达观是一种姿态。毫无疑问,贾谊是受了庄子学说的影响。在先秦道家学派中,老子思想是深湛、宏远、机智的——对自然宇宙、万事万物之理的理解是深湛而宏远的,对人世间事物的理解则是机智的。前者表现在对“道”的体认上;后者表现在对“柔弱”“退让”“处下”等“水”之品性的推重上。然而老子并不达观。达观主要表现在对生死、荣辱、成败等人生重大事件的透彻理解,表现在对关于这类问题的通行价值观的拒斥与超越上。庄子学说是达观的:人人视为珍宝的东西,我弃之若敝屣;人人畏之若虎、避之唯恐不及的事物,我安之若素。老子是看得深,揭示出自然宇宙与人世间的种种道理,使人明白事理,能后发制人,时时处处立于不败之地;庄子是看得透，他打破了世间许多现成的道理，让人摆脱束缚，从一个完全不同的角度看待一切，从而使心灵进入自由无碍之境。以世俗眼光论之，老子使人变聪明，无所不知，无所不晓；庄子则使人变痴呆，变荒诞，成为另类。庄子达观的根本之处就是获得一套不同于世俗的评价标准，从而不为他人眼中的喜怒哀乐、荣辱得失所左右，我行我素、自得其乐。因此达观与痴呆颇有相近之处。从士人阶层人格结构的角度看，达观心态显然是与社会责任感、历史使命感相疏离的。正如一位宋儒所言，老子还是要做事，庄子就什么都不要做了。

庄子为什么会有这样的达观心态？其思想资源从何而来？这是一个不容易回答的问题，我们可以暂不置论。我们要强调指出的是：庄子开启的这种达观心态对于后世历代文人士大夫的人格都具有至关重要的作用，对中国文化，特别是文学艺术两千多年的发展影响甚巨。达观是中国古代知识阶层在与君权合作过程中保持独立精神的心理基础，是文人成为文人的必要条件。假如没有达观心态，那么中国古代士大夫阶层就真的成了统治阶级的工具了，就真的成为一群人格卑下的利禄之徒了。君主和儒生们建立起来的那套神圣的价值观念体系——诸如天命之神圣、帝王之尊贵、等级之森严、势位富厚之可喜等等，在达观心态面前都会大大贬值，反而不如天上之明月、江上之清风这些"不用一钱买"的自然之物可贵。千古文人的潇洒、豪迈、超脱、飘逸都是基于这种达观心态。那些千古流传的诗文书画大多数都是表现了这种达观心态。所以，达观是"文人趣味"的重要内涵，是"闲情逸致"之基调。士大夫身份"以天下为己任"，"以道自任"，"退亦忧，进亦忧"，念兹在兹的都是江山社稷、天下苍生；文人身份则以万物为一体，视古今为一瞬，纵浪大化中，无喜亦无忧。这两种身份互相对立、彼此消解，然而却奇妙地组合在一个人身上，这也可以算是中国传统文化的一大特点。

这种情形在汉儒身上也有充分展现，东方朔《答客难》有云：

今世之处士,时虽不用,块然无徒,廓然独居;上观许由,下察接舆;计同范蠡,忠合子胥;天下和平,与义相扶,寡偶少徒,固其宜也。子何疑于予哉?若大燕之用乐毅,秦之任李斯,郦食其之下齐,说行如流,曲从如环;所欲必得,功若丘山;海内定,国家安;是遇其时者也,子又何怪之邪?语曰"以管窥天,以蠡测海,以筳撞钟",岂能通其条贯,考其文理,发其音声哉?犹是观之,譬由鼱鼩之袭狗,孤豚之咋虎,至则靡耳,何功之有?今以下愚而非处士,虽欲勿困,固不得已,此适足以明其不知权变,而终惑于大道也。①

士大夫以治国平天下为职志,能在仕途进退穷达上看破者盖寡。东方朔原有大志,本质上颇近于先秦之游士,希望择主而事,建功立业。但是在汉代大一统的政治格局中,他也只好另寻安身立命之所了。在这篇著名的《答客难》中,集中反映了以东方朔为代表的一批汉代士大夫的心态。西汉士人身处一个前所未有的高度中央集权时代,这样的历史语境与战国时期大相径庭,故而他们一时难以适应。可以说,先秦游士的标新立异、择主而事、自尊自贵精神与汉代专制政治之间的矛盾是决定着此期间思想文化的主要因素。西汉士大夫的心态——他们的矛盾、纠结、困惑——主要因此而来,这种心态必然显现于文化学术,包括辞赋之作之中。那种屈原式的愤懑不平由此而来,那种庄子式的达观亦由此而生。有趣的是,正如贾谊那样,这种复杂的心态常常是交织在一起的。司马迁《悲士不遇赋》有云:

悲夫!士生之不辰,愧顾影而独存。恒克己而复礼,惧志行而无闻。谅才韪而世戾,将逮死而长勤。虽有形而不彰,徒有能而不陈。何穷达之易惑,信美恶之难分。时悠悠而荡荡,将遂屈而不伸。②

---

① (南朝·梁)萧统:《文选》卷四十五,中华书局1977年版。
② (汉)司马迁:《悲士不遇赋》,严可均选辑《全上古三代秦汉三国六朝文》卷二十六。

这里表达的显然是“有志不获骋”的忧虑与愤懑。“惧志行而无闻”云云，表达的是一种建功立业、显名天下的冲动。名声始终是士人最为看重的东西，根本上是因为他们都有有所作为的志向，而在人治社会之中，只有获得好名声，实现志向的机会才会多。另外，古人对人生之短暂有深刻理解，而名声在他们看来是延续生命的最佳办法。所谓“三不朽”之类就是这个意思。孔子也有过“君子疾没世而名不称焉”(《论语·卫灵公》)的说法。然而《悲士不遇赋》又云：

> 逆顺还周，乍没乍起。理不可据，智不可恃。无造福先，无触祸始。委之自然，终归一矣！

这显然是老庄精神，是达观心态。汲汲于功名利禄又时时表现出达观心态，这就是汉儒的特点。不独贾谊、东方朔、司马迁如此，司马相如、枚乘、王褒、刘向、扬雄等莫不如此。到了汉末魏晋，新的一批名士出来，将建功立业的冲动以及功名利禄的欲望隐藏或压制起来，表现出来的就只有达观了。从总体来看，汉儒都是入世的，都以建功立业作为自己的人生追求。在他们看来，立功是第一位的，著书立说则是不得已而求其次之举。司马迁尝有著名的“究天人之际，通古今之变，成一家之言”的志向，以今日观之，此志向不可谓不大，简直可以与孔子并驾齐驱了。但是在司马迁心目中，这只是“刑余之人”不得已而选择的实现人生价值的途径。这就如同后世的李白、杜甫一样，生前已经文名满天下，得到士林以及众多达官贵人的赏识与尊敬，然而在他们自己的心目中，自己始终是个失败者，似乎一生郁郁不得志。他们的“志”是什么？不是写出“笔落惊风雨，诗成泣鬼神”的诗句，而是“致君尧舜上，再使风俗淳”——他们是要做王者之师，做“博施于民而能济众”的圣人。东方朔、司马迁亦怀有同样的心理。

如此观之，从先秦士人到秦汉士大夫，作为承担着文化主导作用的知识阶层，他们始终处于一种矛盾心态之中，一方面试图有所作为，大则匡正君主、泽被百姓,小则势位富厚、光耀门楣。而另一方面又欲超然于世事之上,视荣华富贵如无物,与天地精神相往来。前者是根深蒂固的功名心,是中国读书人都极难摆脱的诱惑;后者是达观心,是古代士人与自身的士大夫身份自我疏离的心意能力。前者指向人世,指向现实政治;后者指向人的内心,指向诗词歌赋与琴棋书画。前者使之成为士大夫,成为社会管理者,成为政治家;后者使之成为文人,成为文学家、艺术家。这就意味着,早在先秦时期,在孔子和老庄身上,就已经具备某种文人素质了,达观就是这一素质的标志性特征。但是这并不意味着在士人阶层中"文人"已经作为一种文化身份而存在了,这是因为,作为一种文化身份,"文人"不仅需要多方面的表现,诸如虞情性的书写(诗辞歌赋小品文之类)和各种艺术技能(琴棋书画篆刻之类),而且需要形成关于这些书写和艺术技能的评价系统。显然在先秦这些是远远没有达到的。即使是汉代士大夫,尽管在辞赋与诗的写作方面已经有了很大进步,但也还未能达到足以支撑一种文化身份的程度。例如司马相如和枚乘等辞赋家,尽管他们基本上是以辞赋创作成名并得到帝王赏识的,但他们主要是面向帝王的,是所谓的"宫廷文人",与后世民间自然形成的诗歌、文章、书法、绘画的创作、欣赏和评价群体迥然不同。所以他们还不是真正意义上的文人,而是传统士大夫,只不过是一种特殊职业的士大夫而已。

士人或士大夫是一种身份,同时也是一个社会阶层。其身份标志与阶层特征就是四个字:读书做官。在中国古代,凡是凭借读书获得文化知识然后做官或者以做官为目的来读书的人就是士大夫。自先秦时期起,士人或士大夫阶层就是官僚队伍的后备军。汉代虽然在一个时期里是宗室、功臣与外戚占据绝大部分重要官职,但从武帝开始,士大夫就逐渐成为官僚队伍的主要来源。公孙弘是具有代表性的人物。文人则不同于士大夫。首先,文人并不是一个社会阶层,至少在明代中叶以前没有一个可以称为社会阶层的文人群体。文人是一种文化身份——凭借某种独特精神旨趣与技能而获得的社会认同。一般说来文人首先是士大夫——士大夫中那些获得独特趣味与技能的人便是文人，这就意味着，凡是文人都是士大夫，但并非所有的士大夫都是文人。这里的区别就是文人趣味。因此文人身份的形成，取决于两个方面：一是士大夫中的相当一部分人形成一种独特趣味并能够借助于某种文化符号把它传达出来；二是社会上对此一类人及其趣味与技能表示认可，即持尊重态度。也就是说，文人身份的形成，取决于一种趣味及其表现形式的形成而且获得了合法性。这种趣味就是文人趣味。那么文人趣味究竟是什么呢？

文人趣味并不是一种单一的精神旨趣或兴趣爱好，它是一种精神的与心理的复杂结构，由多种因素构成。在这一结构中，除了闲情逸致、达观心态之外，最重要的就是“雅”之追求了。闲情逸致是就文人趣味的基本性质而言的，说明这种趣味根本上是不关国计民瘼的，只是一种个人化的情趣、爱好。达观心态是就文人趣味的超越性而言的，说明这种趣味对现实生活，包括人们关于生死的忧虑以及通行的、支配着人们日常生活的那种世俗价值观有一种拒斥与超越。“雅”之追求则是就文人趣味的价值取向而言的，说明这种趣味旨在打造一种不同流俗的、精致玄妙的、少数人才可以达到的高层次生活品味与艺术品味。文人趣味的这三个基本维度构成了一种独特的精神结构，这一精神结构的基本功能就是消解来自士大夫身份所造成的精神的与心理的压力，使人的整个心理结构处于一种平衡状态。考察古代士大夫的实际生存状况与他们的精神状态就不难明了，士大夫阶层的精神的与心理的压力主要来自两个方面：一是“士不遇”与“有志不获骋”的失落惆怅，二是“忠而被谤，信而见疑”的悲愤。士大夫当然是饱读诗书之士，人人怀抱一腔大志，希冀遇到明主赏识，干一番轰轰烈烈的事业，青史留名。然而在秦汉以后大一统的政治格局中，天下读书人如过江之鲫，君主只有一个，有几个人可以有幸得到君主的青睐呢？于是“士不遇”与“有志不获骋”便成为士大夫最为普遍的消极情绪，甚至可以说是这个阶层的一种“基本焦虑”。那些仕途不顺、无缘跻身高位的士大夫们，基本上都会有这种心理焦虑。另有些人因机缘巧合，一度侥幸受到君主重用,本欲大展宏图、有所作为,不料仕途险恶,嫉贤妒能者所在多有,君主听信谗言,于是屈原式的悲愤就产生了。这种情感类似于女人被自己所爱的人怀疑、冷落,故而士大夫与君主的关系常常被比喻为夫妻关系,士大夫从来都是自居于妾妇位置。这就是后世"男子作闺音"的"怨妇诗"那么多的根本原因。

具体言之,这一趣味结构的三个维度各有不同的作用。闲情逸致作为一种趣味维度是对士大夫读书—做官人生模式的突破,是给从士大夫的角度看上去没有意义的行为赋予意义。孔子的"吾与点也"之所以有价值,就在于他第一次为悠游闲适的非政治性行为赋予意义。孔子的这种价值赋予意味着士大夫的人格结构中原本就潜藏着一种与读书做官相疏离的精神旨趣:对心灵自由状态的向往与追求。正是这种精神旨趣后来成为"文人"身份形成的主体依据。所以,闲情逸致是士大夫固有的心理倾向,只不过这种心理倾向长期受到压制而未能获得合法性而已。尽管有孔子开风气之先,但是由于在战国至两汉时期士人们政治情结过于强大,闲情逸致始终未能受到主流话语的重视。尤其是汉代经学,那些急功近利的儒生们把丰富多彩的孔孟思想阐释为一种政治哲学,甚至是政治神学了。只是到了东汉后期,在建功立业的豪情屡屡受挫之后,这种闲情逸致方才开始进入士大夫的视野之中,渐渐形成一种具有普遍意义的话语方式,从而促进了诗文书画的蓬勃发展。魏晋六朝时期文学艺术的大繁荣就根本旨趣而言,正是闲情逸致获得合法性的产物。因此,如果要概括魏晋六朝的文学艺术繁荣之原因,与其说什么"人的觉醒"导致了"文学的自觉",毋宁说是文人趣味获得了正当的表达方式与传播途径——除了建功立业、荣华富贵之外,在琴棋书画、诗词歌赋上的优异表现也成为士大夫自身价值实现的标志。换言之,以往看上去无关紧要的闲情逸致也可以确证士大夫自身的价值。于是士大夫不仅仅作为士大夫而存在了,他们中的许多人获得了一重新的身份——文人。如此看来,闲情逸致在中国文化史,特别是文学艺术史上的意义真是不容小觑呢!

第一章　诗学与意识形态

第一节　先秦“赋诗”“引诗”的文化意蕴

在春秋时期，“赋诗”“引诗”的现象十分普遍。因为此时对受教育阶层来说，“诗”已由在人神关系中的特殊言说方式泛化为君臣之间的沟通方式。那么掌握了这种言说方式的贵族也就能够将它继续泛化到自己的现实生活领域之中：用诗的方式向着身边的人们表达自己的意见与情感。

一、关于赋诗

据《左传》和《国语》等史籍的记载，春秋时在重要的外交和交际场合，贵族们常常要以赋诗的形式表达自己的意思，让我们先看一个例子：

卫侯如晋，为晋侯所执。齐侯、郑伯联袂如晋为卫侯求情。齐相国景子赋《蓼萧》，郑相子展赋

> 《缁衣》。前者出自《小雅》,本是诸侯赞颂周王之诗,这里借以赞扬晋君泽及诸侯;后者出自《郑风》,本是写赠衣之事,这里取其"适子之馆兮,还予授子之粲兮"之句,表示"不敢违远于晋"之意。均与诗之本意不相类。之后,晋侯数卫侯之罪,国景子又赋《辔之柔矣》,子展赋《将仲子》。前者为逸诗,见于《周书》,"义取宽政以安诸侯,若柔辔之御刚马";后者出于《郑风》,"义取众言可畏"。① 于是晋侯放还卫侯。

《将仲子》乃年轻女子拒绝情人纠缠之诗,有"人之多言,亦可畏也"之句,这里被用来劝诫晋侯,亦为纯粹的"断章取义"。这个例子说明,"赋诗"在春秋时是一种非常有效的、在比较重要的场合方始采用的言说方式。

那么究竟如何赋诗呢?古人说:"不歌而诵谓之赋,登高能赋可以为大夫。"②这是说赋诗是指朗诵诗之辞,并无乐曲,也不歌唱。我们看史书中记载的赋诗情形,这种"不歌而诵"的说法似乎是不错的。那么是谁来"诵"呢?当然应该是赋诗者本人。孔子的"不学《诗》,无以言",以及"使于四方,不能专对"③之谓似乎可以证明这一点。但是对此后人有不

---

① (晋)杜预:《春秋经传集解·襄公五》第三册,上海古籍出版社 1988 年版,第 1056 页。

② (汉)班固:《汉书·艺文志》,岳麓书社 1993 年版,第 777 页。

③ 《论语·季氏》《论语·子路》,见《四书集注·论语集注》,岳麓书社 1988 年版,第 253 页、第 208 页。

同看法。顾颉刚先生说：

> 春秋时的"赋诗"，等于现在的"点戏"。那时的贵族家里都有一班乐工……贵族们宴客的时候，他们在旁边侍候着，贵族点赋什么诗，他们就唱起什么诗来。①

这里有两点不同于前人之见，一是认为赋诗的主体实际上只是点出诗名，真正的"赋"者是旁边侍候的乐工们，这种观点似乎很难在史籍中找到证据，不知顾颉刚先生何所据而云然。尽管《左传》有主人令乐工歌诗和诵诗的例子，但这并不能证明凡是赋诗都是请乐工来唱。二是关于"赋诗"也是要唱的，大约顾先生的观点是比较合理的。这是有证据的。②

从《左传》《国语》等史籍所记载的"赋诗"情况来看，这种独特的言说方式主要有如下几个方面具体的交往功能：

第一，表达友好的意思，如歌颂、赞美、支持、友谊等，这类赋诗的作用是增进感情、强化关系。我们知道，《左传》记载的第一例赋诗的事件是僖公二十三年（前637年）秦伯接待出奔的晋公子重耳时发生的：秦伯设宴招待重耳，重耳在宴会上赋《河水》一诗，秦伯赋《六月》相答。晋大夫赵衰赶紧请重耳降阶而拜，并说："君称所以佐天子者命重耳，重耳敢不拜？"③这里重耳赋的那首《河水》，有人说是逸诗，也有人说是《沔水》之误。如从后者，则重耳赋这首诗所取义在其首二句："沔彼流水，朝宗于海。"其本义是诸侯朝见天子。这里以海喻秦，自比为水，当然是奉承秦伯之意。秦伯所赋的《六月》本是歌颂尹吉甫辅佐宣王征伐的，这里比喻重耳还晋定能振兴晋国，并像尹吉甫那样辅佐天子。这是十分隆重的祝福了。所以赵衰请重耳拜谢秦伯之赐。

---

① 顾颉刚：《论诗经所录全为乐歌》，见《古史辨》第三册下，上海书店《民国丛书》影印本，第649页。

② 参见《国语·鲁语下》，见《国语·战国策》，岳麓书社1988年版，第52页。

③ 《左传》卷五，岳麓书社1988年版，第74页。

第二,表达请求或建议的意思。文公七年晋国的先蔑要出使秦国,他的同僚荀林父劝他不要去,先蔑没有听从。于是荀林父赋《板》的第三章,先蔑还是没有接受他的劝告。《板》第三章:"我虽异事,及尔同僚。我即尔谋,听我嚣嚣。我言维服,勿以为笑。先民有言,询于刍荛。"意思极为明显:希望对方听自己的劝告。

文公十四年冬,鲁文公由晋返鲁,途经郑国。郑伯与之相见。宴饮之际,郑大夫子家赋《鸿雁》,取诗中"爰及矜人,哀此鳏寡"之义,隐含的意思是请求文公返回晋国,为郑国说情。鲁大夫季文子赋《四月》,取其"乱离瘼矣,爰其适归"句,借以表达离家已久,倍受辛劳,希望早日回归的意思,这是对郑大夫之请求的委婉回绝。接着子家又赋《载驰》之四章表达小国有急,希望大国帮助之义。于是季文子赋《采薇》第四章,取其"岂敢定居,一月三捷"句义,表示答应为郑国返回晋国说情。

这两个例子都是以赋诗的形式表达请求、建议的,前者发生在同僚之间,说明春秋时的赋诗范围极广,并不仅限于聘问朝觐的外交场合。第二个例子则是用赋诗的方式解决重大外交问题最成功的事例之一,说明赋诗作为一种独特的外交辞令具有一般言说方式所无法比拟的作用。

第三,表达讽刺、警告或批评的意思。襄公十四年卫献公因失礼惹恼了卫大夫孙文子,孙文子出走到戚这个地方,派儿子孙蒯入朝请命。献公命太师唱《巧言》之卒章。此章有"彼何人斯?居河之麋,无拳无勇,职为乱阶"之句,献公借此喻孙文子意欲作乱。所以太师认为不妥,就推辞不唱。这时对献公一直怀恨在心的师曹(乐人)自告奋勇地要唱。献公同意他唱,而他却诵了一遍(按,这个师曹用心险恶,希望孙文子造反,唯恐孙蒯不明白诗的讽刺义,所以才改唱为诵的)。

襄公二十七年,齐国执政的大夫庆封到鲁国聘问,鲁国大夫叔孙宴请他。席间庆封表现不够恭敬,于是叔孙就赋了《相鼠》,取其"相鼠有皮,人而无仪;人而无仪,不死何为"是极为明显、也极为尖刻的讥刺了,奇怪的是庆封居然浑然不觉,可见此时某些贵族已经对诗书之类的典籍很生疏了。这也是“礼崩乐坏”的表现之一。襄公二十八年庆封再一次到鲁国,叔孙招待他时又请乐工诵《茅鸱》之诗(按,请乐工诵是为了让庆封听清楚词义)。这首诗是逸诗,据说是“刺不敬”①,庆封听了依然无动于衷。

这两个赋诗的例子说明春秋时君臣之间、外交场合都可以借赋诗来表达某种否定性的意见,诗于是成为打击对方的有力武器。

从以上分析中可以看出,春秋时期的赋诗活动完全不具有现代意义上的审美功能。由于“诗”在贵族社会中成了一种通行的、具有固定“交往意义”的话语系统,因而也就失去了它本来应该具有的个体情感宣泄与审美体验的性质(就诗的发生而言,它应该具有这种性质,即使是“劳者歌其事、饥者歌其食”的“里巷歌谣”也是如此)。具有审美愉悦性质的诗歌创作与欣赏,是个体性精神活动,而贵族的“赋诗”却是纯粹的“公共活动”,二者判然有别。

明白了“诗”在社会交往领域中的这种重要作用,我们就不会惊诧于后来的儒家何以会将先秦那些极为朴素、纯真,有的甚至颇有些“放荡”的诗歌当作神圣的经典了。从作为民歌(或作为贵族们祭祀仪式的乐章,或作为破落贵族的怨恨之作)的“诗”,到作为贵族主要教育内容与交往话语的“诗”,再到作为儒家至高无上之经典的“诗”,这是一个“三级跳”的过程。作为贵族主要教育内容与交往话语的“诗”是对作为民歌的“诗”的“误读”(当然还有在收集、整理过程中的选择与修改),而作为儒家经典的“诗”又是对作为贵族交往话语的“诗”的“误读”——儒家,特别是汉儒在解诗上多有“发明”。

春秋赋诗这种独特的文化现象的主要功能即如上述。面对这种现象,人们难免要产生这样的疑问:彼时的贵族们何以如此喜欢“掉书袋”呢?现在看来似乎是很迂腐、很幼稚,而其温文儒雅的风度又令人心生向往。我们从文化历史语境的阐释角度来审视这种现象,大致可以得出如下几点结论:

---

① (晋)杜预:《春秋经传集解》,上海古籍出版社1988年版,第1105页。

首先,春秋赋诗是西周礼仪形式的遗留或变体。西周时是否有赋诗这回事呢?由于史料缺乏,现在已经找不到其存在与否的直接证据。但是我们从礼乐文化演变的内在逻辑来看,在西周初期诗歌作为乐章是礼乐仪式的重要组成部分,不可能存在随意赋诗明志的事。但是随着诗歌功能的演变,在正式的礼仪节目之后的"无算乐"渐渐发展起来,并因此而导致了"变风""变雅"的勃兴,这恐怕才是春秋赋诗的主要来源。"无算乐"如何进行?当然不会是乐工自作主张随便演奏歌唱,而应该是宴享的参加者们随意指定的,也就是顾颉刚先生说的"点戏"。既然是出于个人意愿的行为,在所"点"之乐歌中就必然体现了个人的兴趣、爱好,乃至某种意图。也许正是由于这个原因,这种最初出于娱乐目的而发展开来的"点戏"行为,在西周之末、春秋之时渐渐脱离宴享娱乐的范围,而演变为一种借诗歌之意来表达意见或情绪的方法。"点戏"的形式也由乐工奏唱变为点戏者自己来"赋"了。由于受过同样的教育的贵族们绝大多数都对那些诗歌文本极为熟悉,故而渐渐形成了一套"赋诗明志"的通则,即使赋诗者要表达的意思比较隐晦,听者也一样可以迅即理解其意而绝不会出现误解。《左传》中所记载的六十余次赋诗活动中,除了有齐大夫庆封的茫然不知以及卫国的宁武子、鲁国的穆叔曾因主人的赋诗不合礼制而不拜谢外,并无一次理解有误的情况。这说明在当时贵族生活的文化空间中,诗歌真的成了一种特殊的言说方式,成了人们彼此沟通的重要交往方式。

其次,赋诗之所以能够成为贵族生活中一种具有普遍性的言说方式,还在于诗歌原来所具有的那种庄严性、高贵性恰好符合了贵族作为一个社会阶层的自我认同需求。我们曾经说过,西周的礼仪制度具有确定贵族身份的政治意义。贵族之所以是贵族,除了政治上、经济上的特权地位之外,还必须有着日常生活方式上的特殊性。就是说他的一言一行都要透出神圣与高贵。否则即使他政治上、经济上高高在上,也会受到民众的蔑视——就像今天的老百姓看不起那些腰缠万贯却言谈乏味、举止粗俗的暴发户一样。贵族之为贵族，必须有文化上、生活习俗上不同于常人而又为常人所认同、所羡慕的地方，必须是时代最高文化价值的承担者，否则他们就只能是暴发户，或者是已经堕落的旧贵族。周公的制礼作乐使西周的统治阶层成为真正的贵族。这个贵族阶层直到春秋中叶之前一直是社会主流文化的承担者。诗歌本来是礼乐文化的重要组成部分，即使它的功能发生了重要变化，从仪式化的歌舞乐章成了一种言说方式，但它依然具有某种神圣的色彩，正是这种神圣色彩使它作为言说方式依然可以成为贵族的身份性标志，也使贵族在用这种方式进行交流的过程中感到自己的高贵身份得到了确证。庆封之类的贵族因不懂得这种交往方式而受到轻蔑就是因为他有损于这种贵族的身份性。因此赋诗只能是中国古代贵族文化发展到一个特定时期才会出现的现象，正如两晋、六朝的清谈只能是士族文化发展到一定时期的产物一样。

"诗"具有身份性标志的意义，同时也就在一定程度上决定着人们的身份。孔子说"不学《诗》，无以言"。朱熹解释说："事理通达，而心气平和，故能言。"①这是宋儒的臆断之辞。联系《左传》所记载的种种"赋诗"史实，我们可以断定孔子此言与"诵《诗》三百，授之以政，不达；使于四方，不能专对，虽多，亦奚以为"②文义相通，都是指在外交和交际场合借助于诗来表达自己的意思。"不歌而诵谓之赋，登高能赋可以为大夫"的说法至少意味着精通《诗》是承担重要政治职责的前提条件。这与前引孔子之言是一致的。何以会如此呢？这是因为西周以来的官方学校都以诗教作为主要教育内容之一，因此精通《诗》就意味着受过良好教育。而受过良好教育、精通西周以来的文化则是一个诸侯国不可战胜的标志。班固说："古者诸侯卿大夫交接邻国，以微言相感，当揖让之时，必称诗以谕其志。盖以别贤不肖而观盛衰焉。"③这里的"别贤不肖"和"观盛衰"主要不是从诗的内容来看，而是从赋诗者对诗的熟悉程度和借诗来表达意

① （宋）朱熹：《四书集注·论语集注》，岳麓书社 1988 年版，第 253 页。
② （宋）朱熹：《四书集注·论语集注》，岳麓书社 1988 年版，第 208 页。
③ （汉）班固：《汉书·艺文志》，岳麓书社 1993 年版。

愿的准确程度来看的。如果一位大夫不能迅速领会别人赋诗的含义,或者不能恰当地赋诗来表达本人的意愿,就会被对方轻视。所以并不是说诗这种言说方式在表达自己的意愿方面有什么突出的优势,而是这种言说方式在当时的具体语境中凑巧成为显示文化修养与实力的身份性标志。于是赋诗成为一种特殊的游戏规则,要进入贵族社会的游戏中就要遵守这种规则。就如同两晋的名士们见面时常常要说一些玄远深奥的话题以显示身份一样。

但是,“诗”作为贵族文化修养的主要内容之一受到人们的高度重视,并不意味着它仅仅是贵族身份的标志。对于贵族阶层而言,“诗”的确具有极为具体的实用价值:在日常交往中,特别是在政治、军事、外交等场合,“诗”是表达意见、表明态度、传达信息的一种特有的方式。观《左传》等史籍引诗,尽管引者所要表达的意思与诗句本身固有的意义往往风马牛不相及,往往极为隐晦难测,但听者从不错会其意,而是立即就能准确地明白赋诗者所要表达的意念。这说明“诗”在当时的确是一种在贵族社会中具有普遍性的交往话语系统。每首诗,甚至每句诗都有某种不同于其原本意义、但又较为固定的“交往意义”,是贵族教育和具体的文化语境赋予了“诗”这种特殊的交往功能。

第三,赋诗之所以成为那个时期具有普遍性的言说方式,还与诗歌所独有的含蓄、委婉特性有关。无论是请求别人如何,还是拒绝别人的请求,用赋诗来表达意思都比直接说来得委婉一些。这样至少不会令对方觉得过于难堪。《诗大序》说风诗“主文而谲谏,言之者无罪,闻之者足以戒”,郑玄《六艺论》说诗可以对君主“诵其美而讥其过”,可以说准确地指出了用诗歌表情达意这一含蓄的特征。用这种方式来“美”,不能算是阿谀奉承;用这种方式来“刺”,也不能算是恶意诽谤。郑国的大夫伯有之所以敢于赋《鹑之奔奔》来讥刺自己的国君,也正是基于这种特殊言说方式所具有的委婉性。

二、关于引诗

从《左传》和《国语》《战国策》的记载来看，引诗与赋诗的区别在于：赋诗是为着表达某种完整的意思而专门诵唱一首完整的诗，带有某种程式化色彩；引诗则是在言谈过程中为了加强言说的说服力或增强效果而随机引用诗句。赋诗的风气随着贵族阶层的消失而在战国时代就基本上不存在了；引诗则不仅战国时期仍极为普遍，而且直到两汉时期在士大夫们的正式言说中依然是随处可见的。正如赋诗常常能够起到意想不到的效果一样，引诗也的确可以大大增强言说的说服力，从而达到自己的目的。联系具体历史语境，关于引诗问题有两点值得注意：

第一，《左传》《国语》所记载的春秋时期贵族们的引诗是一种普遍现象，凡是贵族，从诸侯、君主到卿大夫，都有可能引诗。而在诸子之中却只有儒家大量引诗（墨家也有引诗，但远不如儒家那样多），而以老庄为代表的道家，以商鞅、韩非为代表的法家和以孙子为代表的兵家等均不引诗。这是何故呢？这说明在春秋之时《诗》是贵族阶层的通行话语，熟稔诗歌是贵族的基本修养，是一种身份性标志。而在春秋末期开始的“子学时代”，《诗》成了一种可供选择的文化遗产——你可以选择它，也可以不选择它。所以有人将其视为金玉瑰宝，有人则对之不屑一顾。从更深一层来看，在贵族时代，《诗》代表着一种统一的价值观念和意识形态，人们通过赋诗、引诗来表达意愿是以共同的评价尺度为依据的。而在“子学时代”，统一的价值观念和意识形态已然不复存在，人人都有自己的思想，意识形态多元化了，因此《诗》所代表的意识形态或许正是言说者否定的东西，他当然不会引诗来作为自己的论据了。儒家以恢复周礼为己任，将那伴随着贵族制度合法性的丧失而失去合法性的西周的礼乐文化视为最高价值准则，故而时时要引诗来证明自己的观点。《庄子·天下篇》指出：“古之人其备乎！配神明，醇天地，育万物，和天下，泽及百姓，明于本数，系于末度，六通四辟，小大粗精，其运无乎不在。其明而在数度者，旧法世传之史，尚多有之。其在于《诗》《书》《礼》《乐》者，邹鲁之士、缙绅先生，多能明之。……其数散于天下而设于中国者，百家之学时或称而道之。”这里所说的“古之人”即使不完全是指西周之人，也必定包括他们在内，因为很显然这里所讲的是具有一以贯之的价值观念的整体性意识形态，是理想化了的古代文明。在《天下篇》的作者看来，儒家所尊奉的西周礼乐文化只是这种古代文明的一部分而已。观此篇下文的“天下大乱，贤圣不明，道德不一，天下多得一察焉以自好。譬如耳目鼻口，皆有所明，不能相通”之论，是说包括儒家在内的诸子百家都不过拈取了古代文化的一个方面而已。也就是说，虽然诸子百家都是继承古代文明而来，但在此时已经成为仅得一孔之见的“一曲之士”了。总体来看，《天下篇》所见甚明，百家之学虽然纷纭复杂，但究其本都是从往代的文化分化而来。不过由于大家所取不同，创新程度有异，故而全然彼疆此界，扞格不入了。诸子对《诗》的不同态度正说明这种价值观念的多元化格局业已形成。

第二，同为史书，《左传》《国语》记载的引诗与《战国策》记载的引诗有着重要的差异。现各举二例如下：

先看《国语》和《左传》的引诗二例，其一，晋公子重耳出逃至齐，齐桓公以女妻之，重耳有终齐之志，其从者子犯等人密谋挟持重耳离齐，被姜氏知晓。姜氏劝重耳听从从者意见离齐而谋国。其云：“子必从之，不可以贰，贰无成命。《诗》云：‘上帝临女，无贰尔心。’先王其知之矣，贰将可乎？子去晋难而极于此。自子之行，晋无宁岁，民无成君。天未丧晋，无异公子，有晋国者，非子而谁？子其勉之！上帝临子，贰必有咎。”重耳表示要终老于齐，姜氏又说：“不然。《周诗》曰：‘莘莘征夫，每怀靡及。’夙夜征行，不遑启处，犹惧无及。况其顺身纵欲怀安……西方之书有之曰：‘怀与安，实疚大事。’《郑诗》云：‘仲可怀也，人之多言，亦可畏也。’”①（前引见《大雅·大明》；次引为逸诗；后引为《郑风·将仲子》）其二，晋灵公不君。飞弹射人取乐，厨师炖熊掌不熟而杀之。忠臣赵盾数谏不入，及

① 《国语》卷十，《晋语四》，岳麓书社标点本1987年版，第340—341页。

见之,灵公先言之:"吾知所过矣,将改之。"赵盾回答说:"人谁无过?过而能改,善莫大焉。诗曰:'靡不有初,鲜克有终。'夫如是,则能补过者鲜矣。君能有终,则社稷之固也,岂惟群臣赖之。又曰:'衮职有缺,惟仲山甫补之。'能补过也。君能补过,衮不废矣。"[①](前引为《大雅·荡》之句;后引为《大雅·烝民》之句)

再看《战国策》引诗二例,其一,"温人之周,周不纳。客即对曰:'主人也。'问其巷而不知也,吏因囚之。君使人问之曰:'子非周人,而自谓非客,何也?'对曰:'臣少而诵《诗》,《诗》曰:"普天之下,莫非王土。率土之滨,莫非王臣。"今周君天下,则我天子之臣,而又为客哉?故曰"主人"。'君乃使吏出之。"[②]其二,秦国有意伐楚,楚春申君黄歇使于秦说秦昭王曰:"《诗》云:'靡不有初,鲜克有终。'《易》曰:'狐濡其尾。'此言始之易,终之难也。何以知其然也?智氏见伐赵之利,而不知榆次之祸也;吴见伐齐之便,而不知干隧之败也。此二国者,非无大功也,设利于前,而易患于后也。吴之信越也,从而伐齐,既胜齐人于艾陵,还为越王禽于三江之浦。……《诗》云:'大武远宅不涉。'从此观之,楚国,援也;邻国,敌也。《诗》云:'他人有心,予忖度之。跃跃毚兔,遇犬获之。'今王中道而信韩魏之善王也,此正吴信越也。"[③](此处引诗四例,第一见《小雅·北山》;第二见《大雅·荡》;第三为逸诗;第四见《小雅·巧言》)

无可否认,无论是《国语》《左传》,还是《战国策》,其所引诗都是本着"断章取义"的原则来进行的。然而正是这样,我们才可以更加清楚地看到它们之间的重要差异。看《国语》《左传》引诗,姜氏所引三诗都是旨在强调一种责任感,隐隐含有某种神圣的意味;赵盾所引旨在说明改过、补过的不易,从而指出唯其不易,故而弥足珍贵。二者虽然所指不同,但都是用诗来标举某种精神价值。就是说,《诗》之所以能够借以增加言说的说服力,是因为它负载着神圣的价值依据,具有不容怀疑的权威性。《战

① 《左传·宣公二年》,岳麓书社标点本 1988 年版。
② 《战国策》卷一,《东周策》,岳麓书社标点本 1988 年版。
③ 《战国策》卷六,《秦策四》,岳麓书社标点本 1988 年版。

国策》引诗的情况就大不相同了。“温人”引《小雅·北山》之句,并非要强调周王室的权威,而纯粹是一种狡辩。其目的只有一个,就是确保自己不受责罚并为周所纳。楚人黄歇的引诗也同样没有任何道德或精神价值方面的含义,而只是想令秦王明白一件事:伐楚是愚蠢的,肯定会吃大亏。对于《战国策》中的引诗者来说,《诗》不是精神价值的资源,而是机巧权变的渊薮。

那么,这两种引诗的情况说明什么问题呢?这充分地说明了诗的功能的变化。在春秋时期,诗作为贵族社会独特的交往方式,是以诗所蕴含的价值为前提的。诗的价值不是某个人赋予的,甚至不是作诗者本人所赋予的,它是特定的政治状况以及由其所决定的文化空间的产物。从人神关系上的言说到君臣关系上的言说,再到贵族社会不同个人、不同集团之间,甚至不同诸侯国之间的言说,诗经历了由神圣性话语向政治性话语,再向标志着身份、尊严与智慧的修辞性话语的演变过程。在这一过程中,诗的功能是在不断变化的,但是它始终指涉某种精神价值,是作为这种与贵族的生活方式密切相关的精神价值的“能指”而存在的。然而随着贵族社会的分崩离析,社会开始重新组织自己的秩序,诗所指涉的那种精神价值已经被当作愚蠢的象征时,诗的功能就进一步发生了根本性的变化:失去了价值内涵,成为一种纯粹的语言修辞术。引诗不再是张扬或标榜某种精神性的价值或意义,而是直接指向功利的目的。诗之所以还被引用,是由于文化习惯使得诗还残存着一点影响力,可以增强言说的效果。用韩非子的话来说,战国是“争于气力”的时代。那些游说诸侯、追逐富贵的纵横策士根本没有任何人生的价值准则,人人都是唯利是图之辈。他们也都是博古通今、满腹经纶,但这不是为了道德和人生价值上的追求,而是求富贵,求飞黄腾达的资本。所以春秋时期的贵族们引诗的“断章取义”是以“误读”的方式来赋予那些本来没有价值的诗以价值;战国的策士们的“断章取义”则是改变诗的原有之意而使之符合自己言说的需要。例如“靡不有初,鲜克有终”这两句诗,本义是讽刺周厉王暴虐昏聩，使周王室由盛而衰的。赵盾引之，是要说明人改过从善之难，而正因为难，故而更显得可贵这样一个道理；而在黄歇那里则是要说明出于获得利益的目的而与他国结盟，结果却受到损失这样一个道理。着眼点是大不相同的。

诗的功能的这种变化标志着诗作为具有神圣性、权威性、身份性的言说方式已经成为明日黄花。对于整个文化领域来说，贵族文化意义上的诗已经走向消亡。这也就是孟子"王者之迹熄而诗亡"的真正含义。"诗亡"绝非仅仅是一种文化现象而已，它是一种象征，暗含着社会结构的根本性变化，也标志着中国古代真正意义上的贵族阶层的永远消失。此后代替这个阶层而成为中国社会之中坚的，就是那个进而为官、退而为民，因而介乎于统治者与被统治者之间的士人阶层了。

第二节 论作为"立法"策略的孔子诗学

春秋战国是一个"礼崩乐坏"的时代。"礼崩乐坏"不仅仅是指西周的典章制度受到破坏，而更主要的是表明了在三百年的西周贵族社会中形成的那套曾经是极为有效的、被视为天经地义的价值观出现了合法性危机。这就出现了"价值真空"的局面。人们都是按照自己的利益行事，不再相信任何普适性的道德和信仰的价值规范。韩非所说的"上古竞于道德，中世逐于智慧，当今争于气力"①正是指这种情形。各诸侯国的统治者们都奉行实力政策，全副精神用于兼并或反兼并的政治、外交和军事活动，根本无暇顾及意识形态的建设。于是那些处于在野地位的士人思想家就当仁不让地承担起建构新的社会价值观念体系，即为天下立法的伟大使命。此期的诗学思想也与这种"立法"冲动密切相关。

① （战国）韩非子：《五蠹》，见《韩非子》卷十九，四库全书本。

一、孔子对诗歌功能的新理解

那么士人思想家为自己的立法行为所采取的策略和价值取向是怎样的呢？这里我们主要看儒家的情况：

如前所述,西周礼乐文化的直接继承者是儒家士人。表面看来,儒家士人是士人阶层中最为保守的一部分,实际上他们与主张彻底抛弃礼乐文化的道家以及主张用夏礼的墨家并无根本性区别,他们都是在建构一种社会乌托邦,目的是为社会制定法则。区别仅在于:儒家是要在废墟的基础上,利用原有的材料来建构这个乌托邦,而道家、墨家则是要重新选择地址来建构它。所以儒家也不是什么复古主义,他们同样是要建构乌托邦。正是出于这样的目的,他们就必然要对那些原有的建筑材料——西周的文化遗存进行新的阐释,赋予其新的功能;又因为他们毕竟是借助了原有的建筑材料,所以他们的乌托邦也就必然留有旧建筑的痕迹。这两个方面都在儒家关于诗歌功能的新阐发中得到表现。

孔子对诗歌功能的理解与诗歌在西周至春秋时期的实际功能已然相差甚远。例如颂诗和二雅的一部分原本是在各种祭祀仪式中用来“告于神明”的乐舞歌辞,这可以说是诗歌在西周官方意识形态中最早的也是最基本的功能了。但是声称“吾从周”的孔子却对诗的这种重要功能视而不见。这是什么原因呢？其实很简单:在孔子的时代,诗歌原有的那种沟通人神关系的功能已经随着西周贵族制度的轰毁而荡然无存了。而孔子的言说立场也不再是处于统治地位的贵族立场,而是处于民间地位的士人立场。在西周的文化历史语境中,诗歌作为人神关系中的言说方式实际上负载着强化既定社会秩序、使贵族等级制获得合法性的重要使命。而对于孔子所代表的儒家士人来说,重要的是建构一种新的社会乌托邦,而不是强化已有的社会秩序。

但是孔子对于诗歌原有的沟通君臣关系的功能十分重视。他说:“《诗》可以兴,可以观,可以群,可以怨。迩之事父,远之事君;多识鸟兽草木之名。”①诗如何可以“事君”呢？这里主要是靠其“怨”的功能。孔子将“怨”规定为诗歌的基本功能之一，是对西周之末、东周之初产生的那些以“怨刺”为主旨的“变风变雅”之作的肯定。“怨”不是一般的发牢骚，而是向君主表达对政事不满的方式，目的是引起当政者重视而有所改变。所以，孔安国认为“怨”是指“怨刺上政”，是比较合理的解释；朱熹将其释为“怨而不怒”就明显隔了一层。“怨刺上政”并不是单方面地发泄不满情绪，而是要通过“怨”来达到影响“上政”的目的。这样才符合“事君”的原则。我们知道，在西周至春秋中叶之前，在贵族阶层之中，特别是君臣之间的确存在着以诗的方式规劝讽谏的风气。《毛诗序》所谓“上以风化下，下以风刺上，主文而谲谏，言之者无罪，闻之者足以戒，故曰风”或许并不是想当然的说法，而是对古代贵族社会内部某种制度化的沟通方式的描述——诗歌被确定为一种合法的言说方式，用这种方式表达不满，即使错了也不可以定罪。

所以孔子对诗歌“怨”的功能的强调并不是赋予诗歌新的功能，而是对诗歌原有功能的认同。孔子虽然已经是以在野的布衣之士的身份来言说，但是他的目的是要重新建立一种理想的政治秩序，所以对于西周文明中的某些方面还是要有选择地保留的。

诗歌在春秋时期政治生活中那种独特的作用即“赋诗明志”，大约是西周时期贵族内部某种以诗歌来沟通人际关系的言说方式的泛化。根据《左传》《国语》等史籍记载，在聘问交接之时通过赋诗来表达意愿，并通过对方的赋诗来了解其意志，甚至国情，成了普遍的甚至程式化的行为。赋诗的恰当与否有时竟成为决定外交、政治、军事行动能否成功的关键。

尽管“赋诗明志”的文化现象与孔子的价值取向并无内在一致性，但是对于诗歌这样实际存在的特殊功能，孔子却不能视而不见。所以他教导自己的儿子说：“不学诗，无以言。”②又说：“诵《诗》三百，授之以政，不

---

① 《论语·阳货》，《四书集注》本，岳麓书社标点本1987年版。
② 《论语·季氏》，《四书集注》本，岳麓书社标点本1987年版。

达;使于四方,不能专对;虽多,亦奚以为?”[1]这里“无以言”的“言”,显然即是“专对”之义,指外交场合的“赋诗明志”。孔子这里提倡的是诗歌的实用功能,与儒家精神无涉。所以随着诗歌的这种实用功能的失去,在孔子之后的儒家如子思、孟子、荀子等人那里再也无人提及它了。

二、孔子诗学与儒家的自我神圣化

孔子毕竟是新兴的知识阶层的代表人物,他对诗歌的功能自然会有新的阐发。他之所以不肯放弃对诗的重视是因为儒家的基本立法策略是在原有文化资源的基础上进行建构而不是另开炉灶;而他之所以要赋予诗歌新的功能是因为他毕竟代表了一种新的文化价值取向。

孔子对诗歌功能的新阐发,或者说赋予诗歌新的功能主要表现在将诗歌当作修身的重要手段上。《为政》说:“《诗》三百,一言以蔽之曰:思无邪。”“思无邪”本是《鲁颂·駉》中的一句,是说鲁僖公养了很多肥壮的战马,这是很好的事情。这里并不带有任何的道德评价的意味。但是在孔子这里被理解为“无邪思”之义。朱熹说:“‘思无邪’,《鲁颂·駉》篇之辞。凡诗之言,善者可以感发人之善心,恶者可以惩创人之逸志,其用归于使人得其情性之正而已。然其言微婉,且或各因一事而发,求其直指全体,则未有如此之名且尽者。故夫子言《诗》三百篇,而唯此一言足以尽盖其义,其示人之意亦深切矣。程子曰‘思无邪’者,诚也。”[2]这里当然有宋儒的倾向,但是大体上是符合孔子本意的。这可由其他关于诗的论述来印证。其云:“兴于诗,立于礼,成于乐。”汉儒包咸注“兴于诗”云:“兴,起也。言修身当先学诗。”[3]朱熹注云:“兴,起也。《诗》本性情,有邪有正。其为言既易知,而吟咏之间,抑扬反复,其感人又易入。故学者之初,所以兴起其好善恶恶之心而不能自已者,必于此而得之。”可知汉儒、宋儒

① 《论语·子路》,《四书集注》本,岳麓书社标点本1987年版。

② 《论语·为政》,《四书集注》本,岳麓书社标点本1987年版。

③ 见刘宝楠《论语正义》卷九引,《诸子集成》本。

持论相近，都是认为孔子将诗歌作为修身的必要手段。孔子又说："人而不为《周南》《召南》，其犹正墙面而立也与？"[①]意思是说一个人只有学习了《周南》《召南》才会懂得修身齐家的道理，才会做人，否则就会寸步难行。同样是将诗歌作为修身的手段。在孔子看来，西周时期的礼乐文明主要在于它是一种美善人性的表现，而不在于其外在形式。所以他说："礼云礼云，玉帛云乎哉？乐云乐云，钟鼓云乎哉？"[②]按照孔子的逻辑也完全可以说："诗云诗云，文字云乎哉？"——诗歌的意义不在于文辞的美妙，而在于其所蕴含的道德价值。

由此可见，原本或是祭祀活动中仪式化的乐舞歌辞，或是君臣上下沟通方式的诗歌，或是民间歌谣的诗歌，在孔子这里被阐发为修身的必要手段。诗歌原本具有的那些功能：贵族的身份性标志、使既定社会秩序合法化以及沟通上下关系、聘问交接场合的外交辞令等，在孔子的"立法活动"或价值重构工程中都让位于道德修养了。那么孔子为什么要将修身视为诗歌的首要功能呢？这是一个极有追问价值的问题，因为这个话题与孔子所代表的那个知识阶层的身份认同直接相关，同时也是一种"立法"的策略。对此我们在这里略做探讨。

孔子所代表的这个被称为（亦自称为）"士"的知识阶层是很独特的一群人。依照社会地位来看，他们属于"民"的范畴，没有俸禄，没有职位，不像春秋以前的作为贵族的"士"那样有"世卿世禄"的特权。他们之所以能够成为一个独立的社会阶层，唯一的依据就是拥有文化知识。此外他们可以说一无所有。但是这个阶层却极为关心天下之事，都具有强烈的政治干预意识。这或许是他们秉承的文化资源即西周的王官文化所决定的；或许是因为他们生存在那样一个战乱不已、动荡不安的社会现实中，希望靠关心天下之事、解决社会问题来寻求安定的社会环境，从而解决自己的生存问题。不管什么原因，这个阶层的思想代表们——诸子百

① 《论语·阳货》，《四书集注》本，岳麓书社标点本 1987 年版。
② 《论语·阳货》，《四书集注》本，岳麓书社标点本 1987 年版。

家都是以天下为己任的,都试图为这个濒于死亡的世界秩序提供疗救的良药。

诸子百家之学本质上都是救世的药方。那么如何才能救世呢?

首先就是为这个混乱无序的世界制定法则。所以诸子百家实际上人人都在扮演立法者的角色。如果说老庄之学的主旨是要将自然法则实现于人世间,即以自然为人世立法,那么儒家学说则是要在西周文化遗留的基础上改造原有的社会法则。在充当立法者这一点上,老庄孔孟与其他诸家并无不同。那么,他们凭什么认为自己是立法者呢?或者说,他们是如何将自己塑造为立法者这样一种社会角色的?

儒家的策略是自我神圣化。我们知道,儒家是在继承西周文化的基础上来建构自己的学说的,商人尊鬼神,周人重德行,所以他们就抓住了一个“德”字来为自己的立法者角色确立合法性。看西周典籍如《周书》以及《周易》《周颂》《周官》等,周人的确处处讲“德”。如《洪范》讲“三德”、《康诰》讲“明德慎罚”、《酒诰》讲“德馨香祀”、《周礼》讲“六德”、《周颂·维天之命》讲“文王之德之纯”等等。这都说明周人确实是将“德”当作一种最重要的、核心的价值观看待的。周人所谓的“德”是指人的美德,也就是在人际关系中表现出来的一种恭敬、正直、勤勉、勇毅、善良的品质。盖西周政治是以血亲为纽带的宗法制度,所以要维持贵族内部的和谐团结就必须有一种统一的、人人自觉遵守的伦理规范。“德”就是这种伦理规范的总体称谓。孔子对周人遵奉的伦理规范加以改造,使之更加细密、系统,从而建构起一种理想化的圣贤人格。仁义礼智、孝悌忠信是这种理想人格的基本素质。这八个字可以说是孔子教授弟子的最基本的内容,同时也是儒家士人自我神圣化的主要手段。例如“君子”本来是对男性贵族的统称,如《诗经·魏风·伐檀》的“彼君子兮,不素餐兮”之谓,就是针对贵族而言。但是到了孔子这里,“君子”就成了一种道德人格:有修养、有操守的人称为君子,反之则是小人。例如他说:“君子之于天下也,无适也,无莫也,义之与比。”又说:“君子怀德,小人怀土。

君子怀刑，小人怀惠。”又说：“君子喻于义，小人喻于利。”[①]孔子要求他的弟子都要做君子，不要做小人。君子、小人之分暗含着对立法权的诉求：我是君子，所以我有权为天下制定法则。

所以孔子对圣贤人格或君子人格的建构过程，也就是证明自己立法活动之合法性的过程。而且这种君子人格所包含的价值内涵实际上也就是孔子所欲立之“法”的重要组成部分。这样立法活动与证明立法权之合理性的活动就统一起来了。这真是极为高明的文化建构策略。然而，无论孔子的策略如何高明，在当时的文化历史语境中，他的立法活动都是无效的，因为除了儒家士人内部，他再也没有倾听者了。他的价值观念无法得到社会的认同，因此也就无法真正获得合法性。但是作为一种完整的话语系统，孔子的思想在后世得到了最为广泛、最为长久的普遍认同，同时孔子本人也被后世儒者继续神圣化，直至成为人世间一切价值的最高权威。这正是孔子特别强调诗歌的修身功能根本原因之所在。

孔子在为天下立法过程中建构起的话语体系可以说是中国古代最早的精英文化。孔子及其追随者为了维护这种精英文化的纯洁性，极力压制、贬低产生于民间的下层文化。因为只有在与下层文化的对比中方能凸现出精英文化的“精英”性来。这一点在孔子对“雅乐”的维护与对“郑声”即“新乐”的极力排斥上充分地表现出来。他说：“恶紫之夺朱也，恶郑声之乱雅乐也，恶利口之覆邦家者。”[②]这里所谓“雅乐”是指西周流传下来的贵族乐舞，其歌辞便是《诗经》中的作品。这类诗乐的特点按孔子的说法是“乐而不淫，哀而不伤”的，是可以感发人的意志，引导人向善的。“郑声”则是产生于郑地的民间新乐，其特点是“淫”，即过分渲染感情。

孔子通过对“雅乐”与“郑声”的一扬一抑、一褒一贬确立了儒家关于诗歌评论的基本原则，凸显了精英文化与民间文化的根本差异，并确立了

---

① 《论语·里仁》，《四书集注》本，岳麓书社标点本1987年版。
② 《论语·阳货》，《四书集注》本，岳麓书社标点本1987年版。

精英文化的合法地位。实际上,如果"郑声"仅仅是一种自生自灭的民间文化,孔子恐怕也没有兴趣去理睬它。看当时的情形,"郑声"这种民间艺术似乎颇有向上层渗透的趋势,甚至有不少诸侯国的君主都明确表示自己喜欢"新声",而不喜欢"雅乐"。也就是说,"新声"以其审美方面的新奇与刺激大有取代"雅乐"的趋势。孔子是精英文化的代表者,为了维护精英文化的合法性,就必然会贬抑民间文化,这里并不完全是由于价值观上的差异。孔子凸显精英文化之独特性的根本目的还是要与统治者的权力意识及民间文化区分开来,以便充分体现儒家学说作为"中间人"的文化角色,如此方可代天下立言。

三、孔子诗学产生的历史语境

下面让我们来看在孔子对《诗》的理解中是如何贯穿这种文化角色以及这种文化角色是如何影响到孔子的诗学观念的。这可不是个小事情,因为影响了孔子的诗学观念也就等于影响了两千多年的中国古代诗学。

据《史记·孔子世家》记载,孔子曾经将原有的三千多首诗作"去其重",编订为后来《诗经》的规模。于是便有了历代相传的孔子删诗的说法。自清代以来,疑者蜂起。不管孔子是否真的对《诗经》进行过整理加工,都丝毫不影响他在诗学观念上的伟大贡献。我们完全可以说,孔子是中国古代第一个对诗歌功能做出全面、深刻阐述的思想家。但是,孔子的诗学观念又是十分复杂的,以往人们对这种复杂性往往缺乏足够的认识,当然也就谈不上深入理解了。在我看来,孔子诗学的这种复杂性主要来自于他对诗歌功能的认定乃是出于不同的文化语境,或者说,是出于对诗歌在历史流变中呈现出的多层次、多维度的政治文化功能的兼收并蓄。而贯穿其中的一条主线,则是对《诗》充当"中间人"的意识形态功能的坚持。还是先让我们看一看孔子是如何论及诗歌功能的吧!

1. "兴于诗,立于礼,成于乐。"(《泰伯》)

2. “人而不为《周南》《召南》，其犹正墙面而立也与？”（《阳货》）

3. “诵《诗》三百，授之以政，不达；使于四方，不能专对，虽多，亦奚以为？”（《子路》）

4. “不学诗，无以言。”（《季氏》）

5. “小子何莫学夫《诗》？《诗》可以兴，可以观，可以群，可以怨。迩之事父，远之事君；多识鸟兽草木之名。”（《阳货》）

以上五条是孔子对于《诗》的功能的基本看法。我们如果稍稍进行比较就不难发现，这些功能实际上并不是处于同一层面的，它们并不是同一文化历史语境的产物，简单说，它们并不都是可以同时存在的。这种情形是如何形成的呢？为了解决这个问题，我们就必须进一步追问：这些看法是怎样形成的呢？是孔子对诗歌在实际的政治文化生活中之作用的概括总结，还是他寄予诗歌的一种期望？是他个人对诗歌功能的理解，还是当时普遍的观念？

上引1、2两条，毫无疑问是讲修身的。对于“兴于诗”，朱熹注云：“兴，起也。《诗》本性情，有邪有正。其为言既易知，而吟咏之间，抑扬反复，其感人又易入。故学者之初，所以兴起其好善恶恶之心而不能自已者，必于此而得之。”[①]朱熹的意思是，由于《诗》是人的本性的呈现，所以具有激发人们道德意识的功能。关于第2条，历代注家皆以为“不为《周南》《召南》”，即意味着不能自觉进行道德修养，就像面墙而立一样，寸步难行。然而考之史籍，修身实非诗歌的固有功能。据《周礼》《礼记》记载，诗歌的确是周人贵族教育的重要内容。但是在西周，诗与乐结合，同为祭祀、朝觐、聘问、燕飨时仪式的组成部分，属于贵族身份性标志的重要方面。而在春秋之时，诗则演化为一种独特的外交辞令，更不具有修身的意义。所以孔子在这里所说的修身功能是他自己确定的教育纲领，当然也是他授徒讲学的实践活动所遵从的基本原则。因此孔子关于诗歌修身功能的言说可以说是他与弟子们建构的私学文化语境的产物，在当时是

① （宋）朱熹：《四书集注·论语集注·泰伯》，岳麓书社1987年版，第150页。

没有普遍性的。根据孔子的道德观念与人格理想,他的修身理论的主要目的是要将人改造成能够自觉承担沟通上下、整合社会、使天下有序化的意识形态的人:在君主,要做到仁民爱物、博施济众;在士君子,要做到对上匡正君主,对下教化百姓;在百姓,则要做到安分守己、敬畏师长。

总之,孔子基于"修身"的道德目的来理解《诗》,就必然使他的"理解"成为一个价值赋予的过程。无论一首诗的本义如何,在孔子的阐释下都会具有道德的价值——这正是后来儒家《诗经》阐释学的基本准则。

第 3、4 条是讲诗歌的政治功能。看看《左传》《国语》我们就知道,这是春秋时普遍存在的"赋诗言志"现象的反映。《左传》一书记载的"赋诗"活动有 60 余次,其中最晚的一次是定公四年(前 506 年),楚国的大夫申包胥到秦国求援,秦哀公为赋《无衣》。这一年孔子已经 45 岁。这说明在孔子生活的时代,"赋诗言志"依然是贵族的一项受到尊重的并具有普遍性的才能。尽管在论语中没有孔子赋诗的记载,但我们可以想见,在他周游列国的漫长经历中,一定也像晋公子重耳那样,所到之处,与各国君主、大夫交接之时常常以赋诗来表情达意。这样,孔子对诗的"言"或"专对"功能的肯定就是彼时大的文化历史语境的产物,具有某种必然性。倘若在孟子或荀子那里依然强调诗歌的这一功能,那就显得莫名其妙了。对于这种对《诗》的工具主义的使用,按照孔子的思想逻辑,是不会予以太大的关注的,因为他历来主张"辞,达而已矣",并认为"刚毅木讷,近仁","巧言令色,鲜矣仁"。但是,由于在他生活的时代利用诗歌来巧妙地表情达意是极为普遍的现象,而且在某种意义上还是贵族身份的标志,所以他也不能不对诗歌的这种功能予以一定程度的肯定。

第 5 条是孔子关于诗歌功能的最重要的观点,其产生的文化语境也最为复杂。关于"兴",孔安国说是"引譬连类",朱熹注为"感发志意"。以理度之,朱说近是。此与"兴于诗"之"兴"同义,是讲修身(激发道德意识)的作用。关于"观",郑玄注为"观风俗之盛衰",朱熹注为"考见得失",二说并无根本区别,只是侧重不同而已。这是一种纯粹的政治功能。

关于“群”，孔安国注为“群居相切磋”，朱熹注为“和而不流”。二说亦无根本差异，只是朱注略有引申，而这种引申非常符合孔子本意。孔子尝云：“君子衿而不争，群而不党。”朱熹注云：“和以处众曰群。”①可见这个“群”具有和睦人际关系之意。这是讲诗歌的沟通交往功能。关于“怨”，孔安国注为“怨刺上政”，朱熹注为“怨而不怒”，意近。这也是讲诗歌的政治功能。

如此看来，“兴、观、群、怨”涉及诗的三个方面的功能。关于修身功能已如前述，不赘。关于沟通、交往功能，《荀子·乐论》有一段关于音乐功能的言说堪为注脚。其云：

> 故乐在宗庙之中，君臣上下同听之，则莫不和敬；闺门之内，父子兄弟同听之，则莫不和亲；乡里族长之中，长少同听之，则莫不和顺。故乐者，审一以定和者也……②

这里所说的“乐”是包含“诗”在内的。

关于政治功能，孔子是从两个角度说的：一是执政者的角度，即所谓“观”，也就是从各地的诗歌之中观察民风民俗以及人们对时政的态度。在《孔子诗论》中有“《邦风》，其内物也博，观人俗也”③之说，可以看作对“兴、观、群、怨”之“观”的展开。二是民的角度，即所谓“怨”，亦即人民对当政者有所不满，通过诗歌的形式来表达。《孔子诗论》云：“贱民而怨之，其用心也将何如？《邦风》是也。民之有戚患也，上下之不和者，其用心也将何如？”④这是对“怨”的具体阐释。从这里可以看出，孔子对诗歌这种“怨”的功能十分重视，并且认为“怨”的产生乃“上下不和”所致。而“怨”的目的正是欲使“上”知道“下”的不满，从而调整政策，最终达到

---

① （宋）朱熹：《四书集注·论语集注·卫灵公》，岳麓书社1987年版，第242页。
② 王先谦：《荀子集解》，上海书店影印本1986年版，第252页。
③ 李学勤释文，见《上博馆藏战国楚竹书研究》，上海书店2001年3月版，第60页。
④ 王志平释文，见《上博馆藏战国楚竹书研究》，上海书店2001年3月版，第211页。

"和"的理想状态。由此可以看出"兴、观、群、怨"说的内在联系。

这样看来,孔子对诗歌功能的确认共有四个方面:修身、言辞、交往、政治。这四种功能显然是不同文化历史语境的产物,是《诗经》作品在漫长的收集、整理、传承、使用过程中渐次表现出的不同面目的概括总结。这种对诗歌功能兼容并蓄的态度,是与孔子本人的文化身份直接相关的。如前所述,孔子祖上是宋国贵族,他本人也曾在鲁国做过官,有着大夫的身份,他晚年也受到鲁国执政者的尊重,被尊为"国老"。这些都使他常常不自觉地站在官方的立场上说话。但是,他毕竟又是春秋末年兴起的民间知识阶层(即士阶层)的代表,具有在野知识分子与生俱来的批判意识与自由精神,同时他作为传统文化典籍的传承者、整理者,作为最为博学的西周文化的专家,对文化遗产怀有无比虔诚的敬意。这样的三重身份就决定了孔子对诗歌功能的理解和主张是十分复杂的。作为现实的政治家,他不能不对当时普遍存在于政治、外交,甚至日常交往场合的"赋诗"现象予以足够的重视,所以他强调诗的言说功能;作为新兴的在野士人阶层的思想家,他对于自身精神价值的提升十分重视,深知"士不可不弘毅,任重而道远"的道理,故而时时处处将道德修养放在首位。对于长期存在于贵族教育系统中的《诗》三百,孔子也就自然而然地要求它成为引导士人们修身的方式。而他的社会批判精神也必然使其对诗歌的"怨刺"功能予以充分的重视。最后,作为西周文化的专家和仰慕者,孔子对《诗》三百在西周政治文化生活中曾经发挥过的重要作用当然心向往之。而沟通君臣、父子、兄弟乃至贵族之间的关系,使人们可以和睦相处,使社会安定有序正是诗乐曾经具有的最重要的社会功能,是周公"制礼作乐"的初衷[①]。因此对于诗歌沟通、交往功能的强调对孔子来说就具有了某种必然性。在"兴、观、群、怨"四项功能之中,后三者最突出地表现了孔子对《诗》的意识形态功能的强调。"观"实际上是对统治者的要求,即要他们通过诗歌来了解民情,从而在施政中有所依据,也就是要求统治者充

---

① 对于诗歌的这种社会功能我们在后面将有深入探讨,这里暂不展开。

分尊重人民的意愿与利益。“怨”是对人民表达意愿的权利的肯定,是鼓励人民用合法的方式对执政者提出批评。至于“群”,则更集中地体现了意识形态“中间人”的独特功能,是对和睦、有序的人际关系的吁求。

孔子将《诗经》作品在不同文化历史语境中曾经有过或者可能具有的功能熔于一炉,其目的主要是使之在当时价值秩序开始崩坏的历史情境中,承担起重新整合人们的思想、沟通上下关系、建构一体化的社会意识形态的历史使命。将社会实际问题的解决寄托于某些文化文本的重新获得有效性之上——这正是以孔子为代表的儒家思想家的乌托邦精神之体现。所以对于《诗》《书》《礼》《乐》等文化典籍,孔子都是将其作为现实的政治手段来看待的。他说:

> 先进于礼乐,野人也;后进于礼乐,君子也。如用之,则吾从先进。①

包咸注云:“‘先进’‘后进’,谓仕先后辈。礼乐因世损益,‘后进’与礼乐,俱得时之中,斯君子矣。‘先进’有古风,斯野人也。”②朱熹注云:“‘先进’‘后进’,犹言前辈、后辈。野人,谓郊外之民。君子,谓贤士大夫也。程子曰:‘先进于礼乐,文质得宜,今反谓之质朴,而以为野人。后进之于礼乐,文过其质,今反谓之彬彬,而以为君子。盖周末文胜,故时人之言如此,不自知其过于文也。’”③

根据这些注文我们可以知道,孔子之所以“从”被时人视为野人的“先进”,根本上是因为其奉行之礼乐质重于文,亦即重视实用而轻视形式。而“君子”的礼乐则相反,它过于重视形式而忽视了实用。孔子感叹:“礼云礼云,玉帛云乎哉?乐云乐云,钟鼓云乎哉?”(《阳货》)也正是强调礼乐的实用功能。孔子天真地以为,只要西周的文化典籍得以真正

---

① 《论语·先进》,岳麓书社标点本、《四书集注》本,1987年版,第179页。
② 见刘宝楠:《论语正义·先进》,《诸子集成》本,上海书店1986年影印本,第236页。
③ (宋)朱熹:《四书集注·论语集注》,岳麓书社标点本1987年版,第179页。

传承,那么西周的政治制度也就自然而然地得到恢复。实际上,尽管这些典籍曾经就是现实的政治制度,可是到了孔子时代早已经成为纯粹的文化文本了。一定的经济和政治制度可以产生相应的文化文本,而流传下来的文化文本却不能反推出它当初赖以产生、现在已经崩坏的经济、政治制度。这是先秦的儒家思想家所无法意识到的,也是先秦儒家知识分子的悲剧性命运的根本原因之所在。

第三节　论孟子的认同意识及其在诗学上的表现

在这里我们将讨论如下问题:孟子与士人阶层的自我认同;孟子的人格理想及其与孔子的差异;诗在孟子言说中的地位。

一、士人阶层的自我认同

我们先来看孟子与士人阶层自我认同的关系①。我们知道,孔子的时代是士人阶层形成的初期,同时也是士人自我意识开始觉醒的时期。因为这个阶层是最敏感并且善于思考的社会阶层,所以即使他们还不够成熟,也已经有了清醒的自我意识。例如孔子说的"士志于道,而耻恶衣恶食者,未足与议也"(《论语·里仁》);"行己有耻,使于四方,不辱君命,可谓士矣"(《论语·子路》);"切切偲偲,怡怡如也,可谓士矣"(《论语·子路》);"士而怀居,不足以为士矣"(《论语·宪问》);以及曾子所说的"士不可不弘毅,任重而道远"(《论语·泰伯》)等,都是士人阶层的自我意识,是他们的角色认同。

① 所谓"自我认同"是借用西方心理学和社会学的概念,我们这里的"自我"不是指个体主体,而是指士人阶层这个"集体主体"。在我们的语境中,"士人阶层的自我认同"是指士人阶层对自己这个阶层所具有的种种不同于其他社会阶层之特点的清醒反思与自觉建构。

到了孟子，这种士人阶层的自我认同又有了进一步发展。他说："无恒产而有恒心者，惟士为能；若民，则无恒产，因无恒心。"(《孟子·梁惠王上》)又说："志士不忘在沟壑，勇士不忘丧其元。""士之失位，犹诸侯之失国。""士之仕也，犹农夫之耕也。"(《孟子·滕文公下》)又有"士不托于诸侯"及"一乡之士""一国之士""天下之士"(《孟子·万章上》)之说。这都说明孟子和孔子一样，都对于"士"的社会角色与文化身份有着极为清醒的觉知，这是士人阶层被认为自我认同最为突出的表现。根据这种对社会身份的自我认同可得出结论，士人阶层是社会的精英，肩负着拯救这个世界的伟大使命。在他们看来，除了士人阶层之外，世上再没有什么力量有能力完成这一伟大使命了。他们严格要求自己，自我砥砺，正是欲使自己的品德与才能足以适应肩负的使命。所以孟子十分自信地说："如欲平治天下，当今之世，舍我其谁也？"(《孟子·公孙丑下》)先秦士人思想家，无论哪家哪派，大抵都怀有这样一种豪迈的志向。总体言之，孟子对孔子的发展主要表现在下面几个方面：

首先，在政治理想方面，孟子较之孔子更加具有乌托邦色彩。孔子当然也是一个乌托邦的建构者，他的"克己复礼"表面上是恢复西周的礼乐制度，实际上却是谋划一种新的社会价值体系，"仁"——其体为内在的道德意识，其作用为和睦的人际关系——是这个价值体系的核心。但是孔子毕竟较多地借助了西周的文化资源，其"正名"之说、"是可忍孰不可忍"之叹以及"君君、臣臣、父父、子子"之论都令人感到一种复古主义的浓烈味道。也就是说，孔子的乌托邦精神是隐含着的。孟子则不然，他虽然有时也不免流露出对所谓"三代之治"的向往，但是其对社会制度的想象性筹划是纯粹的乌托邦："制民之产"("五亩之宅、百亩之田")的经济政策、"与民同乐"的君主政治、"老吾老以及人之老、幼吾幼以及人之幼"的人际关系、用"仁义"统一天下的"王道"策略，都是极为美好的设想，是士人乌托邦精神的集中体现。这是因为孟子的时代西周时期的政治制度较之孔子之时破坏得更加彻底，故而即使是儒家士人也已经失去了恢复周礼的信心,只能建构更加纯粹的乌托邦了。

二、孟子的人格理想

在人格理想方面,孟子同样是继承了孔子的基本观点,但又与孔子有了很大的不同。孔子所描画的人格境界基本上是一种君子人格:彬彬有礼、谦恭平和、从容中道,能够做到"己所不欲,勿施于人"。至于圣人境界,在孔子看来,即使是尧舜这样的人也还有不足,更遑论他人了。在孟子这里,成圣成贤的信心似乎远比孔子充足。他心中的理想人格主要有如下几个特征:第一,如果说孔子追求的人格境界还主要是有良好道德修养的即遵循礼教的君子,那么,孟子所追求的则主要是特立独行的豪杰之士。所谓"志士不忘在沟壑,勇士不忘丧其元"说的是一种无所畏惧的勇武精神;所谓"富贵不能淫,威武不能屈,贫贱不能移"的"大丈夫"也说的是一种不屈不挠的勇武精神。显然,孟子的人格理想少了一点"文质彬彬",多了一点雄豪刚猛。第二,在人格修养的功夫上,孔子注重诗书礼乐与文行忠信的教育,强调由外而内的学习过程,也就是所谓"切问而近思"与"下学而上达";孟子则强调存心养性的自我修习、自我提升的过程,亦即"反身而诚,乐莫大焉"。如果说"礼"在孔子那里还是最主要的行为准则,那么到了孟子的价值观念系统中,"礼"已经不再处于核心的位置了。相反,倒是在孔子那里"不可得而闻"的"心"与"性"成了孟子学说中的核心范畴。在先秦诸子中,孟子是最关注心灵的自我锤炼、自我提升的思想家了。

在孟子看来,"心"不仅是能思之主体,而且是最终的决断者:一个人究竟能够成为怎样的人,完全取决于"心"的自由选择。他说:"耳目之官,不思而蔽于物,物交物,则引之而已矣。心之官则思,思则得之,不思则不得也。此天之所与我者,先立乎其大者,则其小者弗能夺也。此为大人而已矣。"①用现代学术话语来表述,孟子的逻辑是这样的:人具有得之

① 《孟子·告子上》,《四书集注》本,岳麓书社1987年版,第479页。

于天的先验道德理性，它构成心灵的潜意识。一个人如果自觉地发掘培育这种道德潜意识，他就可以成为一个高尚的人；反之，如果他一味为感官的欲望所牵引，其先验的道德理性就会被遮蔽，他就会沦为低级趣味的人。

但是道德理性不会自己培育自己，它同样是被选择的对象。这就需要有一个选择的主体做出最终的决定，这就是“心”。“心”依据什么来做出最终的选择呢？这是孟子未能解决，也是后世历代儒家始终未能真正解决的问题。但是这并不意味着他们没有自己的解释。联系思孟学派以及宋儒的观点，儒家对这一问题的解释是：有一种特殊的人能够自觉到先验的道德理性并予以培育，这样的人就是圣人。

孟子说：“诚者，天之道也；思诚者，人之道也。”①《中庸》也说：“自诚明，谓之性；自明诚，谓之教。”又说：“诚者，天之道也；诚之者，人之道也。诚者不勉而中，不思而得，从容中道，圣人也。诚之者，择善而固执之者也。”②这就是说，圣人不用选择就可以按照先验道德理性行事，常人则需要做出选择然后努力去做。也就是要“博学之，审问之，慎思之，明辨之，笃行之”。那么常人为什么能够做出这样的选择而避免物欲的遮蔽呢？当然是靠榜样的力量，也就是向圣人学习。这就是宋儒津津乐道的“作圣之功”。而圣人的意义也就在于主动地启发常人向着这个方向努力，这也就是“以先觉觉后觉，以先知觉后知”。这样一来，由于设定了“圣人”这样一种特殊的人，儒家的难题就迎刃而解了。所以，如果说在孔子的话语系统中，圣人是那种“博施于民而能济众”的伟大君主，那么，到了思孟学派这里，圣人实际上就成了一个逻辑起点，即推动整个存心养性、完成人格过程的“第一推动者”。所以，从社会文化语境的角度来看，圣人实际上就是最高的“立法者”，也就是儒家士人思想家自我神圣化的产物，本质上就是他们自己。所以，如果说“道”是士人阶层价值体系的最高体

① 《孟子·离娄上》，《四书集注》本，岳麓书社 1987 年版，第 404 页。
② （宋）朱熹：《中庸章句》，《四书集注》本，岳麓书社 1987 年版，第 405 页。

现,那么,“圣人”就是他们人格理想的最高体现,二者的共同点在于:都是士人阶层干预社会、实施权力运作的有效方式。

“性”是孔子不大关注而孟子极为重视的另一个重要范畴。孔子也只说过:“性相近也,习相远也。”(《阳货》)意指人们的本性本来差不多,只是后来的修习将人区分开来了。观孔子之意,似乎以为人的本性本来无所谓善恶,一切都是后天影响或自我选择的结果。孔子这样说显然是为了突出教育和学习的重要性。然而到了孟子,就大讲其“性善”之论了。孟子的逻辑是这样的:人的本性原是纯善无恶的,只是由于物欲的遮蔽与牵引,人们才误入歧途,滋生出恶的品行。善的本性植根于人“心”,即思考、辨别、反省的先验能力,这是“不学而知”“不学而能”的“良知”“良能”。恶的物欲则基于人的诸种感官,即人的肉体存在。孟子的意思是要通过强化前者来抑制后者,从而完成人格的建立健全,最后落实为社会纷争的彻底解决。后来宋儒提出“天命之性”与“气质之性”的二元论,在根本上是符合孟子的逻辑的。说到这里,很容易令我们想起被人们称为“二十世纪最伟大的人道主义者”的德裔美籍学者埃里希·弗洛姆关于人的潜能与善恶关系的论述:

> 如果说毁灭性确实一定是作为一种被禁锢的生产性能量而发展来的话,那么,把它称作人的本性中的一种潜能似乎也是对的。那么,这是否必然推出善与恶是人身上具有同等力量的潜能之结论呢?……一种潜在性的现实化依赖于现有的某种条件,比如说,就种子而言,就依赖于适宜的土壤、水分和阳光。事实上,潜在性的概念除了与它的现实化所需的特殊条件相联系之外,是毫无意义的。……如果一个动物缺乏食物,它就无法实现其潜在性的生长,而只会死去。那么,我们可以说,种子或动物具有两种潜能,从每一种潜在性中都可以推出某些在以后的发展阶段上产生的结果:一种是基本的潜能,只要适宜的条件出现,它就会实现;另一种是次要的潜能,如

果条件与实存的需要相对，它就会实现。基本潜能与次要潜能两者都是一个机体之本性的组成部分。使用“基本的”和“次要的”这些语词是为了表示，所谓“基本的”潜能发展是在正常条件下发生的，而“次要的”潜能却只能是在不正常的病态条件下才能显示其存在。

……我们已经表明，人不是必然为恶的，而只是在缺乏他生长的适宜条件的情况下才是为恶的。恶并没有它自己的独立存在，恶是善的缺乏，是实现生命之失败的结果。……在下面的篇幅里，我将努力表明，正常的个体在其本身就拥有去发展、去生长、去成为生产性的存在的倾向，而这种倾向瘫痪本身就是精神病态的症候。①

弗洛姆关于人性善恶的分析的方式当然不同于孟子，但是他们都是旨在寻求一种是人性正常发展的途径。如果用弗洛姆的两种潜能说来考察孟子的性善论，我们也可以将其所谓的“性”理解为人的“基本潜能”，而将“蔽于物”的“耳目之官”理解为“次要潜能”。两种“潜能”都存在于人的身上，不同的条件导致它们或者实现出来，或者被压抑下去。至于说到“适宜的条件”，这实际上是一个历史的范畴，在不同的时期应该有不同的表现，因为善与恶本身就是一对历史的范畴。

孟子为什么会如此重视对“性”的探讨呢？这是由其学说的基本价值取向所决定的。在孔子的时代，由于西周礼乐文化在儒家士人心目中毕竟还是一种具有诱惑力的价值系统，所以他们就将这种文化当作建构新的价值体系的话语资源和模仿对象。尽管已经是“礼崩乐坏”了，但是礼乐文化的合理性依然是自明的，至少在儒家士人心中是如此。所以他们不必花力气去证明西周文化合理性的依据是什么。

在孟子的时代一切都不同了，由于“圣王不作，处士横议”的局面早已形成，士人思想家中普遍存在着一种怀疑主义的、批判的意识，任何一

① [美]埃里希·弗洛姆：《自为的人——伦理学的心理研究》，万俊人译，国际文化出版公司1988年版，第191—192页。

种学说都无法借助自明性的逻辑起点来获得认同了。所以孟子就必须证明为什么只有实行“仁政”才能拯救世界,人们为什么有必要去“求放心”、去“存心养性”以及凭什么说每个人通过自己的自觉修养就能够成为君子甚至圣人。“人性本善”就是他整个思想体系的根基所在。孔子到西周文化中寻求话语建构的合法性依据,孟子则到人的心中去寻找这种依据——这是这两位儒学大师的主要区别所在。

第三,在最终的价值本原问题上,孟子的追问深入到了人与天地自然的同一性上,孔子则仅限于人世的范围。毫无疑问,孔子和孟子的话语建构本质上都是对价值秩序的建构,而不是为外在世界命名、分类、编码的认知性活动。所以他们的话语建构都有一个价值本原的问题:人世间一切价值的最终根基何在?孔子将这种追问限定在人世间,所谓“子不语怪力乱神”(《述而》)、“不知生,焉知死”(《先进》)、“夫子之文章可得而闻也,夫子之言性与天道不可得而闻也”(《公冶长》),等等,都说明孔子的视野是集中在人世间的人伦日用与典章制度之上的。细观孔子之论,实际上是将“性”看作无善无恶的。孟子却不然。如前所述,孟子的学说是以“人性本善”为逻辑起点的。因为人心之中本来就有善根,故而方可“存”可“养”、能“放”能“求”。但是这里还是存在着一个无法回避的问题:何以人竟会存在这种与生俱来的善之本性呢?孟子解决这个问题的办法是向天地自然寻求人世价值的最终本原。他说:

> 尽其心者,知其性也。知其性,则知天矣。存其心,养其性,所以事天也。夭寿不贰,终身以俟之,所以立命也。(《尽心上》)

朱熹释云:

> 心者,人之神明,所以具众理而应万事也。性则心之所具之理,而天又理之所从出者也。人有是心,莫非全体。然不穷理,则有所蔽

而无以尽乎此心之量。故能极其心之全体而无不尽者,必其能穷夫理而无不知者也。既知其理,则其所从出亦不外是矣。

又释“立命”云:

谓全其天之所付,不以人为害之。

又引二程云:

心也,性也,天也,一理也。自理而言谓之天,自禀受而言谓之性,自存诸人而言谓之心。

又引横渠(即张载)云:

由太虚有天之名,由气化有道之名,合虚与气有性之名,合性与知觉有心之名。①

看孟子的原文与朱、程、张三人的解释,我们大体可以明白孟了丁天地自然之中寻求最终价值本原的理路:天地自然的存在,本身就是纯善无恶的,这是一个前提。人之性即天地自然之固有特性在人身上的显现,但是由于人常常受到物欲的牵引而不能自然而然地依照禀之于天的“性”行事,所以需要人自觉地存养修习。人寻求自己的本性并充分发挥它的各种潜能的过程也就是“知天”——了解天地自然的固有特性和“事天”——依据天地自然的特性行事的过程。简言之,人要按照天地自然的固有法则立身处世,并且在这个前提下尽最大可能来实现自己的潜能,这就是孟子的主旨所在。这样一来,孟子所理解的“天”,即天地自然的法

① (宋)朱熹:《四书集注·孟子集注》,岳麓书社标点本 1988 年版,第 499 页。

则究竟是什么就至关重要。如果这个法则是指万事万物的自在本然性或无为而无不为的特性,那么孟子就与老庄没有什么区别了。所以我们要了解孟子对"天"的理解就必须在儒学的语境中才行。考之儒家思想,"天"或"天地"最明显的特性是"生"。《周易·系辞传下》云:"天地絪缊,万物化醇。男女构精,万物化生。"又云:"天地之大德曰生。"《序卦》云:"有天地,然后万物生焉。"《彖传》云:"天地感而万物化生。"在《易传》看来,天地化生万物的过程表现为阴阳的相互作用,所以《系辞传上》说:"一阴一阳之谓道,继之者善也,成之者性也。"由此可知,儒家之所以将天地作为人世价值的最高本原,是因为天地具有化生万物的特性。儒家认为人们自觉地继承天地的这种特性,就是最大的善。这种继承不是道家主张的消极的顺应,而是积极的参与。与孟子思想关系最为密切的《中庸》说:

唯天下至诚,为能尽其性;能尽其性,则能尽人之性;能尽人之性,则能尽物之性;能尽物之性,则可以赞天地之化育;可以赞天地之化育,则可以与天地参矣。

这些观点都可以看作孟子谈及"天"时的具体语境。我们来看看孟子的说法。《公孙丑上》说:"夫仁,天之尊爵也,人之安宅也。"朱熹注云:

仁、义、礼、智,皆天所与之良贵。而仁者,天地生物之心得之最先而兼统四者,所谓"元者善之长也",故曰尊爵。在人则为本心全体之德,有天理自然之安,无人欲陷溺之危。人当常在其中,而不可须臾离者也,故曰安宅。①

这就是说,人的先验的道德理性,即仁义礼智等,是得之于天的,是天

① (宋)朱熹:《四书集注·孟子集注》,岳麓书社标点本1987年版,第343页。

地的“生物之心”在人身上的表现,所以在孟子看来,这种得之于天的“天爵”较之那得之于君主的“人爵”(公卿大夫)要尊贵得多。依据孟子的逻辑,人是天地生生化育的产物,所以人之性与天地万物之性就具有根本上的同一性,人们通过对内心的反省追问就可以觉知万事万物的道理。这就是所谓:“万物皆备于我矣。反身而诚,乐莫大焉。”(《尽心上》)总之,人的一切价值都是得之于天的,是人与天的相通之处。天具有化生万物的伟大品性,人要效法天,就必须做到“亲亲而仁民,仁民而爱物”(《尽心上》)。“仁民而爱物”——这就是孟子仁政学说的核心。而人与人、个人与社会、人与自然矛盾的彻底解决正是人类迄今为止最为伟大、高远的共同理想。

从以上分析可知,孟子的话语建构是在努力寻求人之所以为人,以及人之所以能够成为仁义之人的最终依据,也就是价值本原。这无疑是对孔子学说的深化。孔子主要还是着眼于整理人世间的伦理规范,还没有来得及对这种主要参照于周礼的伦理规范之合理性问题在学理上予以充分的关注。孔孟二人都是以立法者的姿态言说的,不同之处在于:孔子的立法活动主要以先前的思想资料为合法性依据,而孟子则以人与天地万物的内在一致性为最终依据。那么是什么原因造成孟子和孔子之间的这种差异呢?在我看来,主要是由于文化空间的变化。我们知道,在孔子的时代,原来那种一体化的官方意识形态尽管已经支离破碎,私学已经兴起,但是比较系统以及有较大影响、能够与儒学分庭抗礼的学说还没有产生。[①] 在这样的文化空间之中所弥散的还是宗周礼乐文化的碎片。孔子作为第一个试图将这些碎片重新组合为一个整体的士人思想家,其言说方式就必然充分显示一个“立法者”的特点:单向度的、传教式的或自言自语式的。他最为关注的只是各种各样的社会现象,而不是别人的言说。

① 那些被认为与孔子同时或早于孔子的思想家们,如管仲、子产、晏子、老子、少正卯等人或者根本就没有出现在孔子的视野之中,或者并不是以思想家而是以政治家的身份出现的。这说明托名为他们的那些著作或学说都是孔子之后才出现的,他并没有看到。很难想象,如孔子曾经读到老子的《道德经》会在自己的言谈中丝毫也不涉及它。

在孟子的时代情况就大不相同了："圣王不作，诸侯放恣，处士横议。杨朱、墨翟之言盈天下。"（《滕文公下》）实际上除了杨朱、墨翟之外，其他诸子之学也都形成了气候，大家各执一说，互不相服。[①] 由于出现了众多的"立法者"，不同的"法"之间就必然会有冲突、抵牾以至彼此消解。在这种情况下孟子要为世间立法就成为极为困难的一件事了：在说明应该如何之外还必须说明为什么，就是说除了有"法律条文"本身，还要有"法的理论"相辅助，否则你的言说就不会获得他人的认同。这样的文化空间就迫使孟子必须以论辩者的姿态来扫荡各种"异端邪说"，并且要建立自己话语系统的逻辑起点与最终价值依据。用孟子自己的话来说就是：

> 昔者禹抑洪水而天下平，周公兼夷狄、驱猛兽而百姓宁，孔子成《春秋》而乱臣贼子惧。……我亦欲正人心，息邪说，距诐行，放淫辞，以承三圣者。岂好辩哉？予不得已也。（《滕文公下》）

孔子的言说面对的主要是"乱臣贼子"——那些为了一己之欲而破坏原有社会价值秩序的诸侯大夫们。到了孟子之时，如果按照孔子的标准，天下诸侯卿大夫没有哪个不是"乱臣贼子"，因为他们早已不再遵奉宗周的礼乐制度了。所以孟子除了猛烈抨击那些为了满足贪欲而"争地以战，杀人盈野；争城以战，杀人盈城""率野兽以食人"的诸侯君主之外，大量的力气都用在批判"异端邪说"和论证自己学说的合理性上。这样一来，孟子的学说在学理上也就必然较之孔子的更加细密、系统、深入。

三、孟子的诗学思想

看《孟子》一书，引诗论诗之处很多。其论诗引诗都是以自己所代表

---

① 孟子之时，老庄之学、名辨之学、阴阳之学、农家之学、法家之学都渐渐成熟，并形成很大的影响。杨、墨之学只是相对而言影响更大而已。孟子"天下之言，不归于杨，则归于墨"之说乃夸张的说法。

的士人阶层的自我认同意识为基础的。孟子论诗最有名的有两处,这里我们分别予以考察。《万章下》云:"一乡之善士斯友一乡之善士,一国之善士斯友一国之善士,天下之善士斯友天下之善士。以友天下之善士为未足,又尚论古之人。颂其诗,读其书,不知其人,可乎?是以论其世也。是尚友也。"这就是著名的"知人论世"说的来源。过去论者多从现代的认识论角度来解释"知人论世"的含义,认为为了真正理解一首诗,就必须了解作者的情况,而要了解作者的情况又必须了解其所生活的时代的情况——总之是理解为一种诗歌解释学的方法了。这种理解当然并不能算错,只是并没有揭示孟子此说的深层内涵。这里孟子真正想要表达的意思是"交友之道"。在此章的前面,孟子先是回答了万章"如何交友"的问题,说"不挟长,不挟贵,不挟兄弟而友。友也者,友其德也,不可以有挟也"。然后又讲到贤明君主也以有德之士为师为友的诸多例子,最后才讲到有德之士之间亦应结交为友的道理。古代的有德之士虽已逝去,但是他们的品德并没有消失,所以今天的有德之士也要与古代的有德之士交友。与古人交友看上去是很奇怪的说法:古人已经死了,如何与之交友呢?这恰恰是孟子的过人之处——试图以平等的态度与古人交流对话:既不仰视古人,对之亦步亦趋;也不鄙视古人,对之妄加褒贬。"尚友"的根本之处在于将古人看成与自己平等的精神主体。与古人交流对话的目的当然是向古人学习,以使自己的品德更加高尚。

所以,"知人论世"实质上是向古人学习美好品德的方式,用今天的话来说就是将古人创造的精神价值转化为当下的精神价值。这绝不仅仅是一种解诗的方式。如果沿着孟子的思路进行进一步的阐释,我们就会得出这样一个结论:孟子的"知人论世"说可以理解为一种"对话解释学"——解释行为的根本目的不是要知道解释对象是怎样的(即对之做出某种判断或命名并以此来占有对象),而是要在其中寻求可以被自己认同的意义。这也就是后世儒者特别喜欢使用的"体认"一词的含义。"体认"不是现代汉语中的"认识",而是"理解"加"认同"。对于古人,只有将他们视为朋友而不是认识对象,才能以体认的态度来与之对话。因为古人在其诗、其书之中所蕴含的绝不是什么冷冰冰的知识,而是他们的生命体验与生存智慧,是活泼的精神。故而后人就应该以交友的态度来对待之,就是说要把古人当作可以平等对话的活的主体,而不是死的知识。读古人的诗书就如同坐下来与老朋友谈话一样,其过程是两个主体间的深层交流与沟通。通过这种交流与沟通,古人创造的精神价值或意义空间就自然而然地在新的主体身上获得新生。由此可见,孟子的"知人论世"之说实际上包含着古人面对前人文化遗留的一种极为可贵的阐释态度。在当今实证主义、还原论的研究倾向在人文学科依然有很大市场的情况下,孟子的阐释态度尤其具有重要的现实意义。

我们再来看孟子另一段关于诗的著名论述。《万章上》载孟子弟子咸丘蒙问:"《诗》云:'普天之下,莫非王土;率土之滨,莫非王臣。'而舜既为天子矣,敢问瞽叟之非臣,如何?"孟子回答说:"是诗也,非是之谓也;劳于王事而不得养父母也。曰:'此莫非王事。我独贤劳也。'故说《诗》者,不以文害辞,不以辞害志。以意逆志,是为得之。如以辞而已矣,《云汉》之诗曰:'周余黎民,靡有孑遗。'信斯言也,是周无遗民也。"这里孟子讲了如何理解诗歌含义的方法,其要点是"以意逆志"。那么如何理解这个"以意逆志"呢?古代的注释,例如汉儒赵岐、宋儒朱熹的注以及托名孙奭的疏、清儒焦循的正义基本上都认为"志"是指诗人所要表达的意旨;"意"则是说诗者自己的"心意",所以,"以意逆志"的意思就是说诗者用自己的心意揣测诗人的意旨。至于"不以文害辞,不以辞害志",是说不要胶柱于诗的文辞而偏离了诗人的意旨。古人也还有另一种说法。清人吴淇认为:"志者古人之心事,以意为舆,载志而游。……以古人之意求古人之志,乃就诗论诗,犹之以人治人也。"[1]他的意思是在诗歌的文辞上直接呈现的含义是"意",诗人真正要表达的意思是"志"。文辞是承载

---

① (清)吴淇:《六朝选诗定论缘起》,转引自顾易生、蒋凡著《先秦两汉文学批评史》,上海古籍出版社1990年版,第117页。

"意"的工具,"意"又是承载"志"的工具。这种解释虽亦言之成理,但毕竟与孟子表达出来的意思隔了一层。我以为要真正理解孟子的意思,将"以意逆志"之说与"知人论世"之说联系起来考察是十分必要的,两种说法构成了孟子对古人文化遗留的一种完整的态度。如果说"知人论世"的核心是"尚友",即在与古人的平等对话中将古人开创的精神价值转换为现实的精神价值,那么,"以意逆志"就是"尚友"或平等对话的具体方式。"志"即是"诗言志"之志,指诗人试图通过诗歌表达的东西;"意"本与"志"相通,《说文解字》中二者是互训的。在这里可以理解为"见解"。《论语·子罕》有"子绝四:毋意、毋必、毋固、毋我"之谓,朱熹认为"意"指"私意",即个人的见解。意思是说孔子为人不过分坚持自己的个人见解,即不自以为是。《周易·系辞传上》说:"书不尽言,言不尽意……圣人立象以尽意。"这里的"意"也可以理解为"见解"或"意思"。联系孟子的具体语境,"志"是指诗人所要表达的意旨,"意"则是说诗者自己的见解。用自己的见解去揣测诗人的意旨,这就是"以意逆志"的含义。看孟子的意思,并不是主张说诗者可以随意地解释诗人的意旨,而是强调解释的客观性,即符合诗人本意。但是由于诗歌言说方式的特殊性,诗人的本意往往是隐含着的,说诗者并没有十足的证据证明自己的解释就是完全符合诗人本意的,所以说诗者的"意"与诗人的"志"之间就难免出现不相吻合之处。也就是说,说诗者的"意"近于海德格尔所谓的"前理解"——在解释活动开始之前就已经存在于解释者意识和经验中的主观因素,它们必然进入解释过程并在很大程度上影响这一过程及结果。这样的解释当然也就离不开主观性因素。实际上这正是任何两个主体之间的对话都必然存在的现象。古人说"诗无达诂"也正是针对这种解释的主观性而言的。

所以孟子的"以意逆志"之说真正强调的并不是解释的绝对客观性,而是对话的有效性:说诗者与诗人之间达成在"意"或"志"的层面上的沟通,而不被交流的媒介——文辞所阻隔。只有这样才符合"尚友"之义:

平等对话。如果停留在对诗歌文辞固定含义的解读上,就丧失了说诗者的主体性,当然也就谈不上"尚友"了。

孟子这种"以意逆志"与"知人论世"的说诗方式确立了后世儒者,特别是汉儒说诗的基本原则。这里我们分析几个孟子说诗的具体例子来进一步探讨这种说诗方式的奥妙。《告子下》载:

> 公孙丑问曰:"告子曰:《小弁》,小人之诗也。"孟子曰:"何以言之?"曰:"怨。"曰:"固哉,高叟之为《诗》也!有人于此,越人关弓而射之,则己谈笑而道之;无他,疏之也。其兄关弓而射之,则己垂涕泣而道之;无他,戚之也。《小弁》之怨,亲亲也。亲亲,仁也。固矣夫,高叟之为《诗》也!"曰:"《凯风》何以不怨?"曰:"《凯风》,亲之过小者也;《小弁》,亲之过大者也。亲之过大而不怨,是愈疏也;亲之过小而怨,是不可矶也。愈疏,不孝也;不可矶,亦不孝也。孔子曰:'舜其至孝矣,五十而慕。'"

从这段对话中可以看出,孟子说诗完全是从自己的价值观念出发来判断诗歌的意义与价值的。如果说这就是"以意逆志"说诗方法的实际应用的话,那么孟子的所谓"意"并不是一般的主观意识或经验,而是一套完整的价值观念系统。诗人的"志"也就是与说诗者价值观念相吻合的阐释结果,它是否就是诗人的本意并不重要,因为这基本上是无法验证的。《小弁》是《诗经·小雅》中的一篇,从诗的内容看是一位受到不公正待遇的弱者的怨望之辞,充满了忿忿不平之情。古注多以为是周幽王的太子宜臼被逐之后所作;今人则一般地判定为遭父亲冷落之人的怨望之作。然而孟子从中读出的却是"亲亲,仁也"。《凯风》是《诗经·邶风》中的一篇,看诗的意思,是儿子赞扬母亲的贤惠勤劳,并责备自己不能安慰母心。但是公孙丑为什么拿这样一者怨父、一者颂母的两首看上去并无可比性的诗来比较呢?孟子为什么又用"亲之过大"与"亲之过小"来解释两首诗的差异呢？《诗序》云："《凯风》，美孝子也。卫之淫风流行，虽有七子之母，犹不能安其室，故美七子能尽其孝道，以慰母心，而成其志尔。"[①]就是说"母"是有过的，但由于"过小"，所以做子女的不应表现出"怨"来。汉儒的解释不知有何依据，但看公孙丑与孟子的对话，似乎当时对此诗已经有了这样的解释。如此说来汉儒并不是凭空臆断。

由此观之，"以意逆志"的实质乃说诗者从自己的价值观出发对诗歌文本进行意义的重构，其结果就是所谓的"志"未必真的符合诗人作诗的本意。可知，孟子的说诗原则是自己已有的道德价值观念。这一点在他的"知言""养气"论中亦可得到印证。《公孙丑上》载，在回答公孙丑"敢问夫子恶乎长"的问题时，孟子回答说："我知言，我善养吾浩然之气。"其解释"浩然之气"云："其为气也，至大至刚，以直养而无害，则塞于天地之间。其为气也，配义与道；无是，馁也。是集义所生者，非义袭而取之也。行有不慊于心，则馁矣。我故曰，告子未尝知义，以其外之也。必有事焉，而勿正，心勿忘，勿助长也。"可知这种"浩然之气"是小心翼翼地培育起来的一种道德精神，或者说是一个道德的自我。那么什么是"知言"呢？孟子说："诐辞知其所蔽，淫辞知其所陷，邪辞知其所离，遁词知其所穷。——生于其心，害于其政，发于其政，害于其事。圣人复起，必从吾言矣。"可知所谓"知言"是指对别人言辞的一种判断力。

那么"知言"与"养气"有什么关系呢？为什么孟子将二者联系起来并且作为自己的特长所在呢？从孟子的言谈中我们可以看出，"养气"正是"知言"的前提条件。通过"养气"培育起一个不同于自然的"自我"的道德自我，这个道德自我具有一以贯之的、完整的价值评价系统，一切的言辞都可以在这个评价系统中得到检验。所以"以意逆志"的说诗方式恰恰是"知言"的具体表现。如果将"以意逆志"看作一种诗歌阐释学原则，则其主旨乃在于凸显阐释者的主体性，而不是阐释行为的客观性。

对于孔子那种在意识形态的建构中确定诗的意义的基本思路，孟子

---

① (唐)孔颖达：《毛诗正义》卷二，《十三经注疏》本。

是深得个中奥妙的。看孟子之用诗、论诗，处处贯穿了这一思路。我们随便举两个例子以说明之。

其一，孟子曰："仁则荣，不仁则辱；今恶辱而居不仁，是犹恶湿而居下也。如恶之，莫如贵德而尊士，贤者在位，能者在职；国家闲暇，及是时，明其政刑。虽大国，必畏之矣。《诗》云：'迨天之未阴雨，彻彼桑土，绸缪牖户。今此下民，或敢辱予？'孔子曰：'为此诗者，其知道乎！能治其国家，谁敢侮之！'今国家闲暇，及是时，般乐怠敖，是自求祸也。祸福不无自己求之者。《诗》云：'永言配命，自求多福。'《太甲》曰：'天作孽，犹可违。自作孽，不可活。'此之谓也。"（《公孙丑上》）

在这里，孟子是在讲统治者避免受到侮辱的办法。根本上只有一条，那就是"仁"。而"仁"对于统治者来说也就是"贵德而尊士"。"贵德"就是爱护百姓、与民同乐；"尊士"就是尊重人才、举贤任能。为了证明自己的观点，孟子两引《诗》，一引《书》。其所引之诗，一为《豳风·鸱鸮》，此诗据《周书·金滕》《史记·鲁周公世家》等史书记载，乃是周公平定管蔡之乱后写给成王的。目的是平息流言，向成王表示忠诚。孟子所引是该诗一节，大意是要未雨绸缪，预先防范可能的危机。孟子所引孔子语不见于《论语》，然观其意，符合孔子思想。孟子所引另一首诗为《大雅·文王》，两句诗意为：只有靠自觉的努力才能符合天命，多享福祉。同样是告诫统治者要自我警诫、多行仁义，方能永葆太平。总之，在这里孟子是借助于《诗》《书》来警告统治者应严于自律，小心谨慎地实行对人民的统治。这是将《诗》《书》当作迫使统治者对被统治者作出让步的有效工具。孟子的这一做法在后来的两千余年间，成了儒家士人约束统治者的基本方法。他们大力推崇"四书五经"，推崇"圣人"，根本目的就是要建构一种高于现实君主权力的权威，以便对其进行有效的控制。儒家清醒地认识到，只有抑制君权的过分膨胀，方能实现上下一体、和睦相处的社会理想。我们再看另一条：

公孙丑问曰："告子曰：'《小弁》，小人之诗也。'"孟子曰："何以言之？"曰："怨。"曰："固哉，高叟之为《诗》也！……《小弁》之怨，亲亲也。亲亲，仁也。固矣夫，高叟之为《诗》也！"曰："《凯风》何以不怨？"曰："《凯风》，亲之过小者也；《小弁》，亲之过大者也。亲之过大而不怨，是愈疏也；亲之过小而怨，是不可矶也。愈疏，不孝也；不可矶，亦不孝也。"(《告子下》)

这里孟子是在为"怨"辩护。《小弁》之诗出于《小雅》，旧说是因周幽王太子宜臼被废而作。此说因无确据而在宋以后常常受到质疑。从诗意观之，此应为不得于父母者所作。孟子这段话的关键是为"怨"所作的辩护。告子认为《小弁》是"小人之诗"，因为诗中表达了为人子者对父亲的怨望之情。而在孟子看来，这种"怨"是合理合法的，因为从"怨"中反映的是"亲亲"之情。按照孟子的逻辑，如果父亲有了过错，作为子女不应保持沉默，而应该表示自己的"怨"（当然，如果父母只是有小的过失就大怨特怨，那就成了"不可矶"，同样是不孝的表现）。正是"怨"，才可以使父子间的隔阂消除，如果有不平之情而不说，那就只能使父子感情更加疏远。孟子为"怨"辩护，实际上是要保留诗歌作为被统治者向统治者宣泄不满情绪之手段的独特功能，这与孔子所讲的"怨"是一脉相承的。

通过以上分析我们不难看出，孟子在孔子"克己复礼"的"立法"策略的基础上进一步在改造人的心灵、建构道德自我的方面进行了更为深入、系统的探索。如果说孔子重"礼"说明他在为人的心灵立法的同时更侧重于为社会立法，即重建社会价值秩序；那么孟子重"存心养性"或"养气"则说明他在试图为社会立法的同时更偏重于为人的心灵立法，即建构人格境界以及实现之途。这种转变实际上反映了士人阶层面对日益动荡的社会状况的忧虑与无奈。到了先秦儒家另一位代表人物——荀子那里，情形则又发生了重要变化。

第四节　荀学与思孟学派的差异及荀子诗学的独特性

荀子生活的时代较之孟子晚了六十年左右,其时已是战国后期。比较而言,孔子的时代旧有的体制虽已崩坏,但原有的意识形态依然具有很大的影响力,对这种意识形态熟谙于心的儒家思想家还有理由企图通过宣传教育来将其还原为一种现实的价值秩序;孟子的时代不仅旧有的体制已然荡然无存,原来的意识形态也早已失去了普遍的影响力,包括儒家在内的士人思想家都纷纷提出解决现实问题的新设想,出现了真正的"处士横议""百家争鸣"的局面,九流十家彼此对立,各是其所是;到了荀子的时代,百家之学渐渐走向相互渗透、交融,并开始进行新的整合。社会的发展完全不理睬思想家们的摇唇鼓舌、喋喋不休,按照自己的逻辑趋向于天下一统。荀子的思想,包括诗学思想的独特性都与这种历史语境的变化密切相关。

一、言说立场与语境之差异

我们先来看看荀子进行言说的文化空间究竟发生了怎样的变化。我们知道所谓"文化空间"主要是由言说者、倾听者以及环绕着他们的文化氛围构成的。所以我们先来看言说者的情况。

孔子建构自己的学说时尚没有足够强大的"异端邪说",他所面对的主要是"礼崩乐坏"的社会现实,所以他凭借丰富的文化资源就可以以"立法者"的姿态言说。孟子之时各派学说均已成熟,而且其中有些学说还得到诸侯们的采纳(如秦国用商鞅之法、楚国用吴起之术、齐国用孙膑之学都取得了巨大成效),所以孟子的"立法"活动就比较困难——必须与各种学说进行辩论。这样孟子就同时充当辩者与"立法者"的双重角色。孔子的“立法”只要讲应该如何就可以了；孟子则要不厌其烦地讲为什么要如此。这也就是孟子的学说在学理上远比孔子细密深刻的原因。到了荀子的时代，不仅百家之学众声喧哗，而且儒学本身的发展也出现了不同的流派，故而他不仅要充当“辩者”与“立法者”的双重角色，而且还要对儒学本身进行反思——思考如何超越儒学不为世所用的困境并寻求使之成为真正的经世之学的可能途径。因此，对儒学本身的反思和在坚持儒学基本精神的前提下吸收其他学说的合理因素，将儒学建构成一种既有超越的乌托邦精神又具有现实有效性的社会意识形态就成了荀子学说的主旨所在。

从言说立场来看，尽管孔、孟、荀三人都是儒家思想家，都是站在士人阶层的立场上言说的，但具体观之，则又各有不同。我们知道，士人阶层是一个处于“中间”地位的社会阶层——作为所谓“四民”之首，其上是以君权为核心的统治阶层，其下是由“农、工、商”三民构成的被统治阶层。他们则游离于上下之间。由于社会状况和个体士人自身的具体情况不尽相同，他们的言说立场也就出现差异：或倾向于统治阶层，或倾向于被统治阶层。就“九流十家”的整体情况言之，道家、墨家、农家倾向于被统治阶层；儒家、法家、纵横家则倾向于统治阶层。具体到儒家内部，则孔子倾向于统治阶层，孟子更接近民间的立场，到了荀子则又倾向于统治阶层。但是孔子所同情的主要是已然没落的贵族统治者，现实统治者则基本上是他批判的对象；荀子却是试图为现实的统治者谋划切实可行的治国之策。就对于现实统治者的批判来说，荀子既没有孔子对僭越者那种“是可忍，孰不可忍”的愤慨，更没有孟子对穷兵黩武者那种“率野兽而食人”的痛斥。他基本上是在冷静地为统治者出谋划策，例如其所撰《王制》《富国》《王霸》《君道》《臣道》《致士》《议兵》《强国》《解蔽》《正名》《成相》《大略》等篇都是直接向统治者陈述治国兴邦之道。尽管我们可以说，从总体上看，诸子百家基本上都是救世之术，但是像荀子这样具体、系统的政治策略还只有法家可以比肩。其他诸家学说则不免鼓荡着过多的不切实际的乌托邦精神。如果说孔、孟的学说都是以伦理道德思想为主,那么荀子的学说则毫无疑问是以政治思想为主的。后世历代统治者所奉行的所谓“杂王霸而揉之”的治国之道,其实并不像是孔孟申韩之学的结合,而是更近于荀子的学说。

从文化语境的角度看,荀子这种言说立场的形成主要有两个原因:一是文化语境的作用,即诸子之学走向综合交融的必然趋势。我们知道,荀子曾长期游学于齐,是著名的“稷下学宫”①后期的领袖人物,曾“三为祭酒”,即学宫之长。这个稷下学宫是诸子百家聚会之所,形成了各种学说交流、融会、综合的独特文化空间。这个文化空间是齐国君主,例如齐宣王等确立的,虽然学士们“不治而议论”,不能算是纯粹的政治人物,但是毕竟受到官方的豢养,所以至少具有半官方的性质。因此稷下之学固然是真正的“百家争鸣”,却亦有其共同的特点。这主要有两点:一是对现实政治的关怀,二是兼取诸家的综合性。例如,作为稷下之学主流的黄老刑名之学就是结合法家与道家,并吸收儒家某些思想因素的综合性的政治学说。② 荀子在这样的文化环境中浸润既久,自然会受其影响。

决定荀子言说立场形成的另一个原因是历史语境,即渐近统一的社会呼唤统一的意识形态。战国后期的社会现实已经证明,无论是孔子的“克己复礼”还是孟子的“仁政”“王道”,抑或是墨家的“兼爱”“尚同”与老庄的顺应自然,都无法解决实际的社会问题。法家学说虽然在个别诸侯国得到实施并产生效果,但是作为儒家的荀子又不可能完全认同这种基本上放弃士人批判立场的思想,所以他唯一可行之途就是兼取各家之学来改造孔孟之学,也就是弱化儒学原有的乌托邦色彩而加强其政治层面的可操作性。可以说,在政治伦理方面,荀子之学主要是融合儒法两大入世的思想系统而成的。鉴于历史的经验与现实的需求,如何将儒学改造成具有现实有效性的国家意识形态就成为荀子关注的焦点。这样一

① 《太平寰宇记》卷十八引刘向《别录》云:“齐有稷门,齐之城西门也。外有学堂,即齐宣王立学所也,故称为稷下之学。”

② 参见白奚著《稷下学研究》第六章,三联书店 1998 年版。

来，荀子就不能不在反思儒家原有学说的基础上来建构自己的思想体系。

从某种意义上说，荀学正是在反思儒家学说中最有影响的思孟学派的基础上建构起来的。荀子批评思孟之学云："略法先王而不知其统，犹然而材剧志大，闻见杂博。案往旧造说，谓之五行，甚僻违而无类，幽隐而无说，闭约而无解。"①观荀子之意是说思孟之学看上去很是博大深邃，实际上却是玄虚不实、难以索解，更谈不上实际的应用了。所以荀子之学基本上是在儒学的范围内沿着与思孟之学相反的路子走的。这主要表现在下列几个方面：

第一，以"性恶"说代替"性善"说——改变价值系统建构的逻辑前提。

孟子倡"性善说"有一个潜在的逻辑轨迹，即充分启发人的道德自觉性，靠人的道德自律来解决自身的问题，然后再解决社会问题。这是典型的"内圣外王"的思路。其说的长处是很明显的：可以激发人们的自尊意识，有助于培养人们对道德修养的信心。但是，其缺点也同样很明显：不能充分提供"礼"与"法"等外在规范的合理性。既然人性是善的，那么还要那些强制性的规范何用？只要想办法发掘、培育这与生俱来的善性就够了。然而"争于气力"的现实社会中的人均为情欲利益所牵引，谁愿意自觉地恪守那些显然于己不利的道德原则呢？对于那些不肯自觉进行道德修养培育的人来说又该如何呢？荀子大约正是看到了孟子学说的这一不足之处才提倡"性恶"之说的。对于孟子和荀子而言，"性善"与"性恶"之说虽然不排除经验主义的认知性归纳，但主要并不是对人之本质的客观认识，而是出于言说的需要——"立法"的需要而设定的逻辑前提。从这两个不同的前提出发，就可以建构起不同的理论体系。言性善，孟子才有充分的理由号召人们"存心养性""推己及人"，从启发人们自觉培育人人皆有的"恻隐之心""羞恶之心"等所谓"四端"入手去实现成圣成贤的

① 《荀子·非十二子》，见王先谦《荀子集解》卷三，《诸子集成》本，上海书店1986年影印本，第59页。

人格理想。人人都成为圣贤君子并通过“老吾老以及人之老,幼吾幼以及人之幼”的“推恩”行为使天下亲如一家,那么一切纷争都可以得到彻底的解决。荀子就不像孟子那样天真了。他清楚地认识到孟子的学说是无法实现的空想。所以他要建立一套强调外在约束之重要性的学说。他的逻辑是这样的:人之性就是生而有之的本能,主要是肉体的欲望,这些欲望都以满足为唯一的目标,没有丝毫自我的约束,所以人性是恶的。一个社会如果任由人性自由泛滥,就必然是混乱无序的,所以圣人才制定“礼法”来约束人们。这就是所谓“化性起伪”。“化性”就是改变人生而有之的天性,使之符合社会规范;“起伪”就是根据社会需求来制定可以约束并引导人性的社会规范。前者是目的,后者是手段。荀子说:

> 今人之性,生而有好利焉,顺是,故争夺生而辞让亡焉;生而有疾恶焉,顺是,故残贼生而忠信亡焉;生而有耳目之欲,有好声色焉,顺是,故淫乱生而礼义文理亡焉。然则从人之性,顺人之情,必出于争夺,合于犯分乱理而归于暴。故必将有师法之化,礼义之道,然后出于辞让,合于文理,而归于治。用此观之,然则人之性恶明矣,其善者伪也。……故圣人化性而起伪,伪起而生礼义,礼义生而制法度。然则礼义法度者,是圣人之所生也。故圣人之所以同于众,其不异于众者,性也;所以异而过众者,伪也。[①]

由此可见“性恶说”与“性善说”之根本不同。盖后者将人世间的一切价值之最终依据归于人性,圣人的意义仅在于为“存心养性”的榜样;后者则将价值依据归之为“伪”,即人为,圣人则是“伪”的主体。对于孟子来说,人人都是潜在的圣人,关键看你能不能自觉进行“存养”功夫了;而在荀子的学说中,圣人只是少数的先知先觉,是天生的立法者,他们制

① 《荀子·性恶》,见王先谦《荀子集解》卷十七,《诸子集成》本,上海书店 1986 年影印本,第 289 页。

定着一切社会价值规范。简言之,能够根据社会的需求而为之制定规则的人就是圣人。由此可知,在孟子的观念中圣人与凡人的区别主要在于能否对自身固有本性进行自觉培育;而在荀子看来,圣凡之别主要在于能否为社会立法。一是着眼于内在品性,一是着眼于外在功用,二者之别在此。

第二,以“学”取代“思”——在修身的方式上采取不同路向。

先秦儒家都讲修身,荀子也不例外。但是他的修身理论似乎是专门反孟子之道而行的。在修身的方式上,孔子是“思”与“学”并重,认为“学而不思则罔,思而不学则殆”(《为政》)。孟子基于其“性善”之说,强调“思”在修身过程中的首要地位,认为一个人是成为圣贤君子还是成为小人关键在于是否去“思”,即所谓“思则得之,不思则不得”。“思”可以使人“先立乎其大者”,即做出成圣成贤的根本性选择,孟子还认为“诚之者,天之道也;思诚者,人之道也”(《离娄上》)。这就将“思”看作了人立身行事的根本所在。可见在孟子的思想体系中,“思”是至关重要的,可以说是修身过程中最重要的一环。然而荀子却十分轻视“思”的意义。在孟子,既然人性本善,故而要向内发掘,所以重“思”;在荀子,既然人性本恶,故而只能向外寻求改造人性的途径,所以重“学”。《荀子》一书,首篇就是《劝学》,并明确指出:“吾尝终日而思矣,不如须臾之所学也。”突出了“学”的重要性而否定了“思”的价值。那么对于修身者来说应该学什么、如何学呢?荀子认为应该“始乎诵经,终乎读礼”,因为“《礼》之敬文也,《乐》之中和也,《诗》《书》之博也,《春秋》之微也,在天地之间者毕矣”。就是说,从自然宇宙,到人世间,一切道理都包括在这些儒家的经典之中了。至于学的方法则是长期的积累,所谓“学不可以已”“积善成德”“真积力久则入”云云,都是讲日积月累的学习方法。

荀子也强调“养心”在修身过程中的作用,但是他的“养心”与孟子的“存心”“尽心”大不相同。约而言之,荀子的“养心”乃清除心中的各种杂念,以便为“学”提供必要的条件。在《解蔽》中,荀子指出:

> 故治之要在于知道。人何以知道?曰:心。心何以知?曰:虚壹而静。心未尝不臧也,然而有所谓虚;心未尝不满也,然而有所谓一;心未尝不动也,然而有所谓静。人生而有知,知而有志。志也者,臧也;然而有所谓虚,不以所已臧害所将受谓之虚。心生而有知,知而有异,异也者,同时兼知之;同时兼知之,两也;然而有所谓一;不以夫一害此一谓之壹。心卧则梦,偷则自行,使之则谋;故心未尝不动也,然而有所谓静;不以梦剧乱知谓之静。未得道而求道者,谓之虚壹而静。作之,则将须道者之虚,则人(入);将事道者之壹,则尽;将思道者静,则察。知道察,知道行,体道者也。虚壹而静,谓之大清明。万物莫形而不见,莫见而不论,莫论而失位。……明参日月,大满八极,夫是之谓大人。夫恶有蔽矣哉!①

从这段引文我们不难看出,荀子的“心”与孟子大有不同。盖孟子所谓心既是人之善性的寄居之所,又是一道德自我,能够识别善恶并“择善而固执之”,因此其自身即含有善的价值,所以人们可以由“尽心”而“知性”,由“知性”而“知天”,从而达到“合外内之道”的“至善”之境。而在荀子,则心只是认识的主体,在其“虚壹而静”的情况下可以接受关于“道”的知识,它自身则像一面镜子一样是中性的。所以借用《中庸》的话来说,孟子侧重于“尊德性”,荀子则侧重于“道问学”。后者开出两汉儒者治学的基本路径,前者则为两宋儒者所服膺。

第三,以“礼”“法”并重代替“仁政”——在重建社会秩序之方式上的不同选择。

先秦儒家,无论是孔孟还是荀子,其学说之最终目的无疑都是重建社会秩序。可以说,是他们对人性的不同看法决定了其对重建社会秩序之不同方式的选择;也可以反过来说,是他们对重建社会秩序不同方式的选择导致了其对人性的不同理解。在这里原因和结果是可以置换的。荀子

① 《荀子·解蔽》,见王先谦《荀子集解》卷十五,《诸子集成》本,上海书店1986年影印本。

的治国方略可用三个字来概括，这就是“礼”“乐”和“法”。这里“礼”和“法”是带有强制性的外在规范，“乐”则是文教方式。他之所以强调“学”，目的也就是使人们通过学习而自觉地认同作为外在规范的“礼”和“法”并接受“乐”的熏陶。这与孟子将固有的人性理解为外在规范的内在依据，因而主张由向内的自我觉察、自我发掘而自然而然地导出外在规范的理路是根本不同的。那么荀子是不是就是走上了法家一路呢？也不能下如此断语。荀子与法家也存在着根本区别。荀子学说的独特性主要表现在他对“礼”与“法”的关系的理解上。

与荀子一样，法家也认为人性是恶的，所以他们主张制定严刑峻法来约束人的行为。然而荀子一方面强调人性恶，一方面又强调“礼”的作用，这与法家是不同的。这就难免有人会提出这样的问题了：“人之性恶，则礼义恶生？”[①]“礼义”是道德规范，具有善的价值，既然人性本恶，那么“礼义”这样善的价值由何而生呢？荀子的回答是“生于圣人之伪”。在荀子看来，人类的生活必然是社会性的，用他的话说就是“人之生，不能无群”[②]。但是由于人性本恶，有无穷无尽的欲望需要满足，故而难免出现争斗，人类社会也就混乱一片，不成其为“群”了。所以人类社会就必须有“分”，也就是建立在差异基础上的秩序：人们在社会上的地位不同，享受的权利和承担的义务也不同。但是这个“分”又不是自然产生的，而是人为地制定的，这就有一个合理性的问题：你根据什么来规定这种差异？这种合理性的原则便是“礼义”。所以荀子说：

> 人生而有欲，欲而不得，则不能无求，求而无度量分界，则不能不争。争则乱，乱则穷。先王恶其乱也，故制礼义以分之，以养人之欲，给人之求。使欲必不穷乎物，物必不屈于欲，两者相持而长，是礼之

① 《荀子·性恶》，见王先谦《荀子集解》卷十七，《诸子集成》本，上海书店 1986 年影印本，第 291 页。

② 《荀子·富国》，见王先谦《荀子集解》卷六，《诸子集成》本，上海书店 1986 年影印本，第 116 页。

所起也。[1]

这样看来,荀子的逻辑是很清晰的:人类生存的需要决定了"群"的生活方式;"群"又必然要求着差异与秩序;"礼义"在根本上来说就是关于这种差异与秩序的合理化原则。那么,"法"在荀子的学说中又有怎样的意义呢?我们先看看荀子的提法:

古之圣王以人之性恶,以为偏险而不正,悖乱而不治;是以为之起礼义、制法度,以矫饰人之情性而导之也。使皆出于治,合于道者也。

若夫目好色,耳好声,口好味,心好利,骨体肤理好愉佚,是皆生于人之情性者也。感而自然,不待事而后生之者也。夫感而不能然,必且待事而后然者,谓之生于伪。是性伪之所生,其不同之征也。故圣人化性而起伪,伪起而生礼义,礼义生而制法度;然则礼义法度者,是圣人之所生也。(《性恶》)

礼者,法之大分,类之纲纪也。(《劝学》)

从这些论述中可以看出,首先,法与礼义有着密切联系,二者互为补充[2],都是对人的行为的强制性规范措施。其次,法与礼又有所不同。大体言之,礼比法更具根本性,是制定法度的依据。换言之,在荀子的思想中,礼更加重要,法是作为礼的补充才获得意义的。第三,联系《王制》篇中关于司寇与冢宰之职责的论述[3],我们可以确定,法实际上是为了维护礼的实施而进行的赏罚措施。礼是要靠自觉遵守的,如果出现悖礼之行

① 《荀子·礼论》,见王先谦《荀子集解》卷十三,《诸子集成》本,上海书店1986年影印本。

② 这里还有个"类"的概念,似近于后世法学中所谓"例",即根据前人之成例来行使刑罚。因法的制定即使再详尽,也难免有不到之处,故可引先王之成例为准则。

③ 《王制》云:"折愿禁悍,防淫除邪,戮之以五刑,使暴悍以变,奸邪不作,司寇之事也。本政教,正法则,兼听而时稽之,度其功劳,论其庆赏,以时慎修,使百吏免尽,而众庶不偷,冢宰之事也。"

怎么办呢？恐怕就要依法来惩罚了。

由此不难看出，荀子的政治学说是基于社会的需要而不是美好的理想提出的，因此较之思孟之学具有明显的可操作性。对于那些虚幻玄妙、没有实际用处的言说，荀子一概表示轻视。他说："言必当理，事必当务，是然后君子之所长也。……若夫充虚之相施易也，'坚白''同异'之分隔也，是聪耳之所不能听也，明目之所不能见也，辩士之所不能言也，虽有圣人之知，未能偻指也。不知，无害为君子；知之，无损为小人。工匠不知，无害为巧；君子不知，无害为治。"[①]由此可知荀子学说是以致用为鹄的，凡无益于修身治国的言说都是无效的。所以可以说荀子是儒家中的实用主义者。

第四，用"人之道"取代"天之道"——否定了形而上玄思的意义。

对于"天"或"天道"，孔子是存而不论的，所以子贡说："夫子之言性与天道，不可得而闻。"（《论语·公冶长》）子思和孟子则主张"合外内之道"——以"命"与"性"为中介沟通天人关系，将"人之道"与"天之道"统一起来，其根本目的是为儒家所宣扬的社会伦理价值寻求最高的价值依据。在运思的层次上则达到了形而上的思辨高度。孟子说："万物皆备于我矣。反身而诚，乐莫大焉。"（《孟子·尽心上》）又说："是故诚者，天之道也；思诚者，人之道也。"（《孟子·离娄上》）《中庸》也说："诚者，天道也，诚之者，人之道也。"这都是说"人之道"与"天之道"具有内在的相通性，人通过自己的努力就可以使自己的行为符合"天之道"（也就是天地化生万物的品性）。这是儒家式的"天人合一"的真正含义。然而荀子却将"人之道"与"天之道"严格区别开来。他说："先王之道，仁之隆也，比中而行之。曷谓中？曰：'礼义是也。道者，非天之道，非地之道，人之所以道也，君子之所道也。'"[②]在荀子看来，人与天之间在价值观念的层面上并无任何联系，人世间的价值本原只能在人世间寻找。这样一来，荀子

---

① 《荀子·儒效》，见王先谦《荀子集解》卷四，《诸子集成》本，上海书店1986年影印本。

② 《荀子·儒效》，见王先谦《荀子集解》卷四，《诸子集成》本，上海书店1986年影印本。

就将在思孟学派那里已经把意义的空间拓展到形而上之超验领域的儒学又拉回到人世间,使之回到孔子学说那样的纯粹政治、伦理哲学层面。

通观孔子、孟子、荀子等先秦儒家的三大代表人物的思想,他们的共同特征是都将个人的道德修养同重建合理的社会秩序统一起来。借用《庄子·天下篇》的说法就是"内圣外王之道"。他们的区别在于:孔子基本上是"内圣"与"外王"并重,一部《论语》讲论个人道德修养的内容与探讨治国之道的内容比重不相上下。"克己复礼"四字恰能说明这种情况。孟子则强调"内圣"超过"外王"。在"外王"方面,他只是提出了一个"仁政""王道"的社会构想以及"置民之产""与民同乐"的实施办法。这些与当时七国争雄的社会现实相去甚远,完全是一厢情愿的乌托邦。但在"内圣"方面,孟子却提出了一系列新范畴、新设想,对于后世儒学的完善、发展产生了极为重大的影响。诸如"知言""养气""存心""养性""四端""自得""诚""思""推恩"等等,构成了一个完备的个体人格修养的道德价值体系。所以大讲"心性之学"的宋儒将孟子视为儒家道统的真正传承者并沿着他的理路建构自己的思想系统,绝非偶然之事。荀子则又反孟子之道行之:将关注的重点从心性义理、成圣成贤转移到寻求切实可行的治国之道上来。从孔、孟、荀的言说指向而言,孔子对弟子(士人)的言说与对诸侯君主的言说并重——一方面教育士人如何成为君子,一方面劝告君主如何实现道德的自律。孟子则对士人的言说多于对君主的告诫——《孟子》一书充满了士人的自我意识。如何成圣成贤、做"大丈夫"、做"君子"毫无疑问是其主旨。而荀子的言说主要是指向现实的当政者的。他不仅教导君主们如何做人,而且为他们提供了一套完备的政治策略。这与孟子对君主的言说主要是从道德的角度匡正、引导其行为是根本不同的。在《荀子》一书中,道德修养明显地从属于治国之道。

造成先秦儒学代表人物言说价值取向差异的原因主要是历史语境与文化空间的不同。在孔子的时代,西周文明的遗留还在政治生活与文化生活中居于重要地位,孔子有充分的理由试图通过人们的自觉努力而使这些遗留重新成为社会的主导。所以他必然将“克己”与“复礼”置于同等重要的位置。在他看来,“克己”是“复礼”的唯一方式,而“复礼”则是“克己”的主要目的,二者实在不可以偏废。在孟子之时,纵横家已然大行于世,在礼遇之下,士人纷纷投靠各诸侯,为了功名利禄而放弃自己的乌托邦精神。所以作为最具有独立精神的士人思想家,孟子首先需要做的事情就是重新唤起士人阶层那种自尊自贵的主体精神与“格君心之非”的帝师意识。他的言说主要是向着士人阶层的,他的目的是使士人阶层意识到自己的历史使命,成为社会的主导力量,承担起为社会立法的伟大责任,而不要堕落为当政者们的工具。孟子的思想之所以在后世的士人阶层中获得广泛的认同也正是由于这个原因。在荀子所处的时代,情况又有所不同:事实已然证明了孔孟思想的不切实际,天下统一于兼并战争的趋势依然不可逆转,而且这种趋势也已经证明了法家思想的实际价值。在这种情况下,作为一代儒家思想大师的荀子当然不能盲目地恪守孔孟的传统,他有责任在保持儒家基本精神的基础上融会百家之学,将儒学改造成一种既含有伟大的理想,又具有实际效应的经世致用之学。所以为即将一统天下的君主提供治国之道,为士人阶层在新的政治形势下如何确定自己的身份提供依据——这恐怕才是荀子学说的主旨所在。在《荀子》一书中有《君道》《臣道》的专篇,这正体现了他试图建立一种君主与士人阶层分工合作的新型政治模式的设想。这可以说是对春秋战国数百年间诸侯君主与士人阶层之关系的理论总结。

二、荀子诗学观

荀子的诗学观念是与他的整个思想体系紧密相关的。其总体倾向也是实用主义的,具体言之,主要涉及下列几个方面的特点:

第一,对诗所言之“志”的新阐释。

“诗言志”之说究竟是何时提出,迄今并无人们普遍接受的结论。但是将“诗”与“志”相连而言之,则是战国时期比较普遍的现象。例如《左传·襄公二十七年》有"诗以言志"之说;《左传·昭公十六年》有"二三君子请皆赋,起亦以知郑志"之说;《国语·楚语上》有"……教之诗而为之导广显德,以耀明其志"之说;《孟子·万章上》论说诗方法时有"以意逆志"之说;《庄子·天下篇》有"《诗》以道志"之说,等等。这说明"诗"是用来言"志"的,是彼时的共识。但是关键问题是如何理解这个"志"字。看上述引文,"志"并不是一个具有确指的概念,而是泛指人的情感和意愿,是作诗或赋诗所要表达的意思。即使是孟子的"以意逆志"也只是指诗人作诗的本意。然而荀子却有了新的阐释,其云:

> 圣人也者,道之管也。天下之道管是矣,百王之道一是矣,故《诗》《书》《礼》《乐》之归是矣。《诗》言是,其志也;《书》言是,其事也;《礼》言是,其行也;《乐》言是,其和也;《春秋》言是,其微也。故《风》之所以为不逐者,取是以节之也;《小雅》之所以为《小雅》者,取是而文之也;《大雅》之所以为《大雅》者,取是而光之也;《颂》之所以为至者,取是而通之也。①

对于这段论述应予以足够的注意,因为这是汉儒说诗的基本原则,也是儒家诗学观念的最终完成。这里的要旨在于将"诗三百"一概视为圣人意旨的表达,从而将其规定为儒家经典。如前所述,荀子与孟子很重要的区别之一是对"圣人"的作用看法不同。与此相关的则是对"圣人之道"的理解的差异。在孟子看来,"圣人之道"实际上是"天之道"与"人之道"的统一,前者是最终的价值依据,具有本体的意味;后者是前者在人世间的具体显现,也就是仁、义、礼、智等伦理道德规范。圣人之所以为圣人,就在于能够自觉到"人之道"与"天之道"的内在相通性,并通过个人的努力使二者都得到彰显——仁、义、礼、智等道德规范也不是人为的东西,而是"天之道"的产物,所以即使是圣人在这里也不创造什么,而是使

① 《荀子·儒效》,见王先谦《荀子集解》卷四,《诸子集成》本,上海书店 1986 年影印本,第 84 页。

人本自具足的东西得到显现。这就是所谓的“尽其心者,知其性也。知其性,则知天矣。存其心,养其性,所以事天也”(《孟子·尽心上》)之义。思孟学派与宋儒在学术上的一个重要特点就是试图给他们所选择的人世间的价值系统寻找一个超越于人世间之上的本体依据。由于文化语境与历史语境的双重限制,他们只能吸收老庄之学的精神,将无限的自然界设定为这种本体依据。荀子却是反其道而行之:在他看来,人世间的价值都是人自己制定出来的,这就是所谓的“伪”,根本与天地自然无涉。人之所以是人而不是其他的自然之物,正在于他能够制定人人遵守的礼仪规范。圣人之所以异于常人,就在于他就是这礼仪规范的制定者。《诗》《书》《礼》《乐》之所以可贵,也正是因为它们是圣人思想情感的表现或立身行事的记录。所以《诗》所言之“志”不是一般人的思想情感,而是圣人的意旨。他在《赋》篇中说:“天下不治,请陈佹诗。”这里“佹”通“诡”,“佹诗”即言辞诡异之诗。荀子称自己的诗为“佹诗”,恰恰体现了他既以圣人自命,又不敢堂而皇之地自称圣人的矛盾心态。实际上荀子正是要像圣人那样为天下立法的。一部《荀子》就是为社会各阶层制定的行为规范。

将《诗》理解为圣人之志的表达,实际上也就提出了一种诗歌阐释学的基本原则:说诗的结果一定要归结为圣人的意旨。这不正是汉代经师们的做法吗?这种诗歌阐释学与孟子的“知人论世”“以意逆志”已然大相径庭:在孟子,说诗者与诗人是处于平等地位的,二者是“友”的关系,说诗就是一种朋友间交流沟通的方式。在荀子,诗人就是圣人,说诗者只能是学圣之人,二者是不平等的。所以尽管孟子的“以意逆志”强调了说诗者的主体性,但是由于他毕竟还是将诗人视为曾经生活在具体历史环境中的活生生的人,故而在说诗时颇能顾及诗人的本意,至少不会相去太远。荀子开创的诗歌阐释学将诗规定为圣人之志,表面上是以极客观的、不敢有丝毫曲解的态度说诗,实际上却处处体现了主观性。因为一定要将那些在不同文化空间中产生并具有不同功能的诗歌一概阐释为圣人之言,才符合这种阐释学原则。事实上,荀子本人正是如此说诗的。现举数例以明之。其一,《正名》篇论“期命”(命名)与“辨说”(辨明与解说)的道理云:“期命也者,辨说之用也。辨说也者,心之象道也。心也者,道之工宰也。道也者,治之经理也。心合于道,说合于心,辞合于说,正名而期,质请(情)而喻。……说行则天下正,说不行则白道而冥穷,是圣人之辨说也。”接下来便引了《诗・大雅・卷阿》之句:“颙颙卬卬,如珪如璋,令闻令望。凯弟君子,四方为纲。”并说:“此之谓也。”实际上这些诗句本是赞扬君主品德之美的,与“期命”“辨说”没有丝毫关系,荀子搬到这里来证明其正名之论的合理性,完全是一种为我所用的曲解。又如《礼论》云:“天能生物,不能辨物也;地能载人,不能治人也;宇中万物,生人之属,待圣人然后分也。《诗》曰:‘怀柔百神,及河乔岳。’此之谓也。”这里荀子是在讲天人相分的道理,是极有见地的。但是所引之诗殊为不类。盖此二句乃出于《周颂・时迈》,本意是说周武王遍祭高山大河,取悦山川之神。这恰恰是讲人与天地自然的相通而非相异。由此可见,荀子心目中的“圣人之志”实际上常常就是自己的观点。他将圣人当作最高的价值依据实际上是出于自己立法活动的需要。诗歌在他这里被当成了建构社会价值秩序的现成工具。

第二,诗与“性”“伪”的关系问题。

在荀子的思想系统中,凡人生而有之的东西即为“性”;凡人后天创造或习得的东西即为“伪”。按此逻辑,诗歌自然应属于“伪”的范畴。但是荀子并不如此简单地看问题。在他看来,诗歌与人之“性”与“伪”均有密切联系。其《乐论》云:

> 夫乐者,乐也,人情之所必不免也。故人不能无乐,乐则必发于声音,形于动静,而人之道,声音动静,性术之变尽是矣。故人不能不乐,乐则不能无形,形而不为道,则不能无乱。先王恶其乱也,故制《雅》《颂》之声以道之,使其声足以乐而不流,使其文足以辨而不諰,

使其曲直、繁省、廉肉、节奏，足以感动人之善心，使夫邪污之气无由得接焉。

这里虽是论乐，亦完全适用于诗，因为在荀子看来，《诗》正是用来承载这种圣人制作的中和之乐的，也就是所谓“《诗》者，中声之所止也”（《劝学》）。这里的逻辑是这样的：《诗》（包括诗与乐）产生的最终根源是人之性，因为人之性具体表现为喜、怒、哀、乐之情，而人的这些情感必然要有所表现，或为声音（言辞），或为动静（行为）。但是这种人性的自然流露有多种可能性：或者成为哀伤淫靡之声、悖乱无法之行，或者成为中和之声、仁义之行。这里的关键在于是放任人性的自然流露，还是对其予以引导、规范。圣人正是在这个关键之点发挥作用的：创制出《雅》《颂》之声来引导人之性，使之沿着适当的途径来表现。所以《诗》既是人之“性”的表现，又是圣人之“伪”的产物，是二者的结合。看到荀子这种极有见地的诗歌发生论很容易令人想起弗洛伊德的压抑理论。在弗氏看来，人的遵循“快乐原则”的本我与遵循“现实原则”的自我之间即存在着一种压抑与引导的复杂关系。本我是人生而有之的自然本性，主要是生理欲望，它以获得满足为唯一目标，近于荀子所谓的“性”；自我则是人后天形成的，或者说是社会塑造的人格，他处处遵循社会规范行事，近于荀子所谓的“伪”。在弗洛伊德看来，一部人类文明史就是一部压抑史——文明是作为社会存在的人类用来压抑作为个体存在的本能欲望的。在荀子看来，一个社会如果顺人之性，必然会出现混乱无序的局面，所以圣人才要创制出一整套礼义法度来规范人性。如此说来，从功能的角度看荀子的“伪”，基本上就是弗洛伊德的“现实原则”。从另一个角度看，无论是荀子的“伪”还是弗洛伊德的“现实原则”又都不仅仅是压抑的手段，或者甚至可以说它们的主要功能并不是压抑而是疏导：为人的本能欲望的满足提供现实的途径。人的本能欲望如果能够得到自然的满足，当然是令人向往的事情，然而事实是，作为社会存在物的人类根本无法“自然地”满足自身的本能欲望:一旦人人都沿着自然的途径,即依据快乐原则来追求欲望的满足时,社会就会混乱一片,人们就会在争斗中耗尽力气,结果是任何人的本能欲望都无法得到满足。这就意味着人们满足本能欲望的方式需要规范,这是人作为“类”的存在形态本身决定的。至于这种规范方式具体是怎样的,则是一个历史的问题——在人类不同的发展阶段上总是存在着不同的满足欲望的合法性方式。如此说来,压抑和规范反而成了使本能欲望得到满足的有效手段。既然是以压抑的方式来获得欲望的满足,这种满足就必然是大打折扣的。所以后来法兰克福学派的思想家马尔库塞提出“非压抑性文明”的观点,实质上是主张通过社会的改造寻求一种将压抑的负面效应减到最低程度而使满足最大程度地得到实现的设想。

弗洛伊德正是用这样的观点来理解人类文学艺术和其他形式的精神创造的。例如他认为,在社会生活中,人的本能欲望无法直接得到满足,但它又不能永远处于被压抑状态,所以只能寻求某种被社会认可的方式来得到满足,文学艺术的创造就是人的本能欲望改头换面的满足方式。这就是他那篇题为《作家与白日梦》的著名论文所表达的核心观点。有趣的是,荀子的诗学思想与弗氏颇有异曲同工之妙。看前面的引文,荀子认为“乐”(lè)是人不能无之的自然本性,它必然要有所表现:或“发于声音”,或“形于动静”。对这种自然本性的表现方式,如果不加以引导就必然出现混乱,“先王恶其乱也,故制《雅》《颂》之声以道之”。这就是说,诗和乐是“先王”创制出来专门疏导人情的。其功能就在于使人的自然本性按照一个符合社会规范的途径得以实现。所以,人的自然本性为诗乐的产生提供了必不可少的能量或内驱力,“先王”创制的诗乐形式则为人的自然本性提供了实现的途径。诗乐因而就成为“性”与“伪”的完美融合。或者说诗乐是人的自然本性形式化的、合乎规范的、具有合法性(为社会所认可)的显现。不难看出,在文学艺术具有实现人的本能欲望之功能这一点上,荀子与弗洛伊德是极为接近的。但是二者毕竟是在迥然不同的文化历史语境中的言说,故而差异也是十分明显的。大略而言,弗洛伊德是在讲精神文化的一般性的生成原因,是个体与社会之间矛盾的自然解决,这里丝毫没有人为的因素。荀子却是讲“先王”或“圣人”对人类社会的引导作用,其所言之《雅》《颂》是特指而非泛指(譬如所谓“郑卫之声”就肯定不包含在内)。而且荀子所强调的是“立法”行为的合理性与必要性,突出的是社会精英的社会作用,弗洛伊德所强调的则是个体与社会之间根深蒂固的矛盾以及这种矛盾在客观上的调和方式。一是价值的建构,一是认知性的解释,在言说的动机上是大相径庭的。

所以荀子的乐论或诗论最终归结为社会功用。在他的眼中,诗歌也罢,音乐也罢,都不过是圣人为社会立法的手段而已。观荀子所言,他是将诗乐作为“礼”的辅助手段来看的。按照他的逻辑,人类社会必须划分为不同的等级并规定出每个人的行为规范和所享受的权利,才会安定有序。这就是“礼”的功能所在。但是这样一来,人与人之间就难免因等级的差异而出现严重的隔阂,这也不符合儒家要建立的那种亲密和睦的社会乌托邦了。所以应该有补救的措施,使不同阶层的人在差异的基础上建立亲密的人际关系。这就是诗乐的功能了。在《乐论》篇中荀子是这样来描述这种功能的:

> 故乐在宗庙之中,君臣上下同听之,则莫不和敬;闺门之内,父子兄弟同听之,则莫不和亲;乡里族长之中,长少同听之,则莫不和顺。故乐者,审一以定和者也,比物以饰节者也,合奏以成文者也;足以率一道,足以治万变。是先王立乐之术也……故乐者,天下之大齐也,中和之纪也,人情之所必不免也。

诗乐的功能关键在一个“和”字。《劝学》篇中所谓“诗者,中声之所止也”的“中声”就是指“中和之声”。既然诗乐可以将多种多样的声音、节奏整合为一种统一的旋律,它当然也可以将形形色色的人整合为一个和谐、亲密、温情脉脉的整体。“礼”的作用是晓之以理:人天生就有差别,要安分守己,承认贵贱之分;诗乐的作用是动之以情,君臣上下、父子之间,有如一体,要亲密无间。这样,诗乐就具有了无可替代的政治意义。

荀子对于诗乐功能的观点实际上是儒家乌托邦精神的深刻体现,关涉先秦儒家“立法”活动的基本策略,也关涉此后两千余年间中国官方意识形态的基本特征。就社会乌托邦的层面来看,荀子与孔孟一样,都向往那种既有严格的等级差异,又充满温情、其乐融融的社会状态。君则仁君,臣则忠臣;父则慈父,子则孝子。人人都恪守着自己的职分,享受着自己应有的权利,承担着自己应尽的义务,同时在不同的阶层之间又被一种深挚动人的亲情所统合。这样,对于社会差异,人们就不是被迫地接受而是诚心诚意地认同,不仅认为必须如此,而且觉得理应如此。这种将严格的礼制法度与温柔敦厚的诗乐教化统一起来的政治策略,根本上是一种融合社会价值与个体价值、理智与情感、道德与法律的努力。与儒家这种社会乌托邦相比,墨家强调平等(“兼爱”“尚同”)而反对差异的主张虽然对下层民众更具有吸引力,却显得更加不切实际;法家那种将人际关系完全置于强制性规定之下,以赏罚作为肯定或否定人的价值的主要的甚至是唯一手段的策略虽然能够在短期内取得较大的成效,却决然不是长治久安之计。至于道家,试图取消一切人为的建构而以自然形态为最高追求,作为一种社会理想就更是玄远难达了。墨家只看到“群”而忽视了“分”,法家只看到“理”而忽视了“情”,道家只看到“性”而忽视了“伪”,唯有儒家能够统筹兼顾,具有先秦诸子无法比拟的全面性。由此观之,历史选择儒家学说作为主导两千余年的国家意识形态绝非偶然之事。尽管先秦儒家的社会理想具有乌托邦性质,但是由于它具有统筹兼顾的全面性,故而很容易被转换为一种总体性的国家意识形态。汉代帝王“王霸道杂之”的统治之术实际上是两汉以降历代统治者共同尊奉的政治策略。其理论的根据正是先秦儒家的社会乌托邦精神。

先秦儒家的诗学观念在孔子那里是兼顾个人的道德修养与社会政治

功能的，在孟子那里则提出一种旨在与古人交流、沟通的诗歌阐释学原则，到了荀子这里就被完全纳入到政治话语系统之中了。如果说圣人（或兼有圣人品质的君主）作为具有绝对权威性的社会立法者，其一切话语建构根本上都是政治行为，那么诗乐作为这种话语建构中的重要内容也就只能以政治目的为指归了。所以，如果说孔子的诗学观念开启了后世以诗歌作为陶冶个人情操的修身方式以及臣下对君主表达不满的形式之先河，孟子开启了一种诗学阐释学之先河，那么荀子则主要是在理论上突出了以诗歌作为社会政治教化之手段的功用。《毛诗序》中的诗歌功能论正是与荀子一脉相承的。

第五节　汉儒的意识形态建构与《毛诗序》传承的逻辑轨迹

汉代诗学是作为意识形态建构的一部分而受到汉儒的高度重视的。汉儒的意识形态建构是对先秦儒家思想的直接继承。但是由于具体言说语境的变化，汉儒将儒学从先秦的士人乌托邦精神转换为官方意识形态话语，这是儒学发展史上一个重大变化。表现于诗学方面，则是《毛诗序》对先秦儒家诗学在继承基础上的改造。

一、儒家的说诗传统

汉代的诗学始终是作为儒家意识形态建构工程的一部分而存在的。后人（例如宋儒、清儒及现代“古史辨”派诸家乃至今日许多论者）不理解汉儒的良苦用心，极力从求真求实的立场对汉儒大加贬损，这并不是一种可取的态度。对于前人的学术，应该抱着平实客观的态度来看待。首先要追问他们何以如此言说，然后再看其言说是否可取。先让我们看看在“古史辨”派眼中的汉代诗学是如何不值一哂，这可以说是反汉代诗学的

代表:

> 汉儒愚笨到了极点,以为"政治盛衰""道德优劣""时代早晚""诗篇先后"这四件事情是完全一致的。他们翻开《诗经》,看到《周南》《召南》的"周、召"二字,以为这是了不得的两个圣相,这"风"一定是"正风"。《邶》《鄘》《卫》以下,没有什么名人,就断定为"变风"。他们翻开《小雅》看见《鹿鸣》等篇雍皇典丽,心想这一定是文王时作的,是"正小雅"。一直翻到《六月》,忽然看见"文武吉甫"一语,想起尹吉甫是宣王时人,那么这一篇一定是宣王以后的诗了,宣王居西周之末,时代已晚,政治必衰,道德必劣,当然是"变小雅"了。但《四月》以下很有些颂扬称善的诗,和《鹿鸣》等篇的意味是相同的,这怎么办呢?于是"复古""伤今思古""思见君子""美宣王因以箴之"等话都加上去了。翻到《民劳》,看见里面有"无良""惛怓""寂虐"等许多坏字眼,从此以后一定是"变大雅"了①。

这样的批评当然并非全无道理,也可以说的确揭示了汉代诗学的某些弊端。但是这种批评却遮蔽了汉儒说诗的思想逻辑,是完全离开了历史语境与文化语境的评判。按照这样的批评,好像汉儒真的都是闭门造车、任意胡说的浅陋狂悖之徒,这显然是割裂了文化演变脉络的片面之见。现在我们已经有足够的证据说明,汉儒的说诗是有所依据的,是从孔子即已开始形成的儒家诗学言说系统的一个环节,是某种文化逻辑的必然产物。如果按照"古史辨"派的解释,就只好说在汉代四百年间突然连续不断地生出了一大批妄人,不约而同地大放厥词。如果真是如此,那就成了人类文化史上最可笑、可怪的奇异景观了。儒家的诗学是其整体话语建构工程的一个重要组成部分,因此我们只有联系儒家话语建构的特

① 顾颉刚:《论〈诗经〉所录全为乐歌》,见《古史辨》第三册下编,上海书店1991年影印版,第654页。

定语境方能对其诗学进行客观而公允的评说。作为现代的阐释者，我们应该做的不在于指出古人的谬误之处，而是要揭示古人不得不如此言说的原因以及言说背后隐含的价值指向之所在。皮锡瑞尝言：“后世说经有二弊：一以世俗之见测古圣贤；一以民间之事律古天子诸侯。各经皆有然，而《诗》为尤甚。……后儒不知诗人作诗之意、圣人编诗之旨，每以后世委巷之见，推测古事，妄议古人。故于近人情而实非者，误信所不当信；不近人情而实是者，误疑所不当疑。”[1]这是很有道理的批评。假如今人自谓可以确知《诗经》作品之本义，大可直接予以阐释，不必非大批古人不可。倘若要对古人之阐释进行阐释，那就要切实了解古人言说之语境，冷静梳理古人知识话语所遵循之逻辑，力求给出合乎文化史、思想史之演变轨迹的解释。痛骂古人是最无意义的做法。今人刘光义指出：

> 而如谓西汉之儒，其解诗也，去诗之本义甚远，即纯为汉儒有心为之，亦决非至公持平之论。……当其解经之时有二种不可抗拒之力……其一，即春秋与战国时期，儒家之圣者、贤者，于诗所作之宏论高言；其二，即春秋迄乎战国各阶层于诗之应用。[2]

这样将汉儒的诗学置于特定的文化历史语境中予以考察，才是我们所应采取的态度。

汉代诗学作为一种解释系统可以说源远流长。从现存的文献资料看，对诗的实际功用的记载显然是早于对这种功用的解释的。诗歌的最初功能总是与音乐或舞蹈相伴随的。在关于“周礼”——西周时期的政治制度和礼仪形式——的种种记载中，从来就没有诗歌单独实现其功能的例子。这至少说明诗歌最初是为了一种综合性的礼仪形式而被收集或专门创作的。例如史籍说周公“制礼作乐”，这其中就包含着创制诗歌。

---

① （清）皮锡瑞：《经学通论·诗经》，中华书局1954年版，第20页。

② 刘光义：《汉武帝之用儒及汉儒之说诗》，台湾商务印书馆1968年版，第57页。

现存《诗经》中的不少作品就是周公本人或按照他的指示创作的。诗歌就是礼仪的一部分。礼仪是西周政治生活的主要组成方面。故而《诗经》中那些最早的作品肯定是与“志”,即个人的思想感情无关的,它们是政治的产物,是某种集体意识的表现。即使后来那些采集来的诗歌许多原本是个人情绪的产物,但是一旦纳入到官方礼仪文化系统就必然得到完全不同的阐释,从而成为官方话语。所以当时诗歌主要就是具有政治或意识形态的功能。

儒家正是看重诗歌这种政治的或意识形态的功能。孔子说“兴于诗,立于礼,成于乐”。实际上就是讲“礼乐”,即西周官方文化对于一个君子人格形成的重要性。只是由于孔子所接受到的已经不是完整的、作为活生生的政治生活内容的礼乐本身,而是作为文献记载的《诗》《书》《礼》《乐》,是“礼乐”的文本形式,而且在孔子的时代,诗歌也的确越来越脱离音乐而获得独立的意义,所以他才会将“诗”与“乐”分开来讲。我们可以设想,如果西周的诗歌亦如唐宋以后那些专门抒发个人情怀的作品一样,孔子还会那样看重它们吗?肯定不会的。因为儒家的全副精神都用于在往代遗留的文化资源中搜寻建构新的意识形态的材料了,根本无暇顾及纯粹个人化的言说,如果真有这样的材料,儒家也一定会将它们“阐释”成为具有政治文化功能的话语的。儒家对《诗经》的解释系统的形成过程同时也就是儒学意识形态建构工程的重要组成部分。这种解释系统从一开始就是着眼于诗歌作为官方话语的政治的或意识形态的功能的。但是由于《诗经》作品在西周乃至春秋时期的贵族政治生活中曾经渐次产生了不尽相同的功能,所以在孔子等儒家诗学中对诗歌也就具有多种维度的功能诉求。

汉儒所做的事情不过是在先秦儒家的基础上进一步强化《诗经》的政治的或意识形态的功能。下面我们就从不同的方面来考察儒家诗学从先秦到两汉的形成与演变的脉络。

二、《毛诗序》的产生年代及其诗学价值

汉儒的诗学本来是丰富多彩、头绪繁多的。除了人们常说的“四家诗”，还有一些没有形成大规模传承系统的诗学，例如楚元王刘交的“元王诗”。但是完整地流传至今的只有“毛诗”。所以我们所说的《诗序》也主要是指《毛诗序》（包括“大序”与“小序”）。关于《诗序》的作者，历来众说纷纭，从来就没有搞清楚过。今天我们如果认同某家说法或者提出一种新的说法来确定《诗序》为某某人所作恐怕是毫无意义的，因为我们并没有足够的理由来支撑这些说法。我们所能做的只是根据我们的阐释思路以及学界新发现的若干材料来梳理《诗序》形成的逻辑轨迹。

《诗序》是对于《诗经》作品之作诗意旨的简要概括，因此也是关于诗歌功能的最直接的解释。按照一些宋代《诗经》论者和“古史辨”派的见解，《诗序》似乎完全是汉儒的主观臆断①。这种评判是十分武断的。他们立论的主要根据无非是从诗歌文本的字面上读出来的意思与《诗序》所指出的意思相差甚远而已。这难道就可以证明《诗序》所言都是无根游谈吗？汉儒是那样讲“师法”“家法”，主观臆断的东西如何可以立足呢？我们并不是说《诗序》的解说都是符合作诗本义的，而是说这种解说绝不是主观臆断、凭空想象的。它或者是对某种前人成说的继承和发挥，或者是依据某种史籍对诗旨的理解，基本上可以说是对诗在某个历史时期所具有的功能的准确把握。对于那些史籍中从未记载，诗文本中亦无透露有关信息的诗作，特别是《国风》中的作品，作诗的本意究竟如何，那是一个永远无法解开的谜，因此是不可以追问的问题。从我们的阐释角度来看，对于这类作品来说有追问价值的不是谁是作者，他为什么作此诗，而是追问这首诗在传承过程中是如何被人们解释和使用的，它的功能

---

① 宋儒郑樵《诗辨妄》认为《毛诗序》是“村野妄人所作”。朱熹受到郑樵的影响，亦认为《毛诗序》不可信，他说：“《诗序》，东汉《儒林传》分明说道卫宏作，后来经意不明，都是被他坏了。”（《朱子语类》卷八十）“古史辨”派则云：“《毛诗序》是没有根据的，是后汉人杂采经传以附会诗文的。”（郑振铎《读毛诗序》）此类论述甚多。

是怎样的。如果非要跳出历史语境与文化语境来进行解释诗义也无不可,那就要采用类似英美“新批评”的方法,专注于诗歌文本,分析其文本意义,至于作者与作诗之意则是悬置不谈的问题了。现在看来,对于《诗经》的阐释只有采用这种文本分析的方法和“文化诗学”的思路比较有合理性。

《诗序》是汉儒所为,这是毫无疑问的。但是其根源是先秦儒家。我们知道,孔子是在西周时期具有仪式性、政治性的用诗传统以及春秋时期“赋诗言志”这种对诗歌的独特使用的基础上对诗进行言说的。他的言说可以说概括了诗歌自西周之初到春秋之末五百多年间所发挥之各项功能。这集中表现在他的“兴、观、群、怨”等关于诗歌功能的论述中。基于这样的解释立场,孔子说诗就严格地恪守着政治和伦理道德的价值评判与价值赋予的原则。孔子对具体诗篇意旨的看法在《论语》中有不多的记载。《学而》有云:

> 子贡曰:“贫而无谄,富而无骄,何如?”子曰:“可也,未若贫而乐,富而好礼者也。”子贡曰:“《诗》云:‘如切如磋,如琢如磨。’其斯之谓与?”子曰:“赐也,始可与言诗已矣,告诸往而知来者。”

看孔子的意思,是赞扬子贡有举一反三的能力,故子贡引的那两句诗肯定与“贫而乐,富而好礼”的君子人格有密切的关联。但是仅这两句诗是看不出这种关联的,所以必须联系整首诗的语境来看才行。这两句诗出于《卫风·淇澳》。其第一节是这样的:“瞻彼淇澳,绿竹猗猗。有匪君子,如切如磋,如琢如磨。瑟兮僩兮,赫兮晅兮,有匪君子,终不可谖兮。”看诗的字面义,无疑是赞美一位有文采而又品德高尚的君子的。《诗序》云:“《淇澳》,美武公之德也。有文章,又能听其规谏,以礼自防,故能入相于周,美而作是诗也。”如此看来,孔子说的“贫而乐,富而好礼”与《诗序》的“以礼自防”是相通的。对于这首诗的解释我们可以说汉儒与孔子是一脉相承的。

关于《关雎》，《论语·八佾》说是“乐而不淫，哀而不伤”。《毛诗序》说：“是以《关雎》乐得淑女以配君子，忧在进贤不淫其色，哀窈窕，思贤才，而无伤善之心焉。是《关雎》之义也。”这里明显是在套用孔子的话。从中可以看出汉儒说诗是严格遵守孔子说诗的基本原则的。这至少可以说明汉儒的说诗并非闭门造车，而是有自己自觉恪守的标准的。但是《论语》所载关于具体《诗经》作品的论述实在太少，而《左传》《国语》等书所记载的孔子引诗又不可信从，所以从孔子到汉儒的说诗究竟发生了怎样的变化实难索解。然而近年来的考古成就却为我们提供了极为珍贵的材料。2002 年上海书店出版的《上博馆藏战国楚竹书研究》一书，有关文章将竹书中大量关于《诗经》作品的论述定名为《孔子诗论》，并确定竹书成书年代不晚于战国中叶，这就为我们考察孔子对具体《诗经》作品的解释提供了极有价值的材料。从考古学家和古文字学家整理出的释文看，《孔子诗论》涉及《诗经》具体作品的论述有五十余条，其言说方式与《诗序》接近，都是用简洁的语句概括诗旨。据此，江林昌在《上博竹简〈诗论〉的作者及其与今传本〈毛诗〉序的关系》一文中得出如下结论：

其一，竹简《诗论》的基本观点大多为《毛诗》序所继承，竹简《诗论》很可能是学术史上所传说的子夏《诗》序，是目前所知的《毛诗》序的最早祖本；其二，《毛诗》序很可能传自子夏，汉魏学者如陆玑、徐整所说的《诗》序的承传由子夏而李克、而荀子、而毛公的几代人的师徒世系是有根据的，《毛诗》序的初创权应归于子夏，而荀子、毛亨、毛苌等人则作了润色加工，甚至于编排调整的工作；其三，所谓“卫宏受学于谢曼卿作大小《诗》序”“国史作《诗》序”“村野妄人作《诗》序”“诗人自作《诗》序”等等不同说法，均因竹简子夏《诗论》的出现而失去了依据。鉴于以上认识，我们建议将竹简《诗论》改称为

“竹简子夏《诗序》”①。

这几条结论大体上应该是可以成立的。这篇《诗论》可能是子夏根据孔子的讲授整理成文的,所以称为《孔子诗论》亦无不可。但是如果据此而否定卫宏作《诗序》,则略显武断,因为现存《毛诗序》与《孔子诗论》的区别依然很大,换言之,汉儒在先秦诗学的基础上依然做了许多工作。下面我们就根据《诗论》所言,再参照孟子、荀子说诗、引诗来考察一下汉儒的《诗序》究竟做了哪些工作。

《诗论》:

“孔子曰:吾以《葛覃》得氏初之诗。民性固然,见其美必欲反其[本],夫葛之见歌也,则以叶萋之故也;后稷之见贵也,则以文武之德也。”②

《诗序》:

“《葛覃》,后妃之本也。后妃在父母家,则志在于女功之事;躬俭节用,服浣濯之衣;尊敬师傅;则可以归安父母,化天下以妇道也。”

按《诗论》“得氏初之诗”的“氏”字,有的学者认为应该读为“是”③。这里只是说这首诗说明了人有“见其美必欲反其[本]”的本性:葛之所以见之于诗歌之中,是因为其枝叶之“萋萋”;后稷之所以受到推崇,是因为他的后裔文王、武王的美好品德。因诗中所言乃妇人归宁之事,所以是“反其本”。《诗序》则具体到关于后妃的品德。今人则大多以为此诗为归宁父母的贵族妇人的自咏之作。《诗论》与《诗序》相同的地方是都试

---

① 《上博馆藏战国楚竹书研究》,上海书店2002年版,第117页。李学勤在《〈诗论〉的体裁和作者》一文中也认为《孔子诗论》的作者是子夏。见同书第57页。

② 此处用李学勤先生释文,下同。

③ 周凤五:《〈孔子诗论〉新释文及注解》,见《上博馆藏战国楚竹书研究》,上海书店出版社2002年版,第161页。

图从道德的角度解释，但前者并无一语言及“后妃”，可知《诗序》的“独创性”是很大的。

《诗论》：

“……《雨无正》《节南山》皆言上之衰也，王公耻之。”

《诗序》：

“《雨无政》，大夫刺幽王也。雨自上下者也，众多如雨，而非所以为政也。”

“《节南山》，家父刺幽王也。”

二者大致意旨完全相同，只是《诗论》不明言所指，《诗序》则指出是刺幽王。《郑笺》又不同于《诗序》，以为是刺厉王。这就说明《序》与《笺》都没有确切的证据，只是根据史实猜度而已。

《诗论》：

“《小旻》多疑矣，言不中志者也。……《小弁》《巧言》则言谗人之害也。”

《诗序》：

“《小旻》，大夫刺幽王也。”

“《小弁》，刺幽王也。太子之傅作焉。”

“《巧言》，刺幽王也。大夫伤于谗，故作是诗也。”

二者的区别依然是一是概述诗义，一是言其确指。

《诗论》：

“《关雎》之改，《樛木》之时，《汉广》之知，《鹊巢》之归，《甘棠》之保(报)，《绿衣》之思，《燕燕》之情，曷？曰：童而皆贤于其初者也。……《关雎》之改,则其思益矣。《樛木》之时,则以其禄也。《汉广》之知,则知不可得也。……《绿衣》之忧,思古人也。《燕燕》之情,以其独也。”

《诗序》:

“《关雎》,后妃之德也,风之始也,所以风天下而正夫妇也。”

“《樛木》,后妃逮下也。言能逮下而无嫉妒之心焉。”

“《汉广》,德之所及也。文王之道被于南国,美化行乎江汉之域,无思犯礼,求而不可得也。”

“《鹊巢》,夫人之德也。国君积行累功,以致爵位。夫人起家而居有之,德如鸤鸠,乃可以配焉。”

“《甘棠》,美召伯也。召伯之教,明于南国。”

“《绿衣》,卫庄姜伤己也。妾上僭,夫人失位而作是诗也。”

“《燕燕》,卫庄姜送归妾也。”

观《诗论》之说诗皆依据诗之文本义略作发挥,绝无史实的附会。《诗序》则具体得多了。那么,从《诗序》与《诗论》的这种对比中我们可以得出怎样的结论呢?

第一,在孔子和子夏那里,对于《诗经》作品的确切所指是不明确的。他们只是根据诗的字面义尽量用道德的、政治的眼光来说诗。关于这一点我们还可以从其他的地方找到一些旁证。《孟子·公孙丑上》云:

仁则荣,不仁则辱。今恶辱而居不仁,是犹恶湿而居下也。如恶之,莫如贵德而尊士。贤者在位,能者在职,国家闲暇,及是时,明其政刑。虽大国,必畏之矣。《诗》云:“迨天之未阴雨,彻彼桑土,绸缪牖户。今此下民,或敢侮予?”孔子曰:“为此诗者,其知道乎!能治其国家,谁敢侮之?”

这里孟子所引之诗出于《豳风·鸱鸮》，此诗古人皆以为是周公写给成王的。盖因《周书·金縢》明确记载："周公居东二年，则罪人斯得。于后，公乃为诗以贻王，名之曰《鸱鸮》。"然而看孟子所引孔子之论，却是明显不知道此诗的作者为谁。孔子是研究、传承《诗》《书》的专家，他何以竟会不知道《金縢》的这段记载呢？如果我们确信孟子的引证不会有误的话，那么只有一种解释，即孔子的时代或者《尚书》根本没有《金縢》之篇，或者有此篇而无关于《鸱鸮》的记载——这记载是孔子之后的儒者加进去的。如此说成立，则孔子关于《鸱鸮》的言说也同样是根据文本义而做出的发挥。又《告子上》云：

《诗》曰："天生蒸民，有物有则。民之秉彝，好是懿德。"孔子曰："为此诗者，其知道乎！故有物必有则，民之秉彝也，故好是懿德。"

此处所引之诗出于《大雅·烝民》。《诗序》云："《烝民》，尹吉甫美宣王也，任贤使能，周室中兴焉。"言之凿凿，似乎有绝对把握。但是看这里引孔子之言，显然同样不知道此诗是何人所作，只是根据诗的文本义予以评说的。又《荀子·宥坐》：

《诗》曰："瞻彼日月，悠悠我思。道之云远，曷云能来。"子曰："伊稽首不其有来乎？"

此处所引诗句出于《邶风·雄雉》。《诗序》云："《雄雉》，刺卫宣公也。淫乱不恤国事，军旅数起，大夫久役，男女怨旷，国人患之而作是诗。"关于所引孔子之言，杨倞注云："稽首，恭敬之至。有所不来者，为上失其道而人散也。若施德化，使下人稽首归向，虽道远能无来乎？"这种解释显然是受了《诗序》的影响，可以说是不通的。俞樾认为"伊"是语词，"稽首”应该为“同道”的假借字,故此句意为“道苟同则虽远而亦来”[1]。这种解释比较符合孔子说诗的特点。显而易见,孔子的解释肯定与诗歌文本义相去甚远:诗中说道路遥远,不知所思念之人何时能回来,情意是很真挚而强烈的,并没有什么“道同”与否的问题。但是孔子显然也并不认为此诗是为刺卫宣公淫乱而作的,否则也就不会说什么“虽远而亦来”这样无的放矢的话了。孔子只是依据诗中“道远”这样的词语用“偷换概念”的手法借题发挥而已。这与《论语》所记载的孔子和子夏谈论“绘事后素”而及于“礼后乎”是一样的情形。总而言之,我们认为,尽管孔子在说诗时极力用儒家道德政治的观点去曲解诗旨,但是他并没有完全脱离诗的文本义而任意附会。这与汉儒的做法是有很大差异的。这里有一个问题:孔子、子夏等先秦儒家代表用政治、道德的观点说诗,是完全出于他们建构儒家话语系统的目的,还是有某些历史的依据,例如《诗经》作品在某个时期的确具有政治或道德的特殊功能吗?这是一个大问题,我们准备在另外的地方专门探讨,这里暂不展开了。

第二,汉儒说诗必有所本。事实上,《孔子诗论》的存在本身就已经证明了汉儒说诗的渊源所在。据史籍记载,汉初今文的三家诗与古文的毛诗都有师承,并没有哪家是某人自纂出来的。对于这种师承,过去人们常常将信将疑,以为有可能是汉儒为了夸耀自己一派的学术,以便在激烈的竞争中获得有利地位而编造的。以往我们只看到《论语》《孟子》《荀子》等先秦儒家典籍中的引诗与为数不多的说诗,难以断定汉儒说诗是如何在其基础上发展的。今看《孔子诗论》,我们就清晰地知道了,原来儒家从孔子、子夏的时候开始,《诗经》的传授过程就是用类似《诗序》的形式,用一两句简洁扼要的语句来概括每首诗的主旨的。而且先秦的儒家早已经将说诗的基本路向牢牢确定在政治、道德的框架之中了——无论诗的文本义如何,都要“发掘”出它所隐含的政治、道德的意义来。在这一点上,汉儒是严格遵循先师们的路子行进的。这也有力地证明了汉儒

---

① (清)王先谦:《荀子集解》卷二十,《诸子集成》上海书店1986年影印本,第344页。

说诗必然有所本，并非向壁臆造。即便史籍记载的诸家师承的线索可能有错误之处，但是对于师承本身是不应该再怀疑了。但是有些学者因此而认为《毛序》完全是对先秦诗学的继承，那又失之偏颇了。

第三，汉儒说诗的确有附会史实之嫌。通过比较《孔子诗论》与《毛诗序》我们不难看出，先秦儒家留给汉儒可资参考的说诗资料是有限的。特别是那些从文本义来看是关于男女情爱的风诗，孔子、子夏等先秦儒家只是做了初步的价值赋予工作——指出其具有政治、道德方面的意义，并没有落实其所言何事、所指何人。汉儒的《诗序》则一一指实其为某人某事所作。因此，汉儒说诗固然有所本，并非凭空杜撰，但是他们的“创造性”也是很大的。

三、关于汉儒说诗的附会史实问题

关于汉儒说诗的“创造性”我们有必要进一步来做一些证明。除了上述《诗论》与《诗序》的比较之外，可以证明汉儒说诗有“创造性”发挥的最有力证据是“四家诗”均言之凿凿却又各有异词。现根据近人何定生先生《诗经今论》一书所辑三家诗题解，举数例如下：

关于《关雎》：

康王晏出朝，《关雎》预见。（刘向《列女传》）（鲁诗）

人主不正，应门失守，故歌《关雎》以感之。（《春秋说题词》，《太平御览·学部三引》）（齐诗）

《关雎》，后妃之德也……（《毛诗序》）（毛诗）

应门失守，《关雎》刺世。（《后汉书·明帝纪》）（韩诗）

关于《葛覃》：

《葛覃》，恐其失时。（蔡邕《协和婚赋》）（鲁诗）

《葛覃》，大夫妻归宁。（何休《公羊传解诂》）（齐诗）

《葛覃》，后妃之本也。（《毛诗序》）（毛诗）

关于《黍离》:

卫宣公子寿悯其兄伋而作。(《新序·节士篇》)(鲁诗)

《黍离》,伯封作也。(《王氏诗考》引)(韩诗)

《黍离》,悯宗周也。(《毛诗序》)(毛诗)

从这简单的对比中可以看出,“四家诗”在说诗的基本价值指向上是完全一致的:都遵循了先秦儒家的既定思路,从道德的和政治的角度看待《诗经》作品的意旨。他们的区别仅仅在于各自对诗歌具体指涉的人和事的认定有所不同。这说明什么?这只能说明汉儒说诗虽然是出于同一个解释系统,却又都不肯严格按照师承说诗,都不约而同地来了个“别子为宗”。这才会导致同源而异流的现象出现。否则他们怎么能够开宗立派呢?从这个角度来看,有些批评者对《诗序》的指责就有其意义了。清人崔述云:

世儒皆谓《诗序》近古,其说必有所传。十二国之中,称为美某公、刺某公者,必某公之事无疑也。虽然,余细核之矣。《邶》《鄘》《卫》三十九篇,直指为某君者十有七。《王风》十篇,直指为某王者五。《郑风》二十一篇而直指者十有一。《齐》则十一篇而直指者六。《唐》则十二篇而直指者九。《陈》则十篇而直指者七。乃至《秦》止十篇而得九,《曹》止四篇而得三。惟其事与君无涉则已耳,苟事涉于其君,不举其谥则称其名与字,徒称君者百不三、四焉。可谓言之凿凿也。而独《魏风》七篇、《桧风》四篇,则无一篇直指为某君者。此何以说焉?既果真有所传,何以此二国独不知其为某公?况桧亡于鲁惠之世,魏亡于鲁闵之世,且在齐哀、陈幽烛后二百年,何以远者知之历历,而近者反皆不知之乎?盖周、齐、秦、晋、郑、卫、陈、曹之君之事,皆载于《春秋传》及《史记·世家》《年表》,故得以采而附会之。此二国者,《春秋》《史记》之所不载,故无从凭空撰为某君者耳。然则彼八国者，亦非果有所传，而但就诗词揣度言之，因取《春秋传》之事附会之也彰明矣。①

崔述这段话可以说是痛快淋漓，非常有力地指出了汉儒说诗的普遍问题。附会史实恰恰是《诗序》，包括齐、鲁、韩三家《诗序》说诗的共同特征。我们知道，有些诗的创作原因在某些史书中是有明确记载的，例如《卫风·硕人》，《左传·隐公三年》明确记载："卫庄公娶于齐东宫得臣之妹，曰庄姜，美而无子，卫人所为赋《硕人》也。"又如《秦风·黄鸟》，《左传·文公六年》载："秦伯任好卒。以子车氏之三子奄息、仲行、针虎为殉，皆秦之良也。国人哀之，为之赋《黄鸟》。"再如《大雅·抑》，《国语·楚语上》载："左史倚相曰：'……昔卫武公年数九十有五，犹箴警于国……史不失书，矇不失诵，以训御之，于是乎作《懿》戒，以自警也……'"（按："懿"即"抑"也。）此类史籍上明言作诗之旨的作品当然是便于解释的，可惜这种情况太少了，在《诗经》中只是个别情况而已。那么多无从找到根据的作品如何解释呢？就只好附会史书了。

那么这种附会是从什么时候开始的呢？我们可以肯定地说，在荀子那里这种附会还没有发生。何以见得呢？我们可以从荀子的引诗中看出来。我们可以试举几例如下：

故先王既陈之以道，上先服之。若不可，尚贤以綦之；若不可，废不能以单之。綦三年而百姓往矣。邪民不从，然后俟之以刑，则民知罪矣。《诗》曰："尹氏大师，维周之氐；秉国之均，四方是维；天子是庳，卑民不迷。"是以威厉而不试，刑错而不用，此之谓也。（《宥坐》）

这里荀子是讲帝王如何治民的道理：先是以身作则地示范和以表彰贤者来引导，然后是罢黜不贤者以警戒之，如果还有不守礼法的奸邪之

① （清）崔述：《读风偶识》卷二《通论十三国风》。

人,那就只好用刑罚来惩罚了。总之荀子在这里是提倡“威厉而不试,刑错而不用”的礼治。他所引的诗句出于《小雅·节南山》。《诗序》云:“《节南山》,家父刺幽王也。”董仲舒则云:“及至周室之衰,其卿大夫缓于谊而急于利,亡推让之风而有争田之讼。故诗人疾而刺之,曰:‘节彼南山,惟石岩岩,赫赫师尹,民具尔瞻。’”(《汉书·董仲舒传》)《诗序》以为是刺幽王,董仲舒以为是刺卿大夫(即师尹)[①],就诗的文本义言之,董说近是。然而荀子却完全是从正面来引此诗,似乎并不知道这是讽刺师尹的话。这至少说明在荀子的心目中这首诗并不像汉儒所理解的那样。又如:

诸侯召其臣,臣不俟驾,颠倒衣裳而走,礼也。《诗》曰:“颠之倒之,自公召之。”(《大略》)

此处所引诗句出于《诗经·齐风·东方未明》。《诗序》云:“《东方未明》,刺无节也。朝廷兴居无节,号令不时,挈壶氏不能掌其职焉。”荀子说:“颠倒衣裳而走,礼也。”显然并不认为这里有什么讥刺之意。近观诗之文本义,似乎也看不出旨在讽刺。也就是说,对此诗的理解汉儒与荀子是不一样的。再如:

君子之言,涉然而精,俛然而类,差差然而齐。彼正其名,当其辞,以务白其志义者也。……故名足以指实,辞足以见极,则舍之矣。外是者谓之讱,是君子之所弃,而愚者拾以为己宝。故愚者之言,芴然而粗,啧然而不类,誻誻然而沸。彼诱其名,眩其辞,而无深于其志义者也。故穷藉而无极,甚劳而无功,贪而无名。故知者之言也,虑之易知也,行之易安也,持之易立也;成则必得其所好而不遇其所恶焉。而愚者反是。《诗》曰:“为鬼为蜮,则不可得;有腼面目,视人罔

① 董仲舒的解诗与《毛诗序》不同,应是出于三家诗。有人认为是出于《齐诗》。

极。作此好歌，以极反侧。”此之谓也。（《正名》）

这段话是讲“辨说”的道理——君子或智者之言逻辑畅通、道理明白、名实相副，并且切于实用，多余的废话一律摒弃。愚者之言却是啰唆艰涩、逻辑不通、炫耀文辞，毫无用处。此处引诗出于《小雅·何人斯》。《诗序》云：“《何人斯》，苏公刺暴公也。暴公为卿士，而谮苏公焉。故苏公作是诗而绝之。”就文本义来看，尽管不能断定具体作诗者与被刺者，但的确像是朋友绝交之诗。观荀子之意，似乎并不知道这首诗的具体所指。

也许有人会说，古人引诗本来就是断章取义，与诗的原义相去很远并非鲜见之事。此话对于春秋时期那些引诗、赋诗的贵族来说自然是毫无疑问的，但对荀子来说却不可以以此论之。因为在荀子心目中，《诗三百》已经不是一部一般的古代文化典籍了，它们都是圣人之志的表现。所谓“《诗》言是，其志也”（《荀子·儒效》）是说《诗》乃圣人之志。因此他将《诗》与《书》《礼》均称之为“经”。正是由于《诗》在他的眼中有这样神圣的地位，所以在他多达六十次的引诗中从来没有像春秋的贵族们那样断章取义的。他的引诗与全诗的大旨绝无相悖或无关的情形。他的引诗有与《诗序》相左之处，那只能说是因为他与汉儒对诗旨的理解有所不同。

通过以上的例子我们可以看出，在荀子的心目中，诗虽然都具有政治或道德的意义，但并不确定这首诗是刺某公，那首诗是刺某王。这与《孔子诗论》的说诗是基本一致的——根据诗的文本义适当赋予其以某种道德的或政治的价值。如果这个结论可以成立，那么四家“诗序”那样指实某诗为某人作，乃美某人或刺某人的说诗方法就是汉儒的发明了。对此，“古史辨”派曾经进行过激烈的批判和无情的嘲笑。例如顾颉刚在《论诗序附会史实的方法书》中认为汉儒是用“无中生有”的方法随意解释诗意。他讽刺说，假如唐诗没有标出题目和作者，用汉儒的方法来解释就会出现这样的情形：《海上》（即“海上生明月”一诗），杨妃思禄山也。禄山辞归范阳,杨妃念而作是诗也。《吾爱》(即"吾爱孟夫子"一诗),时人美孟轲也。梁襄王不似人君,孟子不肯仕于其朝,弃轩冕如敝屣也。不能不承认,顾先生的确抓住了汉儒用史实比附诗意的症结所在。那么汉儒为什么要这样做呢?郑振铎在《读〈毛诗序〉》一文中曾这样来解释汉儒的动机:

> 《毛诗序》……几乎百分之九十以上是附会的,是与诗意相违背的。……大概做《诗序》的人误认为《诗经》是一部谏书,误认为《诗经》里许多诗都是对帝王而发的。所以他解说的诗意不是美某王,就是刺某公。①

这无疑是极为合理的解释。因为我们在孔、孟、荀等先秦儒家的说诗、引诗中实在发现不了可以支撑《诗序》的证据。这说明汉儒为了自己的意识形态建构,的确在说诗方面有一些过于大胆的发挥。但是这种发挥并非出于汉儒的愚钝,而是他们争夺意识形态话语权的紧迫需要使然。

第六节　毛、郑《诗》学"正变"说之合理性
——兼谈西周中叶文化空间的变化与诗歌功能的转变

诗歌在西周初期的国家意识形态建构过程中起到了至关重要的作用。但是到了西周中期,诗歌原来赖以存在并发挥功能的文化空间发生了重要变化,于是诗歌原有的意识形态功能渐渐弱化,而各种新的功能随之产生并发展起来。"正变"之说原是汉儒从诗歌功能历史演变的角度对《诗经》作品进行的分类,清代以来不少学者对这一分类方式持全盘否

---

① 顾颉刚:《古史辨》第三册下编,上海书店《民国丛书》本,第388—389页。

定态度，这是失之武断的。

一、现代学界对“正变”说的批评

西周初期周公等人为了意识形态的需要创制的那些颂诗及部分大小雅之作，一旦作为乐章而且成为礼仪制度的组成部分，它们也就获得了某种稳定性——在相当长的时期内这些乐章及其功能都不会被改变。这也许就是班固所谓“成康没而颂声寝”的真正原因。后世诸王，倘不对礼乐制度做大的改革，就必定会沿用那些周初创制的乐章。如此久而久之，这些乐章原来的那些意识形态功能也就渐渐淡化，直至消失。事实上，到了西周中叶的昭、穆二王之后，周人的统治早已深入人心，获得了牢不可破的合法性，也不再需要用诗歌的言说方式来强化这种合法性了。班固说“成康没而颂声寝”，而郑玄《诗谱序》在“及成王、周公致太平，制礼作乐，而有颂声兴焉，盛之至也”之后即言“后王稍更陵迟，懿王……”自成王乃至懿、夷二王之间的康、昭、穆、共四王概无言及，这是什么原因？恐怕正是因为这个时期的一百多年间，周人在诗乐方面没有大的制作[①]。此期诗歌的具体功用或许会有改变，例如原用于祭祀大典的乐章移为他用等。但诗歌总体的意识形态功能除了渐渐削弱之外没有任何改变。那么具有新的功能的诗歌是如何产生的呢？《毛诗序》的作者和郑玄都是颇有历史眼光的人，他们已经很清楚地指出了社会政治的变化对于诗歌功能转变的决定性影响。可惜的是清代以来一些学者，特别是“古史辨”派对《诗序》和《郑谱》的观点完全否定，使这个问题变得更加复杂难辨了。看他们的论述，主要是对于《诗序》与《诗谱序》的“美刺”“正变”说难以理解，特别是对于按照时代的顺序划分“正变”的观点不能接受。例如顾颉刚先生说：

① 最近亦有论者认为《周颂》之《闵予小子》《访落》《敬之》《小毖》四首乃专为穆王继位仪式而作（见马银琴《西周穆王时代的仪式乐歌》，赵敏俐主编《中国诗歌研究》第一辑，第 3—28 页）。我以为，此期间或许会有个别诗歌的创作，例如时王对父祖进行祭祀时用之，但不可能有大规模的诗歌创作。郑玄并非随意言之。

> 汉儒愚笨到了极点,以为“政治盛衰”“道德优劣”“时代早晚”“诗篇先后”这四件事情是完全一致的。他们翻开《诗经》,看到《周南》《召南》的“周、召”二字,以为这是了不得的两个圣相,这“风”一定是“正风”。《邶》《鄘》《卫》以下,没有什么名人,就断定为“变风”。他们翻开《小雅》看见《鹿鸣》等篇斋皇典丽,心想这一定是文王时作的,是“正小雅”。一直翻到《六月》,忽然看见“文武吉甫”一语,想起尹吉甫是宣王时人,那么这一篇一定是宣王以后的诗了,宣王居西周之末,时代已晚,政治必衰,道德必劣,当然是“变小雅”了。但《四月》以下很有些颂扬称善的诗,和《鹿鸣》等篇的意味是相同的,这怎么办呢?于是“复古”“伤今思古”“思见君子”“美宣王因以箴之”等话都加上去了。翻到《民劳》,看见里面有“无良”“惽怓”“寂虐”等许多坏字眼,从此以后一定是“变大雅”了。①

因此顾先生认为“正变”之说是绝对不能成立的。这种观点影响巨大,基本上为学术界所认同。例如何定生先生的观点就很有代表性:

> 毛诗最讲不通处,就是以诗的世次来定“正变”的标准。他们硬性规定成王以前者为“正诗”,懿王以后者为“变诗”。但奇怪的是,为什么“正诗”都集中在文王到成王的七八十年间,而康昭以后以至共王一百多年,便连一篇都没有,成为诗经的真空时代?康、昭时代没有一篇“正诗”已属可怪,为什么穆、共六十余年间也连一篇“变诗”都没有,而必等到懿王才开始“变诗”的时代呢?但就这一点,即足以证明毛诗用世次来分别“正变”之不合理了。因为三百篇即使可以用“正变”来分类,也只是个案的分类,决不能用世次来硬性划

① 顾颉刚:《论诗经所录全为乐歌》,见《古史辨》第三册下编,上海书店《民国丛书》1991年影印本,第654页。

分，一硬性划分，便显然有主观的作用，不符事实了。[①]

顾颉刚与何定生提出的理由看上去似乎是无可辩驳的，实则不然。用“正变”来为诗三百分类是有主观性的，正如任何分类、任何命名都必然有主观性一样。但按世次分诗之“正变”则是唯一合理的选择。何以见得呢？首先，不能将“正变”与“美刺”完全对应而论之。《诗序》《毛传》《郑笺》《郑谱》都没有说“变诗”中绝对没有“美诗”。而且《小大雅谱》明确指出：“大雅《民劳》、小雅《六月》之后，皆谓之变雅，美恶各以其时，亦显善惩过，正之次也。”这说明“正变”之分并不是从“美刺”着眼的。对于“变诗”中有不少“美”诗这样的事实任谁都无可否认，何况《豳风》的确大都是歌颂周公的呢！毛、郑等当然也不会睁眼说瞎话。其次，康、昭以后百余年没有诗并不可怪，因为这个时期因循武、成礼制，无须增删，或者说此期诗歌作为正乐之乐章的功能没有改变。既然礼乐仪式中的一切都按部就班、各依其序，如果没有大的政治原因，当然是用不着、也不允许更改的。最主要的是，乐章创作者根本就没有改变的冲动或激情。他们没有理由去改变沿袭已久的乐章。第三，正如皮锡瑞所说，后世论者难免用今天的眼光看古人。从功能的角度看，西周时代的所谓“诗”与后世人眼中的“诗”根本就不是同一性质的东西，须知它是礼乐制度的一个组成部分，而不是用来抒写个人的闲情逸致或愤懑不平的！制度岂可随意变动？制度创立之初，周公等人根据先前的文化资源选择了“诗”这种言说形式或书写形式与“乐”一同作为礼制的组成部分，形成“诗”创作的一个集中时期。此期一过，“诗”就不再是一种“活的”言说形式了。它何时重新获得活力而进入人们现实的政治文化空间，则有赖于历史需求的召唤。所以第四，“正变”其实正是对诗歌应时代需求而起伏变化这一情形的准确把握——“正诗”代表周初创制或采集的进入了礼乐制度系统中的那些作品；“变诗”则代表那些后来因为制度的变化而获得全新的功能的

① 何定生：《诗经今论》，台湾商务印书馆 1968 年版，第 251 页。

作品。

“变风变雅”的说法是汉儒提出来的。《毛诗序》和郑玄《诗谱序》都认为所谓“变风变雅”是周室衰微、王纲解纽时代的产物。按郑玄的划分,《风》诗除《周南》《召南》之外皆为“变风”;《大雅》自《民劳》之后,《小雅》自《六月》之后皆为“变雅”。这里有一个问题应注意。按《诗谱序》与《毛诗序》的说法,风雅正变之分的标准是时代的盛衰,太平盛世的诗是“正风正雅”,混乱衰微之世的诗是“变风变雅”。然而如何分辨一首诗究竟产于何时呢?譬如《周南》《召南》,《毛传》《郑笺》均以为是西周初文王时代的作品,所以认为是“正风”,但是后代学者根据诗的内容和文辞技巧研究发现,其中不少作品是西周末年甚至是东迁之后的作品[①]。现代学者多认同这种观点。陆侃如、冯沅君著《中国诗史》经过考证后指出:“由此可知《二南》中不但没有一篇可以证明是文王时诗,并且没有一篇可以证明是西周时诗。同时可以推定的几篇却全是东周时的作品。”[②]这样一来,《毛诗》《郑笺》的正变之分似乎也就失去了切实的根据。对于这一情况可以这样理解:《二南》之诗或许并非文王时的作品,但是其被采集入乐的时间应该较之其他“十三国风”为早,并被王室乐师纳入到礼乐系统之中。这类诗虽然不可能像“颂”和“正雅”那样成为重大祭祀礼仪的乐章,但是可以成为正式的“乡乐”“燕乐”或“房中之乐”,从而获得“正”的地位。例如据《仪礼》的记载,在“乡饮酒礼”中就有以《二南》之诗为乐章的乐次。其他“十三国风”的作品尽管也均被入乐,但都是用于“无算乐”的散乐,并无固定的用途,故而只能算是“变风”。这样“正变”的划分还是依据诗歌功能的历史演变而作出的。

顾炎武有一段曾引起很大争议的话非常值得注意,其云:

> 《钟鼓》之诗曰:“以《雅》以《南》。”子曰:“《雅》《颂》各得其

① 参阅清人崔述《读风偶识》、魏源《古诗微》等。

② 陆侃如、冯沅君:《中国诗史》,山东大学出版社1996年版,第69页。

所。"夫《二南》也，《豳》之《七月》也，《小雅》正十六篇，《颂》也——《诗》之入乐者也。《邶风》以下十二国之附于《二南》之后，而谓之风；《鸱鸮》以下六篇之附于《豳》，而亦谓之《豳》；《六月》以下五十八篇《小雅》，《民劳》以下十三篇《大雅》，而谓之"变雅"——《诗》之不入乐者也。①

这也就是说，诗三百并非全部入乐，入乐者谓之"正"诗，不入乐者谓之"变"诗。全祖望则反驳说：

> 古未有诗而不入乐者。特宗庙朝廷祭祀燕享不用，而其属于乐府，则奏之以观民风，是亦乐也。是以吴札请观于周乐，而列国之风并奏。不谓之乐而何？古者四夷之乐，尚陈于天子之庭，况列国之风乎？亭林于是乎失言。况变风亦概而言之，卫风之《淇澳》、郑风之《缁衣》、齐风之《鸡鸣》秦风之"同袍""同泽"，其中未尝无正声，是又不可不知也。②

顾炎武的"变"诗不入乐之说虽不能成立，但是他从"乐"的角度来看待正变却是有眼光的。如综合顾、全二说则可以得出这样一个结论："正"诗都是入乐的，这一点没有疑问。"变风变雅"即使入乐，其功能也与"正"诗有很大的区别。它们不是那种用于祭祀、朝会、宴饮的仪式化的或者正式的乐舞歌辞，而是另有他用。关于诗作为乐章的用途，朱熹尝言："二南正风，房中之乐也，乡乐也。二雅之正雅，朝廷之乐也。商、周之颂，宗庙之乐也。至变雅则衰周卿士之作，以言时政之得失。而邶、鄘以下，则太师所陈，以观民风者耳，非宗庙、燕享之所用也。"③观朱熹之言，则《颂》与"正风""正雅"都是入乐的，是固定化或仪式化的歌辞，它们之

① （明）顾炎武：《日知录》卷三，见黄汝成《日知录集释》卷三，岳麓书社 1994 年版，第 78 页。
② 见黄汝成《日知录集释》卷三，岳麓书社 1994 年版，第 78—79 页。
③ （明）顾炎武：《日知录》卷三，见黄汝成《日知录集释》卷三，岳麓书社 1994 年版，第 79 页。

间的区别主要在于所用之场合不同;而“变风变雅”与“正”诗的区别在于它们均不是正式的礼仪乐章,至于是否是“太师所陈,以观民风”的,就是另外一个问题了。

顾炎武还有一个创见,认为诗不应分风、雅、颂三类,而应分南、豳、雅、颂,其他十二国风则为附录①。梁启超在《诗经解题》中则将诗分为南、风、雅、颂四类,似是受到亭林的影响。他总结此四类诗的用途时说:“略以后世之体比附之,则风为民谣,南雅为乐府歌辞,颂则剧本也。”②梁启超认为“风”即“讽”,是“不歌而诵”的诗;“雅”即“正”,是周代通行的“正乐”;“颂”即“容”(舞容),是诗、乐、舞三者合一的乐舞歌辞。这种说法同样是从功能上看“正”“变”之异同的。

不论上述诸家之说存在着怎样的缺陷,我们认为其总体上揭示出《诗经》作品在编排上体现出的基本分类原则。这说明“正变”之说并非汉人毫无根据的杜撰,而是根据诗歌在长期使用过程中表现出来的功能差异而作出的合理分类。在这个问题上钱穆先生也提出过很好的见解:

> 窃谓诗之正变,若就诗体言,则美者其正而刺者其变,然就诗之年代先后言,则凡诗之在前者皆正,而继起在后者皆变。诗之先起,本为颂美先德,故美者诗之正也。及其后,时移世易,诗之所为作者变,而刺多于颂,故曰诗之变,而虽其时颂美之诗,亦列变中也。故所谓诗之正变者,乃指诗之产生及其编制之年代先后言。凡西周成康以前之诗皆正,其时则有美无刺;厉、宣以下继起之诗皆谓之变,其时则刺多于美云尔。③

这是我所见过的古今关于“正变”之说最为公允、合理的解释。毛郑之说将诗的创作与时代联系起来,其合理性是不容置疑的。诗的最初制

① (明)顾炎武:《日知录》卷三,见黄汝成《日知录集释》卷三,岳麓书社1994年版,第80页。
② 转引自蒋伯潜、蒋祖怡著《经与经学》,上海书店出版社1997年版,第43页。
③ 钱穆:《读诗经》,见《中国学术思想史论丛》(一),台湾东大图书有限公司1976年版,第120页。

作、使用都是为了强化周人统治的合法性，是意识形态话语建构，理所当然是有美而无刺。这样的诗作为乐章长期使用于各种礼仪活动之中，久而久之，成为惯例，成为定制，这就是所谓“正”。后来产生或采集来的怨刺之作与原有之诗在创作目的、内容乃至运用上都有很大分别，乃诗之变体，故谓之“变”。

二、“变”诗产生的历史轨迹

那么这种变化是如何发生的呢？

正如西周初期诗歌的产生和运用是时代政治需要使然一样，后来诗歌功能的变化也同样是适应新的政治需要的结果。周公主持制定的封建宗法制以及相应的礼乐制度的确起到了稳定社会政治秩序与价值秩序的重要作用，其结果便是成、康、昭、穆百余年间的繁荣稳定。史载：“成康之世，天下安宁，刑措四十年不用。”[1]但是权力的诱惑毕竟非诸侯们能够长期抵御得住的。西周以血亲为纽带的封建宗法制，再加上严格的礼仪制度的强化，似乎形成了严密、系统、无懈可击的政治架构，一切权力的运用、分配、交接都有清晰的规定，因而可以按部就班地进行了，但是事实上并非如此。下列情形的出现均可视为西周政治制度松动的征兆：

> 晋侯作宫而美，康王使让之。
>
> 十九年，天大曀皆震，丧六师于汉。
>
> 昭王末年，夜清，五色光贯紫微。其年王南巡不反。
>
> （以上见《古本竹书纪年》）
>
> 炀公六年卒，子幽公宰立。幽公十四年，幽公弟费杀幽公而自立，是为魏公。（《史记·鲁周公世家》）
>
> 昭王之时，王道微缺。昭王南巡狩不返，卒于江上。

① 《古本竹书纪年·周·康王》，见朱右曾辑、王国维校补《古本竹书纪年辑校》，辽宁教育出版社 1997 年版，第 12 页。

诸侯有不睦者,甫侯言于王,作修刑辟。

(以上见《史记·周本纪》)

晋侯作宫室而美,定为越制之举,否则康王不会派人去责备他。这说明早在康王之时,在诸侯之间不符合礼制的行为就已经存在了。昭王时代应是西周由盛而衰的转折点,也是礼乐制度由稳固而走向松动的转折点。昭王"丧六师于汉"以及"南巡不反"可以说是西周自武王以来最为重大的挫折。这样一个重大事件最大的负面效应是动摇了周王室在百余年间确立起来的神圣地位,当然也动摇了周王室对于诸侯的权威性。于是才会出现鲁国幽公之弟弑兄自立这样耸人听闻的事件。周王室对这个事件是怎样的态度,于史无征,但弑兄的魏公并没有受到谴责,更没有受到应有的征伐,这表示周王室默认了他的篡位。这种情形说明王室之于诸侯已经有些尾大不掉了。所以《史记》说昭王之时"王道微缺"是有史实根据的。"诸侯有不睦者"是说穆王时的事情。按照"礼乐征伐自天子出"的周代制度,诸侯之间的矛盾一律由王室出面解决。此时为了解决诸侯之间的矛盾而专门制定了一套刑法,可见这种"不睦"已经是十分严重的普遍现象了。这也说明王室对诸侯的控制力大打折扣了。这种现象到了懿、夷二王时已经愈加严重。《诗谱序》说:

后王稍更陵迟,懿王始受谮烹齐哀公,夷身失礼之后,邶不尊贤。自是而下,厉也、幽也,政教犹衰,周室大坏。

关于烹齐哀公一事,史书多有记载,但稍有不同。《古本竹书纪年》言夷王"三年,王致诸侯,烹齐哀公于鼎"①。没有说原因,而且记到夷王头上。《公羊传·庄公四年》载:"哀公烹乎周,纪侯谮之。"②讲了原因,却

① 《古本竹书纪年·周·夷王》,见朱右曾辑、王国维校补《古本竹书纪年辑校》,辽宁教育出版社1997年版,第15页。

② 《新刊四书五经·春秋三传》,中国书店1992年版,第95页。

没有指明是懿王还是夷王。《史记》之《周本纪》不记其事;《齐太公世家》则说:"哀公时,纪侯谮之周,周烹哀公而立其弟静,是为胡公。胡公徙都薄姑,而当周夷王之时。"记事更详,但同样没有说明谁为烹人者。从这里的叙事语气可以看出,这位烹齐哀公的人有可能是夷王,也有可能是夷王之前的孝王,当然还有可能是孝王前的懿王。上引郑玄是明确指出为懿王所为的。总之是懿夷二王之间发生的事情。这件事情说明,周王室已经依靠残暴刑罚杀戮来维持其权威了,这一点与周初诸王时时提醒自己极力避免的殷纣之所为很是接近了。所以可以说从这个时期开始,西周开始走向衰败了。于是"礼崩乐坏"的迹象也开始显露:

《礼记·郊特牲》:"觐礼,天子不下堂而见诸侯。下堂而见诸侯,天子之失礼也。由夷王以下。"

《史记·卫康叔世家》:"顷侯厚赂周夷王,夷王命卫为侯。"

夷工为何下堂而见诸侯?不得而知,总之是失礼之举。卫君本为伯爵,居然可以因贿赂而升为侯爵,可见夷王自己对祖先传下来的礼制已然不放在眼里了。以"德治"为基本精神的礼乐制度本来是要人们自觉信奉的,倘若人们失去了对它的神圣性、权威性的自觉认同,这种制度的约束力也就不存在了。礼乐制度是一个严密的规范系统,只要有一个环节被破坏,那就会迅速发生连锁反应。西周后期的情形正是如此。又因为西周的政治制度与价值观念体系是融为一体的,因而制度的破坏也就意味着价值观念体系的破坏,于是西周这个庞大的封建宗法制社会就必不可免地陷于混乱之中了。

正是在这种历史语境中,诗人开始"作刺"了:

懿王立,王室遂衰,诗人作刺。(《史记·周本纪》)

当周夷王之时,王室微,诸侯或不朝,相伐。(《史记·楚世家》)

周道始缺,怨刺之诗起。(《汉书·礼乐志》)

至于王道衰,礼义废,政教失,国异政,家殊俗,而变风、变雅作矣。(《毛诗序》)

后王稍更陵迟,懿王始受谮烹齐哀公。夷身失礼之后,邶不尊贤。自是而下,厉也、幽也,政教犹衰,周室大坏,《十月之交》《民牢》《板》《荡》勃而俱作。众国纷然,怨刺相寻。(《诗谱序》)

我们没有理由不相信这些记载。但是我们可以追问:尽管懿王以降,周室由衰微而至于大坏是史实,但是这也并不是产生怨刺之诗的充分条件呀!人们表达不满与愤怒的方式多得很,为什么大家不约而同地采取诗的方式呢?对于这个问题我们还是要从诗之功能演变的角度来回答。从文化史的角度看,一个时期有一个时期特定的言说方式。人们为什么选择这种方式而不选择另外的方式,首先取决于先在的文化资源——人们总是在前人提供的言说方式的基础上来言说的。对于西周后期那些拥有言说能力的人来说,"诗"无疑是他们最方便、最有效的言说方式。何以见得呢?这与周人的文化教育直接相关。还是让我们先来看史料。

《周礼·大司徒》:

以乡三物教万民,而宾兴之。一曰六德:知、仁、圣、义、忠、和。二曰六行:孝、友、睦、姻、任、恤。三曰六艺:礼、乐、射、御、书、数。

《大司乐》:

大司乐:掌成均之法,以治建国之学政,而合国之子弟焉。凡有道者,有德者,使教焉。死则以为乐祖,祭于瞽宗。以乐德教国子:中、和、祗、庸、孝、友。以乐语教国子:兴、道、讽、诵、言、语。以乐舞教国子……以致鬼神示,以和邦国,以谐万民,以安宾客,以说远人,以作动物。

《礼记·王制》：

乐正崇四术，立四教。顺先王诗书礼乐以造士。春秋教以礼乐，冬夏教以诗书。

《学记》：

大学之教也，时教必有正业，退息必有居学。不学操缦，不能安弦。不学博依，不能安诗。不学杂服，不能安礼。

《内则》：

十有三年，学乐，诵诗，舞《勺》。成童，舞《象》，学射御。

《国语·楚语上》：

叔时曰："教之春秋，而为之耸善而抑恶焉，以戒劝其心；教之世，而为之昭明德而废幽昏焉，以休惧其动；教之诗，而为之导广显德，以耀明其志；教之礼，使知上下之则；教之乐，以疏其秽而镇其浮……"

从这些记载中可以看出，西周乃至春秋时期的贵族教育是十分发达的。这是必然之事，因为西周统治的政治架构是封建宗法制，其维系这种政治架构的主要方式是礼乐文化和每个个体的道德自律。这样西周的文化教育就具有直接的政治意义，教育作为一种最重要的"意识形态国家机器"就是实现有效统治的最主要的方式。就其教育内容来说，礼、乐、射、御、舞蹈等都是具体的仪式,具有物质性,在文字书写方面则只有诗、书。而且这些都是十三岁入小学时就开始学习的主要内容。这样教育的结果是每一个受教育者都多才多艺——精通音乐、舞蹈、诗歌、政事、历史、射箭、驾车以及各种场合的全副礼仪。这是真正的贵族教育,培养出的是具有高度文化修养的人才。这一切都是真的吗?可以说丝毫不假。这一点我们从《左传》《国语》这类历来被认为很可靠的史籍中就可以得到印证:春秋时期各国的那些卿大夫,包括军事长官,哪一个不是文质彬彬?即使敌国间打仗也显得极有规则,更不用说外交场合的委婉辞令了。如果将春秋时期贵族们的行事方式、言谈举止与战国时期那些鸡鸣狗盗、唯利是图者比较一下,真是有着天壤之别!按说春秋与战国相接,风气之变也就是百十年的事情,这变化何以如此之快呢?关键在于春秋时期周王室虽然已经衰微,天下只有在那些强大诸侯的号召下才能形成短暂的一致性,但是西周的那套礼仪制度和教育制度并没有消失,特别是贵族阶层依然是社会的主导力量,故而只是礼仪的使用秩序上出现了紊乱情形,礼乐文化尚没有消亡,在某些方面还有所发展。因此春秋时期贵族们的彬彬有礼常常为后人称道。钱穆先生尝言:

> 大体言之,当时的贵族,对古代相传的宗教均已抱有一种开明而合理的见解。因此他们对人生,亦有一种清晰而稳健的看法。当时的国际间虽则不断以兵戎相见,而大体上一般趋势,则均重和平,守信义。外交上的文雅风流,更足表现当时一般贵族文化上之修养与了解。即在战争中,犹能不失他们重人道、讲礼貌、守信让之素养,而有时则成为一种当时独有的幽默。道义礼信,在当时的地位,显见超出于富强攻取之上……各国贵族阶层……他们识见之渊博,人格之完备,嘉言懿行,可资后代敬慕者,到处可见。春秋时代实可说是中国古代贵族文化已发达到一种极优美、极高明、极细腻雅致的

时代。①

春秋时期贵族阶层已经走向没落，然在文化上还有如此的表现，由此可以想见西周鼎盛时期之贵族文化是何等灿烂辉煌。

诗歌在西周以及春秋贵族文化中具有不可或缺的重要地位。开始时，在官方教育系统中传授诗歌的主要目的毫无疑问是为了礼仪制度能够得到顺利的实行，因为诗与乐、舞相关联，是礼仪中不可缺少的组成部分。但同时也包含着道德的、政治的目的。这种教育的结果使得每一位受教育者都对那些进入官方文化系统的诗歌极为熟悉，甚至人人可以诵之于口。春秋时贵族们的随口引诗、赋诗就足以证明这一点。如此，则为人们利用诗这种独特的言说方式来表达意见提供了可能性。

也就是说，西周懿夷二王之后日渐陵迟的历史语境为"诗人作刺"提供了社会需求和主观动机；西周以来的礼仪制度和教育所塑造的贵族们人人熟知诗歌乐舞的文化语境为"诗人作刺"提供了言说方式上的可能性，于是以怨刺讽谏为主导的诗歌创作便蔚然成风。但是这里还有一个没有解决的问题：实际效果。包括日常生活交往之内的任何一种言说都要有听者，否则就绝对不会获得普遍的形式。而且这种言说还须通过听者而产生一定的效应，否则也就难以持久存在。对于西周后期那些被称为"变风""变雅"的诗歌来说，这个有效性原则也是适合的。就是说，除了上述历史文化语境所提供的可能性之外，诗歌功能的根本性变化还肯定有某种契机作为动因。那么，什么因素充当了这种关键动因呢？我认为应该是采诗、献诗的官方行为。

三、关于"采诗"与"献诗"

我们前面已经谈到，关于采诗、献诗问题是清代以来《诗经》研究领域一直争论不休的话题之一。有些学者认为西周时代确有这样一种制

① 钱穆：《国史大纲》上册，商务印书馆1996年版，第71页。

度,有的学者则认为是汉人的理想化说法,并没有实际存在过。对于采诗之说自清代以来多有疑者,其中最有代表性、质疑也最为有力的是清人崔述,他说:

> 旧说,周太史掌采列国之风。今自《邶》《鄘》以下十二国风,皆周太史巡行之所采也。余按:克商以后,下逮陈灵,近五百年。何以前三百年所采殊少,后二百年所采甚多?周之诸侯千八百国,何以独此九国有风可采,而其余皆无之?曰:孔子之所删也。曰:成康之世,治化大行,刑措不用,诸侯贤者必多;其民岂无称功颂德之词?何为尽删其盛,而独存其衰?……且十二国风中,东迁以后之诗居其大半;而《春秋》之策,王人至鲁,虽微贱无不书者,何以绝不见有采风之使?乃至《左传》之广搜博采,而亦无之!则此言出于后人臆度无疑也。盖凡文章一道,美斯爱,爱斯传,乃天下之常理;故有作者,即有传者……不然两汉、六朝、唐宋以来,并无采风太史,何以其诗亦传于后世也?①

崔述是清代著名学者,以善于怀疑古人成说著称,其《丰镐考信录》《洙泗考信录》都是为人称道的好书。但是这里对"采诗"之说的怀疑是站不住脚的。对于他的质疑我们可以作如下解说:

第一,关于采风前少后多的问题。现代以来的学界早已达成共识:"二南"《豳风》等许多旧说以为是西周之初的作品,其实大都是西周之末到春秋时期的作品。这样一来,可以认为是周初之作的风诗就屈指可数了。即使有之,也并非从民间采集而来,例如《鸱鸮》《七月》之类。我们根据诗歌在西周时期的功能判断,周初乃至西周中期以前的确并不存在"采诗"之事。因为当时的封建宗法制度与礼乐制度都得到严格的遵守,王室并不需要通过采诗观风这样的举措来了解什么。如果从周初即有采

① (清)崔述:《读风偶识》卷二《通论十三国风》,上海古籍出版社1995年版。

诗之制，那么即使五年从一国采得一首，那数百年间、数百国中也应有数万首之多了。这些诗都到哪里去了呢？唯一合理的解释是西周中叶之前并没有采诗之制。但是这并不等于西周就压根儿没有采诗之事。倘若无人采集，《国风》之诗遍于天下，是如何被集为一编的呢？由于风诗绝大多数都产生于西周之末和春秋前半期，所以我们有理由认为采诗的事情是发生在西周中叶之后。至于为什么采诗，大约有两个原因：一是确如汉儒所言，是为了观民风。昭穆二王之后，周室渐衰，王室间有失礼之事，诸侯亦始有不敬之举，诸侯之间更是矛盾逐渐激烈，出现了擅自互相攻伐的情况。在这种情况下，王室为了加强控制，维持王室的统治地位，于是想出采诗观风的办法，以此作为对诸侯采取褒奖与惩罚的依据，或者通过风谣了解诸侯的动向，客观上也是对诸侯们的一种监督与警示。但这只是一种可能性，看厉王、幽王之所为未必会有这样的政治胸襟。采诗的另外一种更加可信的原因则是王室和贵族们娱乐的需要。歌舞乐章尽管是作为非常庄严肃穆甚至具有神圣性的礼仪的组成部分而进入官方文化系统的，但是它们从一开始就包含着审美的价值，这是不容置疑的——世界上任何一种宗教性的乐舞绘画等艺术形式无不具有审美品性，宗教借助于艺术宣扬自身的同时，艺术也削弱了宗教性本身①。如此久而久之，贵族们被礼仪的乐舞培养起来的审美需求自然会逐渐增强，难免对原有的、老旧的乐舞渐生厌烦，于是就希望有新的东西来满足审美的需要，这样就有了采风的事情发生——天南地北的声调各有不同，正好可以满足大家的口味。如此则诗是借了乐调的光才得以进入王室贵族文化之中的。

关于这一点，或许可以从“无算乐”的用途中看出来。在《仪礼》之

① 路德维希·费尔巴哈在《关于哲学改造的临时提纲》一文中谈到基督教艺术时指出：“基督教徒只有实际上否定了基督教神学，将女性的本质当作神圣的本质加以崇拜时，才走向诗歌，当基督教徒对宗教的本质进行想象时，当宗教的本质成为他们的意识对象时，他们就与他们的宗教的本质发生了矛盾，成为艺术家和诗人。”（见《费尔巴哈哲学著作选集》上卷，商务印书馆 1984 年版，第 105 页）这里费尔巴哈是要说明艺术与宗教本质上的对立，但也说明了即使是宗教艺术，也还是保留了艺术的品性。宗教试图利用艺术为自己服务时，实际上反而被艺术削弱了其宗教性。

《乡饮酒礼》《乡射礼》《燕礼》《大射仪》等篇,均有“无算爵”“无算乐”之谓。郑玄注“无算爵”云:“算,数也。宾主燕饮,爵行无数,醉而止也。”注“无算乐”云:“燕乐亦无数,或间或合,尽欢而止也。”[①]盖于“乡饮酒礼”“乡射礼”“燕礼”等礼仪的正式节目中,饮酒次数与用乐数均有严格规定,不可有丝毫差错。但是在正式节目之后,则可以尽情饮酒、尽情用乐,此所谓“无算”。何定生先生认为“变风”“变雅”之作基本上都是用之于这种“无算乐”的。其云:

> ……且(燕礼和乡礼)于诸礼之中,用诗最多,犹以“无算乐”之用为最广泛而重要,包括了绝大多数小雅和几乎全部的国风诗篇。这是个相当重要的趋向。这个趋向可以说明周乐一面是由王乐的严肃而趋向于乡乐的轻松,另一面则三百篇之用,也由于正歌正乐而趋向于散歌散乐。[②]

所以他认为所谓“变风”“变雅”就是指在作为乐章的使用上不同于以往那些“正歌”“正乐”的作品。这是很有见地的说法。何先生所说的这种趋向应该是西周中叶之后才开始的,这也正是崔述所不解的采诗之“前少后多”的原因所在。用于纯粹的审美娱乐目的的诗乐除了所谓的“无算乐”,《仪礼》又有“房中之乐”说。郑玄注云:“弦歌周南、召南之诗而不用钟磬之节也。谓之‘房中’者,后夫人之所讽喻以事君子。”[③]清人阎若璩认为:“第今观之二南……信其为房中之乐也。”[④]《毛传》亦认为《君子阳阳》等诗为“房中之乐”[⑤]。可见《诗经》中确有许多作品是作为“房中之乐”来使用的。尽管古人以为这类诗歌也有规劝讽喻之用,但在

① 《仪礼注疏》卷四,阮刻《十三经注疏》本。
② 何定生:《诗经今论》,台湾商务印书馆 1968 年版,第 8 页。
③ 《仪礼注疏》卷六,阮刻《十三经注疏》本。
④ (清)阎若璩:《尚书古文疏正》卷五下,上海古籍出版社 2010 年,第 306 页。
⑤ 《毛诗注疏》卷六,阮刻《十三经注疏》本。

我们看来，其主要用途亦与“无算乐”一样，肯定是审美娱乐方面的。

那么这些用于审美娱乐需要的诗歌从何而来呢？大约一部分是命周王室直接控制地区的大夫士或乐师、乐工们专门制作的，而更多的则是命人到各国采集得来的。由此我们有理由认为，“采诗”其实并不是一种制度，而是根据需要临时采取的措施。很可能是王室为了保持尊严，将这种“采诗”行为神圣化，打出“采诗观风”的旗号。所以，采诗的事情肯定发生过，但不大可能是周初就有的定制。关于这一点古人亦曾有所涉及，我们看下面一段话：

> 或曰：先儒多以周道衰，诗人本诸衽席而《关雎》作。故扬雄以周康之时《关雎》作为伤乱始。杜钦亦曰：“佩玉晏鸣，《关雎》谈之。”说者以为古者后夫人鸡鸣佩玉，去君所。周康后不然，故诗人叹而伤之。此鲁说也，与毛异矣。但以“哀而不伤”之意推之，恐有此理也。曰：此不可知矣。但《仪礼》以《关雎》为乡乐，又为房中之乐，则是周公制作之时已有此诗矣。若如鲁说，则《仪礼》不得为周公之书。《仪礼》不为周公之书则周之盛时乃无乡乐燕饮、房中之乐，而必有待于后世之刺诗也。其不然也明矣。①

在这个问题上，很有可能正是朱熹所驳斥的这种观点是符合实际的。这种观点是从鲁诗的逻辑推出来的。宋儒坚信《仪礼》为古“礼经”，是周公所作无疑，故有此辨说。现代以来，学界对于《仪礼》的研究早已证明其为战国乃至西汉儒者根据留存的一些古代文献写定的，绝非周公所作。对于“采诗”及“变风”“变雅”之原始功用的辨析，我们可以说：周公制礼作乐之时的确没有大规模使用“无算乐”“房中之乐”的情况。这些乐歌是西周后期才广泛进入贵族们的文化生活的。“采诗”之举的产生与这种主要用之于审美娱乐的乐歌有直接的联系，是其主要动因。

① （宋）朱熹：《诗序辨说》卷上，上海古籍出版社 1995 年影印本。

第二,关于删盛存衰的问题。如前所述,周初那些作为乐章的诗歌都是定作的,即为了礼乐仪式的需要而专门作出来的,并非人们自发地歌功颂德之举。礼乐制度一旦确定,何礼用何乐都成定制,后世沿用即可,不必再有新的创制。所以《诗经》中的颂美之作主要是向着文王、武王和周公也就不足为奇了。盛世之诗本来就少,衰世之诗本来就多,这是文化历史语境的变化所导致的诗歌功能之演变的结果,压根儿就不存在什么删盛存衰的问题。

第三,关于《左传》不载采诗之事的问题。有了上面的论述,这个问题也就不难回答了:采诗从来不是一件重要的政治措施,而主要是为了王室贵族们的娱乐。而且这种事也从来都没有形成制度,只是偶一为之的事。所以采诗之事不入于史官的视野也是极有可能的。尽管如此,在先秦典籍中还是可以看出有关的记载的。为了方便起见,这里引一段一位青年学者的叙述:

> 古有所谓"王官采诗"说,前人多不之信,原因是有关此说的记载都是汉代的。战国竹简《孔子诗论》的再世,有力地证明了汉儒说是有根据的。《诗论》第三简说:"邦风其纳物也博,观人俗焉,大敛材焉。""邦风"可以"观人俗",也就是典籍所记"采诗观风"的"观风",而"王官采诗"的"王官"一义,则含在"大敛材"一语之中。"敛材",马承源先生的考释是:"指(收集)邦风佳作,实为采风。"①

对于"敛材"一语,王志平先生以为应读为"敛采",就是"采诗观风"的意思②。如果马承源、王志平、李山等理解的不错,那么周人有采诗之事就更加确凿无疑了。只是儒家对此事的理解似乎带有理想主义色彩,正如他们对西周的许多事情的理解都带有理想化成分一样——他们常常

① 李山:《举贱民而蠲之》,见《诗经析读》,海南出版公司2003年版,附录二。

② 王志平:《诗论笺疏》,见《上博馆藏战国楚竹书研究》,上海书店出版社2002年版,第211页。

把本来没有什么政治意义的事件叙述得饱含深意,这是儒家话语建构的基本策略之一,不足为怪。所以周王室的采诗未必真的是为了“观人俗焉”。

我们确定了采诗之事的实际面目以后,对于民歌民谣与政治色彩极浓的讽喻怨刺之诗几乎同时“勃尔俱作”就不会感到奇怪了。各地的民歌都有自己的特点,收集这些民间作品稍加改造,就可以成为具有不同风味的歌曲而供王室和贵族们欣赏。关于这一点,我不能同意许多著名学者例如朱东润、钱穆以及时下一些论者否定《诗经》中有民间作品的观点。他们认为这三百零五篇诗歌都是贵族制作的,这是不符合实际的。《诗经》中有些活泼欢快的作品洋溢着民间气息,绝对不可能是贵族们闭门造车的产物。但我相信这类民歌收集到之后在某些词语、韵律方面经过了贵族们的润色。这是“无算乐”和“房中之乐”的来源之一,当然也是《国风》的主要来源之一。这类从民间采来的作品大体上可分为两大类:一是本身毫无政治内涵,纯粹是天真烂漫的情歌或劳动之歌,例如《静女》《桑中》《褰裳》《七月》之类,此类作品的创作完全是自发的,是“情动于中而形于言”的产物。另一类是各地百姓讽刺当地诸侯或官吏或者士人、大夫之间互相讥刺的,例如《伐檀》《硕鼠》《新台》《相鼠》之类,这类作品的创作很可能正是受了王室采诗的激发才兴盛起来的。作诗者的目的是借采诗的机会向王室诉说自己的愤懑与不平。但是这些作品亦与其他民歌一样,均因其曲调而得以编辑、流传,周王室并不一定真的关心其辞旨,只是欣赏其乐调。

《诗经》中最令人困惑的是“变雅”中那些被《诗序》《郑笺》认为是讽刺周王的作品。例如大雅中的《民劳》《板》《荡》《抑》《桑柔》等,小雅中的《祈父》《白驹》《黄鸟》《我行其野》《节南山》《正月》《十月之交》《雨无正》,不是刺宣王就是刺厉王、幽王。我并不否认这些作品都是满腔忧愤的宣泄,都含有讥刺和怨愤之情,但令人难以索解的是:这类作品何以能为王室所接受并比其音律,歌唱于大庭广众之下呢?难道周王室虽已衰败,但如此宽容的胸襟还在吗?我们看《国语·周语》中厉王那种“弭谤”的手段,是何等残忍!他如何能够忍受国人、士大夫们用这样的诗来讽刺他呢?即使可以忍受,又如何将其收集编订、传诸后世,以遗万世之羞呢?故而我们只能说《诗序》《郑笺》将这些诗定为“变雅”,认为是“刺诗”大体上是没有问题的,但指实某诗刺某王的说法是没有根据的。这也正是历代怀疑毛郑诗学的人所共有的观点。我的理解是,这类作品都是在王室的号召之下写出来的,在王室一面大约是为了补充“无算乐”“房中之乐”之用,在作诗者的一面却是要借此机会表达自己的怨愤不平之情。于是我们就必然涉及“献诗”的问题了。关于这方面的主要记载如下:

《国语·周语上》载邵公语:

> 故天子听政,使公卿至于列士献诗,瞽献曲,史献书,师箴,瞍赋……而后王斟酌焉,是以事行而不悖。

《晋语六》载范文子语:

> 吾闻古之王者,政德既成,又听于民。于是乎使工诵谏于朝,在列者献诗使勿兜……

《左传·昭公十二年》载子革与楚王语:

> (子革)对曰:“……昔穆王欲肆其心,周行天下,将皆必有车辙马迹焉。祭公谋父作《祈招》之诗以止王心,王是以获没于祇宫。臣问其诗而不知也,若问远焉,其焉能知之?”王曰:“子能乎?”对曰:“能。其诗曰:‘祈招之愔愔,式招德音。思我王度,式如玉,式如金。形民之力,而无醉饱之心。’”

细看这几条记载我们知道，献诗虽然不是厉王、幽王和春秋时实际存在的事情，但在以前的某个时期大约的确存在过。那么那些被毛诗认为是刺宣王、厉王、幽王的“变雅”之作究竟是何时之诗呢？

我们认为，这些诗篇中除了《六月》等几首描写征战的大致可以认为是宣王时所作，其他的基本上均很难确定其产生的确切时代，也没有充分的理由认为它们就是讥刺谁人、赞美谁人。但有一点是可以肯定的：这些诗都是专门作了献上去的①。其产生的时代则是西周中叶直至平王东迁前后②。以往论者考察作诗的年代都将注意力集中在时代的政治状况以及由此引发的创作冲动上，这当然是不错的，但是这些还不是充分条件，因为倘若没有适当的文化语境，人们是不会用诗的方式来表达不平之情的。在我看来情况应该是这样的：从西周中叶开始出现了采诗之事，目的是为王室和贵族们用于“无算乐”或“房中之乐”等娱乐。伴随采诗活动的就是献诗，王室鼓励公卿列士献诗，用途与于民间采诗同。但是这些不但有文化素养而且有政治观点的卿大夫士们并不甘心仅仅为王室提供娱乐之资，于是他们就借着这个献诗的机会来表达自己的政治态度以及对于现实的看法。于是就产生这些了“变雅”之作。因此这类作品中有写征伐的，如《六月》《采芑》等，有赞美天子的，如《吉日》《云汉》之类，但更多的是表达哀怨、愤懑与讽刺之作。诗人们完全是按照自己的意愿作这些诗，是属于“情动于中而形于言”的，这与周初那些为了建构意识形态而定作的“颂”诗及“正风”“正雅”有着根本的不同。诗人发泄情感的目

① 顾颉刚先生尝说：“公卿列士的讽谏是特地做了献上去的，庶人的批评是给官吏打听到了告诵上去的。”又说：“恐怕这种事（指献诗——引者）在春秋前很多，在春秋时就很少了……可见东周时这类的风气还没有歇绝。但这类的诗都在大小雅中，大小雅是王朝的诗，或者献诗诵谏的事是王朝所独有也未可知。《左传》既不注意王朝，自然没有这类的记载。”（见《古史辨》第三册下，中华书局《民国丛书》本，第326—328页）

② 李山的近著《诗经析读》（南海出版公司2003年3月版）认为：“幽王及新立太子伯盘死后，西周朝廷并未随即灭亡，大臣虢公翰曾立余臣为继世周王，从而形成‘二王并立’的历史局面。直到晋文公二十一年、携王在位十余年之后，这一局面才告结束，平王方始东迁。十余年的时间虽然只是历史的一瞬，但对诗歌创作而言，却足以孕育一个独具色彩的文学时代。大、小雅中众多充满哀怨与愤激情绪的政治抒情诗，就大多产生于这样一个十年内。”（《节南山》析读）这是一个很大胆也很有新意的观点，可备参考。

的当然是要引起当政者的注意,从而改变诗人自己的不利地位或境遇。但是这类诗实际上并没有起到这样的作用——它们被太师或史官们作了文字上的加工,又被乐工们谱了曲,然后便是表演于各种公共的或私人的场所,成为一种纯粹的艺术品了。

如此看来,《诗经》作品从颂诗、正风、正雅到变风、变雅的转变,本质上是诗歌功能的转换——由正式礼仪中的"正歌""正乐"到礼仪之余的"散歌""散乐"的转换,而这种转换又引起了从代表集体意识或情感的定作之诗到表现个人情感的自由创作的转换,或者说是从作为礼仪制度之组成部分的乐章向私人化言说的转换。如果从言说的对象来看,则前者主要是由上而下的,即王室对包括诸侯在内的臣子百姓的教化,后者却主要是由下而上的,即国人、公卿大夫们对王室的讽谏。从意识形态意义的角度看,前者代表了国家主流话语,是纯粹官方性质的,后者代表了国民的普遍情绪,是民间性质的。这种转换当然依赖于社会政治状况的改变,即依赖于封建宗法制的松动与相应的礼制的逐渐毁坏,还要依赖于彼时发达的贵族教育与国民教育,使"诗"这种东西有可能成为一种特殊的言说方式。但是最直接的契机是王室的采诗之举以及与此相关联的献诗之举。献诗是采诗的伴随物,周王室采诗的初衷很可能是娱乐,结果却引发了人们用诗来表达个人话语的热潮。由于诗无论如何是一种委婉的、迂回的言说方式,所以其蕴含的政治性被其形式淡化了,再加上动人心弦的乐调,听者就比较容易接受其中的政治含义而不至于反感,这也许就是《诗大序》所谓的"主文而谲谏"的功能了。这样一来,"变风""变雅"也就真的成为自下而上的沟通方式,真正是"言之者无罪,闻之者足以戒"了。

最后我们还有必要对"谁在言说"这个话题做一些进一步的思考。从诗的文本来看,"变雅"的作者主要是公卿大夫是无疑的,对此可以不必置论。那么"变风"的作者主要是什么人呢?从相关的文献记载来看,"变风"的作者主要是"国人"。从《左传》《国语》等文献中我们可以知道，所谓“国人”实在是一个很有政治力量的阶层。他们似乎对国家事物十分关心，并且可以通过各种方式干预或参与政治决策。让我们看《左传》所载的几则事例：

僖公二十八年：为了抗衡楚国，晋与齐在敛盂会盟，卫国也想参加，晋国不同意。卫侯一气之下决定与楚国结盟，结果遭到“国人”的反对，将卫侯赶走了。

文公十六年：宋国的公子鲍对“国人”极为谦和有礼，饥荒时又拿出家中全部粮食来赈济他们。对于年纪在七十岁以上的老人还有特别的馈赠。对于有才干的人则尤其殷勤有加。当时的国君昭公无道，“国人”就一起拥护公子鲍。结果昭公陷于孤立，最后被人杀死了。

文公十八年：莒纪公喜欢小儿子季佗，于是废了太子仆，还在国内做了许多荒诞悖礼之事。于是太子仆就依靠“国人”的支持杀了纪公，带了大量珠宝跑到鲁国去了。

成公十三年：曹国的公子欣时很得民心，他对曹国国君成公不满，打算离开曹国到别的国家去，结果“国人”知道了这个消息，都要和他一起走。成公这才意识到问题严重，向公子欣时和“国人”承认自己的过错，恳求他留下来。

从这些事例上看，春秋时期的“国人”可以说是一个诸侯国的基本力量，谁得到他们的支持，谁就可以得到胜利。即使是国君，如果失去了“国人”的信任，也就失去了统治的合法性，很快就会失位了。“国人”之所以有如此强大的力量，主要是因为他们实际上是一个诸侯国的支柱：他们是国家军队的主要来源，是国家经济的基础，而且还是社会舆论的主导者——他们绝对不是仅仅可以打仗和生产的劳动者。根据有关史料可知,“国人”中有一部分是受过教育的国民[①],因此他们对于诗书礼乐都很熟悉。正是这后一点使得“国人”也能够成为那些政治讽刺诗的作者。他们常常用诗歌的方式来表达自己对时政的看法。《左传·隐公三年》载:“卫庄公娶于齐东宫得臣之妹,曰庄姜,美而无子,卫人所为赋《硕人》也。”又文公六年载:“秦伯任好卒。以子车氏之三子奄息、仲行、针虎为殉,皆秦之良也。国人哀之,为之赋《黄鸟》。”那些“变风”之作,肯定有许多是这样的作品,只是史家无暇一一记载而已。我们看关于西周乃至春秋时期政治事件的记载,随处可见对于“民”的重视,在我看来这个“民”绝不像后世某些时候仅仅是一个空洞的概念——它代表的实际上是自称为民者自身的利益,且实有所指:就是那些可以发表意见并有实际的政治权利特别是可以掌握舆论的“国人”。由于“国人”与诸侯国的整体利益休戚与共,所以都具有很强的爱国精神,对于那些危害国家利益的人和事他们都会以各种方式表达自己的不满,甚至采取暴力手段。除了偶然也有被上层贵族利用从而卷入权力斗争的情形,“国人”基本上可以代表对于国家整体利益来说是“正义”的声音。由于“国人”中那些优秀分子或代表人物接受过正规教育,对于西周以来的那套礼乐文化十分熟悉,所以他们就能够用诗歌这种特殊的言说方式来表达对于君主、卿大夫以及国家大事的态度和意见。春秋时期国事纷乱,社会原有秩序受到冲击,“国人”的生活也动荡不安,于是激发起他们借诗歌来怨刺、讽谏的热情,这就形成了“变风”的勃兴[②]。这种情形与两周之交贵族阶层的社会地位受到冲击,甚至不少贵族沦为平民,从而导致“变雅”之作的兴盛是同样的道理。可惜的是,这些诗虽然被王室采集、编订并入乐,但是绝对没有真正

---

① 《礼记·王制》:“乐正崇四术,立四教,顺先王诗、书、礼、乐以造士。春秋教以礼乐,冬夏教以诗书。王大子、王子、群后之大子、卿大夫、元士之适子、国之俊选皆造焉。”所谓“国之俊选”即是指那些“国人”子弟中出类拔萃者。《周礼·大司徒》:“以乡三物教万民而宾兴之,一曰六德……三曰六艺:礼、乐、射、御、书、数。”可见周人对于“国人”的教育的确是十分重视的,这当然与其对礼乐制度的推行与维护直接相关。

② 这里主要针对“变风”中那些怨愤之作而言。至于那些描写情爱与劳作的作品则很可能是民间长期流传的诗歌,其产生年代是不可知的。

发挥箴谏规劝的政治作用。其结果，从长远的文化史发展看，是为后世留下一部记录了公元前六七百年前人们的喜怒哀乐并具有极高文学价值的伟大作品；而从较近的社会文化状况看，则是为贵族阶层提供了一种文雅的、身份性的独特言说方式——这在春秋时期的“赋诗”中得到了充分的展示。

第二章　诗学与文人趣味

第一节　“名士”与文人趣味之关联

在中国古代，从“世卿世禄”的贵族制度崩坏以后到规范化的科举制度建立之前这一历史时期，执政者的选士任官带有很大随意性。从战国时期的“养士”与“尊贤”，到两汉时期的“征辟察举”，莫不如此。这一情形，对于以读书做官为毕生事业的士大夫阶层的价值取向、身份认同都造成了莫大影响。诸如“士为知己者死”“知遇之恩”与“士不遇”之类的观念与说法都是这种选官方式的产物。在这样的社会语境中还孕育出了“名士”这样的称谓。所谓名士，表面看来是那些在士林中享有名声的人物，似乎完全是自然形成的，但若仔细辨析，就不难发现，“名士”在不同历史时期有着不同的意涵，这种意涵的差异表征着君权系统与士人阶层关系的变化，也表征着选官标准的变化。以君权为核心的统治阶层与士人阶层的关系是变动不居的，或者利用，或者依靠，或者压制，或者合作，都是由具体的政治需要而定。与这种变化相应，士人阶层对自身的评价标准也有所不同。这就导致"名士"含义的衍变。简言之，"名士"是社会主流价值观的集中体现，也是文人士大夫身份认同与精神旨趣的集中体现。由于"名士"的含义直接与士人阶层的价值取向相关，故而名士含义的衍变也就与文学观念的变化相关联。到了东汉中后期，随着文人身份的逐渐成熟，文人趣味开始成为"名士"的重要标准，从而为汉末魏晋文学观念的重大变革提供了社会文化基础。

一、西汉之前"名士"的含义及其衍变

在战国至西汉时的典籍中即已出现"名士"一词，《礼记·月令》：

> 季春之月……生气方盛，阳气发泄，句者毕出，萌者尽达，不可以内。天子布德行惠，命有司发仓廪，赐贫穷，振乏绝，开府库，出币帛，周天下；勉诸侯，聘名士，礼贤者。

郑玄注云："名士，不仕者。"孔颖达疏："名士者，谓其德行贞绝，道术通明，王者不得臣，而隐居不在位者也。"

《史记·李斯列传》：

> 秦王乃拜斯为长史,听其计,阴遣谋士赍持金玉以游说诸侯。诸侯名士可下以财者,厚遗结之;不肯者,利剑刺之。离其君臣之计,秦王乃使其良将随其后。秦王拜斯为客卿。

此时的名士乃指那些身负安邦定国才能的处士。盖先秦士人大都靠奔走游说、干谒诸侯以求取功名,然而也有少数人品行高洁、才学超群者则高自标置,不肯轻易入诸侯之门。这类人,如春秋时的柳下惠、老子、子思,战国时的颜斶、庄子之类,都因为志向高远、才学宏富而显名一时。诸侯因慕其名,往往重金礼聘,许以高位;或者宣称"友事之""师事之",愈发使之名声显赫。这类名士在先秦士人中肯定只占极少数①,但他们代表了士人阶层自尊自贵的精神旨趣,是春秋战国之际这一新生的民间知识阶层身份上的相对独立性与观念上的乌托邦精神的表现。所以,尽管他们在人数上可能只是凤毛麟角,但对于中国文化的发展而言具有极为重要的意义,他们作为楷模提醒和激励着一代又一代读书人保持人格上的超越与独立。

西汉时期的名士,也有"德"与"才"两方面的标准,例如:

> 安国为人多大略,智足以当世取合,而出于忠厚焉。贪嗜于财。所推举皆廉士,贤于己者也。于梁举壶遂、臧固、郅他,皆天下名士,士亦以此称慕之,唯天子以为国器。(《史记·韩长孺列传》)

关于壶遂,司马迁尝与之共事,知之甚确:"余与壶遂定律历,观韩长孺之义,壶遂之深中隐厚。世之言梁多长者,不虚哉!壶遂官至詹事,天子方倚以为汉相,会遂卒。不然,壶遂之内廉行修,斯鞠躬君子也。"②可

① 先秦士人的大多数大约是类似商鞅、吴起、张仪、苏秦、范雎、蔡泽、郭隗那类人物,自身有相当的才学,同时又处心积虑寻求展示才华与获取功名的机会。为了荣华富贵,他们不惜以身犯险,置生死于不顾,更不用说道德准则了。这类人是为九流十家中的"纵横家"。

② 见《史记》卷一零八《韩长孺列传》之"太史公曰"。

见此时所谓“天下名士”的标准一是为人廉洁忠厚，二是有才干。然而，如壶遂这样的名士，既不像柳下惠、颜斶那样志存高远、遗世独立，又不像苏秦、张仪之类为功名利禄舍身忘命。他们在道德层面上是“长者”，在才能方面可以为天子所倚重。不难想见，这种“名士”正是“大一统”时代所需要的人物。在兼并、反兼并战争如火如荼的战国时代，一方面造就出一批厌恶尘世纷争的高洁之士，这类人以他们不为诸侯所用的品德与超越的乌托邦精神为世人所景仰，从而成为名士；另一方面则孕育出更多的以获得富厚势位为人生目标、才高而德寡的纵横之士。前者主要以品德高出于世俗而成为名士，后者以纵横捭阖的政治与军事才能而名震诸侯。显而易见，战国时代的这两种人物都不符合汉代社会的政治需要。在大一统的政治格局之中，统治者需要的是那种既俯首帖耳，听命于朝廷，又能够有效执行教化牧民任务的人。被史家称为“酷吏”与“循吏”的两种官员，看上去迥然有别，实际上恰恰都符合上述标准，因此均有机会获得帝王的青睐。在这样的社会语境之中，“名士”的评价标准也就发生了变化，一般说来，德才兼备是“名士”的必要条件。“德”就是忠诚于君主、廉洁、恪守各种社会伦理规则等，“才”则是执行朝廷政策、实现君主意图的能力。汉文帝二年就曾诏命有司“举贤良方正直言极谏者”，其标准正是“德”与“才”两个方面。

西汉自武帝立五经博士、独尊儒术之后，儒家经典受到士大夫的普遍重视。但是作为官方倡导的意识形态是一回事，真正深入人心，成为社会认可的意识形态是另一回事。考之史籍，我们可以说，终西汉之世，儒家思想在社会上并没有占据绝对的主导地位。这一点亦可以从“名士”的形成见出。《汉书》载：

> 久之，叔父成都侯商上书，愿分户邑以封莽，及长乐少府戴崇、侍中金涉、胡骑校尉箕闳、上谷都尉阳并、中郎陈汤，皆当世名士，咸为莽言，上由是贤莽。永始元年，封莽为新都侯，国南阳新野之都乡，千

五百户。迁骑都尉、光禄大夫、侍中。宿卫谨敕,爵位益尊,节操愈谦。散舆马衣裘,振施宾客,家无所余。收赡名士,交结将相、卿、大夫甚众。(卷九十九上《王莽传上》)

这里替王莽说话的“当世名士”是些什么人呢?我们来看看陈汤:

陈汤,字子公,山阳瑕丘人也。少好书,博达善属文。家贫丐贷无节,不为州里所称。西至长安求官,得太官献食丞。数岁,富平侯张勃与汤交,高其能。初元二年,元帝诏列侯举茂材,勃举汤。汤待迁,父死不奔丧,司隶奏汤无循行,勃选举故不以实,坐削户二百,会薨,因赐谥曰缪侯。汤下狱论。后复以荐为郎,数求使外国。久之,迁西域副校尉,与甘延寿俱出。……汤为人沉勇有大虑,多策谋,喜奇功,每过城邑山川,常登望。(《汉书》卷七十《傅常郑甘陈段传》)

从这段记载可见,陈汤并不是一位儒者,其行为距离儒家道德相去甚远,也不是位经学家,更不是什么躬行君子,他完全是依靠出众的才干而逐渐受到重用并成为“名士”的。由此可知,尽管西汉社会重视儒学,对人的评价讲究德才兼备,但“德”的内涵并不固着于儒家伦理,对所谓的“私德”不是十分看重,根本上还是以“忠于朝廷”并具备办事能力为准则。例如汉代第一个没有军功而封侯拜相的读书人公孙弘就是一个被士林目为“曲学阿世”的小人,但他的确忠于武帝,而且也很有办事的能力,故而被破格重用。西汉时期这样的人可谓所在多有。由于符合儒家道德准则的“私德”并不是必要条件,所以西汉之时“名士”们的成名原因也就多种多样,如《汉书》中的下三例:

1.先是,长安孙宠亦以游说显名,免汝南太守,与躬相结,俱上书,召待诏。(卷四十五《蒯伍江息夫传》)

2.(张)敞以切谏显名，擢为豫州刺史。（卷七十六《赵尹韩张两王传》）

3.始(萧)育与陈咸俱以公卿子显名，咸最先进。（卷七十八《萧望之传》）

例1中提到的孙宠与息夫躬都是没有什么品行的利禄之徒，却能靠着辩说之才而成名，并进而获得高位。例2中的张敞以“切谏”得名。而例3中的萧育、陈咸均以出身公卿之家而获得名声。由此可见，西汉时期的士大夫之成为“名士”是带有很大的偶然性的，并没有严格一致的标准。这说明汉代士大夫阶层的思想意识还没有真正被统一于儒家意识形态之下，在他们那里很大程度上还带有春秋战国时期遗留下来的游士特征。例如“游侠”这样一种社会群体也只有在西汉的社会环境中才会存在。

二、东汉名士含义的衍变

治思想史、哲学史者喜欢大而化之，动辄“两汉思想”“两汉学术”，实际上东汉与西汉在学术旨趣、社会习俗、时代精神诸多方面存在着极大的差异，很难概而论之。清儒顾炎武尝言：

> 汉自孝武表章《六经》之后，师儒虽盛，而大义未明，故新莽居摄，颂德献符者遍于天下。光武有鉴于此，故尊崇节义，敦厉名实，所举用者莫非经明行修之人，而风俗为之一变。①

这是顾亭林自己从史籍中“体贴”出来的见解，可谓真知灼见。其可论者有三：一是西汉武帝时接受大儒董仲舒建议，独尊儒术，立五经博士，儒学看上去很兴盛，但实际上并未真正成为有效的社会意识形态。所谓

① （清）顾炎武著，（清）黄汝成集释：《日知录集释》卷十三，岳麓书社1994年版，第469页。

“大义未明”云云,乃指儒学真谛未能实现为人们的社会行为,而是停留在书本上。二是光武帝刘秀的意识形态建设不再仅仅停留在经学的倡导与传播上,而是着眼于社会伦理规范的建设。所谓“尊崇节义,敦厉名实”云云,是指把经学义理转换为社会现实层面的道德规范。三是光武帝为了有效地完成经学从书本到实际的社会规范的转变,在用人上以“经明行修”为准绳。所谓“经明行修”是指不仅对儒家经典的文本了然于胸,而且能够落实为日常行为。儒学成为“名教”正是这样的文化历史语境的产物。

考之中国古代的历史,一个朝代在立国之后一般要经过六七十年的调整、磨合方能稳定下来,之后才会兴起大规模的意识形态建设。后汉(东汉)虽然也是经过天下大乱之后,经过艰苦征战而有天下的,但是由于后汉(东汉)政权的政治统治者以西汉继承者自居,故而在意识形态方面也就呈现出很明显的连续性。于是西汉一百余年的经学建设就自然而然地成为东汉意识形态建设的坚实基础,因此东汉的意识形态建设并不需要在六七十年之后才展开。《后汉书·儒林传》云:

> 昔王莽、更始之际,天下散乱,礼乐分崩,典文残落。及光武中兴,爱好经术,未及下车,而先访儒雅,采求阙文,补缀漏逸。先是四方学士多怀挟图书,遁逃林薮。自是莫不抱负坟策,云会京师,范升、陈元、郑兴、杜林、卫宏、刘昆、桓荣之徒,继踵而集。于是立五经博士,各以家法教授,易有施、孟、梁丘、京氏,尚书欧阳、大小夏侯,诗齐、鲁、韩,礼大小戴,春秋严、颜,凡十四博士,太常差次总领焉。

可见光武帝直接接续了西汉传统,立国后立即着手复兴儒学的工作。而且他并没有重走西汉的旧辙,而是大大推进一步,着重于社会风气的改造,由学术话语层面进而落实为社会道德规范层面——这正是意识形态掌控社会的逻辑轨迹。因此西汉注重经学权威性的论证与经典义理的阐发，东汉则注重经学价值观的转换与社会效应，这是顺理成章的事情。

在这样的社会语境中，士林风尚亦为之一变。“名士”之得名固然还是靠“德”“才”两方面的出色表现，但是“德”的含义已然发生了变化。如果说，在西汉时只要忠于朝廷，热衷于王事，即可视为有“德”；那么到了人人“砥砺名节”的后汉（东汉），人之私德便成为重要评价标准。私德有亏，即使忠于皇上且才能出众，也为士林所不齿。在诸种私德之中，在号称“以孝治天下”的社会氛围中，以“孝悌”为核心的人伦亲情自然是有着首要的意义。举二例如下：

其一，章帝朝官至谏议大夫的江革：

> 建武末年，与母归乡里。每至岁时，县当案比，革以母老，不欲摇动，自在辕中挽车，不用牛马，由是乡里称之曰“江巨孝”。太守尝备礼召，革以母老不应。及母终，至性殆灭，尝寝伏冢庐，服竟，不忍除。郡守遣丞掾释服，因请以为吏。

江革以“巨孝”闻名乡里，因而受到官府重视，最终被征出仕，遂成一代名臣。

其二，和帝朝位至三公的鲁恭：

> 父武陵太守，卒官时恭年十二，弟丕年七岁，昼夜号泣，哀动路人。郡吏赠送，一皆不受，处丧如礼，乡里奇之。年十五，与弟俱居太学，诣博士受业，闭门诵读，不随俦党，兄弟知名，为学者所宗①。

鲁恭之成名也有两个步骤：一是父死尽哀并以礼处丧，名闻乡里；二是受业于博士，一心向学，名动京师。

此二人都是以个人品德而获得名声，并借此名声而跻身仕途的。

---

① （汉）袁宏：《后汉纪》卷十四，见《两汉纪》下，中华书局 2002 年版，第 282 页。

个人品德受到重视,渐渐推衍至人的个性气质。到了东汉中叶以后,许多士人是凭借性格上的特征而成为名士的。现亦举二例如下:

(陈)禅曾孙宝,亦刚壮有禅风,为州别驾从事,显名州里。(《后汉书》卷五十一《李陈庞陈桥列传》)

陈禅在安帝时官至谏议大夫,以性格刚强著称。未显达时曾遭诬陷而受酷刑,谈笑自若,不为所屈,得名,后为车骑将军邓骘所辟。其后人陈宝亦以性格"刚壮"而显名州里。

巨鹿孟敏,客居太原,荷甑堕地,不顾而去。泰见而问其意,对曰:"甑已破矣,视之何益!"泰以为有分决,与之言,知其德性,因劝令游学,遂知名当世。(《资治通鉴》卷第五十五《汉纪四十七·孝桓皇帝中》)

孟敏得名固然有赖郭泰的延誉,但其性格的"有分决"是更加重要的原因。

士林关于"名士"的评价标准由注重道德品质而推衍到个性特征,这是极为重要的一种文化现象,具有标志性意义,在文学史、学术思想史的研究上都值得高度关注与深入探讨。在我看来,这一人物品评标准的变化正是"文人身份"与"文人趣味"形成过程中不可或缺的关键一环。

当然,东汉后期,由于以"名"取士的风气愈演愈烈,在强大的诱惑之下,人们为图虚名,各种虚诞诈伪之事便大批涌现出来。由于东汉自光武以下,帝王多信谶纬、迷方术,故而许多原本治经学的士人,也转而研究风角、星算、灾异之类,久之,也产生出一批"名士"。对此类人物,范晔曾有很好的评价:

> 汉世之所谓名士者，其风流可知矣。虽驰张趣舍，时有未纯，于刻情修容，依倚道艺，以就其声价，非所能通物方，弘时务也。及征樊英、杨厚，朝廷若待神明，至竟无它异。英名最高，毁最甚。李固、朱穆等以为处士纯盗虚名，无益于用，故其所以然也。然而后进希之以成名，世主礼之以得众，原其无用亦所以为用，则其有用或归于无用矣。(《后汉书》卷八十二上《方术列传》)

范晔在这里批评的实际上就是“名”与“实”相背离的问题，这在当时是一种十分普遍的现象。其实也不仅仅限于方术名士，许多以“孝悌”得名的人物，也都是靠弄虚作假得来的。东汉民间有“举孝廉，父别居；举秀才，不知书”这样的民谣，就是明证。魏晋玄学之所以把“名实之辨”“才性之辨”“形神之辨”等作为重要论题，根本上正是基于东汉时名士们的“名”与“实”相悖的普遍现象。在范晔看来，所谓“名士”或许诚如李固、朱穆等人所言，是些浪得虚名、并无实际本领的人物，但是由于君主们为了博得民心，也会对这些名士礼敬有加，故而“无用”也变成了“有用”。

总之，东汉的名士含义有一个演变过程，前期注重德与才，“德”的主要标准除了忠于朝廷，就是孝悌、宽和、大度、恭敬等；“才”的主要标准则是通经以及办事能力。到了东汉后期，独特的个性气质成为名士的主要标准之一，这标志着在士林中价值观念的转变，也预示着魏晋六朝张扬个性、否弃名教时代的到来。

三、名士与“谈论”

“名士”的形成离不开舆论与传播。事实上，所谓“名士”就是在一定范围内为舆论所认可的人物。因此要了解名士形成的逻辑轨迹，就不能不深入到“舆论”及其传播机制中去。就汉代的情况而言，则“名士”与“谈论”密不可分。一个士人的“名”正是在谈论中得以传播，并从而成其名的；反过来，谈论本身也可以成就一个人的名声。许多名士都是靠着出众的谈论本领而显名的。

“谈论”即言谈议论之义。在汉代士人的话语系统中,“谈论”与“讲论”“议论”“论议”等词语含义相近,又各有不同。由于这些词语都与汉代士大夫的精神生活密切相关,是“名士”成名不可或缺的文化因素,这些词语含义的演变也构成了汉代士大夫阶层价值取向与趣味变化的表征,故有必要分别予以讨论。

——谈论。这个词语先秦典籍中就已经存在,不过其含义是与彼时的语境密切相关的,例如《韩非子·说难》:“故谏说谈论之士,不可不察爱憎之主而后说焉。”这里的“谈论”显然是指辩说游说之士在诸侯君主面前的纵横之论。到了东汉时代,“谈论”是指对某些士林中觉得有意义的话题的谈说议论,而“好谈论”更成为某类士人的一种特征,现举数例如下:

> 世俗之性,好奇怪之语,说虚妄之文。何则?实事不能快意,而华虚惊耳动心也。是故才能之士,好谈论者,增益实事,为美盛之语;用笔墨者,造生空文,为虚妄之传。听者以为真然,说而不舍;览者以为实事,传而不绝。(《论衡·对作篇》)
>
> (阴)兴弟就,嗣父封宣恩侯,后改封为新阳侯。就善谈论,朝臣莫及,然性刚傲,不得众誉。显宗即位,以就为少府,位特进。就子丰尚郦邑公主。(《后汉书》卷三十二《樊宏阴识列传》)
>
> 太尉黄琼辟,不就。及琼卒,归葬江夏,四方名豪会帐下者六七千人,互相谈论,莫有及(申屠)蟠者。唯南郡一生与相酬对,既别,执蟠手曰:“君非聘则征,如是相见于上京矣。”蟠勃然作色曰:“始吾以子为可与言也,何意乃相拘教乐贵之徒邪?”因振手而去,不复与言。再举有道,不就。(《后汉书》卷五十三《周黄徐姜申屠列传》)

东汉士大夫阶层中这一“好谈论”现象颇值得关注。日本著名汉学家冈村繁曾经辨析六朝“清谈”之渊源，很精辟地指出六朝之“清谈”并非像学界所说，是由桓、灵时期的“清议”发展而来，而是另有渊源，这就是在桓、灵时期即已存在的“交游性谈论”①。这一见解有史实根据，可谓真知灼见。但是，他对“谈论”与主流意识形态及朝廷的密切关联似乎关注不够。事实上，“好谈论”是士人成名的一条重要途径，而所谈论的内容则是与主流学术话语、君主偏好直接相关的。只是在外戚与宦官执政，朝纲紊乱，君主威信大失的情形之下，士大夫阶层才形成一个相对独立的文化场域，而在这一场域之中才滋生出士大夫带有自恋色彩的谈论话题。这种转变是一个历史的过程，似不可笼统言之。

——讲论。与谈论密切相关的一个词语是“讲论”。在汉代语境中，“讲论”的意指范围比较固定，基本上是指关于经学的谈论。亦举数例如下：

孝宣承统，纂修洪业，亦讲论六艺，招选茂异，而萧望之、梁丘贺、夏侯胜、韦玄成、严彭祖、尹更始以儒术进，刘向、王褒以文章显。（《史记》卷一百十二《平津侯主父列传》）

初，帝在兵闲久，厌武事，且知天下疲耗，思乐息肩。自陇、蜀平后，非儆急，未尝复言军旅。皇太子尝问攻战之事，帝曰：“昔卫灵公问陈，孔子不对，此非尔所及。”每旦视朝，日仄乃罢。数引公卿、郎、将讲论经理，夜分乃寐。（《后汉书》卷一下《光武帝纪下》）

陈敬王羡，永平三年封广平王。建初三年，有司奏遣羡与钜鹿王恭、乐成王党俱就国。肃宗性笃爱，不忍与诸王乖离，遂皆留京师。明年，案舆地图，令诸国户口皆等，租入岁各八千万。羡博涉经书，有威严，与诸儒讲论于白虎殿。（《后汉书》卷五十《孝明八王列传》）

公府三辟，皆以有道特征，（周）盘语友人曰：“昔方回、支父啬神养和，不以荣利滑其生术。吾亲以没矣，从物何为？”遂不应。建光元

① ［日］冈村繁：《冈村繁全集》之三《汉魏六朝的思想和文学》，上海古籍出版社2002年版，第57页。

年,年七十三,岁朝会集诸生,讲论终日,因令其二子曰:"吾日者梦见先师东里先生,与我讲于阴堂之奥。"(《后汉书》卷三十九《刘赵淳于江刘周赵列传》)

根据这四条记载可知,在两汉时期,"讲论"是关于儒家经典的讨论。这是很正式的学术活动,有时是由帝王亲自组织,更多的则是经师硕儒带领弟子们进行。这种"讲论"活动主要是讲解、讨论经典的章句、义理,具有官方或半官方的性质。在朝廷,主要的讲论之所当然是太学,有时也在专门指定的场所进行,最有名的有西汉宣帝时的"石渠论议"、东汉章帝时的"白虎观会议"等。在地方,主要的讲论之所则是"精舍"。民间的经师们立精舍,收徒讲学,形成规模宏大的民间学术交流场所。尽管讲论的内容是儒家经典,讲论的目的是弘扬名教伦理,建构上下一体的国家意识形态,但是由于"讲论"毕竟是一群读书人聚集在一起,于是久而久之就形成了一种独特的文化场域。这个文化场域不仅产生出相对稳定的、有系统的评价标准,而且还具有某种精神衍生功能,使某些新的士大夫趣味得以孕育、传播。现朝廷与民间各举一例以说明之:

车驾幸大学,会诸博士论难于前,(桓)荣被服儒衣,温恭有蕴籍,辩明经义,每以礼让相厌,不以辞长胜人,儒者莫之及,特加赏赐。又诏诸生雅吹击磬,尽日乃罢。后荣入会庭中,诏赐奇果,受者皆怀之,荣独举手捧之以拜。帝笑指之曰:"此真儒生也。"以是愈见敬厚,常令止宿太子宫。(《后汉书》卷三十七《桓荣丁鸿列传》)

桓荣是治欧阳《尚书》的博士,上引这则事例记述桓荣在太学与诸位博士讨论经义的场面。这里记载的不是桓荣讲论的内容,而是他讲论时的风度与风格。这实际上已经进入到审美层面。武帝令诸生演奏雅乐,更使得枯燥的经义辨析具有了审美意味。这则事例说明,即使在太学讲经这样似乎极为乏味的场合，也能够衍生出审美趣味及其评价标准。

(马)融才高博洽，为世通儒，教养诸生，常有千数。涿郡卢植，北海郑玄，皆其徒也。善鼓琴，好吹笛，达生任性，不拘儒者之节。居宇器服，多存侈饰。常坐高堂，施绛纱帐，前授生徒，后列女乐，弟子以次相传，鲜有入其室者。尝欲训《左氏春秋》，及见贾逵、郑众注，乃曰："贾君精而不博，郑君博而不精。既精既博，吾何加焉!"但著《三传异同说》。注《孝经》《论语》《诗》《易》《三礼》《尚书》《列女传》《老子》《淮南子》《离骚》，所著赋、颂、碑、诔、书、记、表、奏、七言、琴歌、对策、遗令，凡二十一篇。(《后汉书》卷六十上《马融列传》)

同是经学大家，与桓荣相比，马融的风度、格调就大不相同了。马融讲论时讲究气派、威仪，不仅器物、服饰华丽奢靡，而且居然"前授生徒，后列女乐"，这大约是效仿西周贵族时代于明堂或辟雍、泮宫中授学时的规制。在马融的"精舍"中，学术与艺术浑然一体，正如他本人即"不拘儒者之礼"，有着广泛的兴趣爱好一样，他的学术也主要是一种近乎专业性的求真之学，而非意识形态上的认同。这说明，在东汉后期，在儒家经典的讲论过程，已然孕育着新的精神气质与精神旨趣了。

——论议。即关于比较重要的话题的讨论。在西汉时，"论议"的内容大多与朝政及人事等有关，大多在庙堂之上或公卿之家进行。看《汉书》的几则记载：

(息夫)躬既亲近，数进见言事，论议亡所避。众畏其口，见之仄目。(卷四十五《蒯伍江息夫传》)

张汤以更定律令为廷尉，黯质责汤于上前，曰："公为正卿，上不能褒先帝之功业，下不能化天下之邪心，安国富民，使囹圄空虚，何空取高皇帝约束纷更之为?而公以此无种矣!"黯时与汤论议,汤辩常在文深小苛,黯愤发,骂曰:"天下谓刀笔吏不可为公卿,果然。必汤也,令天下重足而立,仄目而视矣!"(卷五十《张冯汲郑传》)

贾山《至言》云:"陛下与众臣宴游,与大臣方正朝廷论议。夫游不失乐,朝不失礼,议不失计,轨事之大者也。"(卷五十一《贾邹枚路传》)

(田)蚡曰:"天下幸而安乐无事,蚡得为肺附,所好音乐、狗马、田宅,所爱倡优、巧匠之属,不如魏其、灌夫日夜招聚天下豪杰壮士与论议,腹诽而心谤,卬视天,俯画地,辟睨两宫间,幸天下有变,而欲有大功。臣乃不如魏其等所为。"(卷五十二《窦田灌韩传》)

初,宣帝不甚从儒术,任用法律,而中书宦官用事。中书令弘恭、石显久典枢机,明习文法,亦与车骑将军高为表里,论议常独持故事,不从望之等。恭、显又时倾仄见诎。(卷七十八《萧望之传》)

由以上引文可知,西汉时期士大夫在皇帝面前或者私下间的"论议"显然都是关乎朝政的大事,是士大夫之间表达与交流政治见解的重要方式。这种论议过程,是士人获得帝王重视、在同侪中树立威信的绝佳机会,当然也是"名士"们显名的好机会。到了东汉时期,"论议"的内容和效果似乎发生了一定变化,请看《后汉书》的几则记载:

宗兼通儒术,每燕见,常使与少府丁鸿等论议于前。章和二年卒,朝廷愍惜焉。(卷十七《冯岑贾列传》)

是时显宗方勤万机,公卿数朝会,每辄延谋政事,判折狱讼。(牟)融经明才高,善论议,朝廷皆服其能;帝数嗟叹,以为才堪宰相。明年,代伏恭为司空。(卷二十六《伏侯宋蔡冯赵牟韦列传》)

(刘)龚字孟公,长安人,善论议,扶风马援、班彪并器重之。竟终不伐其功,潜乐道术,作记诲篇及文章传于世。年七十,卒于家。

（卷三十上《苏竟杨厚列传》）

（刘）恺之入朝，在位者莫不仰其风行。迁步兵校尉。十三年，迁宗正，免。复拜侍中，迁长水校尉。永初元年，代周章为太常。恺性笃古，贵处士，每有征举，必先岩穴。论议引正，辞气高雅。（永初）六年，代张敏为司空。元初二年，代夏勤为司徒。（卷三十九《刘赵淳于江刘周赵列传》）

扶风掾李育，经明行著，教授百人，客居杜陵，茅室土阶。京兆、扶风二郡更请，徒以家贫，数辞病去。温故知新，论议通明，廉清修絜，行能纯备，虽前世名儒，国家所器，韦、平、孔、翟，无以加焉。（卷四十上《班彪列传》）

（何）敞性公正。自以趣舍不合时务，每请召，常称疾不应。元和中，辟太尉宋由府，由待以殊礼。敞论议高，常引大体，多所匡正。（卷四十三《朱乐何列传》）

与西汉关于“论议”的记载相比，从这些引文中我们可以看出下列几点不同：其一，西汉的士大夫论议大抵以朝廷政事为主，东汉的论议则多与经学相关。这说明在东汉时期君臣之间、士大夫之间在平常的接触中非正式地讨论经学意旨较之西汉远为普遍。其二，西汉时期士大夫的“论议”固然也有高下之别，但似乎还不足以成为个人的一种特殊才能，而在东汉时期，“善论议”显然已经成为足以使某人扬名的本领。其三，西汉时期，士大夫的“论议”主要以是非对错分高下，而在东汉时期则有了“雅俗”等审美性评价标准。诸如“论议引正，辞气高雅”“温故知新，论议通明”等说法显然已经不限于内容的是非对错了。这说明在东汉的文化语境中，士大夫久已有的“论议”传统也发生了微妙的变化。

从以上所举事例可以看出，两汉时期士大夫阶层在思想交流方面是十分活跃的。史书所记载的“谈论”“讲论”“论议”等行为都是他们的主要交流与交往方式。具体言之，“谈论”偏于一般性交流，范围最广；“讲论"主要是关于经学的讨论,近于今日之学术研讨,话题最专;"论议"在西汉之时偏于朝政人事等重要话题,到了东汉则渐渐及于经学问题。从今日的视角来看,"谈论""讲论""论议"都是士大夫阶层开出的"文化场域",士大夫们的思想情感,包括治国方略、学术见解、审美趣味,在这里得以表达、传播,久而久之就渐渐形成类似于今日所谓"公共舆论"之类的普遍意识。在这一过程中,那些最能代表这一士大夫阶层之"公共性"的人物就会成为"名士",成为士林之楷模。

到了东汉桓灵之时,士大夫的"谈论"或"论议"发生了重要变化。士大夫阶层在长期的经学研讨与实践中早已形成了自己系统的社会价值观与伦理道德观念,当他们面对不学无术并且不讲人格修养的宦官集团窃夺朝政的现实时,发自内心的厌恶与仇视之情渐渐无法压抑,最终爆发为激烈的抗争活动并导致两次"党锢之祸"。在此种情形之下,士大夫的政治主张、价值观都高度集中为对宦官集团的仇恨,传统的"谈论""讲论""论议"也集中到对时政的激烈批评,这就是著名的"党人之议"。《后汉书·党锢列传》载:

> 逮桓灵之间,主荒政缪,国命委于阉寺,士子羞与为伍,故匹夫抗愤,处士横议,遂乃激扬名声,互相题拂,品核公卿,裁量执政,婞直之风,于斯行矣。
>
> ……
>
> 初,桓帝为蠡吾侯,受学于甘陵周福,及即帝位,擢福为尚书。时同郡河南尹房植有名当朝,乡人为之谣曰:"天下规矩房伯武,因师获印周仲进。"二家宾客,互相讥揣,遂各树朋徒,渐成尤隙,由是甘陵有南北部,党人之议,自此始矣。后汝南太守宗资任功曹范滂,南阳太守成瑨亦委功曹岑晊,二郡又为谣曰:"汝南太守范孟博,南阳宗资主画诺。南阳太守岑公孝,弘农成瑨但坐啸。"
>
> 因此流言转入太学,诸生三万余人,郭林宗、贾伟节为其冠,并与

李膺、陈蕃、王畅更相褒重。学中语曰:“天下模楷李元礼,不畏强御陈仲举,天下俊秀王叔茂。”又渤海公族进阶、扶风魏齐卿,并危言深论,不隐豪强。自公卿以下,莫不畏其贬议,屣履到门。

从这则记载看,所谓“党人之议”原本起于士大夫内部的相互攻讦,然后演化为以三万太学生为主体的舆论风潮。其锋芒所指,则主要是以宦官为核心的权贵集团。在这种盛大的公共舆论之中,除了皇帝之外,人人都有可能成为批评的对象。士大夫久已有的“论议”传统此时都归于愤怒的抗争与肆意的褒贬了。汉代大一统政治局面之下酝酿了三百多年之久的“清流”与“浊流”,“道”与“势”——实质上是士大夫阶层与君权之间的冲突终于爆发为全面对抗了。这种局面的形成,毫无疑问,与士大夫阶层的“谈论”或“论议”传统密切相关。是“谈论”的习惯,特别是“谈论”的机制——士大夫交流的环境、场所、评价标准、激励动因、舆论传播方式、公共舆论的形成等等——为大规模的“党人之议”的形成奠定了基础。由此可见,“党人之议”乃士大夫“谈论”“论议”传统的极端形式,其渊源有自,实非偶然之事。

——清议。与“党人之议”同时形成,亦同样由“谈论”“论议”传统发展而来的还有所谓的“清议”。“清”是“廉洁”“公正”的意思,故“清议”也就是“公正的议论”。广义言之,“党人之议”亦属于“清议”,但我们这里所说的“清议”是与那种指向当政者的政治批评不同的另外一种论议,即人物品评。顾炎武《日知录》有云:

古之哲王所以正百辟者,既已制官刑儆于有位矣,而又为之立闾师,设乡校,存清议于州里,以佐刑法之穷。……两汉以来犹循此制,乡举里选,必先考其生平,一玷清议,终身不齿。君子有怀刑之惧,小人存耻格之风,教成于下而上不严,论定于乡而民不犯。[①]

---

① (清)顾炎武著,(清)黄汝成集释:《日知录集释》卷十三,岳麓书社 1994 年版,第 477 页。

由此可知,“清议”与汉代选士任官制度直接相关。盖汉代无科举之制,选官乃靠各级官府的征辟察举与乡举里选。征辟也罢,选举也罢,不能没有标准,这一标准就是彼时国家意识形态的具体体现:经明行修。但何人堪称经明行修,只有乡里最为清楚,因此官府对某位士人的选举与征辟就必须以乡党关于其人的舆论评价为依据。这样一来,乡间间的舆论就变得异常重要起来①。在东汉后期,在这一“清议”的场域中不仅形成了严格的评价标准,而且也形成了权威言说者。在这一场域之中,拥有雄厚文化资本的人物就会扬名天下,而被这样的权威人物所赏识的人物也同样会成为名士。因此,“清议”也就成为孕育“名士”的摇篮。请看下面的事例:

(许)劭邑人李逵,壮直有高气,劭初善之,而后为隙,又与从兄靖不睦,时议以此少之。初,劭与靖俱有高名,好共核论乡党人物,每月辄更其品题,故汝南俗有“月旦评”焉。(《后汉书》卷六十八《郭符许列传》第五十八)

或问汝南范滂曰:“郭林宗何如人?”滂曰:“隐不违亲,贞不绝俗,天子不得臣,诸侯不得友,吾不知其它。”后遭母忧,有至孝称。林宗虽善人伦,而不为危言核论,故宦官擅政而不能伤也。(《后汉书》卷六十八《郭符许列传》第五十八)

许劭,字子将,汝南平舆人也。少峻名节,好人伦,多所赏识。若樊子昭、和阳士者,并显名于世。故天下言拔士者,咸称许、郭。(《后汉书》卷六十八《郭符许列传》第五十八)

以上诸例中的“核论乡党人物”“品题”“月旦评”“善人伦”“好人伦”云云,均属于“清议”范畴。郭泰、许劭、许靖等人是靠在清议中表现出的

① 关于“清议”的功能可参见王仲荦《魏晋南北朝史》下册,人民出版社 1980 年版,第 738—739 页。

过人识鉴而获得名声，成为名士的，更多的人则是靠着被名家在清议中奖训而获得名声，成为名士的。东汉时期形成的这种"清议"之风，对于士林来说具有极为重要的规范、引导作用，对他们的价值观具有塑造功能。

以人物品鉴为主要内容的清议是要有结论的，也就是所谓"目"或"题目"或"品题"。例如曹操年轻时拜见大名士许劭"求为己目"，许劭不得已，说"君清平之奸贼，乱世之英雄"。这种"目"或"题目"或"品题"常常以风谣的形式在社会上广为流传，这是使名士成为名士的重要途径。例如：

> 学中语曰："天下模楷李元礼，不畏强御陈仲举，天下俊秀王叔茂。"（《后汉书·党锢列传》）
>
> 道德彬彬冯仲文（《后汉书·冯衍传》）
>
> 五经无双许叔重（《后汉书·许慎传》）
>
> 五经纷纶井大春（《后汉书·井丹传》）
>
> 关西孔子杨伯起（《后汉书·杨震传》）
>
> 天下无双，江夏黄童（《后汉书·文苑列传》）

这些"题目"是"清议"的结论，即所谓"定评"，既是对一个人先前的道德才能的总结性评价，又对其日后在士林中的威望及仕途具有重要作用。

诚如冈村繁所言，"清议"与魏晋时期出现的"清谈"无论是内容还是形式都有很大区别，完全是两种不同性质的文化现象。但是如果断然否定二者之间的某种关联亦非确当之论。二者之间至少存在着影响与被影响的关系，这一影响可从三个方面见出：

其一，在"清议"之中，关于人物的评价，原本渐渐由道德才学向着风神气韵拓展，而对于人物风神气韵的品藻，正是魏晋"清谈"的主要内容之一。这就意味着，在人物品藻方面，东汉士大夫的"清议"应该是魏晋

"清谈"的直接母体。让我们看《世说新语·赏誉》的几则记载:

世目李元礼:"谡谡如劲松下风。"

裴令公目夏侯太初:"肃肃如入廊庙中,不修敬而人自敬。"一曰:"如入宗庙,琅琅但见礼乐器。见钟士季,如观武库,但睹矛戟。见傅兰硕,江廧靡所不有。见山巨源,如登山临下,幽然深远。"

公孙度目邴原:"所谓云中白鹤,非燕雀之网所能罗也。"

王公目太尉:"岩岩清峙,壁立千仞。"

世目谢尚为"令达"。阮遥集云:"清畅似达。"或云:"尚自然令上。"

对人物如此这般的品评在《世说新语》及《三国志》《晋书》《宋书》等典籍中所在多有,不胜枚举。这里的"目"与"清议"中的"目""题目"在形式上一脉相承,都是以简洁的词组或短语对一个人做出评价,都可以称之为"人物品藻",其接续关系不容置疑。所不同的是,在"清议"中对人物的评价以道德、才能为主,而在"清谈"中则以人物的风度、容貌、性格、气质为主。更重要的是,"清议"是极为严肃认真的事情,有着明确的目的性,因为它是官府"征辟察举"的重要舆论依据;"清谈"则是名士们一种优雅的交流活动,是智慧与才学的游戏,并没有明确的目的。对于"清议"与"清谈"在人物品藻上存在的这种异同,我们可以得出这样的结论:作为汉代各级政府选士任官活动组成部分的"清议"原本是一项重要的政治行为,一方面是在乡闾间居于重要地位的地方实力派权力运作的手段,另一方面也是主流意识形态政治功能之有效性的体现。然而久而久之,这项主要是对人物道德、才能进行鉴定的活动渐渐推衍扩充,由德才而及于个性气质乃至容貌风度。这一变化的原因一方面是由于在宦官集团权力日重的东汉后期,"清议"在官员的任免拔擢上所具有的作用越来越小,另一方面则是由于以清流自诩的士大夫阶层的自恋意识越来越强烈——仅仅是“经明行修”“德才兼具”之类已经不能满足他们自我欣赏的需求了。到了汉末魏晋之时，由于军阀混战与曹操“唯才是举”用人政策的冲击，“清议”的政治功能已经大打折扣了，于是对于人物的风神气韵的鉴赏便成为名士们的主要谈资，“清议”也就渐渐成为“清谈”。前引《世说新语》诸例，基本上都可以归为对人物的“审美评价”了。

其二，如前所述，汉代的“清议”乃是由士大夫阶层久已有之的“谈论”“讲论”“论议”传统而来，而学术话题（当然主要是经学）正是“谈论”“讲论”“论议”的重要内容，因此学术话题也是“清议”的重要内容。太学与精舍之间关于经典的讲论，就是“清议”的一种形式。只是到了汉末，原本神圣的经典渐渐也成为人们逞口舌之辩的工具。仍举《世说新语》二例说明之：

> 边文礼见袁奉高，失次序。奉高曰：“昔尧聘许由，面无怍色。先生何为颠倒衣裳？”文礼答曰：“明府初临，尧德未彰，是以贱民颠倒衣裳耳。”（《言语》）
>
> 荀慈明与汝南袁阆相见，问颍川人士，慈明先及诸兄。阆笑曰：“士但可因亲旧而已乎？”慈明曰：“足下相难，依据者何经？”阆曰：“为问国士，而及诸兄，是以尤之耳。”慈明曰：“昔者祁奚内举不失其子，外举不失其雠，以为至公。公旦《文王》之诗，不论尧、舜之德而颂文、武者，亲亲之义也。《春秋》之义，内其国而外诸夏。且不爱其亲而爱他人者，不为悖德乎？”（《言语》）

例一中的“颠倒衣裳”是《诗·齐风·东方未明》中的句子，原本是说一位官吏因公事繁忙，匆忙中穿倒了衣裳，在这里则被用来代指“失次序”，与原诗意指毫无关联。这说明在汉末之时，原本神圣无比的儒家经典也成为名士们随意使用的谈资，已然不再那么神圣了。例二是对颍川人士的评价，是更为典型的“清议”。荀爽（字慈明）是位大名士，被时人目为“荀氏八龙,慈明无双”。袁阆亦为名士。在二人的对话中,荀爽举《诗·大雅·文王》及《春秋》为根据来评价颍川人物,先谈自家弟兄后及他人辩护,也同样是把儒家经典当作口舌争胜的工具来用。其实即使在东晋之后的纯粹“清谈”中,也常常涉及儒家人物和典籍,并不全然排斥。只不过在这里不是作为需要实践的名教伦理来谈的,而是作为学理来谈的。

其三,“清议”对“清谈”最主要的影响在于东晋之后的许多“清谈”话题都是从“清议”演化而来的。我们知道,“清谈”的最主要的内容是“玄学”,而在“玄学”之中,除了所谓“三玄”本有话题,最主要的是所谓“名实之辩”“才性之辩”“言意之辩”“形神之辩”等。而这些话题均与“清议”相关。这里的逻辑是这样的:在东汉中期以后兴起的“清议”之风,开始时主要是对人物的品德、才能进行评价,形成“经明行修”的基本评价标准。然而久而久之,人们发现,对人物的评价并不如此简单,因为人是会伪装的,表里常常不一,于是就凸显出“名”与“实”的关系问题,后来清谈玄言中的“名实之辩”就是从这一“清议”话题中淳化成纯粹学理问题的。“才性之辩”则与“清议”中关于人物才能的评价直接相关。所谓“才性”就是才能与品性,才能表现在博学与办事能力上,品性则与人的气质、品德相关联。官府选士任官,除了品德高尚之外,还需要各方面的才能。有些人品性好却缺乏才能,而有些品性不好,却才能出众,于是才能与性格的关系以及才能的来源便成为一个有意义的话题。两晋时谈家热衷的“四本论”就由此而来,成了一个纯粹的学理问题。“形神”问题古已有之,是关于形骸与精神的关系问题的言说,如司马迁《史记·太史公自序》云:“凡人所生者神也,所托者形也。神大用则竭,形大劳则敝,形神离则死。”魏晋玄学清谈中的“形神之辩”就是关于人的形骸与精神之关系问题的讨论。这一讨论有两层含义:一是形与神能否相离的问题,此即“神灭论”与“神不灭论”的争论;二是人的形貌与精神气质的关系,进而引申为形貌与风神气韵的关系。看《世说新语》中的人物品藻可知,彼时人物评价标准是重神轻形的，这就意味着在他们看来“神”和“形”并非总是一致的。如《容止篇》刘孝标注引《魏氏春秋》云“武王姿貌短小，而神明英发”，这是说曹操的“形”不足论，而其“神”却超尘拔俗。魏晋玄学清谈中的“形神之辩”在东晋、南朝之时已经从人物品藻衍化为诗文书画的重要评价标准。顾恺之的“以形写神”之说，王僧虔的“神采为上，形质次之”之说都是极为重要的艺术标准。

“言意之辩”也是古已有之的话题，在《庄子》《易传》中都有相关见解。但是作为清谈玄言重要内容的“言意之辩”则有着来自现实语境的生成轨迹。汤用彤先生尝言：

> 新学术之兴起，虽始于世风环境，然无新眼光、新方法，则亦只有支离片段之言论，而不能有组织完备之新学。故学术，新时代之托始，恒赖新方法之发现。……依言意之辩，普遍推之，而使之为一切论理之准量，则实为玄学家所发现之新眼光、新方法。
>
> ……由此言之，则玄学统系之建立，有赖于言意之辩，但详溯其源，则言意之辩实亦起于汉魏间之名学。名理之学源于评论人物。①

这实在是高明之卓识！在汤先生看来，“言意之辩”不仅是世风环境之产物，而且是一代新学术，即玄学赖以建立的新眼光、新方法。把“言意之辩”提高到“新方法”的高度可谓独具慧眼。盖玄学所论话题虽夥，究其根本则不外概念之所指、能指之关系，语义关系、事物内外表里之关系，概言之，即言与意之关系。例如作为玄学重要论题之一的“声无(有)哀乐论”，表面看是纯粹的音乐与情感的关系，但实质上则是关于“声”“音”“情”等词语的语义辨析；又如“养生论”也是玄学的重要话题，表面上是如何养生的问题，实质上同样是关于“养”与“生”等词语之语义的不同理

① 汤用彤：《魏晋玄学论稿》，见《中国学术经典·汤用彤卷》，河北教育出版社1996年版，第678—679页。

解的问题。正是在这个意义上,汤先生认为“言意之辩”是玄学赖以生成的“新眼光,新方法”。探其源流,则“言意之辩”乃汉魏之际“名理之学”的进一步延伸。何以见得呢?如前所述,所谓“名理之学”即清议中对人物考核名实之实践的学理化、普遍化形式,其核心是前文论及的“才性之辨”。

这里的逻辑关系可以这样来表述:征辟察举、乡举里选的政治行为激发起以人物品评为主旨的“清议”;在“清议”中,由“经明行修”的评价标准,渐渐深化为“循名责实”“因名求实”的学理追问,这就是所谓“名实之辩”;这种“名实之辩”进一步抽象化为具有更普遍意义的“才性之辨”;对于“才性之辨”的探讨,自然而然地导致“言意之辩”的凸显。从逻辑顺序看“言意之辩”似乎后出,但它是贯穿于整个逻辑展开过程的深层的意义生成模式——在意义的世界里,越是深层的构成因素就越是被最后揭示,此即为层层深入。汤先生的论述十分准确地揭示出魏晋玄学由人物品评的政治实践升华为玄学话语的逻辑轨迹。

总之,无论“清谈”与“清议”有着多大的差异,它们都是西汉时即已存在于士大夫阶层之中的“谈论”“讲论”“论议”传统的产物则是无可怀疑的。在士大夫阶层中存在着久远的交流、交往传统,形成一个个文化场域,这些场域中,随着历史语境的变化,会包含不同的内容,形成迥然不同的评价标准,这些评价标准又进而升华为不同的价值观。“清议”与“清谈”的差异正是这种文化场域的变换所导致的。正如以往的“谈论”“讲论”“论议”造就了大批“名士”一样,“清议”与“清谈”也正是“名士”的摇篮。在“清议”中产生的名士,诸如窦武、陈蕃、李膺、范滂、郭泰、许劭等,都是以真正意义上的“士大夫”身份受到“清议”青睐的。他们以天下为己任,“慨然有澄清天下之志”,以正统社会价值观,即“道”的维系者自居,在与以宦官为代表的权力集团的斗争中博得天下士人的尊崇与推重,成为大名士。这个“名”的含义是政治性的。而王弼、何晏、夏侯玄、傅嘏、阮籍、嵇康、王衍、王导、向秀、郭象之类是在关于《老子》《庄子》《周易》以及“养生论”“四本论”“圣人有情无情论”“声有无哀乐论”等等“玄远不及世务”的话题的谈论中成为名士的。他们的“名”所包含的是超越现实政治的玄奥之理，所确证的是一种与政治相疏离的姿态。

四、名士与文人趣味之生成

通过以上阐述可知，“谈论”，包括后来的“清议”与“清谈”，其基本性质是士大夫阶层思想文化交流的场域。这是在“大一统”的历史语境中逐渐形成的，作为社会“中间阶层”的士大夫们的主要精神活动空间，它与春秋以前的贵族教育与交往、战国时期的私学与诸子间的交往一样，是特定时期思想文化滋生、孕育的主要场所。就汉魏四百多年的历史演进而论，士大夫这一思想文化场域也处于不断变化之中：其谈论的话题开始是以政治性的内容与经学内容为主，后来渐渐蜕变为以玄远话题为主，形成了一个与社会政治由紧密相关到渐行渐远的演变轨迹。在这一过程中，士大夫的身份意识、趣味也发生了根本性变化。

汉代士大夫原本继承了先秦士人以天下为己任的担当精神，在政治上有着极强的进取心，希望与君权合作建功立业，有一番大作为。但是面对“君道刚强，臣道柔顺”的大一统君主专制政体，士大夫阶层越来越发现自己的“器”，即“工具性”处境，他们只好把“帝王师”的角色意识隐藏起来，采取“屈民而伸君”的策略，为王朝的合法性提供论证。但同时，他们会采取种种迂回、委曲的策略，暗中输入自己的价值观，从而对君权进行限制。事实上，经学作为一种国家意识形态，其基本精神正是“为君权服务”与“限制君权”两种价值取向的二重奏。这一点在士大夫的“谈论”“讲论”以及后来的“清议”中表现得十分清楚。然而，诚如一些史家所见，由于缺乏制度层面的保障，汉代士大夫阶层这种靠话语建构，以为君权确证合法性为代价来进行“柔性”制衡的策略并不是任何时候都有效的。尤其是在东汉后期那样君主孱弱，外戚、宦官轮流秉政的政治形势下，士大夫普遍受到压制，他们的建言献策常常被弃如敝屣，他们的学术话语亦受到冷落，在这样的情形之下，他们只有或者万马齐喑，或者不计后果地发出呐喊之声了。“党人”的“清议”就是在这样的情形之下产生的。然而,表达了党人愤怒的“清议”除了痛快淋漓地发泄之外,同样是无效的,而且还招致残酷的镇压,于是士大夫“谈论”的兴趣就发生了变化,政治话题渐渐远去,对人物的德行与才能的评价也转向了对其谈吐、举止、风度的审美性评价了。士林风尚在汉末发生陡转。谈论依然存在,但此谈论已非彼谈论。

从士大夫名士到文人名士的转变是此期谈论者身份的明显变化。而这一变化与文人趣味的生成属于同一个过程。如果说陈蕃、李膺等人是汉代最后一批士大夫名士的代表,而孔融、杨修、祢衡、何晏、王弼等是汉魏之际文人名士的代表,那么在汉末也有一批人物可以称为从士大夫名士向文人名士过渡的代表,他们是马融、赵壹和蔡邕等。

马融,字季长,扶风茂陵人,主要活动于东汉安、顺之时,乃东汉初期伏波将军马援之兄、马余之孙,后从挚恂游学,成为一代经学大师。然而马融并非恪守章句的一般经生,他出身世家,而且有外戚之贵,其独特的身份使其立身行事,颇显个性。就治学而论,马融虽然博通经学,曾遍注诸经,并且培养出卢植、郑玄等著名经学家,但是他又沉浸于老庄,与道家之学颇多领悟。尝注《老子》《淮南子》以及《离骚》。大将军邓骘闻其名,欲召为舍人,开始被他拒绝,后来遭遇战乱,衣食不保,便感叹说:“古人有言‘左手据天下之图,右手刎其喉,愚夫不为’。所以然者,生贵于天下也。今以曲俗咫尺之羞,灭无赀之躯,殆非《老》《庄》之谓也。”[①]由此可以看出道家思想对他的影响。可见从价值观言之,马融已非醇儒。就其身份言之,则介于士大夫与文人之间。例如他于元初二年(115 年)上《广成颂》就是用来讽谏执政者“以为文德可兴,武功宜废,遂寝蒐狩之礼,息战阵之法”的,关心的是国家的命运。顺帝永和年间,马融任武都太守,时逢羌人为乱,他上书朝廷,欲率军平乱。他在经学上的贡献,也恰足体现了儒家士人的传道精神。这都是典型的士大夫阶层社会责任感的表现。安

① (南朝·宋)范晔:《后汉书》卷六十上《马融列传》,中华书局标点本 1965 年版,第 1953 页。

帝亲政后，马融上《冬巡颂》，受到安帝欣赏，拜为郎中；在外戚梁冀执政时，为了讨好他，马融又作《西第颂》，这又是在强权压迫下的文人无奈之举，近于宫廷文人之所为。至于他的“善鼓琴，好吹笛，达生任性，不拘儒者之节”则不仅是典型的文人趣味之表露，而且可以说开了魏晋士人“越名教而任自然”的放达精神之先河。此外马融的文人趣味还表现在其辞赋创作上，其《琴赋》《长笛赋》《围棋赋》等都是如此。例如《长笛赋》，虽然继承了汉赋堆砌铺陈的特点，但在对“竹”的描写上，无疑寄托了文人的清高旨趣。换言之，从立身行事的风格来看，马融已经具有后世“文人”的特点了。

蔡邕，字伯喈，陈留圉人，主要活动于桓、灵之世，世代仕宦，曾师从桓帝时的重臣太尉胡广。就本来的精神旨趣而言，蔡邕也是个不折不扣的士大夫，有强烈的进取心，熹平六年（177 年）他上《陈政要七事疏》，涉及祭祀典礼、选举、督察、经学、赏罚、治安等方面，都是关乎国计民生的大事，表现出一个士大夫所应有的责任心与使命感，另外他冒着触犯皇帝的风险，主张废止“鸿都门学”，也是传统士大夫精神的体现。但是蔡邕又绝非一个恪守儒家学说的经生，亦非循规蹈矩的官僚，他有着极为丰富的精神世界，具有文人情怀。其曾作《释诲》，在回答“务世公子”劝言入世建立功业时，“华颠胡老”有云：

> 三代之隆，亦有缉熙，五伯扶微，勤而抚之。于斯已降，天网纵，人纮弛，王涂坏，太极陁，君臣土崩，上下瓦解。于是智者骋诈，辩者驰说，武夫奋略，战士讲锐。电骇风驰，雾散云披，变诈乖诡，以合时宜。或画一策而绾万金，或谈崇朝而锡瑞珪。连衡者六印磊落，合从者骈组流离。
>
> 隆贵翕习，积富无崖，据巧蹈机，以忘其危。夫华离蒂而萎，条去干而枯，女冶容而淫，士背道而辜。人毁其满，神疾其邪，利端始萌，害渐亦牙。速速方毂，夭夭是加，欲丰其屋，乃蔀其家。是故天地否

闭,圣哲潜形,石门守晨,沮、溺耦耕,颜阖抱璞,蘧瑗保生,齐人归乐,孔子斯征,雍渠骖乘,逝而遗轻。夫岂傲主而背国乎?道不可以倾也。

又:

> 于是公子仰首降阶,忸怩而避。胡老乃扬衡含笑,援琴而歌。歌曰:"练余心兮浸太清,涤秽浊兮存正灵。和液畅兮神气宁,情志泊兮心亭亭,嗜欲息兮无由生。踔宇宙而遗俗兮,眇翩翩而独征。"

这里浸透了道家的人生智慧与哲理。在价值观上蔡邕已经不再是那种满脑子"经世致用"精神的儒生,也不再是整日舞文弄墨,希冀着有朝一日飞黄腾达的文吏了。而在个人趣味上,蔡邕也明显表现出后世"文人"的诸多特点。首先是多才艺。文人身份不同于一般士大夫之处的重要特点是多才多艺。琴棋书画、诗词歌赋乃"文人"的标志。蔡邕是位文艺天才,他的辞赋、碑文、史志不仅名重一时,而且对魏晋六朝有重要影响;他的书法卓然高标,曾创"飞白体",是中国书法史上早期最主要的代表人物。而且他还有《隶书势》《大篆赞》等文章,是中国最早的书法理论家之一。他精通音律,是汉末最有名的古琴演奏家,有《琴赋》一篇传世。魏晋六朝时期是中国古代文学艺术各个门类、各种体制蓬勃发展、渐趋成熟的重要时期,而生活在汉末的大才子蔡邕,对于这一文艺的勃兴起到了重要的奠基作用。正是由于这样的贡献,蔡邕也就成为后世文人的榜样,从而成为最早获得"文人身份"的一批人之一。蔡邕毫无疑问是个士大夫,但是他不是像同时期的王允、郑玄等人那样是传统意义上的士大夫,他还获得了"文人"这重新的身份。这一"文人身份"在他的诗文辞赋作品中有着充分而鲜明的呈现,其《霖雨赋》云:

夫何季秋之淫雨兮，既弥日而成霖。瞻玄云之晻晻兮，听长空之淋淋。中宵夜而叹息，起饰带而抚琴。①

《蝉赋》：

白露凄其夜降，秋风肃以晨兴。声嘶嗌以沮败，体枯燥以冰凝。虽期运之固然，独潜类乎太阴。要明年之中夏，复长鸣而扬音。（《艺文类聚》九十七《初学记》宋本三十）

赵壹，字元叔，主要活动于桓、灵之时。这是一位恃才傲物、特立独行的人物。据《后汉书·文苑传》载，赵壹"恃才倨傲，为乡党所摈，乃作《解摈》"。这就是说，按照"乡举里选"之"清议"规则，赵壹是受到贬斥的，也就是所谓"玷于清议"，按照彼时的风气，这就等于自毁前程了。然而，在这样的情况下，赵壹何以还会成为大名士，并且得到许多出仕的机会呢？这与灵帝时期社会评价系统的变化直接相关。我们先来看看史书的记载：

光和元年，举郡上计到京师。是时司徒袁逄受计，计吏数百人皆拜伏庭中，莫敢仰视，壹独长揖而已。逄望而异之，令左右往让之，曰："下郡计吏而揖三公，何也？"对曰："昔郦食其长揖汉王，今揖三公，何遽怪哉？"逄则敛衽下堂，执其手，延置上坐，因问西方事，大悦，顾谓坐中曰："此人汉阳赵元叔也。朝臣莫有过之者，吾请为诸君分坐。"坐者皆属观。既出，往造河南尹羊陟，不得见。壹以公卿中非陟无足以托名者，乃日往到门，陟自强许通，尚卧未起，壹径入上堂，遂

① 见严可均编《全汉文》之卷八十，文末附严氏注云："案此赋《类聚》编于魏曹植《愁霖赋》后，题为又《愁霖赋》，张溥等因收入《子建集》。今考《文选·张协杂诗》注引《蔡邕霖雨赋》云：'瞻玄云之晻晻，听长雨之霖霖。'《曹植美女篇》注引《蔡邕霖雨赋》云：'中宵夜而叹息。'知此赋在《蔡集》中。"

前临之,曰:"窃伏西州,承高风旧矣,乃今方遇而忽然,柰何命也!"因举声哭,门下惊,皆奔入满侧。陟知其非常人,乃起,延与语,大奇之。谓曰:"子出矣。"陟明旦大从车骑奉谒造壹。时诸计吏多盛饰车马帷幕,而壹独柴车草屏,露宿其傍,延陟前坐于车下,左右莫不叹愕。陟遂与言谈,至熏夕,极欢而去,执其手曰:"良璞不剖,必有泣血以相明者矣!"陟乃与袁逢共称荐之。名动京师,士大夫想望其风采。(《后汉书》卷八十下《文苑传》)

计吏是古代州郡掌簿籍并负责上计的官员,"上计"就是计吏到朝廷汇报州郡财政收支情况。计吏品秩极低,属于州府衙门的从员。观看这段记载,赵壹的个性跃然纸上。袁逢位列三公,羊陟是当时大名士,此二人对赵壹的狂悖之举不以为忤,反而争相为之延誉,此可见彼时社会风气已然不同于东汉中叶之前,与"经明行修"不同的个性得到承认。赵壹身为小吏,却要与高高在上的朝廷重臣平起平坐,这已经超出了一般的行为准则,在一般人看来绝对是不可思议的举动。然而,袁逢不仅能够容忍他的特异行为,并且给他极高的评价,这是不同寻常的。看赵壹举动,又以郦食其自比,完全是先秦纵横家的做派,他能够"名动京师,士大夫想望其风采",说明汉末士林中的风气已经出现了重视个性,反对平庸,欲突破陈规陋习的价值取向。此堪称魏晋精神解放之先声。

史载赵壹"著赋、颂、箴、诔、书、论及杂文十六篇",作品不多,流传下来的就更是少之又少。就其所遗较为完整的《刺世嫉邪赋》《穷鸟赋》来看,其基本旨趣依然是士大夫精神,只不过是仕途坎坷因而愤世嫉俗的士大夫而已。然而,其"文人"情怀也已经流露出来,其《迅风赋》有云:

惟巽卦之为体,吐神气而成风。织微无所不入,广大无所不充。经营八荒之外,宛转毫毛之中。察本莫见其始,揆末莫睹其终。啾啾飕飕,吟啸相求。阿那徘徊,声若歌讴。抟之不可得,系之不可留。

这是对迅风的描写，与当时文人们对于“笔”“琴”“笛”“棋”“蝉”“霖雨”等事物的描写一样，观察细腻、用词考究，描绘生动，富于情趣，显示出不同于士大夫精神的文人趣味。

从马融、蔡邕、赵壹三位汉末名士的行为方式与文章书写来看，他们是介于士大夫与文人这两种身份之间的过渡式人物。他们走的都是读书做官的传统道路，都具有强烈的社会责任感，有对于“道”的承担意识，因此他们的基本身份无疑是士大夫；但他们又都在个性或个人情趣方面有较为突出的表现，已经不再是循规蹈矩的经生与俗儒，他们对个体精神生活有着自觉的诉求与呵护，因此他们又是最早一批真正意义上的“文人”。他们在个性追求与个人情趣的表达上与西汉时期的“宫廷文人”已然有着根本性差异，从他们开始，中国古代主流知识阶层便具有了一重新的身份——文人，于是“文人士大夫”便成为这个获得新的身份的社会阶层的称谓。自此以后，他们一方面积极入世，力求做忠君爱民的政治家，并继续高扬着“道”的旗帜，力求成为士人阶层价值观——“道统”的继承者与维护者；另一方面又开始拓展个人精神空间，探寻个体生命存在的价值意义，对那些与社会政治、伦理并无直接关涉的事物，诸如琴棋书画、诗词歌赋以及自然山水之美，开始产生浓厚兴趣，并乐此不疲。他们力求使自己的生活精致化、艺术化，在言谈举止、服饰打扮、吟诗作赋等各项活动中，极力打造自己，提升自己，使自身获得与自己的文化知识修养、社会政治经济地位相匹配的品味、趣味、感觉和体验，从而使自身与没有文化修养的社会大多数严格区分开来。这种品味、趣味、感觉和体验被他们命名为“雅”。自是以降，以“道”为核心的士大夫精神与以“雅”为核心的文人情趣就并行不悖地存在于这一知识阶层身上了。

第二节　西汉后期主流话语中“文”的含义及其文化意蕴

中国古代没有现代意义上的“文学”概念,含义相近的是“文”。“文”这一概念不唯有着悠久的历史,而且有着极为丰富的内涵。应该说“‘文’的历史”或“‘文’之史”较之“文学史”更符合中国古代的实际情况。本文仅以《盐铁论》为核心,讨论一下西汉后期“文”这一概念的含义及其文化意蕴。

“周文”就像肥沃的土壤一样孕育滋养了先秦诸子,尽管道家、法家公然声称蔑视周人创造的礼乐制度与儒家标举的仁义道德,但他们也同样是“周文”的衍生品。然而即使像儒家那样言必称文、武、周公,时时标榜“克己复礼”者,其思想系统与“周文”系统也已经判然而别。在儒家这里,“周文”——西周贵族创造的政治、道德价值观念以及包括礼仪规范、典章制度在内的文化符号体系——经过了吸纳、改造、批判、重构的过程已经成为一种包含新的时代精神的话语系统。

汉代立国之后,来自六国的士人阶层无不欢呼雀跃,以为在“大一统”的政治格局中,自己可以大展宏图了,于是他们奔走于帝王功臣之门,竞相兜售胸中所学。竞争的结果,在黄老刑名之术得到汉初君主数十年的青睐之后,便是汉武帝的“废黜百家,独尊儒术”。儒学得以独尊并非由于武帝个人的偏好,也不是因为董仲舒才学过人,这是西汉初期帝王和知识阶层双向选择的结果:既是士人阶层的思想意识渐渐皈依儒学的结果,也是惠、文、景、武数代帝王试验、选择的产物。如果说帝王奉行黄老刑名之术,意味着在当时的政治格局中,士人阶层还不是一个重要角色,根本无法与宗室、功臣、外戚等权力集团相抗衡,那么儒学的独尊则意味着政治上君权集团与士人阶层合作共治格局的初步形成,或曰文官政府的初步形成①。因此儒学,实际上就成了整个士人阶层的利益体现与价值观的话语表征。

“独尊儒术”以及其所表征的君权系统与士人阶层合作共治政治格局的形成,意味着“周文”传统在一定程度上的复兴。在春秋后期乃至整个战国时期,“文”基本上为诸侯统治者所摒弃了,只有儒家的话语建构中还保留着它的形式。此时在西周乃至春秋前期,“文”所具有那种切切实实的政治功能是消失殆尽了。武帝的“独尊儒术”标志着周代贵族开创的“文”之传统,又开始重新获得政治意义了。因此儒学的“独尊”就意味着“文”在被冷落了数百年之后获得复兴。但是这是一个漫长的过程,并非一蹴而就的。即使是武帝“独尊儒术”、立五经博士之后,儒学的权威地位也远没有确立起来,“文”的政治功能还受到严厉质疑。这一点在桓宽的《盐铁论》中有着明显的表露。

一、从《盐铁论》看儒学在昭、宣时期的地位

人们常常以为在武帝元光元年(前134年)董仲舒上“天人三策”,特别是建元五年(前136年)武帝诏令“立五经博士”之后,儒家就成了独霸天下的官方意识形态。实际上情况远非如此。即使到了昭、宣之时,儒家学说及其代表人物孔子、孟子等也并没有受到普遍尊敬。这一点从《盐铁论》中可以清楚地看出:

> 御史曰:“文学祖述仲尼,称诵其德,以为自古及今,未之有也。然孔子修道鲁、卫之间,教化洙、泗之上,弟子不为变,当世不为治,鲁

① 钱穆先生指出:“西周时代已可以说有统一政府,只是‘封建制的统一’。秦始皇帝代表着中国史上第一个‘郡县制的统一政府’之开始。汉高祖代表着中国史上第一个‘平民为天子的统一政府’之开始。汉武帝代表着中国史上第一个‘文治的统一政府’即‘士治’或‘贤治’的统一政府之开始。”(见《中国文化史导论》,商务印书馆1994年版,第94页)“文治”“士治”“贤治”云云,都是讲君主集团与士人阶层合作“共治”的政治格局。公孙弘的封侯拜相是一件很有象征意义的事件。标志着经过“七国之乱”之后,统治者重新组织权力结构的政治策略,也标志着士人阶层开始成为君主政治的核心因素的开始。

国之削滋甚。齐宣王褒儒尊学,孟轲、淳于髡之徒,受上大夫之禄,不任职而论国事,盖齐稷下先生千有余人。当此之时,非一公孙弘也。弱燕攻齐,长驱至临淄,湣王遁逃,死于莒而不能救;王建禽于秦,与之俱虏而不能存。若此,儒者之安国尊君,未始有效也。"(《论儒》)

对儒学如此严厉的质疑如果是在战国时期,出自韩非子、李斯等人之口,是再正常不过了,而出于汉武帝立"五经博士""废黜百家,独尊儒术"之后半个世纪之久的朝廷高官之口,则是值得玩味的了①。这说明,即使在士大夫阶层之中,也还是存在着否定儒学的强大声音。一大批奉行实用主义的政治家在价值观上有近于法家,拒绝空谈义理,唯以事功为准绳,丝毫没有知识阶层所固有的乌托邦精神。这批人在经济管理方面以桑弘羊等为代表,在政治管理与刑罚方面以张汤等酷吏为代表,他们对于儒学基本上持轻蔑态度。他们轻视空谈道德义理,凭借政治才干深得帝王倚重。也就是说,这批士大夫不肯服膺儒学是有现实依托的。元帝为太子时好儒学,曾进言乃父宣帝"持刑太严,宜用儒生",宣帝"作色",并说出那句为千古帝王所恪守的名言:"汉家自有制度,本以霸王道杂之,奈何纯任德教,用周政乎!且俗儒不达时宜,好是古非今,使人眩于名实,不知所守,何足委任?"②谏大夫王吉也曾上书宣帝,建议"延及儒生、述旧礼、明王制"③,亦未被采纳。可见即使在汉武帝之后的西汉帝王心目中对于儒家以及其所推崇的"周文"也还是持保留态度的。儒学及孔子真正获得某种神圣地位是元帝之后的事情了。

由于在治国方略上士大夫们常常会在崇武、尚文、重法三种路向的选择上发生激烈争执,因此,"文"在西汉不同类型的士大夫心目中也就具

① 按:桑弘羊等与贤良方正展开辩论的"盐铁会议"是昭帝始元六年(前81年)的事情,距离武帝立"五经博士"已经半个世纪;而桓宽根据这次论辩所编订成书的《盐铁论》是在"盐铁会议"之后三十年,即宣帝后期了,距离武帝立"五经博士"已经八十余年了。过了这么长时间儒学还受到如此严厉的质疑,恰说明意识形态建设的复杂性。

② (汉)班固《汉书·元帝纪》上册,岳麓书社1993年版,第105页。

③ (汉)班固《汉书·礼乐志》上册,岳麓书社1993年版,第479页。

有迥然不同的位置，其持论之悬殊，不亚于周秦诸子。这在《盐铁论》中有着最集中的体现。

就政治层面而言，“文”意味着“文治”或“德治”“教化”，即通过宽和、仁慈、循循善诱的方式管理人民，通过提高人民的道德修养、使人民养成良好的风俗习惯的方式达到天下太平的目的。《盐铁论》：

> 文学曰：“古者，贵以德而贱用兵。孔子曰：‘远人不服，则修文德以来之。既来之，则安之。’今废道德而任兵革，兴师而伐之，屯戍而备之，暴兵露师，以支久长，转输粮食无已，使边境之士饥寒于外，百姓劳苦于内。立盐、铁，始张利官以给之，非长策也。故以罢之为便也。”（《本议》）

“远人”是指匈奴而言，汉朝自立国始，一直受到匈奴的侵扰，武帝时多次对匈奴用兵，虽然取得了几次重要的胜利，但并未根除边患。兴兵讨伐也罢，屯兵戍边也罢，都需要大量钱粮，于是武帝元狩六年（前117年），“造盐、铁、酒榷之利，以佐用度”（《汉书·贾捐之传》）。看来这是不得已的办法。因此文学之士主张废除盐铁官营，让利于民，依靠“修文德”来使“远人”宾服，就当时的情况而言，确实是不切实际的空论。然而从长远来看，则修文德、兴教化毕竟是治理国家的根本所在，因此“文学”下面这些话是十分中肯的：

> 文学曰：“周室衰，礼乐坏，不能统理，天下诸侯交争，相灭亡，并为六国，兵革不休，民不得宁息。秦以虎狼之心，蚕食诸侯，并吞战国以为郡县，伐能矜功，自以为过尧、舜而羞与之同。弃仁义而尚刑罚，以为今时不师于文而决于武。赵高治狱于内，蒙恬用兵于外，百姓愁苦，同心而患秦。陈王赫然奋爪牙为天下首事，道虽凶而儒墨或干之者，以为无王久矣，道拥遏不得行，自孔子以至于兹，而秦复重禁之，

故发愤于陈王也。孔子曰:'如有用我者,吾其为东周乎!'庶几成汤、文、武之功,为百姓除残去贼,岂贪禄乐位哉?”(《褒贤》)

这是对历史教训实事求是的总结,也恰恰是汉朝为避免重蹈秦人覆辙而必须深刻总结的历史经验。秦人尚“武”重“法”而轻“文”,结果二世而亡。因此在儒家看来,对于西汉王朝来说,为长治久安计,“文”的意义远在“武”之上。盖武备只是一时之需,文治却是百年大计。其实“文学”,亦即儒家们,所倡导的“文”是不可能使国家在短期内富国强兵的,其功能原本就不在于此。“文”的责任是为全社会提供价值秩序、人的行为准则,也就是建构起一套行之有效的国家意识形态体系。中国几千年的王朝更迭证明,任何一个朝代,倘若不能建构起强有力的,即为社会大众,特别是知识阶层所接受的、深入人心的国家意识形态,它就必然是短命的。儒家对于秦朝短祚之原因的判断是很正确的。汉朝统治者接受了儒家就等于吸收了秦朝的教训,就等于把“文治”摆到了重要位置上,因此汉朝在元帝之后成功地建构起一体化的、以儒学为主体,兼取道、法的国家意识形态,从而使这个刘姓王朝得以延续四百年之久。而且也形成了此后历代帝王大都尊奉的以“文治”为主、“武功”为辅的基本政治模式。

《盐铁论》记载的那场著名的辩论表明,即使在武帝制定“独尊儒术”政策长达半个世纪之后,儒学是否有用,是否有利于国家的长治久安依然是一个有待解决的问题。那些手握实权的政治家完全可以像先秦的道家与法家那样直言不讳地嘲笑儒学的不切实际和孔、孟之徒的处处碰壁。这说明,直至西汉宣帝时期,儒学也未能真正成为有效的国家意识形态。然而,武帝“独尊儒术”、立“五经博士”的举措毕竟已经预示着“周文”的复兴了。

二、《盐铁论》语境中“文”之含义考察

我们先来看看“文学”。

“察举”乃汉代选士任官的重要途径之一。《汉书·昭帝纪》：始元六年（前 81 年）“二月，诏有司问郡国所举贤良文学民所疾苦。议罢盐、铁、榷酤”。“贤良”即是“贤良方正”，这是从文帝时就有的选举名目。文帝十五年尝下诏诸侯王、公卿、郡守等“举贤良能直言极谏者”。武帝登基之初，于建元元年（前 140 年）即“诏丞相、御史、列侯、中二千石、二千石、诸侯相举贤良方正直言极谏之士”。又于元光元年（前 134 年）下求贤良诏：“贤良明于古今王事之体，受策察问，咸以书对，著之于篇，朕亲览焉。”[①]《汉书·董仲舒传》：“武帝即位，举贤良文学之士前后百数。”董仲舒、公孙弘等大儒都是此次被选举的贤良方正。由此可见，“贤良”或“贤良方正”或“贤良文学”都是同一意思，是指淹通古今的博学多才并敢于直言进谏之士。或许在文帝时，“贤良”只是泛指有品行才学之人，武帝以后方成为不定期的选官科目的，而“文学”则是“贤良”的代称。在先秦时期，“文学”本为孔门四科之一，有“文学，子游、子夏”之谓（《论语·先进》）。在其他诸子那里，凡是精通儒家典籍的人概以“文学”名之。如《韩非子·六反》：“学道立方，离法之民也，而世尊之曰文学之士。”后来“文学”一词又泛指文章典籍、学问或书本知识。如《吕氏春秋·荡兵》云：“今世之以偃兵疾说者。终身用兵而不自知悖，故说虽强，谈虽辨，文学虽博，犹不见听。”开始时，至少在昭、宣之前，“文学”还不是专门指称儒生。例如建元元年（前 140 年）那次武帝下诏举贤良，被举上来的有许多“治申、商、韩非、苏秦、张仪之言”者，经丞相卫绾奏请方被罢黜。又刘向《说苑》：“昔秦之时，灭文学，好武勇，贱仁义之士，贵治狱之吏，正言谓之诽谤，谒过谓之妖言，故盛服先生，不用于世，忠良切言，皆郁于胸，誉谀之声，日满于耳，虚美熏心，实祸蔽塞，此乃秦之所以亡天下也。”（《贵德》）秦始皇焚的是诸子百家之书，并非仅仅限于儒家典籍。又如《盐铁论》云：“淮南、衡山修文学，招四方游士，山东儒、墨咸聚于江、淮之间，讲议集论，著书数十篇。”（《晁错》）淮南门下大多为修习黄老道家之术者。

① （汉）班固《汉书·武帝纪》，岳麓书社 1993 年版，第 69 页。

可见“贤良”“文学”原本并非专指儒生而言。但是作为《盐铁论》论辩一方的“文学”则毫无疑问是指儒生而言。《刺复篇》云:“今贤良文学臻者六十余人,怀六艺之术,骋意极论,宜若开光发蒙;信往而乖于今,道古而不合于世务。”“怀六艺之术”者当然只能是儒生。

我们再来看作为一种政治手段的“文”。

> 文学曰:“古者,贵德而贱利,重义而轻财。三王之时,迭盛迭衰。衰则扶之,倾则定之。是以夏忠、殷敬、周文,庠序之教,恭让之礼,粲然可得而观也。”(《错币》)

这里的“周文”是指周代贵德重教的治国方略。这个“文”也就是“文治”之意,它首先是与“武”或“武功”相对而言的。周人凭武力灭商立国,却非常强调“文”的作用,在我们能够看到的西周文献中,较少言及“武功”,看上去周朝绝对不是一个尚武的政权。周初统治者们丝毫没有后世那些马上得天下的君主们那种叱咤风云、不可一世的气势,反而表现出战战兢兢、唯谨唯慎的姿态。这是一个很有意味的现象。以往论者大都以周人以弱胜强,胜利得来的比较容易,故而心怀畏惧忧患解之,当然不无道理。但是畏惧忧患并不能一定导致重“文德”,或“以德治国”的政策。情况或许是这样的:周人看到崇尚武力、看上去无比强大的殷商居然经“牧野”一战就轰然崩溃了,于是将这一结果归之于“天命”,相信“天命”已然不在殷人那里了。这就意味着武力的强大并非“天命”眷顾的理由。于是周人深刻反思了对“天命”的理解,反思了自己取得胜利的原因,发现自己作为“小邦”与“大国商”的根本区别就是自公刘以下,特别是古公亶父、王季、文王这三代,都勤劳简朴,拥有良好的品德,得到百姓的爱戴与信从。于是周人就断定“天命”之所以归于周,就在于周人拥有良好的品德。于是“文德”就成为周人最看重的治国方略。《周书》《周易》《逸周书》《诗经》中那些被确认为是西周的文献,处处可见“德”字,对此不能仅仅理解为周代贵族的自我标榜与自我期许,这更说明周人深信自己的祖上是靠“德”而获得“天命”眷顾的。在彼时的语境中,“文”就是“德”,“德”就是“文”。中国延续三千年之久的“以德治国”或“文治”观念,即由周人发其端,后经儒家继承弘扬,得以进入大多数朝代的主流政治话语系统,一直延绵至今。

我们看看《诗经 · 大雅》诸作,《生民》是赞扬周人始祖后稷辛辛苦苦种庄稼,为周民族开创基业的;《公刘》是赞扬公刘辛勤创业、品德高尚以及率领周人迁豳的伟大功绩的;《绵》是歌颂文王之祖古公亶父率领周族自豳迁岐,艰难创业的;《大明》主要是赞扬文王之父王季之美德的;《思齐》主要是歌颂文王之母太任之美德的;《文王》则是赞美文王品德高尚,致使殷民归附的。总之是一句话:周人历代祖先都是辛劳勤勉、品德高尚之人,正是如此,所以最终感动了上天,“天命”才归于周人。在周人的心目中,“天命”肯定是有的,而且是决定人世间一切事物的最高权威。但是“天命”的归属是变动的。《大雅 · 文王》中的“天命靡常”四个字正是周人深刻反思的结果,我们来看看这首诗:

文王在上,於昭于天。周虽旧邦,其命维新。有周不显,帝命不时。文王陟降,在帝左右。

亹亹文王,令闻不已。陈锡哉周,侯文王孙子。文王孙子,本支百世,凡周之士,不显亦世。

世之不显,厥犹翼翼。思皇多士,生此王国。王国克生,维周之桢;济济多士,文王以宁。

穆穆文王,於缉熙敬止。假哉天命,有商孙子。商之孙子,其丽不亿。上帝既命,侯于周服。

侯服于周,天命靡常。殷士肤敏,祼将于京。厥作祼将,常服黼冔。王之荩臣,无念尔祖。

无念尔祖,聿修厥德。永言配命,自求多福。殷之未丧师,克配上帝。宜鉴于殷,骏命不易!

命之不易,无遏尔躬。宣昭义问,有虞殷自天。上天之载,无声无臭。仪刑文王,万邦作孚。

这首诗主旨有三:一是强调周人之所以有天下,是上天的意志,是"天命"所归,殆非人力可为。盖商周之际诸侯众多,周人虽然靠武力推翻了商朝,但要统治天下,需要强有力的合法性依据才能令人信服。在彼时的历史语境中,没有什么比"天命"更有力了。所以周人不仅自己深信"天命"归周,而且也竭力让别人相信。二是高度赞扬文王的美好品德,并暗示这是上帝眷顾周人的主要原因。文王有美好的品德大约是事实,并不完全是后人的誉美。他能够使偏于一隅的弱小部族发展强大起来,能够取得那么多部落的信任,使他们支持响应他的灭商大计,这本身就说明文王绝对是一个不平凡的人,他身上必定有着令人钦服的东西。所以他的后人说他品德高尚,不遗余力地赞美他的"德"①,说明文王过人之处正在于此。他被尊称为"文王",这个"文"字不仅包含着品德高尚的意思,也包含着靠"德化""德教"使人信服的意思。正是因为文王有这样的美德,"天命"才弃商而归周,而他死后才得以"在帝左右"。三是要求殷商的遗民要从心里服从周人统治,因为周人的统治是"天命"使然,并非靠人力得来。这三层意思环环相扣,颇有说服力。

周人把推翻殷商、获得政权之主要原因归之于"天命",又把"天命所归"的原因归之于"德",于是就对如何彰显"德"的意义与价值极其重视。他们甚至把"德"与其统治的合法性统一起来,把"德"与国家命运统一起来。在某种意义上说,周公的"制礼作乐"正是为了将原本是内在于人的"德"外在化、形式化、固定化,从而使之得到强化与凸显。我们看看《左传》记载的一段话:

---

① 例如《诗经·周颂·维天之命》:"维天之命,于穆不已。于乎不显,文王之德之纯。假以溢我,我其收之。骏惠我文王,曾孙笃之。"

夏四月，取郜大鼎于宋。戊申，纳于大庙。非礼也。臧哀伯谏曰："君人者将昭德塞违，以临照百官，犹惧或失之。故昭令德以示子孙：是以清庙茅屋，大路越席，大羹不致，粢食不凿，昭其俭也。衮、冕、黻、珽，带、裳、幅、舄，衡、纨、纮、綖，昭其度也。藻、率、鞞、鞛，鞶、厉、游、缨，昭其数也。火、龙、黼、黻，昭其文也。五色比象，昭其物也。钖、鸾、和、铃，昭其声也。三辰旂旗，昭其明也。夫德，俭而有度，登降有数。文、物以纪之，声、明以发之，以临照百官，百官于是乎戒惧，而不敢易纪律。今灭德立违，而置其赂器于大庙，以明示百官，百官象之，其又何诛焉？国家之败，由官邪也。官之失德，宠赂章也。郜鼎在庙，章孰甚焉？武王克商，迁九鼎于雒邑，义士犹或非之，而况将昭违乱之赂器于大庙，其若之何？"（《桓公二年》）

这是对周人种种"昭德"举措的描述。周代贵族懂得，美好的品德与人伦关系需要繁缛的外在形式来予以彰显、确证。又《国语》载：

平公说新声，师旷曰："公室其将卑乎！君之明兆于衰矣。夫乐以开山川之风也，以耀德于广远也。风德以广之，风山川以远之，风物以听之，修诗以咏之，修礼以节之。夫德广远而有时节，是以远服而迩不迁。"（《晋语八》）

这是说，"乐"不是用来娱乐欣赏的，也不是为了排场和仪式，而是用来"耀德""风德"的。乐为其表，德为其里。后来，"作乐崇德"便成为儒家关于音乐功能的基本理解，与"文以明道""文以载道"之说一起构成了儒家文艺价值观的基本维度。

周人这种崇文贵德的观念自周初确立之后就成为传统，直至春秋时期还在坚持，并成为已然衰微的周王室的精神支柱。《左传·宣公三年》载：

> 楚子伐陆浑之戎,遂至于雒,观兵于周疆。定王使王孙满劳楚子。楚子问鼎之大小轻重焉。对曰:“在德不在鼎。昔夏之方有德也,远方图物,贡金九牧,铸鼎象物,百物而为之备,使民知神、奸。故民入川泽山林,不逢不若。螭魅罔两,莫能逢之,用能协于上下,以承天休。桀有昏德,鼎迁于商,载祀六百。商纣暴虐,鼎迁于周。德之休明,虽小,重也。其奸回昏乱,虽大,轻也。天祚明德,有所止。成王定鼎于郏鄏,卜世三十,卜年七百,天所命也。周德虽衰,天命未改,鼎之轻重,未可问也。”

在这里,“鼎”是权力的象征,是一个政权的合法性之标志。所谓“在德不在鼎”是说鼎所象征的权力是“天命”所赋予的,而“天命”之所归依据的是“德”,而不是“鼎”,有德者才会“天命”所归。周王朝的“德”较之以前是衰微了,但是尚未他属,故而象征着权力合法性的鼎之轻重是不可以问的。这说明,在周人眼中,“德”与“天命”始终是紧密相关的。

这里有一个有趣的历史文化现象值得关注:周人之崇尚“文德”原本是他们在反思“伐纣”胜利之原因的基础上,进而为其统治寻求合法性的政治策略,本质上是一种话语建构行为,事实证明这一策略是非常有效的。周公之“制礼作乐”是为“文德”或“文治”“德治”之政治策略建构外在形式,从而使之合法化、形式化。后来经过儒家的弘扬,周代贵族作为政治策略的“文”便被推衍为治国平天下的根本法则,由“文德”而衍生出“仁政”“王道”等治国理念。周人用“文德”来作为已经获得的政权的合法性依据,为“天命”归周寻找合理解释,他们达到了目的;孔、孟等儒家试图靠“文德”来使已经分崩离析的“天下”复归于统一,使“天下”从无序归于有序,那就变成了天真的乌托邦。但是在《盐铁论》的语境中,天下复归于一统,亟待重建统一的社会意识形态,则儒家从周人那里推衍而来的“文德”“文治”就具有了极为重大的意义,可以说是汉家天下能否长治久安的决定性因素。从这个意义上看,“文学”的主张较之“大夫”的主张更具有长远眼光。

我们再来看作为礼乐仪式和其他文化符号的“文”。

《盐铁论》载：

> 丞相史曰：“……礼无虚加，故必有其实然后为之文。与其礼有余而养不足，宁养有余而礼不足……由此观之：虚礼无益于己也。文实配行，礼养俱施，然后可以言孝。孝在实质，不在于饰貌；全身在于谨慎，不在于驰语也。”（《孝养》）
>
> 大夫曰：“……宗周修礼长文，然国翦弱，不能自存，东摄六国，西畏于秦，身以放迁，宗庙绝祀。”（《诛秦》）

这里的“文”与“礼”相通，是指周人创造的那套礼仪形式。如前所述，周人的“制礼作乐”，创造了一套极为繁复的礼仪形式与相关规定，从表面看是为了“昭德”“风德”，而其根本作用是把刚刚获得政权的周人打造成真正的特殊阶层，即贵族。这里的“文”或者“礼”的功能就是“区隔”，把统治者高高地抬起来，使被统治者唯有仰视而已。同时又使统治者内部层次分明、秩序井然。这一点周人做到了。他们原本只是为了强化自己的统治、稳定统治集团内部的秩序来制作礼乐的，并没有料到，这一“制作”对中国后世产生了多么重大的影响。然而在“大夫”和“丞相史”为代表的一批具有法家倾向的政治家看来，这套“文”的形式没有任何意义，就个人而言，良好的道德品质，例如“孝”，是内在精神而非外在形式；就国家而言，则“修礼长文”并不能使国家强盛，反而导致其难以自存，可见这套“文”的形式是多余的，应该予以摒弃。

马克思早就说过，在同一个社会的统治阶层中，政治家与思想家对同一问题的看法往往是有区别的（大意）。以上“文学”与“大夫”论辩双方的差异即可作如是观。相对而言，作为士大夫阶层之思想家的“文学”，即儒生，较之作为士大夫阶层之政治家的“大夫”或“丞相史”有着更为长远的眼光,甚至可以说更具有政治头脑,而后者则更具有时效性,更有处理具体问题的能力。二者相辅相成则构成一种极为有效的统治形式,事实上,延续了两千多年的中国古代君主官僚政体,正是这样的一种统治形式。

在《盐铁论》的语境中"文"还有"纹饰""文采"的含义:

> 文学曰:"孟子云:'不违农时,谷不可胜食。蚕麻以时,布帛不可胜衣也。斧斤以时,材木不可胜用。田渔以时,鱼肉不可胜食。'若则饰宫室,增台榭,梓匠斲巨为小,以圆为方,上成云气,下成山林,则材木不足用也。男子去本为末,雕文刻镂,以象禽兽,穷物究变,则谷不足食也。妇女饰微治细,以成文章,极伎尽巧,则丝布不足衣也。"(《通有》)

这里的"雕文刻镂"之文以及"文章"都是指花纹图案。这原本是"文"的基本含义,其他义项都是由此引申出来的。这就意味着,"文"这个词从产生之日起就与人们的审美趣味相关。以上这段引文中的"文"也同样体现着一种审美意识,是当时人们审美趣味的表现。只是在当时的历史语境中,纯粹的"审美"是被压抑和遮蔽的,不能堂而皇之地进入主流话语。在以"大夫"为代表的政治家眼中,"审美"之事是不足挂齿的,从来不予谈论,他们关心的只有事功;而在以"文学"为代表的儒家,虽然对"文"极为重视,很清楚那些没有直接功利价值的礼仪形式、文化符号的深远意义,但是对于纯粹的审美,他们也同样是拒斥的,他们用"昭德""崇德",即道德伦理价值置换了"文"的审美价值。"文"所包含的审美价值得到主流话语的肯定与彰显,那已经是西汉末期乃至东汉的事情了。

在《盐铁论》中"文"的另一层含义是"言说"或"文辞":

大夫曰:“言之非难,行之为难。故贤者处实而效功,亦非徒陈空文而已。”(《非鞅》)

文学曰:“……若夫外饰其貌而内无其实,口诵其文而行不犹其道,是盗固与盗,而不容于君子之域。”(《晁错》)

这里的“文”是指文辞、言辞,包括某个人的口头言说,也包括某家某派的话语系统。本来“文”的这一义项与今日之“文学”意义最为接近,但是“大夫”们把此“文”与“行”“实效”相连;儒家把它与“道”相连,则显然把它工具化了。成为政教的工具,这是那个历史语境赋予“文”的意义,并非个人意愿与趣味所致。

三、从《盐铁论》看中国古代“文”的传统之形成

在中国古代,若断若续地存在着一个大致的“文”的传统,周人开其端,汉人继其后,唐宋之时成其规模。如前所述,这一“文”的传统在政治话语层面上即为“文治”“德治”“仁政”“王道”,此为周代贵族所开创,为儒家所继承并弘扬之,这套政治话语是否真的在现实层面上实现过是另外一个问题,仅就其被统治者认可,即获得合法性而言,则呈现合一分一合之演变趋势:在西周之时,即所谓“周政”之中,“德治”是被承认而且被极力标榜的,此时期意识形态与政治制度、政治策略在一定程度上是“合”的。在春秋战国直至汉武帝之前这六百余年里,“德治”或“仁政”“王道”没有获得统治者认可,只存在于儒家话语系统之中,时断时续,不绝如缕。此一时期儒家意识形态与现实政治是“分”的。从汉武帝“废黜百家,独尊儒术”之后,儒家的“仁政”“王道”之说渐渐获得合法性,成为主流意识形态。在现实政治层面上也有一定程度的表现,此一时期意识形态与现实政治在一定程度上复归于“合”。此后的两千多年中,除了个别短暂的特殊时期之外,“文治”或“德治”基本上是历代统治者所倡导的政治策略。

“文治”“德治”这套政治话语最为直接的表现形式,便是对伦理教化的高度重视。因此“教化”就构成“文”之传统的重要组成部分。中国古代统治者对“教化”之重视程度可谓无以复加,在世界上罕有其匹。以至于所谓“移风易俗”成为官员政绩中最重要内容。西汉后期直至东汉的教育、教化与选士任官制度相配合,极为有效地统一了社会价值观,构建起对人与事严格的评价体系,最终使儒家思想成为“有效”的社会意识形态。当然这是一个漫长的过程,其演变轨迹是这样的:在西汉之时,儒家思想主要是以“经学”的形式存在的,虽然获得统治者认可,被倡导为国家意识形态,但毕竟主要是以话语形式存在于书本之中的,并未成为“有效”的社会意识形态;到了西汉后期直至东汉时期,通过帝王的倡导与“征辟察举”制度的引导,又经过士大夫阶层的长期努力与践行,儒家思想渐渐深入人们的现实生活,终于成为直接决定人们,特别是士大夫阶层之价值观念与交往方式的日常伦理,于是儒家思想不再仅仅是“经学”,而是落实为“名教”。“经学”衍生为“名教”意味着作为国家意识形态,儒学真正成为“有效的”。东汉后期所谓“政荒于上而风清于下”的局面即可视为这一日常伦理的产物。

在对伦理教化高度重视的基础上,则是对各种形式因素的推崇。首先是礼仪形式。“周文”一向被称为“繁文缛礼”,在礼仪形式与外在文饰方面,极为细碎烦琐,无以复加。汉代统治者在认定儒学为国家意识形态之后,对“礼仪形式”也越来越重视了。以往在儒家典籍中记载的礼仪形式也可以付诸实施了。“汉官威仪”为后世历朝历代所效仿。史家赞汉武帝云:

孝武初立,卓然罢黜百家,表章《六经》。遂畴咨海内,举其俊茂,与之立功。兴太学,修郊祀,改正朔,定历数,协音律,作诗乐,建封禫,礼百神,绍周后,号令文章,焕焉可述。后嗣得遵洪业,而有三代之风。如武帝之雄材大略,不改文、景之恭俭以济斯民,虽《诗》

《书》所称，何有加焉！（《汉书·武帝纪》）

又赞明帝云：

> 明帝永平二年三月，上始帅群臣躬养三老、五更于辟雍。行大射大礼。郡、县、道行乡饮酒于学校，皆祀圣师周公、孔子，牲以犬。于是七郊礼乐三雍之义备矣。（《后汉书·礼仪志》）

这两段记载说明，武帝之时在效仿周礼，力求把儒家所传承的经典落实为现实制度方面做了很大努力。而东汉之时，经过了近两百年的经学繁荣之后，汉代统治者在效仿周礼、把经学话语落实为礼仪制度方面终于取得了更为重大的进展。周人创造的那套礼乐文化，虽然在春秋战国直至汉武帝之前数百年间遭到了严重破坏，以至于有“礼失求诸野”之叹，但是在战国之时有赖于“邹鲁之士，缙绅先生”们的虔诚、执着与恪守，而在汉代又有赖于“经生”们的阐发传授，“周文”才得以传承并最终融汇到中国古代文化传统的主流之中。就传承周代礼乐文化而言，在儒家之外，汉代帝王是有重要贡献的。

其次，除了礼仪形式，在汉代渐渐形成的“文”之传统还表现为对书写与修辞的高度重视。《盐铁论》有云：

> 大夫曰：“文学言治尚于唐、虞，言义高于秋天，有华言矣，未见其实也。……故玉屑满箧，不为有宝；诗书负笈，不为有道。要在安国家，利人民，不苟繁文众辞而已。”（《相刺》）

“华言”“玉屑”“诗书”“繁文众辞”均指书写与修辞而言。在“大夫”眼中，这些都是多余的，于事无补。但在儒家看来，“有德者必有言”“言之不文，行之不远”，亦即内在品德必有外在形式与之相称，充实的内容必有华美的形式与之相契合。因此重教化、尚礼仪，必然会导致对书写与修辞的高度重视。对儒家来说，书写与修辞绝非华而不实的无用之物，而是安邦定国必不可少的重要手段。汉代儒生对此有深刻理解：

> 文学曰："非学无以治身，非礼无以辅德。和氏之璞，天下之美宝也，待礛诸之工而后明。毛嫱，天下之姣人也，待香泽脂粉而后容。周公，天下之至圣人也，待贤师学问而后通。"（《殊路》）

这里充分强调了学问与修辞的重要性。这种观点在西汉中后期已经是儒者之共识，如刘向说："德弥盛者文弥缛，中弥理者文弥章。"（《说苑·修文》）扬雄也说："诗人之赋丽以则。"（《法言·吾子》）"缛""章""丽"这类表现文饰、辞藻的概念都获得了正面的含义。换言之，在主流话语中，修辞已经成为一种具有正当性的，并且是不可或缺的言说方式了。

《盐铁论》的时代是西汉后期了，此时在学术上经学日益昌明，并且已经形成各种流派，今古文之争也开始酝酿①；在诗文方面，辞赋创作已经从宫廷普及至民间，作者队伍不断增加，诗也不仅仅是圣贤的专利，在"乐府诗"及"柏梁体"诗的促进下，民间诗歌创作也开始蔓延开来。在这样的文化语境中，文学评价标准也悄然发生了变化。在西汉前期不受重视或者被遮蔽的一些评价性概念开始频繁出现了，前述之"丽"就很具有代表性。同时修辞也开始成为关注的问题，换言之，书写之修辞开始进入主流话语之中了。这在中国古代文学思想史或批评史上是一种极为重要的现象。在这方面，大儒扬雄颇有代表性。我们先来看看他在《法言》中的有关谈论：

---

① 古文经从西汉之初即流传于民间，如《毛诗》《费氏易》、孔安国的《古文尚书》之类。但今古文之争是在刘歆于哀帝建平元年（前6年）在秘阁校书时发现一批古文经书并且提出立为学官之后才拉开序幕的。

或曰:“有人焉,曰云姓孔而字仲尼,入其门,升其堂,伏其几,袭其裳,则可谓仲尼乎?”曰:“其文是也,其质非也。”“敢问质。”曰:“羊质而虎皮,见草而说,见豺而战,忘其皮之虎矣。圣人虎别,其文炳也。君子豹别,其文蔚也。辩人狸别,其文萃也。狸变则豹,豹变则虎。好书而不要诸仲尼,书肆也。好说而不要诸仲尼,说铃也。”(《吾子》)

扬雄这段话表面上看来是讲“征圣”——先要有圣人之质,然后方有圣人之文。但从这里透露出来的是对“文”——文饰与修辞——的空前重视。“虎别”“豹别”(《周易》作“虎变”“豹变”)“文炳”“文蔚”之谓,是强调文采的必然性与重要性,含有“有其质必有其文”的意思。这样的意思还可以从《法言》的其他论述中见出:

或曰:“良玉不雕,美言不文,何谓也?”曰:“玉不雕,璠玙不作器。言不文,典谟不作经。”(《寡见》)

或问“圣人表里”。曰:“威仪文辞,表也;德行忠信,里也。”(《重黎》)

或问:“君子言则成文,动则成德,何以也?”曰:“以其弸中而彪外也。般之挥斤,羿之激矢。君子不言,言必有中也;不行,行必有称也。”(《君子》)

这些引文都是在讲“文”的重要性与必然性。在扬雄看来,文采与辞藻不是可有可无的,它是内在品德的外在呈现;有了美好品德就必然会文采斐然。这就意味着,文采、辞藻等属于形式与修辞范围的因素不再那么受到轻视和忽视了,它们成了主流话语的言说对象。

圣人,文质者也。车服以彰之,藻色以明之,声音以扬之,诗书以

光之。笾豆不陈,玉帛不分,琴瑟不铿,钟鼓不抎,则吾无以见圣人矣。(《先知》)

或问:“君子尚辞乎?”曰:“君子事之为尚。事胜辞则伉,辞胜事则赋,事、辞称则经。足言足容,德之藻矣!”(《吾子》)

这两则对话就说得更明白了,圣人之质靠“文”来呈现、来彰显,离“文”则“质”亦渺不可见矣!“事、辞相称”是君子所追求的理想境界。“足言足容”是高尚品德的自然显现。儒家历来讲所谓“作乐崇德”,在他们看来,美好的品德或高尚的行为需要富丽堂皇的乐舞予以彰显,“文”与“质”相辅相成,不可偏废。这正是儒家高于墨家、道家、法家之处。也是儒家最终为古代知识阶层所选择的重要原因之一。扬雄的“心画、心声”之说,进一步强调了言说与书写的重要性,其云:

言不能达其心,书不能达其言,难矣哉。惟圣人得言之解,得书之体。白日以照之,江河以涤之,灏灏乎其莫之御也。面相之,辞相适,捈中心之所欲,通诸人之嚍嚍者,莫如言。弥纶天下之事,记久明远,著古昔之昬昬,传千里之忞忞者,莫如书。故言,心声也。书,心画也。声画形,君子小人见矣!声画者,君子小人之所以动情乎!圣人之辞,浑浑若川。顺则便,逆则否者,其惟川乎?(《问神》)

言不尽意之谓《庄子》《易传》早已有之;“有德者必有言”之谓,儒家亦早已有之,然对“言”与“书”——言说与书写——之功能分析如此透彻,评价如此之高者,扬子云可谓超迈前人。“心声”“心画”之说具有开创性,较之后来《毛诗序》之“情动于中而形于言”之说不唯更早,而且更生动传神。更重要的是,这一说法是对言说与书写之重要性的空前强调与彰显,虽然是托诸圣人,但并不影响其普遍意义。后世虽有“心画心声总失真”之说,但丝毫不能抹杀扬雄此论的学术史意义。

与扬雄同时的刘向父子，对于“文”之统序、功能的认识与扬雄可谓同调，都体现了《盐铁论》中“文学”们的思想，可谓时代精神之显现。在元帝时的那篇著名的《条灾异封事》中，刘向表达了自己对“文”的理解。在这篇文字中他梳理了自虞舜、周文、武一直到春秋之时，政治状况与“文”之间的密切关联，在他看来，一个朝代政治的清明、君臣上下之间的和睦融洽必将表现于乐舞诗歌之上。而表达了和睦融洽情感的乐舞诗歌反过来又可以强化现实社会人际关系的和谐，从而感动上天，进一步促进天人之间的和谐。相反，一个动荡混乱的朝代，君臣上下尔虞我诈、互相倾轧，就会出现充满怨望与讥刺等愤懑之情的诗歌，进而，天人之间的和睦也会遭到破坏，上天就会降下许多灾异现象来警示人们。这就是说，“文”固然与社会政治息息相关，构成社会政治的某种“同构”物，是时代之“和气”或“乖气”的自然呈现，但“文”毕竟是一套文化符号系统，是相对独立于社会政治、天地自然的。刘向云：

臣闻舜命九官，济济相让，和之至也。众贤和于朝，则万物和于野。故箫《韶》九成，而凤皇来仪；击石拊石，百兽率舞。四海之内，靡不和定。及至周文，开基西郊，杂遝众贤，罔不肃和，崇推让之风，以销分争之讼。文王既没，周公思慕，歌咏文王之德，其《诗》曰：“于穆清庙，肃雍显相；济济多士，秉文之德。”当此之时，武王、周公继政，朝臣和于内，万国欢于外，故尽得其欢心，以事其先祖。其《诗》曰：“有来雍雍，至止肃肃，相维辟公，天子穆穆。”言四方皆以和来也。诸侯和于下，天应报于上，故《周颂》曰“降福穰穰”，又曰“饴我釐辫”釐辫，大麦也，始自天降。此皆以和致和，获天助也。（《汉书·楚元王传》）

君臣上下之“和”导致天人关系之“和”，此所谓“以和致和”。诗歌则是这种人世间、天人间之“和”的话语表征。正是诗歌这一符号系统使得那种弥漫于人世间、天人间的"和气"获得话语形式进而流传后世的。

通过《盐铁论》及扬雄、刘向等人的论述来看,汉代士大夫在西汉后期已经形成对"文"的统序的认识并且已经自觉强化这一统序,这在中国文化史、思想史、文学批评史上都具有重要意义。

第三节　从诗歌功能的演变看文人趣味之生成

中国古代审美趣味的历史演进大约经历了贵族趣味、士大夫趣味、文人趣味三个主要阶段。三者之间大体上呈现出先后接续的关系,但在某些情况下,它们之间又有交叉的现象。不同的审美趣味表征着不同的精神旨趣与价值取向。对于审美趣味的历史演变过程,可以从诗歌功能的变化的角度来考察。

一、从贵族言说方式到帝王之制作

先秦典籍中记载下来的古老的《弹歌》《蜡辞》之类被学界公认为原始社会时期的歌谣。《尚书》《尚书大传》等史籍中记载的《帝舜歌》《皋陶赓歌》《卿云歌》《八伯歌》《帝载歌》《夏人歌》《伊尹歌》《麦秀歌》等据称是尧舜时期的歌谣。其确切产生年代固不可考,然歌谣乃流传久远的一种言说方式则无可怀疑[1]。一部《诗经》就是明证。事实上即使到了春秋时期,除了"赋诗言志"这一比较固定的"专对"形式外,那种以歌、谣、谚、诵、讴的形式表达意愿与情感的现象也并不鲜见。现仅举《左传》所载数例如下:

---

① 上古时期的歌谣大抵与巫术仪式相关,后来则成为祖先祭祀仪式的主要部分,依然是人与神沟通的独特方式。再后来这种言说方式有一个世俗化过程,开始进入人际交流活动之中。《诗经》中保留的那些作品,"三颂"是祭祀祖先时的赞辞,"二雅"中则大多是贵族内部,例如君臣之间沟通的手段。

《隐公元年》:“公入而赋:‘大隧之中,其乐也融融!’姜出而赋:‘大隧之外,其乐也洩洩!’遂为母子如初。”

《成公十七年》:“初,声伯梦涉洹,或与己琼瑰,食之,泣而为琼瑰,盈其怀。从而歌之曰:‘济洹之水,赠我以琼瑰。归乎!归乎!琼瑰盈吾怀乎!’”

《宣公二年》:“城者讴曰:‘睅其目,皤其腹,弃甲而复。于思于思,弃甲复来。’”

《襄公十七年》:“筑者讴曰:‘泽门之皙,实兴我役。邑中之黔,实慰我心。’”

《襄公三十年》:“子产……从政一年,舆人诵之曰:‘取我衣冠而褚之,取我田畴而伍之。孰杀子产,吾其与之!’及三年,又诵之曰:‘我有子弟,子产诲之。我有田畴,子产殖之。子产而死,谁其嗣之?’”

《昭公二十五》:“师己曰:‘异哉!吾闻文成之世,童谣有之,曰:“鸜之鹆之,公出辱之。鸜鹆之羽,公在外野,往馈之马……”’”

上述引文中的“赋”,不同于“赋诗言志”之“赋”,是指自作诗歌。“歌”在这里即自作歌而唱之。“讴”是“齐声而歌”的意思。“诵”作名词时是指便于诵读的韵文,如《诗·大雅·烝民》:“吉甫作诵,穆如清风。”作为动词是指对有韵之文的诵读。“谣”则是“徒歌”,即诵读而不唱的韵文。另外还有诸如“风”(通“讽”)、“谚”“箴”等,均指一种有韵的言说形式,在形制上大体与《诗经》作品相近。值得注意的是,《左传》言及“诗”字不下百处,却没有一处是讲时人作诗。在《左传》的语境中,“诗”主要是指《诗经》作品,偶有例外,也是指古代圣贤之所作。可见,春秋时,“诗”已经是一种专指,是指那些为官方整理、保存或者已经入乐的诗歌作品,具有某种权威性,甚至神圣性色彩。时人即兴之作,则根据不同情况称之为歌、谣、讴、诵等。由此观之,运用韵文形式来表情达意的确具有自发的性质,是在人们日常生活中自然而然发生的。但这种形式一旦为主流话语所采纳,成为程式化的言说方式[①],情况就发生了根本的变化,它们被改造为一种意识形态话语,不再具有个人化的情感内涵。自发性的表情达意的产物就是民歌民谣,与"文人趣味"无涉;被纳入官方话语系统的"诗",虽然通过官方教育机构得以在贵族阶层以及后来的士大夫阶层中传承、使用,但已经被经典化、意识形态化了,也不属于"文人趣味"范畴。但是不容否认的是,无论是民间自发性的民歌民谣,还是被官方规范化、经典化的"诗",都是作为后世"文人趣味"的基础存在的。也就是说,民歌民谣有一个"文人化"的过程;而作为官方话语的"诗"则有一个"个人化"的过程。我们来看看诗歌"个人化"的过程。

> 始皇不乐,使博士为仙真人诗,及行所游天下,传令乐人歌弦之。(《史记·秦始皇本纪》)
>
> 于是项王乃悲歌慷慨,自为诗曰:"力拔山兮气盖世,时不利兮骓不逝。骓不逝兮可奈何,虞兮虞兮奈若何!"(《史记·项羽本纪》)
>
> 高祖还归,过沛,留。置酒沛宫,悉召故人父老子弟纵酒,发沛中儿得百二十人,教之歌。酒酣,高祖击筑,自为歌诗曰:"大风起兮云飞扬,威加海内兮归故乡,安得猛士兮守四方!"令儿皆和习之。高祖乃起舞,慷慨伤怀,泣数行下。(《史记·高祖本纪》)
>
> 武帝……又尝得神马渥洼水中,复次以为《太一之歌》。歌曲曰:"太一贡兮天马下,沾赤汗兮沫流赭。骋容与兮跇万里,今安匹兮龙为友。"后伐大宛得千里马,马名蒲梢,次作以为歌。歌诗曰:"天马来兮从西极,经万里兮归有德。承灵威兮降外国,涉流沙兮四夷服。"中尉汲黯进曰:"凡王者作乐,上以承祖宗,下以化兆民。今陛

---

① 最早为巫术仪式或原始宗教仪式所采纳,后来成为统治者祭祀活动的形式,再后来成为贵族教育的内容,并进而成为贵族交往的言说方式。

下得马，诗以为歌，协于宗庙，先帝百姓岂能知其音邪?”上默然不说。丞相公孙弘曰:“黯诽谤圣制，当族。”(《史记·乐书》)

从以上引文可以看出，自秦始皇至于武帝，帝王们或者自作歌诗，或者授命文臣制作、采集歌诗，大抵均带有个人爱好、欣赏性质，与《国语》等史籍中记载的贵族时代的“采诗观风”之举有了很大差异。项羽、汉高祖、武帝等人之所作，更是个人情感的直接抒发，已经与后世文人即景抒情之作没有根本性区别。秦汉帝王们对于诗赋的爱好也并非无源之水，其直接的影响可以说是众所周知的:一是《诗经》，二是《楚辞》。

从采集、整理者的目的看，《诗经》之作原本是周代贵族沟通人神(三颂)、朝觐聘问(正雅及二南)的仪式中的乐章，后来才衍生出大量“房中之乐”和“无算乐”的作品(变风、变雅)。而从作诗者的目的看，除了那些为了某种仪式而专门制作的作品(三颂及正大雅大体上属此类)，《诗经》作品无疑都另有动机。例如，风诗中的确有许多是吟咏男女之情的;小雅中有许多是失意的贵族抒发愤懑与不平的;变风、变雅中也有一部分是专门用来揭露某君主、大夫之残暴昏庸的。这就是说，早在春秋以前，在贵族阶层中借助于诗歌形式表达个人情感已经不是鲜见之事了。这毫无疑问对后世文人趣味的形成有着重要影响。但同样毫无疑问的是，贵族们借助诗歌表情达意之举还不是文人趣味的表达，因为这还是贵族内部沟通与交流的一种方式，所表达的依然是贵族趣味。至于那些出于种种目的被采集的民歌民谣，虽然表达了男欢女爱这类人类的“一般情感”，但依然与文人趣味相去甚远，也同样是作为其源头或前提而存在的。春秋时期，《诗经》作品被各国诸侯和卿大夫们用作交接聘问时的外交辞令，成为委婉、含蓄而有教养的言说形式。这并非“诗”的原本功能，而是长期贵族教育，特别是“诗教”的产物，是诗歌功能的衍化。这一现象说明在平王东迁之前，应该已经有了比较固定的“诗”的文本，而且通过周王室的推行而在各诸侯国的贵族阶层中得以普及。否则那种“断章取义”

式的"赋诗言志"根本就不可能进行①。今本《诗经》中那些春秋时期的作品则应该是后来儒家,例如孔子,在整理各国流传的各种"诗"文本时才加进去的。到了战国时期,"诗三百"不仅已经有了固定的通行版本,而且还被儒家士人奉为必学的经典。"诗"作为经典被使用(赋诗言志和引诗),不能算是其文学功能的实现,只能视为贵族们一种优雅的言说方式。

《楚辞》在文人趣味形成中的重要作用丝毫不下于《诗三百》,或许更有过之。我们不管《楚辞》这种言说形式是如何产生的,也不管其与楚地的"巫风"有着多么紧密的关联,就其文本而言,的确与后世的文人制作非常相近。这表现在两个方面:一是以个人情感为主调。屈原的《离骚》堪为代表。总体上形成了《楚辞》哀婉缠绵、忧思绵长的特点,使人似乎看到一位失意文人在旷野中踽踽独行、喃喃自语;二是辞采华茂。《楚辞》作品大都拥有华丽形式,比喻丰富而生动,想象瑰丽而奇特,韵调参差而和谐。仅其形式,就足以令人吟咏咀嚼。周代贵族制作和采集诗歌经过了两次"异化":一是从个人制作异化为官方话语②;二是贵族官方话语异化为士人阶层的政治话语③。经过这样两次"异化"过程,那些原本是民歌民谣或贵族的怨愤之作所包含的个人思想情感就被彻底剔除掉了,成了"圣贤"话语。相比而言,《楚辞》作品则因为大都有明确的作者,没有经历这样的"异化"过程,其个人色彩得以保留。因此之故,从诗歌角度言之,《楚辞》无疑是文人趣味最直接的源头。事实上,《楚辞》的作者应该是最早一批"文人"。只不过与后世那些身处民间的文人相比,他们

① 通过《左传》和《国语》可以看到,在春秋初期就已经存在大量赋诗言志和引诗的现象。那些有教养的贵族,一方面能够恪守贵族伦理规范,有明确的身份意识和荣誉感,另一方面也必然能够轻松自如地用诗来表达某种意愿或意见,当然也能够不假思索地从他人的赋诗中准确把握其所欲言。这不是一般的功夫,只有对"诗"烂熟于心者方能做到。而贵族们所引的诗,绝大部分都出于"诗三百",即今本《诗经》。同样有趣的是,凡是那些不能用诗来应对他人赋诗(孔子所谓"不能专对")者,在伦理道德上也有悖于传统的贵族教养。

② 例如那些民风民谣被采集、整理、入乐之后,复被置于某种礼仪之中,成为国家意识形态的组成部分,其文本也被赋予新的含义。《小雅》中那些下层贵族的怨愤之作也有着同样的命运。经过改造之后的诗歌也就经历了"去个性化"的过程,成了官方话语。

③ 这一异化过程是在儒家士人对贵族经典的整理、诠释中完成的。儒家士人根据自己的政治需要,把贵族经典解读为一套价值观念系统,用以引导、规范、制约现实政治权力。

应该被称为“宫廷文人”。《史记·屈原贾生列传》载:“屈原既死之后,楚有宋玉、唐勒、景差之徒者,皆好辞而以赋见称。然皆祖屈原之从容辞令,终莫敢直谏。”《汉书·艺文志》著录宋玉赋十六篇、唐勒赋四篇。屈原、宋玉等人都是楚国宫廷中的官员,但他们有文采并有辞赋创作。从他们传世的作品看,内容大都与楚王、宫廷政治以及个人政治生活遭际有关,因此可以称他们为“宫廷文人”。他们的创作对秦汉的帝王产生了直接影响,更孕育了一大批两汉“宫廷文人”。

如此说来,表现于诗歌中的“文人趣味”的生成有一个漫长的历史过程。其最原始的发轫应该是自发的歌咏需求,其表现形式是古老的歌谣,包括民歌民谣;其次则是保存于《诗三百》中那些被搜集、编辑、整理过的官方乐舞歌词中的民歌以及下层贵族的怨愤之作;再次就是以屈原为代表的楚国宫廷文人的辞赋作品。这些影响因素汇集起来,到了汉代,就形成从帝王到“宫廷文人”的创作与欣赏兴趣。这种创作与欣赏兴趣是后世呈现于诗歌中的文人趣味的直接资源。

二、宫廷文人与诗歌功能之演变

从上古直至战国之末的诗歌传统在汉代形成两种不同的走向:一是儒家的《诗经》阐释;二是“宫廷文人”的歌诗与辞赋创作。儒家的《诗经》阐释,无论是齐诗还是鲁诗,是属于今文经还是古文经,都是“士大夫趣味”的显现形式。我们知道,“汉儒说诗,不出美刺二端”,而无论是美颂还是怨刺,其标准都是儒家之道。一部《诗经》,在儒家士人看来就是用来扬善抑恶,阐扬大道的。汉儒以“美刺”论诗,遭到后世质疑,特别是为现代说诗者所诟病[①]。其实我们大可不必对汉儒求全责备,因为他们是在完成自己的使命。汉儒说诗的策略与旨趣,完全是“士大夫趣味”的显现,蕴含着他们“以道制势”的政治无意识。由于汉代是“士大夫趣味”在

---

① 例如钱玄同、顾颉刚等人就曾贬斥汉儒说诗者,认为他们“愚笨到了极点”。参阅《古史辨》第三册。

精神生活中居于主导地位的时代,故而汉儒的"美刺"之说是当时文学观念的主流。这一诗学走向基本上与文人趣味的生成没有什么关联。这种以"美刺"为标志的"士大夫趣味"在中国影响深远,不唯在历朝历代均占据重要地位,甚至在今天依然可以看到它的印记。

汉代诗学的另一种走向就是帝王与"宫廷文人"对诗歌辞赋的创作与欣赏。前引项羽、汉高祖、汉武帝之自作歌诗,毫无疑问已经带有个人抒怀性质,至少不是有意识的意识形态话语建构。《汉书·艺文志》之"诗赋略"专门列"歌诗"一类,著录二十八家,三百一十四篇。从汉高祖和汉武帝流传的作品看,这类"歌诗"中当包含着许多个人抒情达意之作。现举数例如下:

> 赵共王恢。十一年,梁王彭越诛,立恢为梁王。十六年,赵幽王死,吕后徙恢王赵,恢心不乐。太后以吕产女为赵王后,王后从官皆诸吕也,内擅权,微司赵王,王不得自恣。王有爱姬,王后鸩杀之。王乃为歌诗四章,令乐人歌之。王悲思,六月自杀。(《汉书》卷三十八《高五王传第八》)

赵王刘恢受到吕后猜忌,爱姬被鸩杀,这是极为惨痛悲愤之事,因以作诗,其诗必哀。这是典型的个人抒怀之作。又:

> 王褒,字子渊,蜀人也。宣帝时修武帝故事,讲论六艺群书,博尽奇异之好,征能为《楚辞》九江被公,召见诵读,益召高材刘向、张子侨、华龙、柳褒等侍诏金马门。神爵、五凤之间,天下殷富,数有嘉应。上颇作歌诗,欲兴协律之事,丞相魏相奏言知音善鼓雅琴者渤海赵定、梁国龚德,皆召见待诏。于是益州刺史王襄欲宣风化于众庶,闻王褒有俊材,请与相见,使褒作《中和》《乐职》《宣布》诗,选好事者令依《鹿鸣》之声习而歌之。(《汉书》卷六十四下《严朱吾丘主父徐严

终王贾传第三十四下》)

帝王雅好诗歌乐舞,能自制作;臣下必然响应景从之。这里宣帝、王褒所作歌诗,名为风化,实则娱乐。不可否认,娱乐是汉代帝王与士大夫诗歌创作的主要目的之一。又:

韦贤,字长孺。鲁国邹人也。其先韦孟,家本彭城,为楚元王傅,傅子夷王及孙王戊。戊荒淫不遵道,孟作诗风谏。后遂去位,徙家于邹,又作一篇。(《汉书》卷七十三《韦贤传第四十三》)

这里韦孟所作乃讽谏之诗,与汉儒"以《三百篇》当谏书"一脉相承。讽谏——汉代士大夫在说诗、引诗、作诗中寓含规劝针砭之意——无疑也是汉代诗歌的重要功能之一。这是"士大夫趣味"的体现。又:

有司劾奏,等辈数人皆削爵为关内侯。玄成自伤贬黜父爵,叹曰:"吾何面目以奉祭祀!"作诗自劾责,曰:"赫矣我祖,侯于豕韦,赐命建伯,有殷以绥。厥绩既昭,车服有常,朝宗商邑,四牡翔翔,德之令显,庆流于裔,宗周至汉,群后历世……"(《汉书》卷七十三《韦贤传第四十三》)

韦玄成因故被贬,自觉愧对先人,心有郁积,作诗以遣怀。观其诗,乃模仿《大雅》之《公刘》《绵》诸作,叙述家族史,殊乏文采。然"拟经"以展个人情怀,亦颇可注意。又:

李延年,中山人,身及父母兄弟皆故倡也。延年坐法腐刑,给事狗监中。女弟得幸于上,号李夫人,列《外戚传》。延年善歌,为新变声。是时,上方兴天地诸祠,欲造乐,令司马相如等作诗颂。延年辄

> 承意弦歌所造诗,为之新声曲。(《汉书》卷九十三《佞幸传第六十三》)

此处李延年为之度曲的司马相如等人所作诗,乃“命题作文”,自然无个人情感与趣味之可言。然则此亦属“宫廷文人”分内之事。汉代诗歌与辞赋大部分为此类作品。

“宫廷文人”是指那些为帝王后宫娱乐而进行艺文制作与表演的读书人。一般言之,他们都受过教育,有音乐、舞蹈、诗歌等艺术形式创作和欣赏的能力,应属于士大夫阶层中的一个特殊群体。西周至春秋时期贵族时代的那些乐师应该是最早的宫廷文人。[①] 战国以至秦汉时期君主身边常常活跃着一批优伶,平日以令君主开心娱乐为职事,但他们有文化知识,有政治头脑,常常以娱乐的方式进行讽谏规劝,能起到意想不到的效果。像《史记·滑稽列传》里记载的淳于髡、优孟、优旃、东方朔都是这样的人物。值得注意的是东方朔虽然善于滑稽,与髡、孟、旃有共同之处,但他又“以好古传书,爱经术,多所博观外家之语”,并且善为歌诗辞赋,是典型的“宫廷文人”。其所作之《答客难》对于其所处时代之政治形势变化、士大夫之境遇及所应具备之策略均有极为清醒的认识。

一般说来,西汉的辞赋家都属于“宫廷文人”范围,只有贾谊堪称例外。《汉书·贾谊传》载:

> ……年十八,以能诵诗书属文称于郡中。河南守吴公闻其秀材,召置门下,甚幸爱。文帝初立,闻河南守吴公治平为天下第一,故与李斯同邑,而尝学事焉,征以为廷尉。廷尉乃言谊年少,颇通诸家之书。文帝召以为博士。

---

① 乐师是从上古巫觋、祭祀演化而来,原本具有极高的政治地位,并不仅仅掌管乐舞之事。但后来渐渐成为专职,由精神领域最高权威沦为帝王娱乐服务的侍从人员。

可见贾谊是通过征辟察举之途，非常正式地步入官场的。而且他胸怀大志，有平治天下的雄心与强烈的历史使命感，是一位典型的士大夫。他虽然擅长辞赋，却从未像文学侍从那样为了帝王们的娱乐而创作。他的受信用与遭排斥都与其创作歌诗与辞赋的能力无关。相比之下，司马相如的情况就不同了。《汉书》本传载：

司马相如，字长卿，蜀郡成都人也。少时好读书，学击剑，名犬子。相如既学，慕蔺相如之为人也，更名相如。以訾为郎，事孝景帝，为武骑常侍，非其好也。会景帝不好辞赋，是时梁孝王来朝，从游说之士齐人邹阳、淮阴枚乘、吴严忌夫子之徒，相如见而说之，因病免，客游梁，得与诸侯游士居，数岁，乃著《子虚之赋》。

这段文字说明，司马相如虽然博学多才，其个人爱好却是辞赋，并喜欢结交"游说之士"。观其所交之人，诸如"齐人邹阳、淮阴枚乘、严忌"等，皆以文辩著名。观其行为，这些人颇有战国策士的纵横之气。邹、枚、严等人均曾为吴王濞的门下客，都曾进言吴王毋与朝廷交恶，只是看到吴王将要造反才离开的。又都曾为梁王之宾，均好辞赋。所谓"文辩"云云，是指善于言说——既有纵横家那样游说诸侯的口才，又有下笔千言的文才。而在"文才"之中主要表现就是辞赋。他们是有大志、谋略，希望能像范雎、蔡泽、苏秦、张仪那样凭超人计谋与口才取富贵于旦夕之间，不肯循规蹈矩于仕途的人。

通过以上分析我们得出一个结论：在西汉时期，士大夫阶层围绕"出仕"（已经做官和希望做官）这一轴心分化为三大类型：一是儒生或经生，无论今文经学还是古文经学，都是依靠整理、阐释儒家经典而获得"仕"的资格的，既"仕"之后，往往依然留意经书并进行家族传承，形成源远流长的"家学"。这类人中的佼佼者，如董仲舒、何休、马融、郑玄之流，是士大夫阶层最高精神旨趣的代表，高擎着儒家之"道"的大旗，直接参与到国家意识形态的建构之中。而此类人中的末流则是所谓的“陋儒”,深陷于章句训诂的支离饾饤之学不能自拔。二是所谓“文吏”,博学多才而能文章,善于处理日常政务,撰写书表奏章、政府文告。他们没有对“道”的热衷与持守,人数虽多,却不能代表士大夫阶层的主导精神趣味。三是“文人”“文士”,擅长撰写辞赋歌诗之类的华美文字,但他们并不能靠辞赋歌诗而立足于社会,往往靠帝王们豢养,因此他们还不是后世意义上的“文人”。可称之为“宫廷文人”。在汉代,特别是西汉时期,正是这批“宫廷文人”承担着文学的发展与传承的重任。

如果说在两汉思想史上,楚元王刘交及其传人是值得纪念的人物,那么在两汉文学史上,梁孝王刘武就更值得大书特书一番。梁孝王是汉文帝次子,景帝之同母弟。初封代王,后改封梁孝王。由于其母窦太后深受宠爱,又在“七国之乱”中站在朝廷一边并立有大功,因此他亦受到景帝格外垂青。邹阳、枚乘、严忌、羊胜、公孙诡、司马相如等“游说之士”先后集于梁孝王门下,宾主常常因酒高会,谈论天下事,并均好辞赋,形成一个在汉初颇有影响的文学团体。据《西京杂记》卷四载:

> 梁孝王游于忘忧之馆。集诸游士,各使为赋。枚乘为《柳赋》,其辞曰:“忘忧之馆,垂条之木。枝逶迟而含紫,叶萋萋而吐绿。出入风云,去来羽族。既上下而好音,亦黄衣而绛足。蜩螗厉响,蜘蛛吐丝;阶草漠漠,白日迟迟。于嗟细柳,流乱轻丝……”

其他如邹阳、路乔如、公孙乘、羊胜等人俱有所作。观诸人所为之辞,均为描情状物加歌功颂德,其阿谀逢迎之态令人不齿。在梁园这样的语境中,辞赋不过是佐酒娱人之物,与屈原、贾谊等人那种哀怨愤懑之作固不可同日而语,较之汉初帝王们那些抒情遣怀之作也相去不可以道里计。其格调之低下,令人齿冷。只有枚乘的《七发》等少数作品有一定思想深度。后来围绕在汉武帝周围的司马相如、枚皋、东方朔诸人的辞赋创作在格局上的确较之梁园文人集团宏阔许多，但在基本思想精神上依然以夸耀学识、展示物态、赞美君王、润色鸿业为主体，个人情趣则渺不可见。尽管如此，作为一种文学形式，辞赋在这些“帮闲文人”手里的确得到很大发展，其词语之富赡、文采之华丽、描写之细腻都达到登峰造极的地步。这使其在中国文学史上占据了重要一席。

“宫廷文人”虽然以辞赋诗歌名世，但就“趣味结构”而言还不是真正的“文人趣味”。盖“文人趣味”并不仅仅表现为华辞丽藻的形式之美，而主要在于个人的细微感觉、莫名愁绪、人生体验等看上去没有丝毫政治伦理意义的情趣成为被展示的主要对象并且得到普遍接受。西汉“宫廷文人”们所撰辞赋，上焉者暗含了些许牢骚与讽谏，下焉者就只剩下文字铺排与名物堆砌了。前者表达的是对仕途多舛的不平与怨愤，还有就是对政事的针砭，这是典型的“士大夫趣味”。后者虽然看上去富丽堂皇，却是缺乏灵魂的空壳，其目的不在于表达个人情趣与审美体验，而是为了“润色鸿业”，即迎合帝王好大喜功的虚荣心而已。

我们再来看看汉代“乐府诗”的情况。音乐及其相关机构不仅在中国文化史上占有极为重要的地位，其在中国政治制度史上的作用也不容忽视。这是贵族社会的文化遗存。在西周初期，“制礼作乐”是文化建设与制度建设合二为一的重要事件，管理乐舞的最高官员在政治上享有很高地位。秦汉之时则有“乐府”为专门的乐之管理机构①。所谓“乐府诗”原指乐府官署所采制的诗歌，后将魏晋至唐可以入乐的诗歌，以及仿乐府古题的作品统称乐府。看今存西汉的“乐府诗”②，主要有三类：一是帝王自作诗，如汉高祖之《大风歌》、汉武帝之《秋风辞》《天马歌》《西极天马歌》等，抒发的是帝王情怀。二是“宫廷文人”奉诏所作诗。《汉书·礼乐志》载：

---

① 关于“乐府”的设立情况可参见赵敏俐《汉代乐府制度与歌诗研究》一书之第三章：《乐官制度建设与乐府的兴废》，商务印书馆2009年版。

② 沈约撰《宋书》之《乐志》收录大量汉魏及晋代乐府歌辞。另宋人郭茂倩之《乐府诗集》亦多有收录。

> 至武帝定郊祀之礼,祠太一于甘泉,就乾位也;祭后土于汾阴,泽中方丘也。乃立乐府,采诗夜诵,有赵、代、秦、楚之讴。以李延年为协律都尉,多举司马相如等数十人造为诗赋,略论律吕,以合八音之调,作十九章之歌。以正月上辛用事甘泉圜丘,使童男女七十人俱歌,昏祠至明。

可知今存《郊祀歌》19 首乃司马相如等“宫廷文人”的受命之作①。这类作品一律以歌功颂德为内容,词语典丽雅正,风格雍雍穆穆,与巍峨耸立、远离黎庶的庙堂异质而同构。

三是于民间采集而来的民歌民谣。如《铙歌十八曲》中多有此类作品。现举一例如下:

> 有所思,乃在大海南。何用问遗君?双珠瑇瑁簪,用玉绍缭之。闻君有他心,拉杂摧烧之。摧烧之,当风扬其灰。从今已往,勿复相思!相思与君绝!鸡鸣狗吠,兄嫂当知之。妃呼豨!秋风肃肃晨风飔,东方须臾高知之。(《有所思》)

这是表达男女之情的,从内容到形式都是典型的民歌风格②。这类作品无论是纯粹“采风”而来的民歌,还是宫廷文人的加工、模拟之作,所呈现的都不是文人趣味。

由以上对西汉辞赋和乐府诗的分析可知,终西汉之世,我们没有找到“文人趣味”出现的证据。这就是说,“文人”作为士大夫阶层的一种比较

---

① 经赵敏俐教授考证,此 19 首诗并非一时所作,亦非都出于司马相如等人之手。其中有些作品是往代相传而来。见赵敏俐:《汉代乐府制度与歌诗研究》,商务印书馆 2009 年版,第 150—152 页。

② 正如《诗经·国风》中那些看上去像极民歌的作品未必是真的民歌一样,乐府诗中那些所谓“民歌”也颇为可疑,至少应该是经过宫廷文人们润色修改过的。

稳定的身份维度在西汉时期还没有形成。

三、“个人情趣合法化”与文人趣味之表达

行文至此，我们有必要对“文人身份”和“文人趣味”形成的几个决定性因素或者评判“文人趣味”的标准加以简要的总结说明。如前所述，文人是士大夫阶层一重新的身份。与夫“官”（社会管理者）、儒（学者）并列而三。所谓“文人之产生”是指这种新的身份获得普遍性。而“文人身份”的确立也就意味着“文人趣味”的生成。这里有关键的几点：

其一，“个人情趣合法化”。《诗经》《楚辞》、贾谊之赋、司马迁之文等，的确都表达了看上去极具个人性的怨愤、哀怨之情。也常常能够产生极为感人的效果。但细加探究我们不难发现，这些作品所表达的情感乃是贵族或士大夫情感，绝非文人情趣。在这种情感背后所隐含的或者是对和睦的君臣关系与有序的贵族等级制的企慕（《诗经》之《大雅》《小雅》大抵为此类作品）；或者是士大夫念兹在兹的“道”——关于天下大治、政治清明的政治诉求。在这里还看不到那种纯粹的个人情趣。根据中国历史的实际情况看，只有表达那些不直接关乎政治与伦理道德的莫名的惆怅、人生的感叹、生命的忧思、心灵的悸动以及对自然景物的审美感受的诗文方可谓“文人趣味”。

其二，以“文人趣味”为核心的文人场域之形成。“文人场域”是一种文化空间，是文人交往所构成的关系网络。而构成这一关系网络之纽带的，恰好是某种不直接关乎政治伦理的“雅好”。诸如诗词歌赋、琴棋书画之类就是这一“雅好”的主要表现形式。在“文人场域”之中，渐渐会形成某种普遍的价值观念与评价系统，并在这一场域之内获得普遍认同。与此相伴随，也会出现静电化过程，那些最符合场域之价值观的作品被认定为经典，而那些最能代表场域价值观的人物，就获得权威言说者的地位，成为楷模，为他人所敬仰与效仿。

其三，一定数量的、各种类型的作品问世。一种“趣味”的形成绝不

是一个孤立的事件,也不可能仅仅表现于某种文学艺术形式之中,它不仅应该表现在各种文艺形式上,而且还在日常生活中有所显现。

下面我们就以上述三点为标准,考察一下“文人身份”和“文人趣味”是何时真正成熟的。

个人情趣大约是伴随着人类的产生而产生的,只不过在漫长的人类发展过程中,个人情趣都是以自然形态存在的,并不具备合法性形式。所谓“个人情趣的合法化”是指:在主导着文化领导权的知识阶层的主流话语中,个人情趣获得承认并受到关注,从而使之获得相应比较固定的话语形式。这些话语形式包括各类文章及诗词歌赋、琴棋书画等。

我们还是先来看辞赋的情况。稍熟悉两汉文学史的人都知道东汉时期出现了许多抒情短赋,在体制与内容上均与西汉的散体大赋有根本差异,似乎是表达了文人情趣,其实并不尽然。东汉辞赋,《两都赋》《二京赋》之类都承继了西汉大赋“润色鸿业”的传统,与文人情趣相去甚远,可不置论,即如班彪之《北征赋》、蔡邕之《述行赋》、班孟坚《通幽赋》、张平子《思玄赋》、崔琦的《外戚箴》《白鹄赋》、赵壹的《刺世疾邪赋》这类纪行述志之作,看上去确然表达了很充分的个人情感,但细究之则发现此情非彼情,其所传达的也还是传统的士大夫情怀,而非文人情趣。其基本格调与屈原之《离骚》、贾谊之《吊屈原赋》、司马迁之《悲士不遇赋》、扬子云之《逐贫赋》一脉相承,是那些“以天下为已任”“以道自任”者“有志不获逞”之后的愤懑与悲哀,只不过有的表现的情感激烈些,有的则隐晦含蓄些而已。然而,东汉之时,文人情趣毕竟已经开始显现于辞赋之中了,我们看张衡的《归田赋》:

游都邑以永久,无明略以佐时。徒临川以羡鱼,俟河清乎未期。感蔡子之慷慨,从唐生以决疑。谅天道之微昧,追渔父以同嬉。超埃尘以遐逝,与世事乎长辞。

于是仲春令月,时和气清;原隰郁茂,百草滋荣。王雎鼓翼,仓庚哀鸣；交颈颉颃，关关嘤嘤。于焉逍遥，聊以娱情。

尔乃龙吟方泽，虎啸山丘。仰飞纤缴，俯钓长流。触矢而毙，贪饵吞钩。落云间之逸禽，悬渊沉之鲨鰡。

于时曜灵俄景，继以望舒。极般游之至乐，虽日夕而忘劬。感老氏之遗诫，将回驾乎蓬庐。弹五弦之妙指，咏周、孔之图书。挥翰墨以奋藻，陈三皇之轨模。苟纵心于物外，安知荣辱之所如。

毫无疑问，这篇赋的确也体现出了士大夫趣味：自觉缺乏安邦治国、阐扬大道的机会，于是萌生归隐之志。依然是“有志不获逞”的感叹。但这篇赋与贾谊的《吊屈原赋》、司马迁的《士不遇赋》等不同之处在于比较充分而真挚地表达了因“纵身大化中”而来的欣喜之情与美感享受。并没有始终沉浸在仕途失意的困扰之中。“原隰郁茂，百草滋荣。王雎鼓翼，仓庚哀鸣；交颈颉颃，关关嘤嘤”，是一幅欣欣向荣的自然画图，令人不由自主地忘掉人世间的烦恼而逍遥其中，快意娱情。最重要的是，在这样“万物静观皆自得”的情境之中，人们能够放弃世间通行的价值观，沉潜于纯粹的精神世界之中，用一种迥然不同的眼光来看待世间万物，从而超越荣辱利害之羁绊，升达心灵自由之境界。这种对自然的美感与因精神自由而来的欣喜之情是真正的文人情趣，也是后世许多诗文的基本旨趣之所在。诚然，先秦老庄之徒也描绘自然，也大讲精神自由与超越，但他们是在讲道理，旨在宣传一种救世之术，本质上与儒墨之学并无不同。张衡这篇《归田赋》则不同，其所表达的是纯粹的个人情怀，是对人生的一种领悟，是面对大自然产生的真正的审美体验。正是这样的个人情怀与审美体验使之成为中国文学史上最早一篇展示“文人趣味”的辞赋之作。后世文人多有同名之作，而陶渊明的《归去来兮辞》更是明显受了张衡的影响。这说明张衡在辞赋中表达的“文人趣味”在文学史上具有开创意义。

无独有偶，张衡的诗歌创作也率先表达了文人趣味。其《同声诗》：

邂逅承际会,得充君后房。情好新交接,恐慄若探汤。不才勉自竭,贱妾职所当。绸缪主中馈,奉礼助蒸尝。思为苑蒻席,在下蔽匡床。愿为罗衾帱,在上卫风霜。洒扫清枕席,鞮芬以狄香。重户结金扃,高下华镫光。衣解巾粉御,列图陈枕张。素女为我师,仪态盈万方。众夫所希见,天老教轩皇。乐莫斯夜乐,没齿焉可忘。

这是一首以新妇口吻写的民歌体诗作。表达了新婚妇女的细腻心理:开始的好奇、欣喜与羞涩,随后的志向表达,把一位年轻的新婚妇女对生活的信心与热爱表现得淋漓尽致。这首诗很难说有什么兴寄,也并没有直接表达文人情趣,但在我看来,这首诗是典型的文人之作。何以见得呢?盖"男子作闺音",即模拟妇人口吻作诗,在中国古代文学史上是一大独特现象[①]。自东汉以降,此类作品历代皆有。观其意旨,大体可分为三类:一是以男女之事喻君臣关系,表达的是"忠而被谤,信而见疑"的苦闷与哀伤。曹植的《七哀诗》《美女篇》可为代表。二是借助女子口吻反映现实生活问题。唐代诗人张籍的《别离曲》《妾薄命》为代表的大量"闺怨诗"均属此类。三是表达一种细腻丰富的男女之情。南朝的宫体诗中多有此类作品,如沈约的《长忆诗》等。前两类作品都关涉政治伦理问题,可视为士大夫政治情怀和社会责任感的表达,显然不属于文人趣味。后一类表达的是男女之情,是文人趣味的重要内容之一。张衡的《同声歌》正是此类作品的发轫之作。与此相近者,又有秦嘉《赠妇诗》三首:

人生譬朝露,居世多屯蹇。忧艰常早至,欢会常苦晚。念当奉时役,去尔日遥远。遣车迎子还,空往复空返。省书情凄怆,临食不能饭。独坐空房中,谁与相劝勉。长夜不能眠,伏枕独展转。忧来如寻环,匪席不可卷。

---

① 张晓梅博士的专著《男子作闺音——中国古典文学中的男扮女装现象研究》(人民出版社2008年版),洋洋38万言,专门探讨这一现象。该著分析细致,搜罗广泛,见解透辟,对这一现象所隐含的深层文化意蕴多有发覆。

皇灵无私亲，为善荷天禄。伤我与尔身，少小罹茕独。既得结大义，欢乐苦不足。念当远离别，思念叙款曲。河广无舟梁，道近隔丘陆。临路怀惆怅，中驾正踯躅。浮云起高山，悲风激深谷。良马不回鞍，轻车不转毂。针药可屡进，愁思难为数。贞士笃终始，恩义不可属。

肃肃仆夫征，锵锵扬和铃。清晨当引迈，束带待鸡鸣。顾看空室中，仿佛想姿形。一别怀万恨，起坐为不宁。何用叙我心，遗思致款诚。宝钗可耀首，明镜可鉴形。芳香去垢秽，素琴有清声。诗人感木瓜，乃欲答瑶琼。愧彼赠我厚，惭此往物轻。虽知未足报，贵用叙我情。

秦嘉是东汉后期人，主要活动于桓帝时期。其作《赠妇诗》大约较之张衡《同声歌》晚半个世纪左右。这三首诗以夫妻情感为主旨，缠绵委曲，情真而深，意绵而长，动人心扉。或许是因为这种男女之情的表达实为《国风》传统，脱胎于民歌，源远流长，且有人性的基础，故而最容易为后世才学之士效法。远在张衡、秦嘉之前，西汉后期的才女班婕妤已有此类作品，其《团扇诗》（又称《怨歌行》）云：

新裂齐纨素，皎洁如霜雪。裁作合欢扇，团团似明月。出入君怀袖，动摇微风发。常恐秋节至，凉飚夺炎热。弃捐箧笥中，恩情中道绝。

此诗以团扇自喻，表达了自己与汉成帝的感情，以及对命运的担忧。这里的感情显然是男女之情，而非君臣之义。从某种意义上说，班婕妤虽然不是严格意义上的“文人”，但此诗可以说是开创了文人用诗的形式吟咏男女情感的先河。前引张衡、秦嘉的作品均可视为对班诗的继承与发展。

到了汉末魏初,《古诗十九首》的出现则意味着文人趣味的成熟以及士大夫文人身份的最终完成。这组无名的诗作所表达的情感意趣空前广泛:有传统的男女之情,如“行行重行行,与君生别离”“荡子行不归,空床独难守”之类;有表达游子羁旅之情的,如“回车驾言迈,悠悠涉远道。四顾何茫茫,东风摇百草”“白杨多悲风,萧萧愁煞人。思还故里旅,欲归道无因”之类;有人生短暂之叹,如“生年不满百,常怀千岁忧。昼短苦夜长,何不秉烛游”“人生忽如寄,寿无金石固”之类;有表达功名心的,如“盛衰各有时,立身苦不早。人生非金石,岂能长寿考?奄乎随物化,荣名以为宝”“人生寄一世,奄忽若飙尘。何不策高足,先据要路径”之类;有感叹身世的,如“昔我同窗友,高举振六合。不念携手好,弃我如遗迹”“清商随风发,中曲正徘徊。一弹再三叹,慷慨有余哀。不惜歌者苦,但伤知音稀”之类;有记述宴饮之乐的,如“今夜良宴会,欢歌杂具陈。弹筝奋逸响,新声妙入神”“斗酒相娱乐,聊厚不为薄。驱车策驽马,游戏宛与洛……极宴娱心意,戚戚何所迫”之类;有描写自然景物的,如“明月皎夜光,促织鸣东壁。玉衡指孟冬,众星何历历?白露沾野草,时节忽复易。秋蝉鸣树间,玄鸟逝安适”之类。所有这些都是后世文人诗文创作的永恒母题,可谓文人趣味最集中的表现。

《古诗十九首》究竟为何人、何时所作,迄今尚无定论。“东汉末年”说曾在一个时期里居于主导地位。近年有学者力主“曹植”说。就诗所表达的内容与情思而言,如果与曹植在曹丕被立为太子直至即位之后一段时间里的心态相比附,那看上去是很有说服力的。然而也如其他诸说一样,苦于拿不出有力的证据来证明。唯一可以成立的观点是:这十九首诗并非出身寒素者所为,其作者应该是出身比较高贵的人物。至于作者与时间,我则赞成“汉末魏初”说,无论从所表达内容的广泛性来看还是从形式的成熟性来看,这些诗作都不可能是在张衡之前的,在秦嘉之前的可能性也很小。《古诗十九首》这样的作品只有在“文人趣味”已经获得合法的话语形式和“文人”作为一种社会和文化身份已经确立之后才可能被创作出来。这里有一个历史的演进过程，其中贯穿着一条清晰的逻辑轨迹。

就趣味及其话语形式发展演变的历史角度看，这里的逻辑应该是这样的：西汉之初的士大夫一部分人继承楚骚传统，表达着怀才不遇的愤懑以及对时事的针砭；另一部分人则承继着《诗经》传统，进行着对《诗经》的经学阐释，并且在阐释中渗透着对社会现实的批评。其演说身份都是典型的士大夫而非文人。那些以"润色鸿业"为主要目的的散体大赋虽然展示着文采和才学，但其作者属于"宫廷文人"，其作品看上去华丽壮阔，文采斐然，却没有半点个人情趣于其中，因此就身份而言依然是作为"集体主体"的士大夫而非作为"个体主体"的"文人"。帝王们即兴而作的歌诗和乐府诗所表达的情感虽然具有多种个人性特征，但这或者是来自民间的朴素情感，或者是出于一种社会责任感和历史使命感，都不是文人趣味。这就是说，在西汉时期，尚无"文人趣味"的话语形式，也就是说，在各种文学样式中，还没有文人趣味的位置。这意味着，"文人"作为一种社会的和文化的身份还没有确立起来。西汉之末的女诗人班婕妤是一个特例，以其士大夫的才学加上女性身份，终于对西汉士大夫阶层固守的身份——政治家、学问家、宫廷文人有所突破，开启了文人身份之先河。嗣后，张衡、秦嘉等人沿着班婕妤的路子有所发展，但也仅限于男女之情范围，不肯越雷池一步。就内容而言，是男女之情这种人类最为刻骨铭心的情感率先突破以"道"为核心的士大夫趣味而获得表达的合法性，这与《诗经》和"汉乐府"中收有大量情歌情诗有直接关系。就文体而言，则从汉乐府脱胎出来的五言诗是一种新的言说形式，不同于《诗经》的四言，故而也为表现新的趣味提供了方便。

第四节　文人趣味与“雅俗”观的历史生成

“雅俗”是中国传统文化中一对重要的评价性概念,至今依然是人们对某事物进行审美判断时常常使用的价值尺度,例如在“大众文化”的评价中人们就常常以“雅俗”论之。而且在使用这一评价尺度的过程中,人们往往会不自觉地把它理解为一种“古已有之”的、“从来如此”的、“自明性”的当然之理。然而,雅俗观念一如其他一切评价标准一样,并非从来就有的,也不会永远具有合理性。它们所具有的不变的性质就只有历史性,即在特定历史时期产生出来并有着十分具体的社会功能。换言之,雅俗标准只存在于某个历史时期,而且在这个历史时期里的不同阶段也呈现出明显差异——它们是具体文化历史语境的产物。考察雅俗观的历史生成与演变,揭示与这种生成演变相关联的复杂社会历史原因,特别是主体文化心态与精神结构方面的原因,从而从一个侧面把握古代文人士大夫精神旨趣和作为其感性显现的审美趣味的演变轨迹,应该是有意义的。这正是本文的基本任务。

一、从“《风》《雅》”到“风雅”

《说文》训“雅”为“楚乌”,即一种乌鸦,这大约是这个词的本义。但在先秦的典籍中,“雅”的主要语义是“正”:《论语·述而》中有“子所雅言,诗、书、执礼,皆雅言也”。何晏《论语集解》引孔安国注“雅言,正言也”。又引郑玄注“读先王典法,必正言其音,然后义全”。[①] 可知所谓“正

---

① (三国·魏)何晏注,(宋)邢昺疏:《论语注疏》卷七,见《十三经注疏》阮刻本,中华书局 1980 年版,第 2482—2483 页。

言”是指正确的，或者说标准的读音。朱熹注云：“雅，常也。”①认为“雅言”是人们通常使用的语言。《玉篇》亦云：“雅，正也。”由是观之，除了作为《诗经》类目之“大、小雅”外，先秦两汉语境中“雅”字的基本语义是“正”，也就是正确的语音之意，就这个意义而言，“雅”还不是一个评价性概念。此为古人通识，当无可疑者。然而“正”与“楚乌”之间有何关联？是如何转义的？其间线索似乎渺然难寻。我们可以追问的是：为什么“雅”会具有“正”的含义呢？对比各种说法，刘宝楠的解释庶几近之：

> 诗书皆先王典法之所在，故读之必正言其音。郑以雅训正，故伪孔本之。先从叔丹徒君《骈枝》曰：“夫子生长于鲁，不能不鲁言。惟诵诗读书执礼，必正言其音，所以重先王之训典，谨末学之流失。”又云：“昔者，周公著《尔雅》一篇，以释古今之异言，通方俗之殊语。”刘熙《释名》曰：“尔，昵也。昵，近也。雅，义也。义，正也。五方之音不同，皆以近正为主也。上古圣人，正名百物，以显法象。别品类，统人情，一道术。名定而实辨，言协而志通。其后事为踵起，象术滋生，积渐增加，随时迁变。王者就一世之所宜，而斟酌损益之，以为宪法，所谓雅也。然而五方之俗，不能强同。或意同而言异，或言同而异声，综集谣俗，释以雅言。”②

从这段引文中可以看出，雅之为正，乃起始于声音。两周之时，八方殊俗。音声各异，统治者为了实现对各地区的有效控制，不同地区、不同诸侯国之间为了交往，都需要有大家都能听得懂的语言作为中介。于是近似于后世的“官话”、今日之“国语”或“普通话”的“雅言”就应着社会的需求而产生出来了。在这样的语境中，“雅者，正也”之说尚不具备价值评判的意味，不是“正邪”意义上的，只是说明“通用的”“普遍的”的意

① （宋）朱熹：《论语集注·述而第七》，见《四书集注》，岳麓书社1987年版，第139页。
② （清）刘宝楠：《论语正义》卷八，《诸子集成》影印本，上海书店1986年版，第145页。

思。但是,何处的声音为正,何处为不正呢?根据历史的经验,毫无疑问是政治与文化中心所在之地的语音为正,历代皆然,概莫能外。于是在先秦时期,周人所居之地的语音乃为雅言。那么为何以“雅”名之呢?这是因为那时候“雅”与“夏”字相通,周人属于华夏诸族,即所谓“诸夏”,“夏”通假为“雅”,于是“雅言”即“夏言”,指的是州人所居之地,即中原地区的口音①。

雅言特指周人语音这一义项也反映在《诗三百》的分类上,这便是“大小《雅》”之“雅”及由之衍生出来的“风雅”“雅颂”之说。作为《诗三百》中的两个类型,大雅与小雅中的“雅”原本也没有评价意义,并不代表其内容的尊卑高下。这里的“雅”即“夏”,乃因华夏诸族,即周人之语音、乐调而得名,故而“雅诗”就是采自于周人所在地区的诗歌。上海博物馆馆藏战国楚竹书一部分内容被研究者称之为“孔子诗论”,其中第二简有“大夏”之谓,即指“大雅”言②,可知风、雅、颂之“雅”的确是由地域音调而命名。“风”同样如此,十三国风乃因十三个诸侯国各自的语音乐调而名之。其他如“郑声”“楚音”之谓亦复如此。但由于大小雅多采于王畿之地,此为贵族集聚之处,故而“二雅”基本上都出于贵族之手,内容涉及祭祀与征伐等国家大事者较多,因之《毛诗序》云:“言天下之事,形四方之风,谓之雅。雅者,正也,言王政之所由兴废也。”③这样一来,“雅”这个词语的内涵就溢出了原本所指语音的范围,带上了价值评判的意味。这种词义的变化大约开始于战国之末,如《荀子·儒效》云:“道过三代谓之荡,法二后王谓之不雅。”杨倞注:“雅,正也。其治法不论当时之事,而广说远古,则为不正也。”④这里的“正”已经不是指语音之通用,而是指政事

---

① 雅、夏相通可证于《荀子》所论:“譬之越人安越,楚人安楚,君子安雅。是非知能材性然也,是注错习俗之节异也。”(《荣辱》)又:“居楚而楚,居越而越,居夏而夏,是非天性也,积靡使然也。故人知谨注错,慎习俗,大积靡,则为君子矣。纵情性而不足问学,则为小人矣;为君子则常安荣矣,为小人则常危辱矣。”(《儒效》)可知在荀子这里,雅与夏是相通的。

② 参见濮茅左:《〈孔子诗论〉简序解析》,《上博馆藏战国楚竹书研究》,上海书店出版社 2002 年版,第 39 页。

③ (唐)孔颖达:《毛诗正义》,见《十三经注疏》阮刻本,中华书局 1980 年版,第 272 页。

④ 王先谦:《荀子集解》卷四,《诸子集成》影印本,上海书店 1986 年版,第 93 页。

之合理了。可以说，至迟在荀子这里，“雅”就已经由一个中性的词语转而为寓含价值评判的词语了。汉代以后，经过经学运动的洗礼，《诗三百》成为《诗经》，获得在意识形态领域至高无上的地位，于是“《风》《雅》”“《雅》《颂》”等词语作为这一具有神圣色彩的诗歌系统的代称，就成为在诗歌创作方面永远不可企及的最高范本的标示。

后世使用“风雅”一词，往往是指《诗经》或《诗经》的传统而言，如曹植：“夫街谈巷说，必有可采，击辕之歌，有应《风》《雅》，匹夫之思，未易轻弃也。”①又刘勰：“自《风》《雅》寝声，莫或抽绪，奇文郁起，其离骚哉！”②这里的“风雅”都是指《诗经》而言，是应该加上书名号的。人们在使用这个词语的时候，赋予其以自明的、不容置疑的神圣性质。只是到了六朝之时，“风雅”才开始成为一种具有普遍褒扬意义的词语，而不再是《诗经》的专指。例如：

> 蜀自汉兴至乎哀平，皇德隆熙，牧守仁明，宣德立教，风雅英伟之士命世挺生，感于帝思，于是玺书交驰于斜谷之南，玉帛践乎梁益之乡。③
>
> ……于是张昭为师傅，周瑜、陆公、鲁肃、吕蒙之畴入为腹心，出作股肱；甘宁、凌统、程普、贺齐、朱桓、朱然之徒奋其威；韩当、潘璋、黄盖、蒋钦、周泰之属宣其力；风雅则诸葛瑾、张承、步骘，以名声光国；政事则顾雍、潘浚、吕范、吕岱以器任干职……④

这里的“风雅”是指人物风流儒雅，有才能与品德而言。后又指作诗为文，如萧统《〈文选〉序》：“故风雅之道，粲然可观。”于是“风雅”一词就渐渐成为文人士大夫阶层特有的某种才能与风度的专指。

---

① （三国·魏）曹植：《与杨德祖书》，见《曹子建集》，四部丛刊本，卷九。
② （南朝·梁）刘勰：《文心雕龙·辩骚》。
③ （晋）常璩：《华阳国志·蜀志》，四部丛刊影印本卷三。
④ （晋）陆机：《辨亡论上》见《陆士衡文集》，四部丛刊本，卷十。

从“雅,正也”作为对音调、语音的标示,到《诗经》“大、小雅”的类目划分,“雅”基本上都是一个中性词语,表明的是语音方面的差异而不是价值上的高下。然而“风雅”一词的出现就改变了这种状况。首先,“风雅”原本是《诗三百》或《诗经》的代称,也是一个指示性名词结构,但是随着《诗三百》成为儒家士人信奉的经典,“风雅”也就渐渐成为诗歌乃至整个诗文领域的最高范本,从而获得某种神圣性质。在春秋之前,为贵族统治阶层所创制、采集、编纂、教授、入乐、使用的“诗”是一种特殊的话语方式,是沟通人与神、臣与君、卿大夫以至于士之间的媒介,同时也是贵族阶层自我神圣化的方式,是特权阶层确证自身特权地位,完成“阶级区隔”的重要手段。因此,“诗”本来就具有某种神圣性质。在春秋中期之前,“诗”对于贵族来说还是不可或缺的特殊的交流方式,真正是“不学诗,无以言”的。但是到了春秋后期,随着周王室的进一步衰落,诸侯们连“尊王攘夷”这样的表面文章都不愿意做了。原来的价值秩序遭到彻底破坏,原本极为严密的贵族等级制被动摇了,那套作为这一严密制度之外在形式的礼乐仪式也被丢弃或者乱用了,这便是所谓的“礼崩乐坏”。据《左传》《国语》的记载,春秋后期许多贵族,甚至诸侯君主对原先的礼乐仪式都已然不甚了了。在这样的情况下,“诗”的神圣性、庄严性就大打折扣了。降及春秋战国之交,在文化领域渐渐出现百家争鸣的局面。各家学说各道其所道,均欲在周代贵族创造的政治文化大厦的废墟上有所作为。其中只有儒家试图重建这座大厦,即所谓“克己复礼”。因此在儒家的话语系统中,“诗”与其他西周以来的官方文献一样受到特殊重视,而随着儒家渐成显学,“诗”的地位也就水涨船高,及至战国之末,特别是汉代经学语境中,终于重新获得曾经失去的神圣性。于是在接受儒家意识形态统摄的文人士大夫阶层那里,“风雅”作为“诗三百”的代称,一方面是作为整个诗文领域,或者是整个符号表征系统的最高范本而受到推崇,就像古希腊神话成为希腊艺术取之不尽的“武库”那样,“风雅”在文人士大夫的言说中成为永远的引用与效法对象。另一方面,“风雅”还作为西周贵族文化传统的代称而获得更高礼遇。在儒家政治观念中,“西周”乃“监于二代,郁郁乎文哉”的最高理想,“风雅”所标示的诗歌传统作为周代贵族生活的写照与贵族精神的话语表证,对儒家士人具有莫大的诱惑力,于是“风雅”就成为主流的、高贵的文化传统的代名词。

“风雅”语义也处于不断变化之中。汉魏以降,它就又成为一个对人物的评价性词语,这就是上引《华阳国志》及《陆士衡文集》中的用法,是指一个人有风度、有文采。这种语义的变化也有着深刻的社会历史原因。盖汉代的选士制度可以“征辟察举”“乡举里选”涵括之。为了能够真正选取“经明行修”“德才兼具”的人物,乡党舆论成为最重要的考察依据,于是渐渐兴起所谓“清议”之风,人物的品德与才能开始成为关注的对象。久而久之,关于人物的品评就由品德、才能而及于个性、气质乃至外在的相貌与风度。在汉末魏初士林的人物品评之中就远不限于“品德”与“才能”二义了。现举二例如下:

其一

郭太,字林宗,太原界休人也。家世贫贱。早孤,母欲使给事县廷。……孟敏,字叔达,钜鹿杨氏人也。客居太原。荷甑坠地,不顾而去。林宗见而问其意。对曰:“甑以破矣,视之何益?”林宗以此异之,因劝令游学。十年知名,三公俱辟,并不屈云。①

其二

许劭,字子将,汝南平舆人也。少峻名节,好人伦,多所赏识。若樊子昭、和阳士者,并显名于世。故天下言拔士者,咸称许、郭。……劭尝到颍川,多长者之游,唯不候陈寔。又陈蕃丧妻还葬,乡人毕至,而劭独不往。或问其故,劭曰:“太丘道广,广则难周;仲举性峻,峻则

① (南朝·宋)范晔:《后汉书》卷六十八,中华书局1965年版,第2229页。

少通。故不造也。”其多所裁量若此。[①]

郭太与许劭都是东汉末年最为著名的人物品评大家,在当时有着极高声誉。上例其一郭太对孟敏的评价既非看其高尚的道德品质,又非观其逸群之才,而是根据他在一件小事上体现出来的性格特征。可知在当时的人物品评中,个性特征已经占据重要地位。上例其二中陈寔、陈蕃二人都是品德高尚、才能卓著的士林领袖,为众望所归,许劭对他们的评价显然也不是以“德”“才”,而是以个性气质为视角的。这说明在汉末士人的价值系统中,个人的性格特征、风神气韵都成为重要方面。也正是在这样的文化历史语境中,“风雅”一词才从标示正统诗文传统转而为对个人才能、品性与风度的肯定性评价。

二、从“雅”到“雅郑”

“雅”获得价值评判意义还与另一个词语,即“雅郑”相关。如前所述,“雅,正也”原本只是指语音而言,并无价值评价意味。但后来“雅”之“正”就具有了“正确”“正当”的意思。最初这种意思是在与“郑”对举并用时出现的,如:

> 或问:交五声十二律也,或雅或郑,何也?曰:中正则雅,多哇则郑。(扬雄《法言·吾子》)
>
> 人生有所贵尚,出门各异情。朱紫更相夺色,雅郑异音声。好恶随所爱憎,追举逐虚名。百心可事一君,巧诈宁拙诚。(曹植:《曹子建集·当事君行》,四部丛刊本,卷六)
>
> 尔为听声者不以寡众易思,察情者不以大小为异。同出一身者,期于识之也。设使从下,则子野之徒亦当复操律鸣管以考其音,知南

① (南朝·宋)范晔:《后汉书》卷六十八,中华书局1965年版,第2234页。

风之盛衰，别雅郑之淫正也。（嵇康：《嵇中散集·声无哀乐论》，四部丛刊本，卷五）

然才有庸俊，气有刚柔，学有浅深，习有雅郑。（刘勰《文心雕龙·体性》）

在这里，“雅”是指《诗经》美刺讽喻的传统，“郑”则是指所谓“淫邪”的风格。对“郑声”的批评从孔子就已经开始了。《论语》有著名的“郑声淫”（《阳货》）、“放郑声，远佞人”（《卫灵公》）之说。那么究竟什么是“郑声”呢？“郑声”又被称为“郑卫之音”或“新声”“今乐”“世俗之乐”等等，是指于春秋之末战国之初产生于郑国、卫国等地的乐调。请看下面的引文：

平公说新声，师旷曰：“公室其将卑乎！君之明兆于衰矣。夫乐以开山川之风也，以耀德于广远也。风德以广之，风山川以远之，风物以听之，修诗以咏之，修礼以节之。夫德广远而有时节，是以远服而迩不迁。”（《国语》卷十四《晋语》）

庄暴，齐臣也。庶几，近辞也。言近于治。他日，见于王曰：“王尝语庄子以好乐，有诸？”王变乎色，曰：“寡人非能好先王之乐也，直好世俗之乐耳。”（《孟子集注》卷二《梁惠王下》）

魏文侯问于子夏曰：“吾端冕而听古乐，则唯恐卧；听郑卫之音，则不知倦。敢问古乐之如彼，何也？新乐之如此，何也？”子夏对曰：“今夫古乐，进旅退旅，和正以广。弦匏笙簧，会守拊鼓。始奏以文，复乱以武。治乱以相，讯疾以雅。君子于是语，于是道古，修身及家，平均天下。此古乐之发也。今夫新乐，进俯退俯，奸声以滥，溺而不止。……乐终不可以语，不可以道古。此新乐之发也。”（《礼记·乐记》）

卫灵公将之晋，至濮水之上，夜闻鼓新声者，说之，使人问之，左右皆报弗闻。召师涓而告之曰:“有鼓新声者,使人问左右,尽报弗闻,其状似鬼,子为我听而写之。”师涓曰:“诺!”因静坐抚琴而写之。明日报曰:“臣得之矣,然而未习,请更宿而习之。”灵公曰:“诺!”因复宿。明日已习,遂去之晋。晋平公觞之施夷之台,酒酣,灵公起曰:“有新声,愿请奏以示公。”公曰:“善!”乃召师涓,令坐师旷之旁,援琴鼓之。(《论衡·纪妖篇》)

由这些引文可知,在春秋之末、战国之初这一“礼崩乐坏”的时代,在音乐领域的确出现了两种力量的较量。与“新乐”或“郑声”相对立的是居于主导地位数百年之久的“古乐”“雅乐”或“先王之乐”。从观念上讲,“雅乐”是历代相传的,由先王制作并在祭祀、朝会、宴饮、狩猎、征伐等重大活动中使用过无数次,因此带有一种庄严、肃穆、神圣的色彩。而从审美经验上讲,则雅乐平和、缓慢、缺少变化,的确可以令人昏昏欲睡,颇近于催眠曲;而新乐则以其生动而富于变化的曲调、明快的节奏打动听者的心灵。故而许多君主、贵族都欣赏“郑卫之音”。

从史籍的记载看,“雅”“郑”作为一对对立的评价性词语的出现是与儒家密不可分的。或者说“雅郑”这一词语正是儒家价值观的体现。这里有两点值得申说:儒家坚持“雅”的传统,拒斥“郑”的潮流,根本原因在于他们所恪守的社会理想是周公等人创立的西周贵族等级制度。我们知道,周代贵族等级制的外在形式是礼乐文明。礼乐的任何一个环节、一个部分都表征并确证着贵族等级制。在孔子及其弟子们创立儒学的时代,贵族等级制虽说还没有彻底消失,却已经在坍塌的过程中了。儒家基于自身所受的教育和出身,选择了已经被破坏的贵族等级制作为社会理想,自身却没有任何可以去实现这一理想的现实力量。于是他们只好“倒果为因”——试图通过宣传作为文化文本流传下来的周代典籍和书本上记载的道德价值观来恢复已经失去或行将失去的社会政治制度。“雅”所代表的古乐无论多么令人昏昏欲睡,儒家也一定会把它奉为至宝,因为它表征着周代的贵族等级制，而这正是儒家的社会理想之所在。相反“郑”所代表的“新乐”无论多么动人心扉，也一定在儒家的拒斥范围，因为它们正是在破坏了古老的音乐传统之后才兴盛起来的。

从主体身份角度看，则“雅”“郑”之分又有更深刻的文化心理原因。儒家士人是一个新兴的知识阶层的代表，他们有着强烈的身份焦虑与自我意识。看先秦诸子书，特别是儒家，随处可见对“士”这一身份的界定与期许。作为一个新兴的知识阶层，士人思想家们都力图把自己标榜为正统或主导文化的承担者，道家以“上古之博大真人”为宗，墨家远绍夏禹，儒家则步武姬周。各有各的统绪传承，均以正统自居。这一文化领导者以及救世者的身份认同使得士人思想家们除了提出一整套价值观念系统来，还必须打造出一些作为身份性标志的文化符号，用以识别、确证自己的身份，以便与其他社会阶层“区隔”开来。对于儒家士人来说，“雅”这一原本指称周人音调、语音的词语，由于周人居于统治地位而带有“通常的”或“主导的”的意味，便被用来充当这样一种文化符号。于是在儒家这里“雅”就被赋予了“正统”“正确”“高贵”等含义，用以表示有教养的、遵守传统的知识阶层的审美趣味。与之相对，“郑”这个词语被赋予了邪僻、低级、不入流等含义，用以意指新起的、反传统的、来自民间的审美趣味。如此一来，“雅郑”就成了“高雅”与“低俗”这一二元对立观念的最早表述。

那么这里就有一个问题：周文化极为灿烂，文采斐然，何以没有产生出“雅俗”二元对立的观念呢？这是因为，周文化乃贵族文化，是一种极为重视外在文饰与仪式的文化，具有整体性特征，是整个贵族阶级集体认同的形式。毫无疑问，贵族文化内部构成上有着极为严格的等级秩序，这种文化等级秩序既是政治、经济上的严格等级制的表征，也是其确证方式。因此在这种整体性的贵族文化内部只有等级的标志而无高雅与低俗的区分——这里的一切都是被规定的、为贵族们所认可的，是整体的而非多元的。贵族文化作为一个整体，就是贵族区别于庶民的身份性标志，足以起到阶级“区隔”的作用。由于社会结构与文化的高度整一性,民间的文化形式并不构成与贵族文化的对立,只是自生自灭而已。例如在西周的贵族文化语境中,“百姓”是指贵族,因为只有贵族才有姓氏,庶民是无姓无氏的。又如古代典籍中的所谓“刑不上大夫,礼不下庶人”(《礼记》)正说明在贵族文化中不存在二元对立,“礼”是贵族的文化形式,与庶人无涉。换言之,在西周的贵族社会中,贵族文化过于强势,民间文化过于弱势,二者不构成同一结构中的对立关系,所以就不会产生“雅俗”这样的价值评判。

到了春秋之末情形就大不相同了。贵族阶层纷纷破产而沦为庶民,贵族文化与民间文化之间的森严壁垒被打破,开始交融互渗。特别是新兴的知识阶层虽然相当一部分来自于贵族,但此时的身份已经与庶民无异。《管子》所谓“士农工商四民者,国之石民也”之说,正说明民间已经出现了一个新的,被称为“士”的阶层。在这个阶层中,也有相当一部分是来自于“农工商”“三民”的。这就意味着,原本的贵族文化已经下移为民间文化。那么,这一新产生的“民间文化”与原有的那些真正出自民间的文化形式如何区分高下呢?于是掌握话语权的士人阶层便创造出“雅俗”这对范畴来进行文化区分,在同一社会阶级中“区隔”出不同阶层来。在中国历史上,从孔子的时代开始就已经产生出一种可以称为“精神贵族”的一类人或一个社会阶层,他们身处社会下层,并不是统治阶级,手中既没有政治权力,也没有经济权利,但他们以统治者自居,一心一意思谋着“治国平天下”的大事。与此相应,在精神追求与品味上也极力打造出自己的独特性来,不仅要高出于一般的“民”,而且要高出统治集团。“自命清高”这句日常用语十分准确地传达出了古代士人阶层那种与生俱来的“精神贵族”品性。

三、“雅俗”观念的形成

综上所述,从“《风》《雅》”到“风雅”,显示出“雅”这一词语的含义由特指《诗经》而演变为一般评价性用语的过程，这一过程与士人阶层的社会境遇及文化心理状态的变化密切相关；从“雅”到“雅郑”，则显示出“雅”这个词语是如何从一个表示语音、口音的中性词语衍化为一个士人身份的标志性文化符号的。这背后隐含着新兴的知识阶层的自我认同意识。“雅郑”之说，寓含着褒贬，代表着两种截然相反的价值观念与审美趣味。由于“雅”来自于上层、主流、正统，“郑”来自于下层民间，是非主流的、非正统的，“雅郑”便因此而成为后来“雅俗”这一对评价性概念的源头。

《说文》以“习”训“俗”，在先秦典籍中，“俗”的基本语义就是习俗或风俗。例如《礼记·曲礼》：“若夫坐如尸，立如齐，礼从宜，使从俗。”《尚书·君陈》：“狃于奸宄，败常乱俗，三细不宥。”《孟子·公孙丑上》：“纣之去武丁未久也，其故家遗俗，流风善政，犹有存者。”在这些语例中“俗”都是指习俗、风俗而言，并不带有任何贬义。但是到了战国后期，情况发生了变化，下面是《荀子》中的一段：

> 故有俗人者，有俗儒者，有雅儒者，有大儒者。不学问，无正义，以富利为隆，是俗人者也。逢衣浅带，解果其冠，略法先王而足乱世术，缪学杂举，不知法后王而一制度，不知隆礼义而杀诗书；其衣冠行伪已同于世俗矣，然而不知恶；其言议谈说已无异于墨子矣，然而明不能别；呼先王以欺愚者而求衣食焉；得委积足以掩其口，则扬扬如也；随其长子，事其便辟，举其上客，亿然若终身之虏而不敢有他志，是俗儒者也。法后王，一制度，隆礼义而杀诗书；其言行已有大法矣，然而明不能齐法教之所不及，闻见之所未至，则知不能类也；知之曰知之，不知曰不知，内不自以诬，外不自以欺，以是尊贤畏法而不敢怠傲：是雅儒者也。法先王，统礼义，一制度；以浅持博，以古持今，以一持万；苟仁义之类也，虽在鸟兽之中，若别白黑；倚物怪变，所未尝闻也，所未尝见也，卒然起一方，则举统类而应之，无所儗怍；张法而度

之,则晻然若合符节:是大儒者也。(《儒效》)

在这里荀子对俗人、俗儒、雅儒、大儒的论述排出了一个价值等级,分别给予了褒贬。“俗人”是不学无术、无操守、唯利是图的平庸凡俗之人;“俗儒”则是所学不当,持论近于异端邪说的儒者,在这里“俗”被赋予了“低级”“邪僻”的含义。值得注意的是,荀子还提出“雅儒”之说,这是先秦文献中最早“雅”“俗”对举的语例,可以说是“雅俗”观念的正式提出。荀子还进而将此“雅俗”观用之于对诗乐的评价,其云:

修宪命,审诗商,禁淫声,以时顺修,使夷俗邪音不敢乱雅,大师之事也。(《王制》)

这里“夷俗邪音”与“雅”对举,可以视为“雅郑”说的另一种表达形式,但“夷俗邪音”所指范围应该远大于“郑”或“郑卫之音”。显然在荀子这里,一种具有普遍意义的“雅俗”观念已经开始形成。汉代以后,“雅”与“俗”就渐渐成为品评人物的重要语词了,例如:

夫田婴俗父,而田文雅子也。婴信忌不实义,文信命不辟讳。雅俗异材,举措殊操,故婴名暗而不明,文声驰而不灭。实说世俗讳之,亦有缘也。(《论衡·四讳篇》)

这里用“俗”来指田婴的平庸无能,用“雅”来指田婴之子田文才德出众。在审美意义上使用“雅”“俗”概念大约是从对人物言谈举止的评价开始的:

元帝后宫既多。不得常见。乃使画工图形。案图召幸之。诸宫人皆赂画工,多者十万,少者亦不减五万。独王嫱不肯,遂不得见。

匈奴入朝求美人为阏氏，于是上案图，以昭君行。及去召见，貌为后宫第一，善应对，举止闲雅。帝悔之，而名籍已定。(《西京杂记》卷二)

是时，卓王孙有女文君新寡，好音，故相如缪与令相重而以琴心挑之。相如时从车骑，雍容闲雅，甚都。及饮卓氏弄琴，文君窃从户窥，心说而好之，恐不得当也。(《汉书·司马相如传》)

此处的"闲雅"一词特指人的举止风度之美好，已然不具有道德意味，成了一个纯粹审美意义上的词语。

诸名士共至洛水戏，还，乐令问王夷甫曰："今日戏乐乎?"王曰："裴仆射善谈名理，混混有雅致；张茂先论《史》《汉》，靡靡可听；我与王安丰说延陵、子房，亦超超玄著。"(《世说新语·言语》)

这里的"雅致"一词是对言谈的审美评价，在魏晋的清谈中常常被使用。

阮仲容、步兵居道南，诸阮居道北。北阮皆富，南阮贫。七月七日，北阮盛晒衣，皆纱罗锦绮。仲容以竿挂大布犊鼻于中庭。人或怪之，答曰："未能免俗，聊复尔耳。"(《世说新语·任诞》)

嵇、阮、山、刘在竹林酣饮，王戎后往。步兵曰："俗物已复来败人意!"王笑曰："卿辈意，亦复可败邪?"(《世说新语·排调》)

此二例中的"俗"均指平庸凡俗，乃"雅"之反面，主要也是一种美学意义的评价。渐渐地这对词语也被用之于对诗文书画的评价了：

毛惠远。画体周赡，无适弗该，出入穷奇，纵黄逸笔，力遒韵雅，超迈绝伦。其挥霍必也极妙,至于定质,块然未尽。其善神鬼及马,泥滞于体,颇有拙也。

吴暕。体法雅媚,制置才巧。擅美当年,有声京洛。(《古画品录·第三品》)

这里的"韵雅""雅媚"都是赞美画技的高超脱俗。

翻检《诗品》,以"雅""俗"评诗之例更可谓俯拾皆是:

魏陈思王植:骨气奇高,词采华茂,情兼雅怨,体被文质,粲溢今古,卓尔不群。

晋中散嵇康颇似魏文:过为峻切,讦直露才,伤渊雅之致。

魏侍中应璩祖袭魏文:善为古语,指事殷勤,雅意深笃,得诗人激刺之旨。

宋参军鲍照:……然贵尚巧似,不避危仄,颇伤清雅之调。

梁太常任昉:若铨事理,拓体渊雅,得国士之风,故擢居中品。

宋光禄谢庄:希逸诗,气候清雅,不逮于范、袁。

魏文学刘桢:仗气爱奇,动多振绝。真骨凌霜,高风跨俗。

晋吏部郎袁宏:彦伯《咏史》,虽文体未遒,而鲜明紧健,去凡俗远矣。

齐雍州刺史张欣泰、梁中书郎范缜:欣泰、子真,并希古胜文,鄙薄俗制,赏心流亮,不失雅宗。

再看《文心雕龙》。"雅""俗"堪称刘彦和评价诗文的基本标准:

今才颖之士,刻意学文,多略汉篇,师范宋集,虽古今备阅,然近附而远疏矣。夫青生于蓝,绛生于蒨,虽逾本色,不能复化。桓君山云:"予见新进丽文,美而无采;及见刘扬言辞,常辄有得。"此其验

也。故练青濯绛，必归蓝蒨；矫讹翻浅，还宗经诰。斯斟酌乎质文之间，而隐括乎雅俗之际，可与言通变矣。（《通变》）

此处“雅俗”与“质文”并举，都被视为论诗衡文之基本标准。又：

是以绘事图色，文辞尽情，色糅而犬马殊形，情交而雅俗异势。熔范所拟，各有司匠，虽无严郛，难得逾越。（《定势》）

此言所欲表达的情感不同会导致诗文产生或雅或俗迥然不同的格调。又：

详观近代之论文者多矣：至如魏文述典，陈思序书，应玚文论，陆机《文赋》，仲治《流别》，弘范《翰林》，各照隅隙，鲜观衢路，或臧否当时之才，或铨品前修之文，或泛举雅俗之旨，或撮题篇章之意。（《序志》）

这里的“泛举雅俗之旨”正说明“雅俗”已经成为诗文评价的最通用的标准了。

从以上的引文我们可以看出，汉末魏晋之后，“雅俗”渐渐成为一对具有审美意义的评价性概念并被普遍用于人物品藻和诗文书画鉴赏中。这一现象具有重要意义：证明了“文人身份”的确立。“文人身份”是士大夫阶层在某个历史时期获得的一种新的身份维度。是那个服务于君权并成为君主官僚政体之社会基础的士大夫阶层获得相对稳定的社会地位之后，精神世界自我拓展的产物。“文人身份”成熟的标志是“个人情趣的合法化”——属于纯粹私人情感的离愁别绪、春感秋悲、男女之情、伤逝之叹等以往不受主流话语重视的精神、心理现象，被堂而皇之地予以书写、传播、吟诵。对人而言，“雅俗”观是对其风度、气质、个性的考量；对诗文书画而言,“雅俗”观是对其传达的“趣味”的评判。这都是作为“个体主体”的“文人”才会关注的对象。“文人”不同于平民百姓以及一般的士大夫之处在于:他们对个人情趣高度关注并赋予它以审美形式。平民百姓没有能力做到这一点,而一般的士大夫只留意于维护并制约君权,管理并教化百姓,以“治国平天下”为人生最高理想。只有当士大夫阶层通过自我衍化,形成了“文人”这一新的身份维度之后,“文人士大夫”阶层才由单一的政治、伦理价值的创造者与承担者进而成为审美价值的创造者与承担者。中国传统精神文化才变得精致细腻、丰富多彩起来。“雅俗”观是中国古代最重要的美学范畴之一,它是“文人趣味”最集中的体现。

第五节　汉魏之际“文人”身份特征及其文学表征

曹丕《典论・论文》开篇有言:“文人相轻,自古而然。”这八个字中蕴含着许多的文化信息与可追问的问题,常常为人们所忽略。比如,从曹丕的行文中可知“文人”在当时已经成为一个对某类人的固定称谓。那么问题来了:什么是“文人”?哪些人可以称为“文人”?那些“经明行修”的儒生算不算是“文人”?对这些问题曹丕自然明了,但今日读这篇文字的人却未必明了。又如,我们从这句话里还可以知道,在建安时期“文人相轻”早已经是一种文化惯习了,这说明社会上久已经形成了一套关于“文人”的评价系统与标准,否则他们之间就无法“相轻”。那么问题又来了:这套评价标准是什么?它们是如何形成的?它们与在汉代居于主导地位的经学价值观有着怎样的关联?这些问题都是涉及文化史、思想史的根本性问题,也是文学史、文学批评史绕不过去的重要问题。

“文人”是中国古代知识阶层中的某些人在特定历史时期产生的一种新的“身份”,它标志着这些人的一种能力。这种“能力”被社会主流话语所认可，是一个历史的过程。在这一过程中，东汉末期，特别是建安时期是一个极为重要的时期，这个时期在“文人身份”的形成过程中具有“过渡”性质。在下面的讨论中，我们就对这一“过渡”性质的“文人身份”之特征及其对文学观念的影响予以阐释。

一、经学的知识化与玄学化

从政治史的角度看，汉代士大夫的主要身份应该是“君权的合作者”或者“官僚及官僚的后备军”，他们与皇帝、宗室、功臣、外戚、宦官等共同构成了当时的统治阶层，在这个意义上说，“士大夫”主要是指一种政治身份；而从文化史、思想史的发展看，汉代士大夫之主流无疑是那些儒生和儒生出身的官吏，他们承担着此一时期具有主导性的学术文化，造就了所谓“经学时代”。在这个意义上说，“士大夫”又是一种文化身份。在西汉时期，用来指称文化学术行为，特别是文字书写的词语主要是“文学”与“文章”。“文学”一词主要指儒家“六艺”之学即经学而言①。“文章”则主要指经学之外的著述，包括史传、奏议、书论及辞赋之属②。总体观之，“文章”的地位远不如“文学”之重要。因此那些通经的“文学之士”就远比史家或文章辞赋之士受到重视。公孙弘的封侯拜相与东方朔、司马

① “文学”这个词语在孔子那里指涉的范围极广，作为孔门四科之一的“文学”，所谓“文学，子游子夏”，是泛指一切古代典章制度与文献学问。到了汉代主要指以“六艺”为代表的古代典籍与学问，但又不限于“六艺”，再例如《史记》卷四十六：“宣王喜文学游说之士，自如驺衍、淳于髡、田骈、接予、慎到、环渊之徒七十六人，皆赐列第，为上大夫。”这里列举的人物有阴阳家、法家、道家等等，可知在司马迁那里，“文学”并非儒家“六艺”的专称。而到了西汉后期，例如在《盐铁论》的语境中，“文学”就成为儒学或儒生的专指了。

② “文章”一词，最初的含义是指错杂的色彩或花纹。如《史记·礼书》：“故礼者养也。稻粱五味，所以养口也；椒兰芬茝，所以养鼻也；钟鼓管弦，所以养耳也；刻镂文章，所以养目也。”又《后汉书·张衡传》：“文章焕以粲烂兮，美纷纭以从风。”后引申为有德之人的外在表现，《论语·公冶长》：“子贡曰：‘夫子之文章，可得而闻也；夫子之言性与天道，不可得而闻也。’”朱熹集注：“文章，德之见于外者，威仪、文辞皆是也。”又引申为礼乐制度，《礼记·大传》：“考文章，改正朔。”郑玄注：“文章，礼法也。”孙希旦集解：“文章，谓礼乐制度。”《论语·泰伯》：“巍巍乎其有成功也，焕乎其有文章。”朱熹集注：“文章，礼乐法度也。”后又指称文辞或独立成篇的文字。如《史记·儒林列传序》：“臣谨案诏书律令下者，明天人分际，通古今之义，文章尔雅，训辞深厚，恩施甚美。”又《后汉书·延笃传》：“能著文章，有名京师。”在汉代语境中，“文章”主要是指辞赋、歌诗、奏议、书论、史传等书写形式。

相如及司马迁的不得志之间的鲜明对比就是明证。思想舆论上也自然就以“俳优蓄之”评价文章辞赋之士,以“壮夫不为”的“小道”鄙视文章辞赋。到了东汉时期,尽管经学依然昌明,却已经有人持不同意见了。例如王充就有“文儒”与“世儒”之辨,谓“著作者为文儒,说经者为世儒”。观王充之论,显然有崇“文儒”而贬“世儒”之意。王充的所谓“文儒”是指陆贾、司马迁、司马相如、刘向、扬雄、桓谭这类“深于作文”的人,又称为“文章之徒”或“著作者”。[①] 在这里王充显然有为“文章”和“文章之士”正名的意思,支撑他产生这种冲动的,则是司马迁、司马相如、扬雄、刘向、桓谭等人那些疏离于经学之外的辉煌的个人著述。王充本人也以一部恢宏的巨著来延续并弘扬了这一个人著述的传统。

曹丕所说的“文人”显然与王充的“文儒”或“文章之徒”“著作者”一脉相承。在他所列举的“今之文人”即“建安七子”中,王粲长于“辞赋”,陈琳、阮瑀长于“章表书记”,徐干则以一部《中论》被赞为“成一家之言”。再看其“四科八体”之说,史传已然不在其列。这说明,在汉魏之际,“文”的范围已经大大缩小,虽然还不仅仅限于诗歌辞赋之类,却显然已经是以具有个人创造性的文体为准则了。这也正是曹丕“文以气为主”之说提出的思想基础。在两汉文化语境中,“奏议、书论、耒铭、诗赋”等文体都是最可以显示个人精神气质的文章类型。因此也形成了比较成熟的评价标准。在这一时期,凡是在这些文章类型的写作方面有所成就的人就被称为“文人”。

通过以上简要叙述我们可以看出,汉魏之际文人的文化思想资源主要有二:一是“文学”,主要是“六艺”与诸子百家之学;二是“文章”,即两

---

① 在王充那里也有“文人”称谓,其云:“故夫能说一经者为儒生,博览古今者为通人,采掇传书以上书奏记者为文人,能精思著文连结篇章者为鸿儒。故儒生过俗人,通人胜儒生,文人逾通人,鸿儒超文人。故夫鸿儒,所谓超而又超者也。”(《论衡·超奇》)又:“文人宜遵五经六艺为文,诸子传书为文,造论著说为文,上书奏记为文,文德之操为文。立五文在世,皆当贤也。造论著说之文,尤宜劳焉。”(《论衡·佚文》)这里的“文人”差不多就是那种可以撰写一般官方文书的“文吏”,与“文儒”颇有不同。王充在《书解》篇中所说的“文儒”即是《超奇》篇的“鸿儒”。这是王充所最为推崇的身份。

汉时期渐趋成熟并形成传统的辞赋、歌诗、奏议、书论、史传等书写形式。他们既是系统地受过经学教育的人,也是深通各种文体写作的人。对这两大传统的继承与改造就构成了他们这批文人最基本的知识结构与思想基础。由此可知,汉魏之际的文人与传统儒家经生在身份上有着重要区别,他们有着不同的思想传统。

作为主流意识形态,"六艺"之学或经学对汉魏之际的文人当然会发生重要影响,但是他们所接受的经学也已经不同于传统经学了。兴盛了数百年的传统经学到了东汉中后期已经发生了重要变化,这主要表现在经学的知识化趋势上。

所谓"经学的知识化"是指西汉以来"通经致用"的传统被突破,论者主要不再把经学视为意识形态或政治性话语,而是把它当作一种知识系统来考察,只论其真伪,无论其是非。经学原本是汉代士大夫阶层与以君主为核心的统治集团共同倡导并建构的国家意识形态。从士大夫阶层立场看,经学是他们制衡君权、推行儒家价值观从而为天下建立价值秩序的手段;从统治集团角度看,则经学乃证明汉朝君权统治合法性的工具。这就使得经学从一开始就具有价值取向上的二重性,具有极为强烈的政治性与意识形态性。经学的这一特征在《春秋》"公羊学"中表现得尤为突出,故而西汉之时,经学的核心是公羊学。但是随着士大夫阶层与统治集团关系趋于模式化,随着儒家意识形态渐渐落实为人们的日常伦理准则,再加上统治集团内部的争权夺利,经学的意识形态功能与政治性也就大打折扣了。在这种情况下,某部经典是否立于学官,已经不像武帝时那样表征着儒家士大夫与以宗室、外戚、功臣为代表的统治集团之间的政治角逐,而是成了儒家士大夫内部争夺权力与利益的方式。今文经与古文经的此消彼长正可视为经学意识形态色彩弱化的表现。到了汉魏之间,就士大夫的主流意识而言,经学已经成为一种知识体系,而非政治话语。汉末桓、灵之时何休的《春秋公羊解诂》堪称政治性经学的回光返照。今文学对义理的富有想象性的探求导致纬书趋于神秘,虽有一时之兴,必然走向衰颓。到了马融、郑玄,则主要是从知识层面上全面整理支离破碎的经学了。郑玄的《三礼注》之所以受到广泛称赞,就是由于他在这里显示出极为广博的、通达的学识,使那些晦涩难明的礼仪规定与名物称谓为人所知晓。朱熹曾云:“郑康成是个好人,考礼名数大有功。”[①]这正是肯定了郑玄在知识层面上对“三礼”的贡献。经学成为知识系统,一方面说明它的意识形态功能已经完成,另一方面也说明士大夫阶层精神旨趣的变化。这种变化在经学的“玄学化”过程中得到了充分的显现。“经学的玄学化”是“经学知识化”的一种表现形式。经学知识化的结果之一是儒生们可以通过对经学知识掌握的广度来获得尊重,在经学方面的博闻强记成为衡量一个儒生价值的重要标准。久而久之,对经义理解的深度也自然地成为儒生价值的重要标准。对经义进行探赜索隐式的研究与讨论就是经学的玄学化。《后汉书・儒林列传》云:“本初元年,梁太后诏曰:‘大将军下至六百石,悉遣子就学,每岁辄于乡射月一飨会之,以此为常。’自是游学增盛,至三万余生。然章句渐疏,而多以浮华相尚,儒者之风盖衰矣。”[②]这里所谓“章句渐疏,而多以浮华相尚”正是指经学的玄学化倾向。

经学的知识化、玄学化是对经学神圣性、权威性的一种消解。这显示出汉魏之际的士大夫阶层已经不那么笃信儒家经典,其价值取向面临重构。这预示着一个在精神面貌上焕然一新的知识阶层即将出现。他们与传统士大夫在人生观和自我意识上都出现了根本性变化,对自身价值也有了新的期许。文学的繁荣发展也因此而获得难得的契机。

二、儒、道之融汇

汉魏之际的文人既是汉代文人的发展,又是六朝文人的肇始,他们是“过渡性”人物。这种“过渡性”在学术旨趣与价值取向上主要表现为儒学与道家之学的融合互渗。

① (宋)朱熹:《朱子语类》卷八十七,中华书局 1986 年版,第 2226 页。
② (南朝・宋)范晔:《后汉书》卷七十九上,中华书局 1965 年版,第 2547 页。

儒、道两家学术在汉代有一个此消彼长的竞争过程。汉初先秦百家之学俱陈于一统天下的炎汉王朝面前，士大夫各秉其术，无不希望得到执政者之青睐。最初齐人盖公见知于齐相国曹参，其黄老之学深为后者所服膺。曹参旋即入朝为汉相，遂使黄老刑名之术一时成为汉家国策。后来经过儒生半个世纪的努力，终于战胜黄老之学，使儒学定于一尊。于是儒学演变为经学，被建构为国家意识形态。此后三百年间，道家之学被边缘化为少数人私下传承的学问。一直到了东汉中后期，道家学说长期衰颓的情形才开始发生变化，老庄之说开始进入士大夫的言说之中。桓帝时儒者朱穆曾作《崇厚论》一文，其云：

> 夫俗之薄也，有自来矣。故仲尼叹曰："大道之行也，而丘不与焉。"盖伤之也。夫道者，以天下为一，在彼犹在己也。故行违于道则愧生于心，非畏义也；事违于理则负结于意，非惮礼也。故率性而行谓之道，得其天性谓之德。德性失然后贵仁义，是以仁义起而道德迁，礼法兴而淳朴散。故道德以仁义为薄，淳朴以礼法为贼也。夫中世之所敦，已为上世之所薄，况又薄于此乎！故夫天不崇大则覆帱不广，地不深厚则载物不博，人不敦厖则道数不远。昔在仲尼不失旧于原壤，楚严不忍章于绝缨。由此观之，圣贤之德敦矣。老氏之经曰："大丈夫处其厚不处其薄，居其实不居其华，故去彼取此。"夫时有薄而厚施，行有失而惠用。故覆人之过者，敦之道也；救人之失者，厚之行也。①

盖桓、灵之际，朝政混乱，外戚擅权，士大夫中趋炎附势者所在多有；儒家礼教已经成为许多人邀名的工具，朱穆此文乃为拯救时弊而作。观其所持道德标准，诚可谓儒、道兼具之论。其主旨是提倡敦厚，标准是道家的自然淳朴。其关于道德、仁义、礼法的理解都是融合了儒、道二家之

---

① （南朝·宋）范晔：《后汉书》卷四十三，中华书局 1965 年版，第 1463—1464 页。

说。根本上是要在儒家伦理中引进道家精神,用自然、淳朴、敦厚的人性来矫正那种虚伪的仁义、礼法,使仁义礼智重新建立在敦厚天性基础之上。

从朱穆这篇《崇厚论》可以看出,汉末儒者援道入儒,是要以道家的古朴自然来矫正名教沦于虚伪之弊。由于看到了道家之学的实际价值,在东汉后期,儒、道兼修已经成为普遍的士林风气。现举数例如下:

翟酺,字子超,是东汉安、顺时代的士大夫。其家族"四世传《诗》",堪称经学世家。但他又"好老子,尤善图纬、天文、历算"。时安帝重用外戚,酺上疏谏曰:

> 昔窦、邓之宠,倾动四方,兼官重绂,盈金积货,至使议弄神器,改更社稷。……故孔子曰"吐珠于泽,谁能不含";老子称"国之利器,不可以示人"。此最安危之极戒,社稷之深计也。①

在给君主的奏议中,孔、老一并引为论据,一方面表明作者儒道兼修的价值取向与知识结构,另一方面也显示出道家学说在统治阶层中渐渐增强的影响力。到了建安时期,这种情形就更为普遍,曹魏集团的著名文人吴质《答东阿王书》云:

> 若质之志,实在所天。思投印释黼,朝夕侍坐,钻仲父之遗训,览老氏之要言,对清酤而不酌,抑佳肴而不享,使西施出帏,嫫母侍侧,斯盛德之所蹈,明哲之所保也。②

这里孔、老并举,说明儒、道两家价值观在论者的心目中已然不分轩轾。又阮瑀尝作《文质论》,其有云:

① (南朝·宋)范晔:《后汉书》卷四十八,中华书局 1965 年版,第 1602—1603 页。

② 《文选》卷二十八,中华书局 1977 年版,第 596 页。

若乃阳春敷华，遇冲风而陨落；素叶变秋，既究物而定体。丽物苦伪，丑器多牢；华璧易碎，金铁难陶。故言多方者，中难处也；术饶津者，要难求也；意弘博者，情难足也；性明察者，下难事也。通士以四奇高人，必有四难之忌。且少言辞者，政不烦也；寡知见者，物不扰也。专一道者，思不散也；混濛蒐者，民不备也。质士以四短违人，必有四安之报。故曹参相齐，寄托狱市，欲令奸人有所容立，及为宰相，饮酒而已。故夫安刘氏者周勃，正嫡位者周勃，大臣木强，不至华言。孝文上林苑欲拜啬夫，释之前谏，意崇敦朴。自是以降，其为宰相，皆取坚强一学之士，安用奇才，使变典法？①

在文人纷纷创作华美之文的汉末魏初，如此重质轻文的主张已经不多见了，观其学理依据，盖出于老庄之学。这段文字可以说是表达了道家大巧若拙、大智若愚，崇尚自然朴拙，反对华词丽藻的价值取向。

另外东汉中叶以后多有儒者为老子作注者，如大儒马融、精于《左氏春秋》的董调、精研《周易》的虞翻等。而于表奏书论中征引老子以为论据者，则不可胜数。做学问、论政事是如此，在为人处世方面，文人们也不再像以前的儒者经生那样循规蹈矩了，他们开始变得自然洒脱起来。例如汉末思想家仲长统就是这样具有洒脱逍遥品行的人，《后汉书》本传说他“常以为凡游帝王者，欲以立身扬名耳，而名不常存，人生易灭，优游偃仰，可以自娱，欲卜居清旷，以乐其志”。曾作诗二首，其一云：

飞鸟遗迹，蝉蜕亡壳。腾蛇弃鳞，神龙丧角。至人能变，达士拔俗。

乘云无辔，骋风无足。垂露成帏，张霄成幄。沆瀣当餐，九阳代烛。

① （三国·魏）阮瑀：《文质论》，见《艺文类聚》卷二十二，上海古籍出版社1965年版，第411页。

恒星艳珠,朝霞润玉。六合之内,恣心所欲。人事可遗,何为局促?[①]

诗中充满了对庄子达观顺变、逍遥自适精神的向往。然观其所著之《昌言》,则充满对现实政治状况的愤激不平与批判精神,所秉之价值准则基本上是儒家的仁爱忠信之属,殊少道家自然无为之意。由此可知,这是一位具有二重性文化人格的读书人。一方面是道家的超尘拔俗、适性而为,另一方面则是儒家的格君心之非、以天下为己任,两种截然不同的人格类型被统一在他一人身上了。其实这样的人格类型在仲长统之前数十年的安、顺时期已经有了,大儒马融就堪称代表。《后汉书》本传载:"融才高博洽,为世通儒,教养诸生,常有千数。涿郡卢植,北海郑玄,皆其徒也。善鼓琴,好吹笛,达生任性,不拘儒者之节。居宇器服,多存侈饰。尝坐高堂,施绛纱帐,前授生徒,后列女乐,弟子以次相传,鲜有入其室者。"[②]既有儒家的等级森严、繁文缛节,复有道家顺时达变、任性逍遥,其为人处世看上去与那些崇尚老庄的六朝名士颇为接近。又曾为《老子》《淮南子》作注,可见也是位具有儒道双重文化人格的人物。这都可视为"士大夫"与"文人"二重身份之冲突的表现。

其实在汉魏之际文人身上,基本上都可以看出道家思想的影响,大都具有出世与入世、适性逍遥与建功立业双重价值取向。那种恪守儒家一家之说的人物是比较少见了。考其原因,论者多从儒学自身发展寻之,以为章句之学,日渐烦琐,而名教伦理,束缚人性,再加上朝政混乱、天下大乱,都是造成儒学衰落、道家兴起的原因。其实老庄之学之所以可以堂而皇之进入书论奏议等主流话语之中,帝王的信奉也是重要原因。据史书记载,桓、灵二帝均喜读道教经典《太平清领书》,桓帝更曾于延熹八年(165 年)两次派人到苦县祭祀老子,颇好黄老神仙之术。这对于老子及

① (南朝·宋)范晔:《后汉书》卷四十九,中华书局 1965 年版,第 1645 页。
② (南朝·宋)范晔:《后汉书》卷六十上,中华书局 1965 年版,第 1972 页。

道家学说地位的提升无疑具有重要作用。“上有所好，下必甚焉”，士大夫们孔、老并举也就不足为怪了。道教的神仙方术虽然可以使人们沉迷于幽眇虚幻之途，但也是启发人们关注个体生命的契机，其于汉魏六朝文人精神世界的重要影响无疑是深远的。

经学的知识化、玄学化消解了儒学至高无上的神圣地位，道家学说的复苏又为文人们开启另一片精神空间。这种儒道混溶互渗的情况对于汉魏之际的文人来说具有重要意义，可以说是造成他们摆脱名教束缚、关注个体生命价值的主要思想基础。

三、经术与文章并重

除了经学传统，汉魏之际的文人所接受的另一重要传统是两汉的“文章”之学。没有经学传统固然不能造就汉魏文人的思想结构，而没有“文章”传统，更不会出现名垂青史的建安文人。陆贾、贾谊、司马相如、枚乘、司马迁、刘向、扬雄、桓谭、班固、张衡、傅毅、王充、赵壹、蔡邕、仲长统等等，都是建安文人的前辈，没有他们形成的那种疏离于经学传统之外的文章写作传统，魏晋六朝文学的繁荣兴盛无疑是难以想象的①。经学传统在东汉后期已经溶进道家之说，形成儒道互渗的新的学术传统；而文章传统则呈现出由实用向着审美倾斜的趋势。对于这两大传统的影响，汉魏之际的文人也有自觉。王符《潜夫论》有云：

> 今学问之士，好语虚无之事，争著彫丽之文，以求见异于世，品人鲜识，从而高之。此伤道德之实，而或矇夫之大者也。②

王符这里所批评的两种倾向，前者为学术走向，主要指谶纬，后者为

---

① 建安文人多直接受惠于汉末文章大家蔡邕。蔡邕对王粲的提携奖掖为一时佳话，而阮瑀、路粹等都是蔡邕的弟子。

② （汉）王符：《潜夫论·务本》，上海古籍出版社影印本1990年版，第3页。

文章走向,主要指辞赋。一是儒学的玄学化,一是文章的藻饰化。王符是站在传统"通经致用"与章句训诂之学的立场上对这两种走向提出批评的,这也代表了那些在学术文化变化面前茫然无措的儒生之心态。

观此期文人著述,常常"典籍"与"篇章"并举,其中即透露出对经学传统与文章传统这两大文化资源的双重重视。现举数例以证之:

> 伏惟太子,研精典籍,留思篇章,览照幽微,才不世出。①
>
> 陛下即位之初,先涉经术,听政余日,观省篇章,聊以游意,当代博弈,非以教化取士之本。②
>
> 窃不自量,卒欲寝伏仪下,思惟精意,案度成数,扶以文义,润以道术,著成篇章。罪恶无状,投畀有北,灰灭雨绝,世路无由。③
>
> 伏惟所天,优游典籍之场,休息篇章之圃。发言抗论,穷理尽微;摛藻下笔,鸾龙之文奋矣。④

这里的"典籍"与"经术""道术"等意义相近,是指以儒家经典为主的学术,侧重在义理;而"篇章"则是指文章,侧重在藻饰。对于汉魏之际的文人来说,以儒学为主,兼容道、法的学术传统与文章写作传统是构成其基本知识结构与价值取向的主要文化资源。而对两者的兼顾与融和,则是他们自觉的话语建构行为。对汉魏文人来说,"典籍"或"经术"是需要深思精研、穷理尽微的,标准是理解的深刻准确;"篇章"则是用来"游意""休息"的,其标准是文采,是美。对"义理"与"辞章"的并举是此期文人的重要特征之一,故而他们的诗文虽然渐趋华丽,然空洞无物者绝少。到了正始之后,文人们渐渐分为二途:一是由经术而趋于玄思者,以何晏、王弼为代表;二是由文章而趋于藻饰者,以太康年间"三张二陆"等人为代

① (三国·魏)卞兰:《赞述太子赋并上赋表》,见《艺文类聚》卷十六。
② (汉)蔡邕:《上封事》,见《后汉书》卷六十下,中华书局1965年版,第1996页。
③ (汉)蔡邕:《表志》,见《后汉书·天文上》李贤注引。
④ (三国·魏)吴质:《答魏太子笺》,见《文选》卷四十,中华书局1977年版,第566页。

表，其诗风繁缛。

汉魏之际的文人这种儒家与道家互渗、“经术”与“文章”并重的知识结构与价值取向对于文学思想与诗文创作具有三方面的重要影响，现分述之。

第一，个人情趣成为诗文表现的重要内容。老庄之学与儒学的交融互渗改变了文人们以往的知识结构与价值取向，其对于文学思想史具有的重要意义就是开出个人精神空间。儒学是一种“集体主义”的思想系统，儒生们不是从个人立场出发言说，而是以天下百姓代言人的立场言说，以建构普遍的政治伦理秩序为旨归。在这里，人的全部精神旨趣基本上都被纳入人伦关系范围。在这样的思想系统之中，超出于伦理规范的个人情趣或被忽视，或被压抑，根本没有立足之地。老庄之学虽然也关涉社会政治，但是其立论往往是从个体生命出发，对个体生命和个人体验有着高度关注。文人们对老庄之学的吸纳，在很大程度上改造了儒学政治伦理的单一价值取向，从而使个人情趣进入他们的关注范围，并堂而皇之地成为言说与书写的重要内容。在这方面产生于此期的《古诗十九首》最能代表一个时代文人的情怀。那种离乡游子的羁旅之愁，宦游无着时的无奈与绝望，因感觉到生命有限性而生的怅惘之情，一一跃然于纸上。这种情形在东汉中叶之前根本是不可想象的。朋友间的交游与诗文酬唱是此期文人生活中的一件大事，因此，因朋友的离别与终老而生的感叹及缅怀之情就成为诗文常常表现的主题。曹丕以储君之贵，在文章中也多次表达这种情感。例如其《与朝歌令吴质书》云：

每念昔日南皮之游，诚不可忘。既妙思《六经》，逍遥百氏，弹棋闲设，终以六博，高谈娱心，哀筝顺耳。驰骋北场，旅食南馆。浮甘瓜于清泉，沉朱李于寒水。白日既匿，继以朗月。同乘并载，以游后园。舆轮徐动，参从无声。清风夜起，悲笳微吟。乐往哀来，怆然伤怀。余顾而言，斯乐难常，足下之徒咸以为然。今果分别，各在一方。元瑜长逝,化为异物。每一念至,何时可言!①

这是典型的文人情怀。曹丕出身王侯之家,但与朋友的感情极为深挚。这封书信情真意切,今日读之,依然令人伤怀。曹丕、曹植及“建安七子”之属的许多诗文都表达了相近的感情。

在各种个人情趣之中,此期文人的生命体验达到空前深度。所谓“生命体验”就是人们对生命本身的感受、觉知与体察。《论语》载:“子在川上曰:逝者如斯夫!”就是典型的生命体验。可惜先秦两汉时期的主流话语侧重在社会政治与伦理规范方面,个人的生命体验是受到压抑与遮蔽的。只是到了汉末,这种生命体验才成为文人书写的具有正当性的题材。曹丕说:“年寿有时而尽,荣乐止乎其身,二者必至之常期,未若文章之无穷。”②把文章书写与生命体验相连,以“名声”为肉体生命之延续——这是汉魏之际的文人普遍心态。这种心态不仅开启了六朝文人借诗文吟咏个人情趣的先河,而且导致在诗文批评中大量出现与身体和个体生命相关的语词。稍后,诸如“味”“气”“神”“骨”“感”“体”等语词都纷纷经由人物品藻而进入诗文书画的评论之中,并进而成为中国古代文艺批评的基本词汇。

第二,崇尚“质”“文”并重的文学批评标准。尽管孔子早就有“质胜文则野,文胜质则史,文质彬彬,然后君子”(《论语·雍也》)之谓,但总体言之,先秦两汉文学批评的主调历来是“重质轻文”或“先质后文”的。《韩非子》:“礼为情貌者也,文为质饰者也。夫君子取情而去貌,好质而恶饰。”(《解老》)《淮南子》:“必有其质,乃为之文。”(《本经训》)“饰其外者伤其内……见其文者蔽其质。”(《诠言训》)甚至于“建安七子”之一的阮瑀作《文质论》,也是强调“质”对于“文”的首要性,而同属“建安七子”的应玚之《文质论》作为对阮作的反驳,才真正代表了汉魏之际已然

① (三国·魏)曹丕:《与朝歌令吴质书》,见《文选》卷四十二,中华书局1977年版,第590—591页。

② (三国·魏)曹丕:《典论·论文》,见《文选》卷五十二,中华书局1977年版,第720页。

发生变化的主流观点：

> 盖皇穹肇载，阴阳初分，日月运其光，列宿曜其文，百谷丽于土，芳华茂于春，是以圣人合德天地，禀气淳灵，仰观象于玄表，俯察式于群形，穷神知化，万物是经，故否泰易趍，道无攸一，二政代序，有文有质，若乃陶唐建国，成周革命，九官咸乂，济济休令，火龙黼黻，暐鞸于廊庙，衮冕旗旒。舄弈乎朝廷，冠德百王，莫参其政，是以仲尼叹焕乎之文，从郁郁之盛也。①

从天地、日月、星辰讲到草木花卉，从唐尧讲到周文武，用自然之道与人类历史为例来尽力证明“质”“文”并重的道理。其实自建安以降，持论者绝大多数都是质文并举的，只是有时为了给长期遭到压抑的“文”正名，在论述过程中比较强调“文”的价值而已。例如蜀汉文士秦宓说：“夫虎生而文炳，凤生而五色，岂以五采自饰画哉？天性自然也。”②这里似乎没有提到“质”，但绝非重文而轻质。这种观点为六朝文人普遍接受，刘勰《文心雕龙·情采篇》所论即与之一脉相承。只是在南朝齐梁之时，有沉迷于声律骈偶的少数宫廷文人眼睛只盯着“文”的一面，对“质”的一面似乎视而不见了。汉末魏初文人的诗文之所以蕴含深沉厚重而又文采斐然，即是他们这种质文并重的文学观念的最好实践。经过他们在理论与实践两方面的奠基，此后一千多年中，“文”的重要性基本上再也不能为人们所忽视了。

第三，文学风格上的志深笔长，梗概多气。汉魏之际的文人，就其主流而言，虽然注重文采，擅长诗词歌赋，而且接受了道家学说的影响，但他们骨子里基本上依然是传统的儒家士大夫，与孔、孟一样，于乱世之中建功立业，为天下定规则、立法度仍是他们最根本的人生理想。曹丕以“立

---

① （汉）应玚：《文质论》，见《艺文类聚》卷二十二，上海古籍出版社 1965 年版，第 411 页。
② （汉）陈寿：《三国志》卷三十八，岳麓书社 1990 年版，第 776 页。

德扬名,可以不朽”[①]为人生最高理想,曹植以“戮力上国,流惠下民,建永世之业,留金石之功”[②]为最终追求,王粲向往“生为百夫雄,死为壮士规”[③]的人生,更有“外参时明政,内不废家私”[④]的志向,他念兹在兹的是“冀王道之一平兮,假高衢而骋力”[⑤],徐干则希望在政治上有所建树,而以“无嘉谋以云补,徒荷禄而蒙私”[⑥]为耻。汉末曹魏时期的文人不同于两晋及南朝的那些士族文人,后者以功业世务为耻,前者以建功立业为荣。然而,也正是由于他们有强烈的入世之心,所以他们受到的伤害也就越大。因为在弱肉强食的乱世,这些饱读诗书的文人未必可以找到施展才能的机会,还常常成为军阀、豪强们争权夺利的牺牲品。仕途渺茫,建功立业理想的破灭以及昔日朋友们的丧亡零落都在他们心理上留下深深的伤痕,而这些都难免在诗文中流露出来。正是这种深刻的心灵创伤才使得汉末曹魏时期的文人感情真挚而深沉。刘勰所谓“志深笔长”“梗概多气”就是指那种深沉、真挚,具有一种内在力度的诗文风格。这种风格正是此期文人心态的呈现。正始诗人,例如阮籍,深沉依然深沉,但过于悲凉孤寂,更谈不上“梗概多气”;而太康以后的诗文,或者追求华词丽藻,或者受玄学之风熏染,就既不深沉,更不“梗概”了。一个时期有一个时期的文人风尚,影响所及,诗文风格就自然发生变化。

四、“士大夫”与“文人”的紧张关系

在中国历史上,汉末三国时期是一个极为混乱无序的时期,民生凋敝、战乱不已,而在中国文学史上,这却是一个“文学的繁盛时期”,恰足印证马克思关于“艺术发展与社会发展不平衡”的理论。关于此期文学

---

① (三国·魏)曹丕:《与王朗书》,《三国志》卷二,裴松之注引,岳麓书社 1990 年版,第 71 页。
② (三国·魏)曹植:《与杨德祖书》,《三国志》卷十九,裴松之注引,岳麓书社 1990 年版,第 450 页。
③ (汉)王粲:《咏史诗》,见《建安七子集》,中华书局 1989 年版,第 86 页。
④ (汉)王粲:《从军诗》,见《建安七子集》,中华书局 1989 年版,第 87 页。
⑤ (汉)王粲:《登楼赋》,见《建安七子集》,中华书局 1989 年版,第 100 页。
⑥ (汉)徐干:《西征赋》,见《建安七子集》,中华书局 1989 年版,第 147 页。

繁荣形成的原因,傅玄曾云:

近者魏武好法术,而天下贵刑名;魏文慕通达,而天下贱守节。其后纲维不摄,而虚无放诞之论盈于朝野,使天下无复清议……①

刘勰则云:

自献帝播迁,文学蓬转,建安之末,区宇方辑。魏武以相王之尊,雅爱诗章;文帝以副君之重,妙善辞赋;陈思以公子之豪,下笔琳琅;并体貌英逸,故俊才云蒸。……观其时文,雅好慷慨,良由世积乱离,风衰俗怨,并志深而笔长,故梗概而多气也。(《文心雕龙·时序》)

傅玄是站在传统儒学的立场上看待汉魏之际思想与文学的变化的。对于傅玄"虚无放诞之论盈于朝野"的否定性说法,我们可以作正面解读,将其理解为思想解放、人们敢于言说,文章写作空前繁盛。如此,则在傅玄看来,魏武的"贵刑名"与魏文的"慕通达"都是文人摆脱名教束缚、文章发达的重要原因。而在刘勰看来,则是因为曹氏父子以秉政者的地位而雅好诗文,影响所及,便导致文学的繁荣。至于诗文"志深笔长""梗概多气"的风格,则是"世积乱离,风衰俗怨"所致。近人刘师培则云:

建安文学,革易前型,迁蜕之由,可得而说:两汉之世,户习七经,虽及子家,必缘经术。魏武治国,颇杂刑名,文体因之,渐趋清峻。一也。建武以还,士民秉礼,迨及建安,渐尚通侻(脱),侻(脱)则侈陈哀乐,通则渐藻玄思。二也。献帝之初,诸方棋峙,乘时之士,颇慕纵横,骋词之风,肇端于此。三也。又汉之灵帝,颇好俳词,下习其风,

① (晋)傅玄:《上晋武帝疏》,见《晋书》卷四十七,中华书局1974年版,第1317—1318页。

益尚华靡,虽迄魏初,其风未革。四也。[①]

刘氏综合了傅玄、刘勰的观点,又加以引申,其说更为全面。盖刑名之学,务求循名责实,不尚繁缛,故而文体"清峻",即"简约严明"之意,此说可以成立。"通侻"即"通脱",是放达不拘小节之意。东汉崇尚名教,束缚既久,文人们都寻求解脱,恰逢汉季天下大乱,王纲解纽,于是自然而然就"通侻"起来了。精神上挣脱了束缚,在文章书写的时候也就"想说什么就说什么",可以把以往被压抑的那些个人情感,即喜怒哀乐之类,尽情表达了。这也是符合实际的见解。至于汉末渐渐形成的诗赋创作中的华靡之风与灵帝兴鸿都门学之关系,也是不容否定的事实。如此观之,刘师培的见解是比较全面而中肯的。

但是细读建安文人著述,傅玄、刘勰以及刘师培对建安文学兴盛及风格形成原因的分析,似乎依然有所不足。他们对文化语境的变化之于文人心态及文章风格的影响把握比较准确,但对于"变"与"不变"之间的紧张关系似乎重视不够,其实正是这种紧张关系构成了建安文人的身份冲突,而这种身份冲突对文学的影响则是更为直接和决定性的。这里的关键乃在于知识阶层身份的转换——士大夫与文人双重身份的契合与对立。士大夫是古代知识阶层的基本身份,"读书—做官"是他们人生旅途的基本模式。在这一模式中,文章书写原本是士大夫发表政治见解、履行其行政职能的基本技能。在先秦两汉时期,诗、赋、表、奏、论、议等文体都有极为鲜明的政治功能。文章的娱情功能或鉴赏功能是在政治功能或实用功能的基础上衍生出来的,而这一文章功能的衍生过程,也就是文章写作主体从士大夫身份衍生出"文人"身份的过程。文章书写获得独立的鉴赏功能,也就意味着"文人"身份获得了某种独立性。汉魏之际正是这一过程的关键时期。这是一个过渡时期,是"文人"身份即将成熟与独立

① 刘师培:《中国中古文学史讲义》,见《刘师培中古文学论集》,陈引驰编校,中国社会科学出版社1997年版,第8页。

的时期。此时文章作者的全部书写都依违于“士大夫”与“文人”的双重身份之间，正是这一身份的双重性与内在冲突，对此期文学的繁盛及种种特征造成了决定性影响。我们来看例证：

蔡邕，汉末最著名的文章之士，诗、赋、耒、铭、碑、赞、连珠、表奏、论议均为人称道，为一时文宗。然而，对于灵帝置鸿都门学，招揽辞赋之士，他却强烈反对，其上封事云：

> 臣闻古者取士，必使诸侯岁贡。孝武之世，郡举孝廉，又有贤良、文学之选，于是名臣辈出，文武并兴。汉之得人，数路而已。夫书画辞赋，才之小者，匡国理政，未有其能。陛下即位之初，先涉经术，听政余日，观省篇章，聊以游意，当代博弈，非以教化取士之本。而诸生竞利，作者鼎沸。其高者颇引经训风喻之言；下则连偶俗语，有类俳优；或窃成文，虚冒名氏。臣每受诏于盛化门，差次录第，其未及者，亦复随辈皆见拜擢。既加之恩，难复收改，但守奉禄，于义已弘，不可复使理人及仕州郡。昔孝宣会诸儒于石渠，章帝集学士于白虎，通经释义，其事优大，文武之道，所宜从之。若乃小能小善，虽有可观，孔子以为“致远则泥”，君子故当志其大者。①

这样一位以文章、书画、辞赋名世的才学之士，却对书画辞赋刻意贬损，谓之“有类俳优”“小能小善”，这说明什么？这说明他的人生理想是要做一位能够建功立业、治国平天下的政治家，或者能格君心之非的帝王师，而这正是传统士大夫心向往之的。早于他的扬雄和稍晚于他的曹植以及后世的李白、杜甫之属，莫不如此。成功的士大夫始终是中国古代读书人的最高理想。孟子提出“天爵”“人爵”之辨以及“道”“势”之辨，看上去是使道德价值高于政治权力，实际上是为了倡导一种“有道德约束的政治权力”，这正是所谓“内圣外王”之道的主要含义之一，“内圣”的目的

① （汉）蔡邕：《上封事》，见《后汉书》卷六十下，中华书局 1965 年版，第 1996 页。

还在于“外王”。孔子说圣人方能达到“博施于民而能济众”(《论语·雍也》),也是同样的意思。“士之仕也,犹农夫之耕也”(《孟子·滕文公下》),“仕”始终是“士”的人生目标。然而在现实生活中,“内圣外王”与“博施济众”只能是遥不可及的理想,即使做一个有所作为的政治家也是罕有其人,于是士大夫的政治热情就必然发生转移——在先秦两汉之时主要是追求道德完满自足,以此来消解政治理想不能实现带来的焦虑,以维持心理平衡。观孟子“天爵”与“人爵”“道”与“势”之论,就是典型的自我安慰,是在政治上失败之后,欲靠道德力量支持心理平衡的一种“自救”手段。到了汉末,随着文章辞赋等书写形式的自然发展,士大夫渐渐在道德之外又寻觅到一种自我实现的方式,那就是文章写作或云文学创作。文章写得好,在士林中可以得到尊敬。特别是灵帝置鸿都门学之后,来自最高层的肯定对于文章之士自然是极大的鼓舞。于是“文人”身份就越来越成熟了。即使如此,那种根深蒂固的“以天下为己任”的士大夫情结依然挥之不去,深深扎根于读书人的心里。特别是当他们于文章写作一途已然辉煌之时,他们的士大夫情结就会强烈起来,对在文章方面已经取得的成绩就会予以鄙视。这是“士大夫”与“文人”身份相冲突的必然表现。看中国古代文人士大夫演变史,凡是在文章方面的成功大于政治方面者,这种身份冲突就表现得强烈些。相反,那些在政治上(仕途上)比较成功的人物,这种冲突就表现得弱一些。其强与弱的程度与两种身份反差的程度成正比。那些诗文写作极为成功,政治上极不得志的人物,这种身份冲突就最为剧烈。曹植、谢灵运、李白、杜甫是最典型的代表。他们都文名满天下,生前已经很受士林崇敬,但似乎从来就没有体会过自我实现的感觉,依然郁闷一生,自认为是失败者。蔡邕、曹植等人以文章大家而轻视文章的矛盾现象,正是这种身份冲突的表现形式。表现于文学思想,则强调文章内容与政教功用乃士大夫身份之体现,强调形式之美则是“文人”身份之体现。二者同样处于矛盾之中,如桓范说:“夫著作书论者,乃欲阐弘大道,述明圣教……故作者不尚其辞丽,而贵其存道也；不好其巧慧，而恶其伤义也。故夫小辩破道，狂简之徒，斐然成文，皆圣人之所疾矣。”[①]盖于桓范的时代，“斐然成文”的“丽辞”已经成为文人的普遍追求，实为时尚，桓范在这里就是站在传统“士大夫”的立场上来批评当下“文人”的。又如皇甫谧说：“古人称不歌而颂谓之赋，然则赋也者，所以因物造端，敷弘体理，欲人不能加也。引而伸之，故文必极美，触类而长之，故辞必尽丽。然则，美丽之文，赋之作也。昔之为文者，非苟尚辞而已，将以纽之王教，本乎劝诫也。”[②]他首先指出了“赋”的功能及其成为“美丽之文”的必然性，随后却又说“纽之王教，本乎劝诫”云云，显得十分突兀，逻辑断裂。如何理解这一现象？作者原本主要是站在“文人”的立场上论说“赋”的特点的，但“士大夫”身份又不知不觉冒了出来，于是出现了行文的不畅，可以说非常典型地显示出两种身份的冲突。

对于汉魏之际的文学家们而言，“士大夫”身份要求他们的文章书写要言之有物、有补于时政；“文人”身份则要求他们的写作要表达个人情趣，有华美辞藻，于是“骨气奇高，辞采华茂”的“建安风骨”就形成了；“士大夫”的用世之志受挫，愤懑郁积之气靠“文人”之笔而出之，于是“梗慨多气，志深笔长”的风格就形成了。作为“文人”，他们放不下“士大夫”建功立业、做帝王师的恒久志向；作为“士大夫”他们又时时陶醉于雕章琢句、抒情言志的愉悦之中，他们的诗文也就成了这一双重身份及其内在冲突的话语表征。

---

① （三国·魏）桓范：《世要论·序作》，见严可均编《全三国文》卷三十七，商务印书馆1999年版，第389—390页。

② （晋）皇甫谧：《三都赋序》，见《文选》卷四十五，中华书局1977年版，第641页。

第三章　诗学与中国现代学术传统

第一节　中国文论传统的断裂与重建

中国自古以来就有文学，也有文论，但是中国古代的文学与文论与西方十八世纪以来形成的文学与文论相去甚远，故而当长于吟诗作赋的中国传统文人遭遇西方近世的文学与文论之后先是茫然无措，接着便颇有“今是而昨非”之感。于是摆脱秉承了两千多年的旧传统，重建可以与西方文学与文论比肩的新传统，便成为清末民初乃至整个现代文学界一种不容忽视的普遍诉求。这意味着，中国文论传统进入断裂与重建的大变革时期。那么“断裂”究竟意味着什么？“重建”有哪些实绩？我们今天应该如何继承“重建”中国文论传统的历史使命？这对于今日中国学人来说无疑是需要深入反思的问题，因为从某种意义上说，今日中国依然处于相近的文化语境之中。在下面的讨论中,我们将尝试对上述问题进行探索。

一、中国文论传统及其"断裂"

中国文论传统究竟是指什么?概而言之,这一"传统"实际上由两个相对独立的传统构成,一是指肇始于西周贵族文化的"政教"传统,二是形成于汉末魏晋时期的"诗文评"传统。前者主张诗文的使命在于政治教化,是意识形态建构的重要组成部分,从周代贵族的"诗教""乐教"传统,到孔子的"兴观群怨"说,再到汉儒说诗及"润色鸿业"之说,直至周敦颐的"文以载道"、王安石的"治教政令,圣人之所谓文也"等文学主张,都是这一传统的代表性观点。后者是古代文人趣味的话语形态,关注诗文自身的个性特征以及风格与修辞,把诗文视为个人情趣的表达,从曹丕的"文以气为主"到陆机的"诗缘情"、钟嵘的"吟咏情性"再到严羽的"兴趣"说,明人的"童心"说、"神韵"说、"性灵"说都是这一文论传统的代表性观点①。在中国古代千百年的漫长历史中,这两大文论传统相互补充、并行不悖,各自都对文学的发展演变起到了不可或缺的重要作用。大体

① 《尚书·尧典》里的"诗言志"之说常常被理解为诗歌是用来表达思想情感的。从字面意思看这种解释不能算错,但是联系具体语境,例如下文"神人以和"的说法,则这里的"志"不一定是指个人的思想情感,与后世的抒情言志不能等量齐观。至少不能把"诗言志"归入由文人雅士为主体的"诗文评"传统。《毛诗序》亦有"吟咏情性"之说,但在经学语境中,这里的"情性"不是指个人情感情趣,而是指"民"对执政者的普遍好恶情绪。后世诗文评传统中的"情"或"情性"才主要是指个人的情感情趣。

观之,两汉之前,是政教传统占据主导地位,魏晋之后则是两种传统各擅胜场、难分轩轾。它们分别代表了古代知识阶层两种身份:士大夫与文人。前者以治国平天下为职志,以“道”的传承为己任,试图借助于诗文的话语建构为社会建立价值秩序;后者则沉浸于玩味个人情趣,极力打造“雅”的诗文形式,并乐此不疲。有趣的是,到了魏晋之后,古代知识人常常是这两种身份交织在一起,同时存在于一人身上,只是随着此人社会境遇的变化而有所侧重而已。应该说,这两种身份具有互补性,使古代知识阶层既可以承担社会责任,充当“立法者”或“传道者”角色,又可以保持个人精神世界的丰富性,成为诗文书画的作者与欣赏者。这正是两大文论传统经久不衰的主体心理原因。

然而到了十九世纪后期,这一切都发生了变化,古老的文论传统出现了“断裂”。从清季黄遵宪、梁启超等由传统文人士大夫向现代知识分子过渡时期的代表人物提倡“诗界革命”“小说界革命”,到陈独秀、胡适等中国第一批现代知识分子的代表人物倡导“文学革命”与“文学改良”,再到王国维、宗白华、朱光潜等中国现代第一批真正具有专业特点的文论家、美学家对文学审美特性的探寻,中国现代文论史上相继出现了多种不同价值取向的文论主张,可谓众声喧哗。在这种众声喧哗之中,中国的古代文论传统,委实遭到重创,可以说是“断裂”了。黄遵宪、梁启超、陈独秀、胡适、王国维、宗白华、朱光潜等人都是从中国古已有之的那个传统走出来的现代新的文论传统的重建者。在他们筚路蓝缕的开拓之功的基础上,一种既不同于古代传统,复有别于西方文论传统的中国现代文论传统渐渐建立起来。尽管在一个多世纪的历史长河中这一传统遭受过种种挫折,但其基本精神从未断绝,以至于今天的文论研究依然受其沾溉。这一基本精神就是四个字——“融汇中西”。陈寅恪尝谓:“其真能于思想上自成系统,有所创获者,必须一方面吸收输入外来之学说,一方面不忘本来民族之地位。此二种相反而适相成之态度,乃道教之真精神,新儒家之旧途径，而二千年吾民族与他民族思想接触史所昭示者也。”①王国维亦云：“余谓中、西二学，盛则俱盛，衰则俱衰。风气既开，互相推动，且居今日之世，讲今日之学，未有西学不兴而中学能兴者，亦未有中学不兴而西学能兴者。”②这种在中西融合的基础上建立新的学术传统的观点在二十世纪二三十年代是具有代表性的。即使表面上主张“全盘西化”的人物，例如胡适，其治学路径与观点，骨子里依然离不开“融汇中西”四个字，例如他的中国哲学史与中国古代小说研究，杜威的科学研究“五步法”固然为其所取法，乾嘉学派的考据方法也同样为其所承继。甚至可以说，“融汇中西”既是中国文论传统“断裂”的原因，又是其结果。这里的逻辑是这样的：西学的进入导致了中国学人对延续千百年的文论传统产生怀疑，但渗透到骨子里的传统文化惯习又不是轻易可以抛弃掉的，于是“融汇中西”就成了唯一选择，甚至不是选择，而是必然结果。这是一代中国学人的宿命，根本无法摆脱，至今犹然。中国学界常常激愤于在国际学术界中没有我们的声音，其实这并不是由于我们的学术了无创新、一无是处，而主要是因为现代学术规则是西方人制定的，我们是后学。在学术上处于优势地位的人是很少重视后学者的观点的。再加上我们主要是用汉语写作，就更使西方学者即使有意了解我们的学术，也是困难重重，只好望洋兴叹了。客观地说，我们有些当代学者，比如研究中西比较哲学的张世英、研究美学与中国文化的李泽厚，在学术视野与思想深度上并不逊于詹姆逊、伊格尔顿之类的“大师”级西方学者，至于研究中国学术的，则有更多的堪称世界一流学者的，可惜我们在整体上的受关注度不够，人家自然对我们的学术就缺乏了解的兴趣与能力了。在这样的语境中，我们所能做的就是严格按照现代学术规范进行我们的学术研究，努力发现问题、解决问题，并且根据研究对象的独特性形成自己独特的研究方法与视角。如此久而久之我们就会形成新的学术传统，就会像中国古代文化那样获

① 陈寅恪：《冯友兰〈中国哲学史〉下册审查报告三》，见冯友兰《中国哲学史》下册，中华书局1961年版，第4页。

② 王国维：《〈国学丛刊〉序》，见《观堂集林》，河北教育出版社2003年版，第702页。

得独特魅力与价值。至于我们的学术在国际学界是否受到重视,那是中国全方位崛起这一系统工程的一部分,是水到渠成的事,不单是学者们奋发努力、呼吁呐喊就可以奏效的。

中国古代文论传统的断裂与现代文论传统之重建在初期原是一体两面的事:断裂的过程就是重建的过程,重建的过程也就是断裂的过程。这一过程表面看是属于文学领域的事,实际上则关联甚广,根系甚深。概而言之,意识形态之革新、知识模式之转换、趣味之丕变是三大直接原因。从这三者入手,我们方能对中国现代文论传统的形成、演变及特征有一个较为真切的了解。

二、意识形态的变革与文论传统的"断裂"和"重建"

中国古代的主流意识形态是统治集团(皇帝、宗室、功臣、外戚、宦官等)与士大夫阶层共同建立起来的,是这两大权力集团相互协商、妥协、共谋的产物,因此也就是二者共同利益的话语表征。士大夫阶层有着双重身份:就其官员身份或者做官的心理预期而言,他们是统治者;就其出身以及相对于君权的权威来说,他们又是被统治者。这种身份的双重性就造成了其言说的双重性:他们常常是被统治者的代言人,要求君主和其他执政者敬天保民、仁民爱物;他们又常常是社会的"立法者",要求黎民百姓承认既有社会秩序,安分守己。在战国以后的君主官僚政体中,士大夫的向背往往决定一个政权的兴废,故而君主们为了获得士大夫阶层的支持,往往把建构国家意识形态的权力交给他们,士大夫阶层也就成为实际上的"立法者",他们所制定的价值规则即使对于君主和他们自身也都有着很大的约束力。出于其身份的特殊性,以他们为主体建构起来的意识形态话语系统也就有三个核心词:一是"忠孝",代表了统治者对被统治者的要求;二是"仁爱",主要代表了被统治者对统治者的希望与期待;三是"和",代表了统治者与被统治者对既定社会政治秩序与乡里家族秩序的共同认可。由这三个核心词演绎而成的"三纲五常"(君为臣纲、父为子纲、夫为妻纲；仁义礼智信），既规范着国家君臣上下的政治关系，也规范着家族内部长幼尊卑的伦常关系，所谓“家国一体”，从意识形态角度来看，确非虚言。对于中国古代那样以君主官僚政体、科举制度、文官政府为特征的政治形态与以宗法血亲为纽带的家族形态来说，这种意识形态可以说是极为完善、极为高明而且有效的，因为这种意识形态确实不是凭空想出来的，不是某种政治道德理念的产物，而是直接植根于现实土壤之中，植根于人情事理之中，经过长期修正完善而成了深入人心、根深蒂固之文化“惯习”。停留在话语形态的意识形态是没有意义的，只有成为“惯习”的意识形态才是有效的。然而到了清朝末年，这种延续了千百年的国家意识形态面临着崩坏的危机。

国家主流意识形态的危机往往都是从政治制度动摇开始的。鸦片战争之后，又经历了太平天国和捻军的起义，大清王朝已经摇摇欲坠了，如果没有外来思想的参照，这种情况无非是导致再一次的改朝换代，就像以往多次发生过的情况一样，这对于中国的知识阶层来说是很自然的事情，因为自古以来就是如此。儒家公羊学的“三世三统”之说就是讲王朝更迭的。《易传》也早就有“汤武革命，顺乎天而应乎人”的古训。然而这一次不同了：逐渐接受西方政治思想影响的中国知识精英们不是仅仅怀疑一家一姓王朝的合法性，而是开始怀疑君主官僚政体本身的合法性了。于是与以往的改朝换代不同，清末民初的知识阶层对以“三纲五常”为核心的官方儒学产生了怀疑，而对来自西方的民主宪政思想则心向往之；对于五四前后的知识分子而言，西方资产阶级的“科学”“民主”以及“自由”“平等”思想则成为其意识形态之核心。至于无政府主义、自由主义、形形色色的社会主义以及马克思主义等主张，均可视为这一总体意识形态中的不同分支。无论具体政治主张如何，意识形态的巨大变化都使现代知识阶层产生了一种全新的价值观：来自英、美、法、德以及日本等现代文明国家的文化是先进的、值得效法的，而运行了两千余年的以儒家为代表的中国传统文化是需要批判或改造的。由于中国知识阶层意识形态的革新是在外力逼迫之下的被动选择，彼时中国面临列强入侵、亡国灭种的危机，因此来自西方的种种思想主张往往都被当作自强的工具，其是否合理与恰当倒在其次，居于主导地位的标准乃是否有效。这就意味着，彼时的意识形态建构在很大程度上确实是受到“救亡”动机的牵引与制约的。如果找个“关键词”来标志现代主流知识阶层意识形态之特征，那么大约没有什么比“变”这个词更合适了。无论是“启蒙”还是“救亡”，无论是“革命”还是“改良”，都旨在求“变”。现代知识阶层的共识是：老旧的中国只有“变”才能“强”，才能获得新生，才能立于现代世界民族之林。因此，求新求变就成为彼时意识形态之基调。这种意识形态对现代文学创作以及文论传统的形成无疑具有重要影响。

现代知识阶层的意识形态建构具有复杂性，这表现在它既不是纯粹的西方思想，亦不是中国传统思想，而是一种非今非古、非中非西、亦今亦古、亦中亦西的新的思想系统，这就是一种处于不断建构过程中的中国现代知识阶层的意识形态。中国传统士大夫精神与外来的资产阶级思想观念同为这一意识形态系统中的重要组成部分。尽管那些保守的现代知识分子极力强调“国粹”之重要，要求继承并弘扬传统，但他们依然大量吸收了西方思想因素；尽管那些激进的现代知识分子常常宣称与传统决裂、全盘西化，但骨子里依然流淌着前人的血液。总体观之，现代意识形态有如下三种情形：一是保守派的意识形态，以“现代新儒家”为代表。梁漱溟、张君劢、熊十力、冯友兰等人都坚持以中国传统儒学为本位建构现代中国的国家意识形态。但是他们又无不吸纳西方思想，力求使儒学获得现代性意义。例如张君劢就明确提出“复兴儒学是现代化的途径”。他认为儒家主张“理智的自主”，强调“心的作用与思考”以及对“万物”的理解均有与古希腊哲学相通之处，都可以获得现代意义。① 从张君劢的这一主张中我们不难看出西方思想的踪迹：其“现代化”之说就是以西方现代文明为标尺的，因为按照中国传统社会的固有逻辑来看，是没有现代化

① 参见黄克剑、吴小龙：《张君劢集》，群言出版社 1993 年版，第 495 页。

问题的。因此从根本上说，张君劢是要按照西方思想的标准，从传统儒学中找出可以契合的内容，予以发扬之，使之具有现代意义。其所欲建构的意识形态，在伦理道德方面继承儒家，在政治方面接受西方民主精神，因此是一种“嫁接”式的思想系统。其他如梁漱溟、熊十力、冯友兰、贺麟等所谓“新儒家”的主张大抵如此。二是所谓全盘西化者的意识形态。借西方思想来改造中国文化传统，进而改造中国现实政治，以西方发达国家为榜样，使中国跻身于现代国家行列是以胡适为代表的全盘西化论者的基本主张。中国传统文化的“断裂”，就其话语表征而言，主要就体现在这批“全盘西化”派以及与之相类的马克思主义者身上。胡适在价值观上恪守自由与民主，在政治上主张宪政，虽然治了一辈子中国的学问，但基本上没有一句赞扬传统文化的话留下。陈独秀、李大钊都是从旧学中走出的人物，但由于坚持马克思主义社会发展论，把中国传统文化定义为过时的“封建文化”，虽承认其在历史上曾经的价值，对其当下意义却绝对否定，认为经济基础的变化必然导致意识形态的变化，传统文化无论如何辉煌，在当今的经济基础上，也是明日黄花，毫无意义可言。然而即使是如此激烈否定中国传统文化的人，其身上依然流淌着古人的血液。其所建构的意识形态依然是中西融汇的产物。即如他们所共同认同的“三民主义”就是最为集中的体现。作为一种意识形态，“三民主义”可以说是西方民主主义、社会主义与中国古代儒家的“大同”理想、“仁政”思想的结合体，既不是中国传统的，也不是纯粹西方的，是二者的结合。三是调和派的意识形态。清末民初的知识分子，坚持文化保守主义与全盘西化的都是少数人，大多数人都是主张调和中西的。前引王国维、陈寅恪等是从学术研究角度坚持此一主张的，青年时代的鲁迅则从拯救民族国家的角度秉持此说。其云：

中国在今，内密既发，四邻竞集而迫拶，情状自不能无所变迁。夫安弱守雌，笃于旧习，固无以争存于天下。第所以匡救之者，缪而失正,则虽日易故常,哭泣叫号之不已,于忧患又何补矣?此所为明哲之士,必洞达世界之大势,权衡校量,去其偏颇,得其神明,施之国中,翕合无间。外之既不后于世界之思潮,内之仍弗失固有之血脉,取今复古,别立新宗,人生意义,致之深邃,则国人之自觉至,个性张,沙聚之邦,由是转为人国。人国既建,乃始雄厉无前,屹然独见于天下,更何有于肤浅凡庸之事物哉?①

《文化偏至论》写于1906年,是一篇直接系统阐释中西文化优劣的论文,也是鲁迅单篇文章中为数不多的纯学术论文。这篇论文表达了鲁迅关于中国文化与国家命运极为深刻的见解。“外之既不后于世界之思潮,内之仍弗失固有之血脉,取今复古,别立新宗”不仅是一个世纪以前中国知识阶层追求的目标,而且应该是今日中国知识阶层所应追求的目标。鲁迅此论最伟大、最可称道之处在于提出了百年来中国知识阶层的历史使命:在大力吸收外来先进思想的前提下,有选择地继承中国文化传统的合理因素,建立中国现代文化传统。这一文化传统是一种新的建构,其必然是非中非西、亦中亦西的。延绵数千年的中国传统文化虽然灿烂辉煌,却不可原封不动地用之于今日,因为今日中国已非昔日之中国;创造了现代文明的西方文化虽然处于世界主导地位,但同样不能照搬移植于中国,因为中国传统文化的土壤依然深厚。在这种历史语境中,唯有“取今复古,别立新宗”乃为最佳选择。“取今”即吸收外来文化,“复古”即继承传统文化,“别立新宗”即在融汇中西的基础上开创新的文化传统。这一见解也是“学衡派”知识分子的共同主张。以梅光迪、胡先骕、吴宓、柳诒徵等人为代表的“学衡派”是主张融汇中西,建构中国新的文化传统的一派中国学人的代表。此派主张之最有价值者,乃在于强调继承孔子及其所代表的儒学传统中蕴含的人文主义精神,以改造今日日益物化的世界,强调儒家人伦精神、人格理想的现实意义。这是白璧德新人文主义思想在

① 鲁迅:《文化偏至论》,见《鲁迅全集》第一卷,人民文学出版社2005年版,第57页。

中国的应用。新人文主义反对物质主义、科学主义,强调学术研究应追求人文价值、人文关怀,对中国传统文化,特别是儒家文化持有强烈的"了解之同情",其与胡适所秉承的杜威的实用主义(实质是科学主义)刚好相反,故而"学衡派"对胡适等人所倡导的"新文化运动"亦予以激烈批判。

清末民初以来三种不同立场的知识分子意识形态建构的情况大抵如此,无论选择怎样的路径,其融汇中西的内核是无法改变的。其实知识阶层的意识形态建构是如此,官方的意识形态建构同样如此。无论是国民党还是共产党,其主导意识形态都既不是中国传统的,也不是纯然西方引进的,而是中西融汇的,其区别乃在于继承中国传统部分庶几相近,而引进西方的部分则相差甚远,这就造成了中国现代两大主流意识形态的对立与冲突。

建构中国现代性意识形态是一项伟大的事业,康有为、梁启超、章太炎、王国维、蔡元培、胡适、陈独秀、李大钊、鲁迅、周作人、梅光迪、吴宓,直至当下在中西文化传统的海洋中苦苦寻觅的中国人文学者,都是这一伟大事业的承担者、参与者,就现在而言,这项事业依然是未竟之功,也许还需要更长的时间来完成,但是鲁迅所昭示的这条文化建设之路无疑是正途,是值得一代又一代中国知识分子为之奋斗终生的伟大事业。

在以"积贫积弱""愚昧落后"为特征的、时时存在"亡国灭种"危机的现代中国,意识形态建设的众声喧哗最终被一个旋律所统摄,这就是"富国强兵,振兴中华"。与这个宏大的目标相比,原本是作为价值理想而存在的各种主义,无论是无政府主义、自由主义还是共产主义都成了手段,因此这种意识形态的特点就呈现为一个核心词:变革。变革就是告别腐朽没落的旧我,迎接朝气蓬勃的新我,唯有变革,中国才有出路,才有希望。

中国现代意识形态建设工程在文学艺术的创作与文论思想上的影响是显而易见的。从黄遵宪的"诗界革命"到梁启超的"小说界革命",从文学研究社的"为人生而艺术"到鲁迅的"遵命文学",从左翼作家的"革命文学”到“文化大革命”时期的“为阶级斗争服务”,主张文学为政治服务、为现实服务的文学思想是一脉相承的。这是中国现代主流意识形态的必然产物。在现代文论传统中,我们不难看出中国古代政教思想的影子,“讽谏”“教化”“润色鸿业”“文以载道”之类,应有尽有。由此可知,在意识形态层面上中国现代文论传统的建立同样离不开融汇中西的路子。意识形态主导的文论话语主张把文学作为改造世界的工具,直接以政治的标准来规范文学。把启蒙的或改良的或革命的意识形态直接作为文论主张是此派文论的基本特征。因而往往重视文学的社会作用而忽视其审美价值,故而此派文论未能对文学自身的审美特征、规律进行深入探讨,未能提出新的批评范畴与理念,可以说其文论思想较之其创作实践更显贫乏。这种文论主张就某一特定时期的社会现实而言可能会具有重要的干预作用,是历史进程所必须的,但长远来看,从纯学术的角度衡量,则缺乏深刻的学理内涵,其影响也会随着社会环境的变化而弱化。

三、现代知识形态的形成与文论传统之新建

一个世纪以来的中国,除了主流意识形态处于断裂与重建的过渡之外,知识形态也同样处于从旧传统向新传统的转化过程之中。这一转化过程也同样构成现代文论传统形成的一个重要的前提条件。除了史书记录史实,诗赋吟咏情性,古代文人士大夫在千百年的历史长河中形成了一套较为稳定的言说方式与话语形态,这就是子学与经学的二重变奏。子学以先秦诸子为基点和规范,凡欲独出机杼,有所树立者,皆以子学范式出之;经学以儒家经典为阐释对象,凡欲代圣贤立言或寻觅经典之微言大义者,俱以经学范式出之。由于古代知识阶层所思所想盖不外于人的生命与世间伦理,故而无论子学还是经学,大体乃在于以“立法者”姿态宣讲为人处世之理,而于外在于人的纯物质存在兴趣索然。如此形成的知识形态必然遵循“应该原则”,以善恶是非为评价标准,缺乏“真”与“假”的衡量尺度。表现在言说方式上,自然是独断论的、布道式的,而不重视

逻辑的严密性与自洽性。现代学者谈起中国古代知识阶层的思维方式，以西方的逻辑演绎式思维方式为参照，往往名之曰“类比思维”或“关联性思维”。何以如此呢？在我看来，最主要的原因是中国古人思考一切问题均以“人”自身为本位，以人世间为范围，对天地万物的理解亦均比附于人事，如此则着眼于人与事物某种相通性，论其同而不究其异，这自然就导致了“类比”与“关联”的思维特征，于是直觉、体认、想象与联想也就成了最基本的运思方式，而不大善于运用比较、分析与论证。对此清末民初那些受到西学影响的学人已然有清醒的自觉，梁启超曾云：

> 我国学者，凭冥想，敢武断，好作囫囵之词，持无统系之说；否则注释前籍，咬文嚼字，不敢自出主张。泰西学者，重试验，尊辩难，界说严谨，条理绵密；虽对于前哲伟论恒以批评的态度出之，常思正其误而补其缺。故我之学皆虚，而彼之学皆实；我之学历千年而不进，彼之学日新月异无已时，盖以此也。[①]

此种见识，即使在一百年后的今天来看，依然堪称切中肯綮之论。清末民初以来，中国知识界渐渐意识西方学术文化之重要，于是效仿西方人的言说方式、思维方式渐成潮流。在此语境中，传统的代圣贤立言、依经立义的知识模式受到冷落，而自出机杼、以逻辑推理的方式寻觅事物道理的论证方式受到重视。在此基础上，知识自身固有价值得到彰显，要求学术独立的呼声也高涨起来，王国维的说法具有相当的代表性：

> 学术之所争，只有是非真伪之别耳。于是非真伪之别外，而以国家、人种、宗教之见杂之，则以学术为一手段，而非为一目的也。未有不视学术为一目的而能发达者，学术之发达，存在其独立而已。然则吾国今日之学术界，一面当破中外之见，而一面毋以为政论之手段，

① 梁启超：《国民浅训》，见《梁启超全集》第十卷，北京出版社 1999 年版，第 2845 页。

则庶几可有发达之日欤![1]

学术的价值就在学术自身,学术就是目的而非手段,清末民初的一流学人大抵有相近主张。章太炎说:“学在求是,不以致用。”[2]即使一生充溢着政治热情的梁启超,也曾经大声疾呼“科学精神”。稍后的胡适更曾发誓二十年不问政治,一心向学。这都显现出一代学人为建立现代学术的努力与雄心。当时西方现代的学科分类开始引进,中国现代意义上的大学相继出现,知识分子专业化趋势日益明显,传统士大夫那种“通经致用”“治国平天下”的政治情怀渐渐为对专业的热衷所替代。以往学问的重要性在于其有用于江山社稷,今日学问的意义就在于追问真相。这是以往所没有的观念,即使是乾嘉学派,其整理古籍、决疑辨伪,最终目的是正本清源,骨子里还是为了有益于世。因之,现代知识形态不同于往古的关键之点在于“求真”成为主旨之一,堪与“致用”倾向并驾齐驱了。抛开治国平天下的理想,放下存心养性、成圣成贤的祈望,认识到学术自身的价值与意义,对于中国现代学术传统来说,这是一件大事,具有划时代意义。在学术评价系统中,不仅有善与恶、好与坏的旧标准,更有了真与伪、是与非的新标准,这对于各门现代学术的建立都至关重要。例如中国文学史、中国文学批评史成为一专门的学问,就有赖于此。中国现代文论传统之不同于古代之诗文评者,亦在很大程度上有赖于此。

如果说学科独立意识是中国现代知识形态生成的主要标志之一,那么学科分类则是学科独立意识的直接成果。中国古代对各种学问门类自有一套分类方式,也呈现出一个历史演变的过程。按照《庄子·天下》的说法,上古时期原本有一个整一的“道术”,后来由于天下动荡而遭到破坏,被“一曲之士”们分裂为各种不同的学术。这就是诸子百家之学。据

① 王国维:《论近年之学术界》,见傅杰编《王国维论学集》,中国社会科学出版社1997年版,第215页。

② 章太炎:《与钟正楙论学书》,见傅杰编《章太炎学术史论集》,中国社会科学出版社1997年版,第67页。

历史的记载，西周的贵族时代有“六艺”之教，故而“礼乐射御书数”大约可算是中国最早的学科分类了。两汉之时，诸子之学被边缘化，儒学成为主流，但各类学术文化依然有所发展，故而有刘向刘歆父子的“七略”分类。凡属经籍，莫不涵盖。两晋以后，“四部”分类形成，于是“经史子集”便成为中国古代最基本的学科分类模式。应该说，就中国的传统文化学术而言，这种分类是合理的，是符合实际的。西方学术的学科分类也有一个漫长的演化过程，大约到十八世纪后期，自然科学与社会科学彻底分离之后，现代意义上的学科分类方始形成。对于清末民初的中国学界来说，对西方现代学科分类模式的引进就成为改造传统学术的不二法门。1904年张百熙、张之洞等主持修订《奏定学堂章程》，制定“癸卯学制”，提出“八科分学”方案，规定在大学堂以经学、政法、文学、医学、格致、农、工、商八科授学，清亡之后，在北洋政府教育总长蔡元培主持下颁布《大学令》，取消“经学科”，改“格致科”为“理科”，遂成“七科之学”。这可以看作现代学科分类意识在中国官方教育体制中的实绩，至少在形式上已经完全是现代西方的学科分类了。

总之，学术独立意识、求真意识以及现代学科分类构成了中国现代知识形态的基本框架，这种新的知识形态大大促进了中国现代学术发展与新的学术传统的建立，其在文学研究上的表现首先就是“文学概论”“中国文学史”“中国文学批评史”这类知识形态或学术门类的出现。学人们开始把“文学”“文论”作为一个知识领域来系统考查了。这里当然有一个转化的过程，从以传统的文体论、风格论为核心，渐渐转向以文学的基本性质、范围、功能为核心。对“文学”这一词语的界定，也由传统的经史子集无所不包，向着现代文学概念，即小说、戏剧、散文、诗歌之总名转变。以新的知识模式为依托的文论话语主要体现在对传统文论的整理方面，这首先表现在“中国文学批评史”这门学问的建立上。中国古代原有“诗文评”传统，如果从汉末曹丕作《典论》起，至清末止，历时一千七百年之久，著述之丰，卷帙浩繁。然而以“诗文评”为主要研究对象的“中国文学批评史”却是不折不扣的现代学科,是在西方知识模式指导下形成的学术门类。陈中凡、郭绍虞、朱东润、罗根泽、方孝岳等学者通过对“诗文评”及相关材料的发掘与梳理,使之形成统序,建构为一个独立的研究领域。他们的研究主要是以来自西方近代的文学观念为标尺,对古代材料进行取舍,使之呈现一种系统的知识形态。对于现代文论传统的建立来说,中国文学批评史的研究主要作用在于提供可资借鉴的材料,而不在于提供新的学术理念。古代的“诗文评”的作者大都是诗文作者,故其所言说,也就大抵包含着自身创作体会与趣味,是非对象化的,也就常常有独到之处。现代的“文学批评史”作者与古代诗文毕竟隔了一层,不仅不是作者,而且往往也不是真正的欣赏者,在趣味上与古人相去甚远,如此则其言说必然是对象化的,以理性建构与外在梳理为主,自家体贴涵泳而自得者绝少。这也是中国传统“诗文评”话语与现代“中国文学批评史”或“古代文论”话语的根本性差异之一。

四、趣味之丕变与中国现代文论传统之形成

除了意识形态和知识形态,对于现代文论传统的建立至关重要的,亦即真正可以标志古代文论传统之断裂的,是趣味。或者可以说,意识形态与知识形态的巨变最终都要沉淀为趣味的变化才会真正导致文论传统的断裂与重建。我们这里所说的“趣味”有两层含义,一是中国传统意义上的,即品味、情趣、旨趣、兴趣的意思,趣味有高下、雅俗之分。二是西方美学意义上的。我们知道,趣味这个概念在康德美学中居于核心位置。中国的西方美学史研究中所说的“鉴赏判断”“判断力”实际上都是指“趣味”。由于德语的“geschmack”这个词同时有“趣味”与“鉴赏”的含义,而且宗白华先生在翻译《判断力批判》时选择了“鉴赏”这个词,因而后来研究者就习惯于“鉴赏判断”的说法了,其实更准确地说应该是“趣味判断”。趣味是一种主体能力,是人们判断美丑的能力,是人们对一件物品能否产生美感的能力。所以说趣味是审美问题的核心。有了趣味,人才

能成为审美主体。康德美学就是建立在对趣味这种主体能力的反思之上的,正如他的认识论是建立在对纯粹理性与知性的反思,他的伦理学是建立在对实践理性的反思之上一样。康德在《判断力批判》中提出的著名的审美判断的四个契机之说:无利害计较而给人快感;不涉及概念而普遍地使人愉快;无目的的合目的性;不依赖于概念而具有必然性。其实这也就是趣味的四个特点。这些特点表明,趣味不是一种观念系统而仅仅是一种主体心理能力,因此它不是意识形态,因为它没有功利的目的;它也不是知识形态,因为它不借助于普遍的概念。趣味的普遍性和必然性是基于人类"共通感"的存在。"共通感"这个概念在康德的美学中有点神秘色彩,从今天的角度看,作为一种独立心理能力的"共通感"其实是不存在的,康德用这个概念所指涉的其实是趣味的普遍性本身。人是社会的存在,人的各种能力的形成都不仅仅是一个个体问题,而更是一个社会问题,是社会共同体使人成为他所呈现的这个样子。这就意味着,在相近的生活条件下,人们会产生相近的感觉、体验以及对事物的评价标准。因此,尽管趣味判断从来都是个体性的心理活动,但是这种个别的心理活动却有着高度的相近性。对于这种相近性,康德称之为"共通感"。

综合中西文化传统关于趣味的理解,我们可以说,趣味是一种融合着理性与感性、意识与无意识、认知与体验、理解与情感的综合性心理现象,它是整体性的、混沌的,渗透于人们的日常生活,决定着人们对人和事物的美丑妍媸的评判。趣味是文学艺术最为直接的主观心理基础。它既是一种个体性的心理活动,又是一种社会的、阶级的整体心理倾向,不仅决定着个人的文学艺术的创作与欣赏,而且可以决定着某一时代、阶级、阶层、社会集团对文学艺术的整体倾向。从社会学的角度看,按照法国社会学家布迪厄的著名理论,趣味还具有"阶级区隔"的重要功能,对于社会现实具有意识形态与知识话语所无法代替的重要政治作用。

在传统的"断裂"过程中,意识形态和知识形态的变化是剧烈的、明显的,而趣味的变化则往往是潜移默化的、漫长的。常常会出现这样的情况:意识形态已经发生了重大变化,而趣味却还是沿袭着以往的惯习。因此,以趣味为直接心理基础的文学艺术的变化也就呈现复杂状况。例如会有这样的情况:意识形态已经宣布某种传统趣味的不合时宜,并呼唤新的趣味的出现,但传统趣味依然顽强地存在着。有一个比较典型的例子可以说明这种情形:1917 年陈独秀撰写著名的《文学革命论》,其中所谓"三大主义"恰恰就是两种趣味的界说。传统的文人士大夫趣味是"雕琢的阿谀的""陈腐的铺张的""迂晦的艰涩的",现代知识分子的趣味则是"平易的抒情的""新鲜的立诚的""明了的通俗的";传统文学是"贵族文学""古典文学""山林文学",现代文学是"国民文学""写实文学""社会文学"①。两种趣味,两种文学,刚好标志着传统"断裂"前后的两种文学样式。陈独秀的此一文学革命主张在五四前后的知识界引起广泛认同。然而在意识形态上是如此,在实际存在的趣味中却是另外一种情况。无论是激进的陈独秀、李大钊、鲁迅,还是温和的周作人、胡适,抑或是保守的邓实、黄节,他们骨子里都深深地存留着传统文人士大夫的趣味,真可谓根深蒂固,挥之不去!在他们的诗歌、散文、小说乃至杂文、学术论文中我们时时可以看到传统士大夫、传统文人与现代知识分子三种身份的交织隐现。即使在一个世纪之后的今天,传统文人趣味在许多知识分子身上依然留有厚重的印记。

尽管如此,趣味的丕变毕竟是主流。如果说传统文人趣味可以用"雅"字来表示,那么现代知识分子的趣味则可以用"俗"来概括。在古代文学的评价系统中,戏剧和小说无疑处于最低层级,高踞于这一评价系统上层的是诗文。相比而言,后者为雅,前者为俗。到了清末民初,小说的地位迅速提升,在某些知识界的领袖人物(如梁启超)眼中,小说甚至成为文学中最可宝贵者。即使排除梁启超"改良群治"的政治企图,在一般知识阶层眼中,小说也成了最重要的文学样式。例如现代知识分子旧学根底一般较好,大都会写旧体诗,但他们绝不会因此而被称为文学家,但

① 陈独秀:《文学革命论》,见《独秀文存》,安徽人民出版社 1987 年版,第 95—96 页。

如果可以写小说，而且写得好，那就是文学家了。小说地位的提升正是“雅”的趣味让位于“俗”的趣味的重要标志。其他如白话文取代文言文、文学大众化诉求、劳工神圣的主张等等，都标志着趣味的变化。

在论及意识形态与趣味对文学观念的影响时，有一个问题需要特别说明：尽管按照一般逻辑，意识形态需要转化为趣味之后才能真正成功地进入文学之中。但实际上意识形态往往可以绕过趣味直接进入文学理论话语甚至文学作品中。作者在作品中通过人物直接宣讲自己的政治、宗教或道德主张在现代文学中可以说是司空见惯的现象。这种情形其实不能代表趣味的转变。只有那种已经融化在作品的情节、人物、场景、细节中的感觉经验或体验，才是真正的趣味。

除了意识形态、知识形态和趣味三个层次之外，我们对中国文论传统之“断裂”与“重建”的反思还可在学术话语和思维方式两个层面展开，限于篇幅，这里暂付阙如。

五、现代文论传统之格局

中国现代的思想文化界确实是众声喧哗的，有近于春秋战国时期的百家争鸣。特别是各种意识形态主导下的文学思想此起彼伏、争奇斗艳，但真正对现代文论传统的建立厥功至伟的是以趣味的转变为基础，融汇中西两种传统而提出新的文论主张的一派，只有他们的文学思想可以沉淀到新的文论传统之中，成为其组成部分。这一派的代表者是王国维、宗白华和朱光潜。

王国维在现代文论史上具有奠基者的地位，他的贡献是多方面的。对于中国现代文论传统的建立来说，王国维文论话语的主要特点与贡献是试图从本体层面上探寻文学艺术的奥秘，试图弄清楚文学艺术最根本的决定性因素和特质是什么。这种学术兴趣主要来自西方文论。中国古代虽亦有“诗言志”“诗缘情”之类的命题，亦有“发愤著书”“不平则鸣”之类关于文学创作动机的理解，但根本言之，无疑是经验层面的言说，并非“探其本”的思考。王国维在德国古典美学的基础上对这一问题有根本性突破。他从主观与客观两个角度对文学本体问题予以解说,就客观而言,是“真”或“真理”;就主观而言,则是“欲”和“势力”。我们先看前者,其云:

> 天下有最神圣、最尊严而无与当世之用者,哲学与美术是已。天下之人嚣然谓之曰无用,无损于哲学美术之价值也。至为此学者忘其神圣之位置,而求以合当世之用,于是二者之价值失。夫哲学与美术之所志者,真理也。真理者,天下万世之真理,而非一时之真理也。其有发明此真理(哲学家),或以记号表之(美术)者,天下万世之功绩,而非一时之功绩也。唯其为天下万世之真理,故不能与一时一国之利益合,且有时不能相容,此即其神圣所存也。①

文学艺术的神圣价值不是来自一时之用,而是来自其所表征的“天下万世”之真理,这就对文学艺术给予了本体论层面的界定,也就给它以至高无上的地位了。中国古代虽然亦有“道之文”的说法,但似乎并未在本体论上为文学确立位置,在古人眼中,诗文或者是政教的工具,或者是文人闲情逸致的表达,从未赋予其发现真理、表达真理的使命。王国维始终反对以“有用”“无用”衡量学术,认为“学无新旧也,无中西也,无有用无用也”,只有“不学之徒”才会妄分新旧、中西、有用无用。② 这种见解,在“启蒙”与“救亡”双重变奏的时代思潮的巨大轰鸣声中,自然是微弱细小的声音,但从学术发展角度看,自有其恒久的意义。王国维引进了“真”或“真理”的维度,对于现代文论传统的建立具有极为重要的意义:人们开始把文学问题作为一种客观的知识系统来探寻了,不论有用与否,唯真是求。这种新的价值取向表现在王国维的文论话语之中,便是其对“境

① 王国维:《论哲学家与美术家之天职》,见周锡山编校《王国维文学美学论著集》,北岳文艺出版社1988年版,第34页。

② 王国维:《〈国学丛刊〉序》,见《观堂集林》,河北教育出版社2003年版,第702页。

界”或“意境”的重新阐释。

意境和境界都是中国古代“诗文评”中早已有之的词语。“境界”一词作为日常词语原有疆界、境况之义，后来这个词受到佛学影响，获得了事物或人的精神所居之层次或达到的高度的意思。在“诗文评”中，“境界”一词偶尔被用来指诗文中呈现的一种情景状态，与“意境”同义。“意境”这个词语在唐宋之后常常被用之于“诗文评”中，特别是明清之时使用较为广泛，意指在诗文中呈现出的一种可见的景物和可感的体验相交融的状态。王国维借用这两个古已有之的词语是要表达自己关于文学艺术之根本特性的理解，用他的话来说叫作“探其本”。从唐宋以降，古代“诗文评”开始试图寻觅诗文的最有价值、最根本性的特质，并以某一词语代表之，严羽拈出“兴趣”，李贽拈出“童心”，袁宏道兄弟拈出“性灵”，王士祯拈出“神韵”，翁方纲拈出“肌理”等，而在王国维看来，“兴趣”“神韵”等等，均不如“境界”二字更确当，更能揭示诗文之根本特性。应该说这两个词语在“诗文评”系统中原本并没有特别的意义，是王国维为之注入了新的内涵才使之重要起来的，这新的内涵就是得之于德国古典美学的“真”和“直观”。“真”是西方美学传统的基本价值，有两层含义，一是描写对象的准确性，二是表达情感的真实性，简称自然的真实与情感的真实。在王国维这里就是“真景物”“真感情”。他说：“故能写真景物、真感情者，谓之有境界，否则谓之无境界。”[①]因为只有这样的诗文方能做到“其言情也必沁人心脾，其写景也必豁人耳目”。“直观”或“直觉”是叔本华哲学的重要范畴，在叔本华看来，世界的本体是一种非理性的存在，因而人们不能靠理性认知而只能靠直觉体验才能把握到它。王国维接受叔本华直观说在文论方面的主要体现就是对“隔”与“不隔”的辨析。所谓“语语都在目前，便是不隔”[②]，是说诗歌描情状物真切自然，令人忘却语

① 王国维：《人间词话》第六则、第五十六则，见周锡山编校《王国维文学美学论著集》，北岳文艺出版社1988年版，第350页、第365页。

② 王国维：《人间词话》第六则、第五十六则，见周锡山编校《王国维文学美学论著集》，北岳文艺出版社1988年版，第359页。

言的载体,直接感受到诗中所言之物。我们不难看出,所谓“真景物”“真感情”与“不隔”是密切相关的,就是说,只有诗的语言“不隔”,才会产生“真”的效果,如果诗的文字阻隔了人们的注意,无论是情是景,都谈不到“真”了。这就意味着,王国维的“境界”说,最根本处乃一个“真”字。

毫无疑问,在王国维这里,这一“真”的观念是得于西方,特别是受德国古典哲学和美学的启发的,但是似乎不能说就是照搬而来。何以见得呢?因为“真景物”与“真感情”之说在中国古代“诗文评”话语系统中是久已存在的,而且占据重要位置。《庄子》云:“真者,精诚之至也。不精不诚,不能动人。”①刘勰说:“故为情者要约而写真,为文者淫丽而泛滥。”②刘熙载说:“盖文惟其是,惟其真。舍是与真,而于形模求古,所贵于古者果如是乎?”③又:“诗可数年不作,不可一作不真。”④这是对“真”的要求。王夫之说:“‘池塘生春草’‘蝴蝶飞南园’‘明月照积雪’,皆心中目中与相融浃,一出语时,即得珠圆玉润;要亦各视其所怀来,而与景相迎者也。”又:“‘僧敲月下门’,只是妄想揣摩,如说他人梦,纵令形容酷似,何尝毫发关心?知然者,以其沉吟‘推敲’二字,就他作想也。若是即景会心,则或‘推’或‘敲’,必居其一,因景因情,自然灵妙,何劳拟议哉?‘长河落日圆’初无定景;‘隔水问樵夫’,初非想得。则禅家所谓‘现量’也。”又:“身之所历,目之所见,是铁门限。”⑤这都是讲“直觉”或“直观”,而且是真正的“艺术直觉”或“艺术直观”。因为关于“真景物”“真感情”以及“直观”的思想中国古已有之,我们就不能说王国维提倡此说是对西人的照搬。当然,我们也不能否认德国古典哲学与美学对王国维影响的重要性,因为如果没有对康德、叔本华的借鉴,王国维就不会提出以“真景物”“真感情”以及“隔与不隔”为核心的“境界”说。故而我认为比较恰

① 《庄子·渔父》,《诸子集成》第三册,上海书店 1987 年版,第 446 页。

② (南朝·梁)刘勰:《文心雕龙·情采》,见范文澜《文心雕龙注》,人民文学出版社 1958 年版,第 538 页。

③ (清)刘熙载:《艺概·文概》,上海古籍出版社 1978 年版,第 46 页。

④ (清)刘熙载:《艺概·诗概》,上海古籍出版社 1978 年版,第 55 页。

⑤ (清)王夫之:《姜斋诗话》,见《清诗话》,上海古籍出版社 1963 年版,第 8 页、第 9 页。

当的理解是这样的：德国古典美学使王国维对中国古已有之的“真”和“直觉”观点空前重视了，通过建构“境界说”而大大提升了它们在中国诗学话语系统中的位置，使较之高古、飘逸、清新、雅丽、神思、感物等固有概念更加凸显。或者说，由于借鉴了德国古典美学，王国维拈出在中国古代诗学话语系统中一般性概念或思想，给其注入新的含义，把它改造成核心概念。应该说以“真景物”“真感情”以及“不隔”为基本特征的“境界”是一个新的诗学概念，不再是中国古代佛家经典中的那个词语所指涉的概念，也不再是唐以后诗文评话语中那个词语指涉的概念。但是这个新的诗学概念不是对康德、席勒、叔本华的照搬或移译，而是一种新的创造，是融汇中西诗学传统的创造，因而属于中国现代新的文论传统的一部分。事实上，百年来，中国学界一直把王国维的“境界说”当作中国新的文论传统来继承并发扬，宗白华、朱光潜、李泽厚等大批学人都对这一新的文论传统的形成贡献了力量。王国维的“境界说”启发我们，中国古代诗学或文论话语系统中的蕴含极为丰富，有着不同的价值取向，标志着不同层级的趣味，其中哪些可以用之于今日，哪些已经成为明日黄花，需要以外来文学观念和中国当下文学现实为参照，可激活而赋予新意者、可改造而利用者，所在多有。

王国维试图融合古今中西建构现代新的文论话语的伟大动机还表现在他提出的“古雅”之说上。1907 年王国维发表《古雅之在美学上之位置》一文，提出“古雅”说。王国维此说是针对康德的“天才说”而发的。在康德看来，艺术是天才的创造，王国维认为有一种作品，不是天才所制作，也不是任何实用之物，看上去却与天才的创作一般无二，他将这类作品命名曰“古雅”。其云：

> 故除吾人之感情外，凡属于美之对象者，皆形式而非材质也。而一切形式之美，又不可无他形式以表之，惟经过此第二之形式，斯美者愈增其美，而吾人之所谓古雅，即此种第二之形式。即形式之无优

美与宏壮之属性者,亦因此第二形式故,而得一种独立之价值,故古雅者,可谓之形式之美之形式之美也。[①]

王国维受了西方传统美学思想的影响,认为美的东西必然表现在形式上,而艺术美则是对自然存在的形式美的再创造,是形式的形式。而且即使自然中算不上美的事物,如果经过此一再形式化过程,也会带上一种特别的意味。所以所谓"古雅"是指艺术形式所特有的那种性质与魅力,近似于俄国形式主义所说的"文学性",而王国维所说的形式上原不够美的自然物,经过艺术形式的再现,也会获得"一种独立之价值",与俄国形式主义的陌生化理论亦有暗合之处。可见在这里王国维发现的是一个重要的美学与文艺理论问题,"古雅"是一种"原质",是康德所说的"优美"与"崇高"都不可或缺的"原质",却又不属于"优美"与"崇高"范围而具有独立性质。因此"古雅"实为决定着艺术之成为艺术的那种独一无二的性质。所以即使不是天才,如果借用艺术形式来表现自然事物,也给人以美的感觉,是艺术形式本身所具有那种"原质"赋予了其作品以美的性质。

王国维的"境界说"主要是试图从根本上解决诗歌的本质问题,而"古雅"说则主要是试图从根本上解决艺术的本质问题,都是"探其本"的思考。"古雅"说以康德美学为依托,为凭借,吸收了中国古代诗文书画等方面的欣赏经验,构成了自己对艺术形式之本体意义的深度思考,不仅是对中国现代文论传统的一大贡献,而且是对人类美学研究的一大贡献。只是与在现代中国语境中的任何言说,囿于汉语和中国学术话语的边缘地位,都无法引起世界性影响一样,王国维的"境界说"和"古雅说"也只有在国内学界获得应有的肯定。令人遗憾的是,同样的原因,使中国学人只看见西方学者的新理论,根本无视中国学人的戛戛独造,在这种自我否

① 王国维:《古雅之在美学上之位置》,见周锡山编校《王国维文学美学论著集》,北岳文艺出版社 1988 年版,第 38 页。

定、自我无视的语境中,中国想要产生具有国际影响力的学者与学术,那无异于痴人说梦!

与王国维不同,宗白华对中国现代文论传统之建立的贡献不是提供本体追问,而是提供了一种美学的或艺术的理想。首先,宗白华的美学与文论建构是建立在一个宏大的理论构想之中的,这就是在融汇中西的基础上建设新的人类文化传统。中国现代文化传统的建设自然寓于这一宏大构想之中。如此宏图远志,在积贫积弱、愚昧落后的现代中国的历史语境中显得极为难能可贵!他说:

> 我们现在对于中国精神文化的责任,就是一方面保存中国旧文化中不可磨灭的伟大庄严的精神,发挥而重光之,一方面吸收西方新文化的精华,渗合融化,在这东西两种文化总汇基础之上建造一种更高更灿烂的新精神文化,作世界未来文化的模范,免去东西两方文化的缺点、偏处。这是我们中国新学者对于世界文化的贡献,并且也是中国学者应负的责任。因为现在东西文化都有缺憾,是人人晓得的,将来世界新文化一定是融合两种文化的优点而加之以新创造的。这融东西文化的事业以中国人最相宜,因为中国人吸取西方新文化以融合东方比欧洲人采撷东方旧文化以融合西方,较为容易。以中国文字语言艰难的缘故,中国人天资本极聪颖,中国学者心胸思想本极宏大。若再养成积极创造的精神,不流入消极悲观,一定有伟大的将来,于世界文化上一定有绝大的贡献。①

宗白华这篇文章发表于1919年11月,正是五四运动如火如荼之际,激进之士争相否定传统文化,必欲弃绝之而后快。在这样的历史语境中,宗白华的见解是极为高明的。即使对于近百年后的今日学人,依然具有

① 宗白华:《中国青年的奋斗生活与创造生活》,见金雅主编《中国现代美学名家文丛·宗白华卷》,王德胜编选,浙江大学出版社2009年版,第20页。

极大的激励与启发意义。由于有了这样高远宏大的志向,宗白华的美学与文论话语也能卓然高标,为我们提供了一种不同凡响的理论见解。其最核心之处即在于结合人生理想、人生意义来考察文学艺术的审美价值。宗白华继承了中国古代儒释道文化的人格理想,同时又吸收了西方近代的人文精神、人文理想,希冀一种美好而健全的文化人格。在他看来,大诗人歌德庶几堪称此种文化人格的表率。因为歌德"就人类全体讲,他的人格与生活可谓极尽了人类的可能性。他同时是诗人、科学家、政治家、思想家,也是近代泛神论信仰的一个伟大代表。他表现了西方文明自强不息的精神,又同时具有东方乐天知命宁静致远的智慧……我们可以说歌德是一扇明窗,我们由他窥见了人生生命永恒幽邃奇丽广大的天空"①!宗白华向往着哥德式的人生境界,向往着"兴趣与工作一致,人格与事业一体。一切皆发于心灵自由的表现,一切又复返于人格心灵的涵养与增进"②的生存状态。然而在现实社会中,人们或者挣扎于穷困悲惨的境遇,或者竞争于名利之途,鲜有歌德这样达于自我实现境界的人物,于是宗白华在艺术中看到了人生的理想状态。他论中国古代艺术云:

> 人生里面的礼乐负荷着形而上的光辉,使现实的人生启示着深一层的意义和美。礼乐使生活上最实用的、最物质的衣食住行及日用品,升华进端庄流丽的艺术领域。三代的各种玉器,是从石器时代的石斧石磬等,升华到圭璧等等的礼器乐器。三代的铜器,也是从铜器时代的烹调器及饮器等,升华到国家的至宝。而它们艺术上的形体之美、式样之美、花纹之美、色泽之美、铭文之美,集合了画家书家雕塑家的设计与模型,由冶铸家的技巧,而终于在圆满的器形上,表出民族的宇宙意识(天地境界)、生命情调,以至政治的权威、社会的

---

① 宗白华:《歌德之人生启示》,见金雅主编《中国现代美学名家文丛·宗白华卷》,王德胜编选,浙江大学出版社2009年版,第35页。

② 宗白华:《席勒的人文思想》,见金雅主编《中国现代美学名家文丛·宗白华卷》,王德胜编选,浙江大学出版社2009年版,第61页。

亲和力。在中国文化里，从最低层的物质器皿，穿过礼乐生活，直达天地境界，是一片混然无间、灵肉不二的大和谐、大节奏①。

所谓“天地境界”原是冯友兰在《新原人》中对中国古代最高人格理想的概括，宗白华认为“这是中国人的文化意识，也是中国艺术境界的最后依据”。在诠释《诗纬》的“诗者，天地之心”一语时，他说：“山川大地是宇宙诗心的影现；画家诗人的心灵活跃，本身就是宇宙的创化，它的舒卷取舍，好似太虚片云，寒塘雁迹，空灵而自然！”在他看来，天地自然与诗人的心灵契合为一，了无间隔，在这里，他依据中国古人的人格理想来考量艺术作品之意蕴的思路就清晰地展示了出来。艺术意境的创造恒赖诗人、艺术家人格之涵养，而人格涵养又恒赖于天地自然的契合玄通，这是中国古代诗文书画的奥秘之所在，也是宗白华的“人生艺术化”的人格理想之所在。我们从这里固然也看到了康德、歌德、席勒乃至法国唯美主义的印记，但是其主调是中国式的，是中国古代文人士大夫人格精神的体现，是中国古代诗文书画最高旨趣的体现。如果非要说宗先生的见解是照搬德国古典美学的，那实在是有失公允了。

朱光潜也是一位“生活艺术化”论的提倡者，也在某种程度上受到唯美主义的影响，但他与宗白华不同之处在于，其对于现代文论传统建设的主要贡献乃在于对包括文艺创作与欣赏在内的一切审美活动内在机制的深入剖析上。对此我们可以通过对其若干关键词的使用来予以考察。

趣味这个概念在朱光潜这里有重要意义。文学艺术何以会有高下分别？不同时期、不同地域的文学艺术何以会迥然不同？造成这些差异的原因何在？在朱光潜看来，这里的决定性因素是趣味。他说：

文学作品在艺术价值上有高低的分别，鉴别出这高低而特有所

① 宗白华：《艺术与中国社会》，见金雅主编《中国现代美学名家文丛·宗白华卷》，王德胜编选，浙江大学出版社2009年版，第69页。

> 好,特有所恶,这就是普通所谓趣味。辨别一种作品的趣味就是评判,玩索一种作品的趣味就是欣赏,把自己在人生自然或艺术中所领略的趣味表现出就是创造。趣味对于文学的重要于此可知。文学的修养可以说就是趣味的修养。①

这就意味着,不仅仅文学艺术的差异是由趣味决定的,而且关于文学艺术的创作、欣赏、评价根本上也都是由趣味所决定。那么趣味何以有如此重要的意义呢?在朱光潜看来,这是因为趣味不是可有可无的爱好、兴趣,而是人的生命体验,与人的生存息息相关。他说:

> 趣味是对于生命的彻悟和留恋,生命时时刻刻都在进展和创化,趣味也就要时时刻刻在进展和创化。水停蓄不流便腐化,趣味也是如此。……艺术和欣赏艺术的趣味都必有创造性,都必时时刻刻在开发新境界。如果让你的趣味围在一个狭小圈套里,它无机会可创造开发,自然会僵死,会腐化。一种艺术变成僵死腐化的趣味的寄生之所,它怎能有进展开发?怎能不随之僵死腐化?②

这真是不刊之论!趣味是人的生命体验,是人的生存境遇的产物,有怎样的存在状态就会产生怎样的趣味,具体说,个人的资秉性情、身世经历与其所接受的传统习尚都会对其趣味产生决定性影响,进而影响到他的艺术创作与欣赏。因此只有培养出高尚纯正的趣味,才能创作和欣赏真正的艺术作品。换言之,在朱光潜这里,对于文学艺术来说,趣味是较意识形态、知识形态更直接、更具决定性的主体因素。

审美活动是一种特殊的心理活动,往往需要"收视反听""涤除玄览"

---

① 朱光潜:《文学的趣味》,见金雅主编《中国现代美学名家文丛·朱光潜卷》,宛小平编选,浙江大学出版社2009年版,第205页。

② 朱光潜:《谈读诗与趣味的培养》,见金雅主编《中国现代美学名家文丛·朱光潜卷》,宛小平编选,浙江大学出版社2009年版,第203页。

方可。简言之,就是放弃人世间的功利目的、利益关怀,用一种纯然旁观、超然的态度审视对象、体味对象,即所谓"澄怀味象"。这是一种审美心境,朱光潜认为老庄的"抱朴守一""心斋"与西方哲学与宗教学中所说的"观照"就是针对这一审美心境而言的,他说:

> 道家老庄并称。老子抱朴守一,法自然,尚无为,持清虚寂寞,观"众妙之门",玩"无物之象",五千言大半是一个老于世故者静观人生物理所得到的直觉妙谛。他对于宇宙始终持着一个看戏人的态度。庄子尤其是如此。他齐是非,一生死,逍遥于万物之表,大鹏与倏鱼,姑射仙人与庖丁,物无大小,都触目成象,触心成理,他自己却"凄然似秋,暖然似春",哀乐毫无动于衷。他得力于他所说的"心斋";"心斋"的方法是"若一志,无听之以耳,而听之以心",它的效验是"虚室生白,吉祥止止"。他在别处用了一个极好的譬喻说:"至人之用心若镜,不将不逆,应而不藏。"从这些话看,我们可以看出老子所谓"抱朴守一",庄子所谓"心斋",都恰是西方哲学家与宗教家所谓"观照"(contemplation)与佛家所谓"定"或"止观"。不过老庄自己虽在这上面做功夫,却并不想以此立教,或是因为立教仍是有为,或是因为深奥的道理可亲证而不可言传。①

道家要体悟天地自然之道,需要"致虚极,守静笃",禅家要顿悟,需要摒除心中无妄杂念,基督教徒也需要长期的静坐默想才可以感受到上帝的存在,哲学家同样需要静心沉思才可以理解天地万物的奥秘。可见"观照"是一种洞见与彻察,即所谓"默识玄通",人类高层次精神生活是不可须臾离之的。那么对于文学艺术呢?其重要性更是无以复加:

① 朱光潜:《看戏与演戏——两种人生理想》,见金雅主编《中国现代美学名家文丛·朱光潜卷》,宛小平编选,浙江大学出版社2009年版,第9页。

> 最后,谈到文艺,它是人生世相的返照,离开观照,就不能有它的生存。文艺说来很简单,它是情趣与意象的融会,作者寓情于景,读者因景生情。比如说,“昔我往矣,杨柳依依,今我来思,雨雪霏霏”一章诗写出一串意象、一幅景致,一幕戏剧动态。有形可见者只此,但是作者本心要说的却不只此,他主要地是要表现一种时序变迁的感慨。这感慨在这章诗里虽未明白说出而却胜于明白说出;它没有现身而却无可否认地是在那里。这事细想起来,真是一个奇迹。情感是内在的,属我的,主观的,热烈的,变动不居,可体验而不可直接描绘的;意象是外在的,属物的,客观的,冷静的,成形即常住,可直接描绘而却不必使任何人都可借以有所体验的。……所以我们尽管有丰富的人生经验,有深刻的情感,若是止于此,我们还是站在艺术的门外,要升堂入室,这些经验与情感必须经过阿波罗的光辉照耀,必须成为观照的对象。由于这个道理,观照(这其实就是想象,也就是直觉)是文艺的灵魂;也由于这个道理,诗人和艺术家们也往往以观照为人生的归宿。①

如果说文艺创作和欣赏的主观动力是趣味,那么其必须的主观条件便是观照。缺乏丰富而高雅的趣味无法产生创作与欣赏的冲动,而缺乏观照的心境则无法进入创作与欣赏的状态,对于包括艺术创作与欣赏在内的一切审美活动来说,趣味与观照都是必不可少的前提。朱光潜无疑是抓住了审美心理机制的两个关键环节。然而,一个人有了丰富的趣味,也获得了观照的心境,接下来如何呢?他如何把内在的趣味与情感和外在景物联系起来呢?于是朱光潜强调了“移情”在审美活动中的重要作用。可以说,“移情”说在朱光潜的美学体系中占据着核心的位置,因为趣味和观照都是审美的前提条件,虽然极为重要,却还不是审美活动的具

① 朱光潜:《看戏与演戏——两种人生理想》,见金雅主编《中国现代美学名家文丛·朱光潜卷》,宛小平编选,浙江大学出版社2009年版,第13页。

体心理过程,而移情则是把内在趣味与情感和外在景物融为一体的心理机制,因而也就是艺术意象、意境、韵味产生的具体过程。如此看来,在朱光潜的美学话语中,趣味、观照、移情乃是三个相互关联的重要环节,它们共同构成了人的审美活动的心理过程与机制。

朱光潜的美学与文论思想毫无疑问是得之于西方美学思想的影响,例如"趣味"主要来自于康德美学,"观照"主要来自于古罗马时期的新柏拉图主义和中世纪的宗教神学,"移情"则主要来自十九世纪德国美学家费肖尔父子和里普斯等人。但是我们却不能因此而认为朱光潜完全照搬了西方美学思想,这里同样有一个重构的过程。他在思考"趣味"的时候,用来印证这一概念的是贾岛的诗、秦观的词,是白居易的《长恨歌》、王实甫的《西厢记》,那么在他这里这个概念就涵盖了中国传统审美经验,已经不是一个纯粹的西方美学的概念了。"观照"这个汉语词原本是佛教用语,作为对"contemplation"一词的翻译,依然带上了佛学的意味,更何况在具体阐释这个词的含义时,大量引用了《论语》《老子》《庄子》呢!可见朱光潜心目中的"观照"是融汇了中西语义的。"移情"说同样如此,中国传统诗论、画论中有大量相关记载,它们都为朱光潜理解并阐释这一概念提供了支持。这种中西融汇的学术路径当然是一种自觉的选择,但从另一个角度看,也是一代学人无法摆脱的宿命。

第二节　现代以来中国文学评价标准的建立与演变

现在人们似乎很少谈论"文学评价标准"这样的问题了。这大约是因为受到后现代主义思潮的影响,研究者对于"本质""规律""原则""标准"这类概念都抱有足够的警惕,生怕一不小心掉进"宏大叙事""本质主义"或"一元论"的陷阱之中。然而在具体研究过程中人们就会发现,有些东西是绕不过去的,“文学评价标准”问题就是如此。对文学的美丑妍媸、优劣高下倘若没有一个判断的标准,任何文学理论的言说都将无法展开。在这个“趣味”的世界里,价值是多元的,人们都是秉持某种价值观来评价作品的。那么对于我们当下的文学理论与批评来说,怎样的文学评价标准才是合理的呢?它又是如何建立起来的呢?在下面的讨论中我将对这些问题给出自己的粗浅看法,以就教于学界同仁。

一、对西方“文学独立”意识与文学评价标准的接受

批评标准问题根本上也就是审美趣味的问题,而审美趣味或者一定的“趣味结构”应该属于“长时段”范畴的问题,故而谈论趣味就不能不追溯久远的历史。从文学史和文学批评史的角度看,中国的文学评价标准曾经有过几次重大的历史转折。一般而言,在东汉中叶之前“文”或者“文学”乃概指一切文献典籍,凡著于竹帛者均可涵盖。其评价标准虽有差异,但就其主流言之,则“言之无文,行而不远”(《左传》)、“文质彬彬”(《论语》)、“实诚在胸臆,文墨著竹帛,外内表里,自相副称,意奋而笔纵,故文见而实露”(《论衡》)等文质相符之论,堪称普遍准则。东汉中叶以后诗文“表情达意”功能渐渐凸显,人们对文学的审美特征越加重视,而“丽”“雅”“清”“藻饰”等词语渐渐在谈诗论文中普遍使用,文学评价标准从“文质”并举向着“文”的一面倾斜。于是有了曹丕的“诗赋欲丽”、陆机的“诗缘情而绮靡”之说,直至萧统选文,终于以“事出于沉思,义归乎翰藻”为标准。此后历朝历代的诗文观虽然多有反复,常常在趋新与复古之间摇摆,但大体形成了中国独有的文学评价标准,那就是无论记事、抒情还是说理,在强调“载道”或“风神气韵”的前提下,无不讲求形式之美,或标偶文韵语,或倡气盛言宜,或主事信言文,不一而足。千百年间,中国古代文学家们创作了无数脍炙人口的优秀诗文作品,形成了中国固有的文学评价标准,自成一体,自有统序,广大而精微,如长江大河,延绵不绝,世上罕有其匹。

然而到了 20 世纪，事情发生了变化。随着西学的引进，西方 18 世纪与 19 世纪之交方始形成的现代文学观念开始冲击中国固有的文学评价标准。于是什么是“文学”，“文学”有什么用以及如何评判作品的优劣高下都成了需要重新讨论的问题。围绕这些问题，现代学人出现了多种迥然不同的选择，他们各自的主张及相互间的交锋构成了中国现代文学理论与批评传统的形成过程，也开启了中国文学现代性的历史进程。

“西学东渐”是清末民初中国最重要的文化现象，一大批中国学人自觉接受了西学的影响，在文学上自然也就有人主张以西方的标准来考量中国古老的文学传统。例如胡适就认为中国两千年间文人创作的文学都是死的，对今天已经毫无意义①。于是自然就把西方文学视为效法的榜样了。这当然有一个过程。先是小说的价值得到空前高扬。我们知道，在中国古代，诗文乃文学之正宗，小说、戏曲之类的叙事性作品难登大雅之堂。例如从目录学角度看，在传统的“诗文评”类目中，就始终没有小说、戏曲的位置。在西方文学史上则不然，自古希腊直至文艺复兴，戏剧一直占据文学之主流地位，到了 19 世纪，则小说取而代之，虽然诗歌也曾经受到极高的重视，但叙事性作品始终没有被冷落过。在西学的影响下，中国学人在 19 世纪与 20 世纪之交开始对小说的价值重视起来。严复、夏曾佑于 1897 年发表《国闻报馆附印说部缘起》一文，认为：“说部之兴，其入人之深，行世之远，几几出于经史上。而天下之人心风俗，遂不免为说部之所持。……且闻欧、美、东瀛，其开化之时，往往得小说之助。”②狄平子于 1903 年发表的《论文学上小说之位置》一文则说：“吾昔见东西各国之论文学家者，必以小说家居第一，吾骇焉。……小说者，实文学之最上乘也。”③当然，其中影响最大的还是梁启超那篇著名的《论小说与群治

① 胡适：《建设的文学革命论》，1918 年 4 月《新青年》第四卷第 4 号。

② 严复、夏曾佑：《国闻报馆附印说部缘起》，见舒芜、陈迩冬等编《中国近代文论选》上册，人民文学出版社 1959 年版，第 200 页。

③ 狄平子：《论文学上小说之位置》，见严复、夏曾佑：《国闻报馆附印说部缘起》，见舒芜、陈迩冬等编《中国近代文论选》上册，人民文学出版社 1959 年版，第 234 页。

之关系》,在梁启超看来,举凡道德、宗教、政治、风俗、学艺、人心、人格之革新,均需从小说革新开始,因为小说对人心有着不可思议的支配作用。自清末民初一批学人高扬小说的价值以后,在此后百年间的中国文学史上,小说成为文学的主流。影响所及,治中国古代文学史者,也对小说、戏曲给予了空前的重视。

来自西方文学观念的影响除了小说、戏剧地位的大幅度提升之外,更有学科独立意识、文学独立性乃至“纯文学”诸种主张的提出。这里颇有代表性的是北大教授朱希祖的《文学论》一文。该文发表在1919年《北京大学月刊》第一卷第1号上。文章开宗明义地指出:中国学者谈论文学常常是以语言文字为基准,故而有关于骈体散体的论争,有关于文章修辞方面的论争,但对于文学最根本的问题,即文学之所以为文学的独特性质缺乏深入讨论。他的这篇文章就是要解决文学的这一根本问题。从这里我们不难看出,在朱希祖心目中,乃师太炎先生为代表的老派学人关于文学的见解正是他所欲批判与超越的对象。因此在讨论“文学须有独立之资格”这一问题时,他认为太炎先生把一切著于竹帛者,不管是有句读文,还是无句读文,一概称之为文学,尽管于古有征,但毕竟不合时宜。因为这样一来,中国除了文学就再没有其他学问了。因此朱希祖认为中国也应效法西方,让“文学”成为一独立学科,如此方可避免文学“长为政治诸学科之附庸”的地位。在他看来,只有具有独立性的文学才能得到充分发展并发挥其对于人的独特的解放作用①。朱希祖还引进日本学者太田善男《文学概论》中关于“纯文学”的观点,以“主情文”为“纯文学”,“主知文”为“杂文学”②。这一主张在中国古代虽然早有萌芽,但其基本旨趣则无疑主要是西方近代的文学观念。此外,以王国维为代表的“游戏说”与朱希祖的“文学独立性”诉求亦属相近的价值取向,其宗旨是要为文学挣得独立自主地位,使之从政教传统中脱离出来,这在当时无疑具有重要意

① 朱希祖:《文学论》,见《朱希祖文存》,周文玖选编,上海古籍出版社,2006年版,第45—47页。
② 朱希祖:《文学论》,见《朱希祖文存》,周文玖选编,上海古籍出版社,2006年版,第50—51页。

义。朱希祖标举文学的独立性是呼唤文学的“自律”，也就是要建立一套不依傍于政治、道德、宗教等外在因素的文学评价标准。这种具有独立性的文学评价标准首先是“有极深之基础”，也就是“洪深精密之思，高尚纯洁之情”。这是关于文学内容方面的评价标准。其次是要有“巨大之作用”，也就是“以能感动人之多少为文学良否之标准”。最后是“美妙之精神”。朱希祖的逻辑是这样的：文学以感动人为主，能感动的人越多，作品就越好，而文学之所以能够感动人，乃“美妙之精神为之也”。所谓“美妙之精神”，是指尼采的“超人主义”、托尔斯泰的“人道主义”之类对人类产生重大影响的思想学说。可见朱希祖所倡导的文学评价标准是纯粹西化的，受到了康德、歌德、席勒为代表的近代浪漫主义美学与人道主义精神的重要影响。

二、中国传统文学评价标准的“坚守”

五四前后西方文学观念固然来势汹汹，但是绵延数千年之久的中国传统文化自有其巨大的魅力，在西学渐成一时显学的20世纪之初，也还是有一大批饱学之士试图依据中国固有传统资源来确立文学评价标准的。其中堪称代表者，一为刘师培，一为章太炎。现分述如下：

刘师培于1905发表《文章源始》一文①。这是一篇系统讨论中国古代“文”或“文章”体制演变史的论文。该文之主旨乃在于阐述“骈文一体，实为文体之正宗”的文学主张。这是清人阮元在《文言说》《文韵说》等文章中提出的观点。刘师培是从以下几个方面来申说自己的见解的：首先，从文字的产生与功能入手，说明由于是先有字音，后有字形，故而“字”的本训为“饰”，进而得出“可见古人以字为文饰之义，饰即文也”的结论。又进而指出在古代“文章”之训亦为“饰”，因此“文章取义于藻绘，言有组织而后成文也”。总之，文字与文章产生之时即包含“文饰”“藻饰”之义。为了证明这一见解，刘氏征引了《尔雅》《说文》《广雅》《广韵》

① 此文发表于《国粹学报》第1期。后收入《左庵外集》第十三卷、《刘申叔遗书》第53册。

等多种古代训诂音韵之书的训释,又援引了《周易》《诗经》等典籍的语例相印证,可以说是言之成理,言而有据。其次,对春秋战国时期典籍中的"言""语""文""雅言"等进行辨析,得出此期书册"文与语分:文近于经,语近于史"的结论。在广泛征引古代训诂音韵之书的基础上,他认为,在春秋时期,书写出来的文字就有了文体的差异:"言"是"直言者",即直接说出来的话。又分"言之质者"与"言之文者",前者是指"方言",后者是指"雅言"。所谓"雅言"近于后世的"官话",春秋时期诸侯割据,各国语言文字均有不同,只有通过"雅言"方可顺利交流。"语"则是"论难者",即为了辩论或阐明道理所写的文章;"文"则是"词之饰者",即经过修饰的语言文字。所以"文"也就是"文言","即文饰之词也"。如此则春秋战国之间的书册大体可以分为三大类:一是后世称为"经"者,"五经"之外,还有《孝经》《道德经》《离骚经》等,都是杂用偶文韵语的,也就是在文辞上讲究修饰的,这类著述属于"文"。诸子中的《荀子·成相》《墨子》之《经上》《经下》也属于"文"。二是《左传》《国语》《战国策》之类史籍不用偶文韵语,又非论辩之作,故应归于"言",后世则专列"史"之一类。其余的诸子之书一概属于"语"而非"文"。如此一来,刘师培就确立了自己的"文"或"文章"统序的源头,即"五经"及《孝经》《道德经》《离骚经》等多杂偶文韵语的书册。这就从源头上把说理的"子"与记言记事的"史"排除于"文统"之外了。复次,对西汉以降的文体演变进行了梳理,从而进一步勾勒自己的文章统序。在他看来,汉代文体分类更趋于细化,但除"史"之外,大体依然为"文"与"语"的延续。其中赋、颂、箴、铭乃"源出于文者";论、辨、书、疏乃"源出于语者"。然而后来此两类文体常常相杂,"书、疏、论、辨"等也常用偶词,故近于文,于是到了魏晋六朝之时,又有"文""笔"之分的新标准出来。对"文"的要求除了"偶词韵语"之外,又加上"沉思翰藻"或"吟咏风谣,流连哀思"的标准,"是则文也者,乃经史诸子之外,别为一体者也"。这就是说,就文体而言,"文"发展到了六朝时期,乃真正成为一种独立的文体,一种具有审美特征的文学样式。这种形成于魏晋六朝的“文”之趣味正是刘师培所坚持与倡导的文学评价标准。

在《文章源始》中刘师培的上述观点自有其偏颇狭隘之处，但也自有其真知灼见。盖中国延续两千余年的“文学”观与西方18世纪与19世纪之交方始产生的近代文学观有极大的差异，其所同者，乃在于“审美”，即均为欣赏玩味之对象。其余则同者殊少。刘师培对“文”或“文章”“文学”之源流的梳理目的是勾勒出中国独特的文学史脉络来。其所思所想固然也受到西方文学观之影响，但其立论，基本上以中国固有之事实为依据，绝无削足适履之嫌。此文亦以罗马文学为参照，指出其“韵文完备，乃有散文，史诗既工，乃有戏曲”的特点正与中国文学演变轨迹相符。但丝毫看不出刘氏是以希腊罗马文学的演变规则来强行阐释中国古代文学的，他只是以西方文学的例子证明其所梳理的中国古代“文统”的合理性而已。其目的则是建立中国式的，即一种基于中国语言文字之独特性的文学评价标准。

再看章太炎。他于1906年发表《文学总略》一文[①]。这是一篇专门针对刘师培《文章源始》而写的论辩性文章。其主旨同样是为了确立中国式的文学评价标准。该文首先是确定“文学”的义界。“文学”这个词原是中国古已有之的，但是其含义与现代引自西方的“文学”一词有很大差异。日本自明治维新以后，极力吸纳西方文化与学术，往往以汉语固有词汇加以移译，英文literature一词，被日本学者译为汉字“文学”，其含义形成于西方18世纪与19世纪之交，与中国古代固有之“文学”一词大相径庭。但在日本学界得到新的含义的“文学”一词在中国学界很快产生了重要影响。促使中国学者们对“文学”的含义进行再思考。许寿裳曾经回忆鲁迅与章太炎关于“文学”观念的一次论争：“章先生问及文学的

① 该文最初为作者1906年在东京“国学讲习会”讲演记录，同年以《文学论略》为题在《国粹学报》分期发表，经修改于1910年收入作者编订的《国故论衡》之中，更名为《文学总略》。《国故论衡》1910年年初刊行于日本，分上、中、下三卷。上卷论小学，共十一篇，讨论语言、音韵问题。中卷论文学，共七篇，《文学总略》为首篇。

定义如何,鲁迅答道:‘文学和学说不同,学说所以启人思,文学所以增人感。’先生听了说:这样分法虽较胜前人,然仍有不当。郭璞的《江赋》、木华的《海赋》,何尝能哀乐动人呢。鲁迅默然不服,退而和我说:先生诠释文学,范围过于宽泛,把有句读的和无句读的悉数归入文学。其实文字与文学固当有分别的,《江赋》《海赋》之类,辞虽奥博,而其文学价值就很难说。”①从师生二人的争论中不难看出,鲁迅已经是在现代意义上理解文学一词了,而章太炎则更多地恪守着中国传统的意义。也正是在这样一种文化语境中,章太炎和刘师培发生了一场关于“文学”含义的争论。刘师培在留日期间受到了日本学界对“文学”理解的影响,比较重视文学的审美意义。但他作为“扬州学派的殿军”,受阮元“文言说”影响甚巨,故而坚持“有韵偶行”“沉思翰藻”者为文,换言之,只有六朝时兴盛一时的骈文才可以称为文,其他即使是唐宋八大家的古文也不能算是文,于是在20世纪之初,提出了一套中国式的“唯美主义”文学观。针对刘师培的这一明显片面的观点,章太炎系统梳理了中国古代文、文学、文章等概念的历史演变,征引王充《论衡》中的相关见解,证明在古人眼中并非仅仅以俪语韵文为文。对于阮元、刘师培引以为证的南朝“有韵为文,无韵为笔”之说、“文”与“辞”相异之说,章太炎也撷取《世说新语》《文选》《汉书·艺文志》等书中的例证予以驳斥。在此基础上,章太炎提出了自己关于文学的定义:“文学者,以有文字著于竹帛,故谓之文。论其法式,谓之文学。”盖“文学”一词的含义在中国文化史上有着漫长的演变过程。先秦时期乃指一切文献典籍以及礼乐制度,《论语》说“文学,子由、子夏”,正是此义。但到了秦汉之后,“文学”或其简称“文”,渐渐更多地用来指称书写出来的文字。故而章太炎的定义不再延及“礼乐制度”一类内涵。这是符合中国古代文学发展实际的。在考察了“文”和“文学”含义之后,章太炎明确提出了自己的文学评价标准,其云:“故论文学者,不得以兴会神旨为上……知文辞始于表谱簿录,则修辞立诚其首也,气乎德乎,亦末

---

① 许寿裳:《亡友鲁迅印象记》,广西师范大学出版社2010年版,第78页。

务而已矣。”[①]这种文学评价标准可以说是极端的实用主义的。

章太炎和刘师培的争论表面上是围绕何为“文”或“文学”展开的，而暗含的却是两种文学评价标准的冲突。就刘师培而言，其以“偶文韵语”为“文”旨在突显文章的审美价值，一是强调其“别乎鄙词俚语”的区隔功能；二是为了反对桐城派古文理论贬低骈文的倾向。就章太炎而言，其主张凡著于竹帛者皆谓之文，一者旨在反对文章溺于形式，二者旨在强调文学的功用。就二者文学评价标准所表征的价值取向而言，刘师培身上更多些吟诗作赋、雕琢章句的传统文人色彩，而章太炎则更近于“以天下为己任”的古代士大夫。

除了刘师培、章太炎，清末民初堪称桐城派殿军的姚永朴、姚永概兄弟的文学评价标准也属于“坚守”传统的一派。姚永朴 1914 年出版的教材《文学研究法》基本上是对中国传统文章学，特别是桐城派文章理论的概括与总结，所用概念全部来自中国古代，基本上没有使用来自西方的“新学语”。当然这并非说西方文学观念对他毫无影响，而是说这种影响是暗含着的，而且不居于主流位置。姚氏所坚持的文学评价标准依然是桐城派的“义法”，即“言有物”与“言有序”，只不过对于“有物”与“有序”的解读已经融进了新的因素，并非全然承袭其桐城前辈而来。

从今天的眼光看，刘师培的《文章源始》与章太炎的《文学总略》以及姚永朴的《文学研究法》中的文学观是各有不同的，甚至是针锋相对的，但三者均渊源有自，都属于传统的或曰文化守成的一派，是对中国古代文学观的梳理与总结，与来自西方的“文学”，即诗歌、小说、戏剧、散文所谓“四分法”或叙事类、抒情类、戏剧类所谓“三分法”均不相类。由于他们的文学评价标准都来自中国文学传统，因此如果借用胡适对章太炎的评语来评价他们是很恰当的，那就是“复古”二字[②]。那么这是否意味着他们这种文学观毫无意义呢？当然不是。自 20 世纪初期以来，中国文学

---

① 章太炎：《文学总略》，见《国故论衡》中卷，上海古籍出版社 2003 年版，第 55 页。

② 胡适：《五十年来中国之文学》，《胡适文存》二集第二卷，黄山书社 1996 年版，第 210 页。

史、文学批评史的撰写都有一个从中国传统意义上的“文”或“文学”向西方现代意义上的“文学”转换的过程。早期的文学史或文学批评史所使用的术语是中国传统的居多而来自西方的为少,后来渐渐相反,以至于来自西方的概念占据绝对优势地位[①]。这是中国现代文化学术生成与演变的一般轨迹,显示着中国现代学术告别传统、走近西方的整体趋势。然而这里虽然带有某种势必如此的无奈,但并不意味着拥有合理性。就文学史和文学批评史而言,最明显的偏失就在于西方现代文学观念与中国古代文学实际之间的错位。许多学者按照西方文学观念来“修理”中国古代的材料,使之符合或者接近西方的文学评价标准,这显然是有很大问题的。中国古代文学自成系统,以诗文为主干,举凡诗词歌赋、书论奏议、铭耒序跋无往而非文学,在此基础上所形成的那一套评价标准与创作观念自然与西方文论大相径庭。在中国现代文学观念的发展史上,刘、章、姚等人的文学主张显然没有成为主流,甚至渐渐被人们遗忘,原因是复杂的,在这里不能展开讨论,我们有必要指出的是:他们文学观的现代意义乃在于提醒我们知道,世上的文学从产生到演变并非沿着同样的轨迹,文学的样式也不能要求一律,因此文学评价标准也不能完全以西方之是非为是非。

三、现实需求对文学评价标准的决定性影响

在精神文化的演变过程中,来自现实需求的影响往往才是决定性的。先在的文化资源的影响,无论这种资源来自自身固有文化传统还是来自外来文化,在现实的政治或意识形态需求面前都会显得孱弱无力。从20世纪初到五四前后,持续了十余年的“中”“西”两大文学观念的博弈以西学的大获全胜而告终。胡适的《文学改良刍议》和陈独秀的《文学革命论》为现代新文学确立了新的评价标准,其总体倾向是由雅而俗、由古而

① 中国古代文论研究专家古风教授曾经专门统计过中国传统文论话语被边缘化的历史过程。见古风《中国传统文论话语的边缘化状况调查报告》,《中国中外文艺理论研究》(2013年卷)。

今，以反映现实生活、抒发真情实感为旨归。到了20世纪20年代末期以后，像章太炎、刘师培、姚永朴、林纾以及“学衡派”等坚持建立中国式文学评价标准的学人不能说没有，但确实不能发出响亮的声音了。然而来自西方的现代文学观念，包括“纯文学”观，也未能独领风骚，到了20世纪三四十年代，尽管有朱光潜、宗白华、梁实秋、梁宗岱、李健吾等一批批评家依然坚持对文艺作品的审美批评，恪守着来自西方的批评标准，但他们无疑是越来越被边缘化了。由于民族危亡以及抗日民族统一阵线的建立，整个国家的意识形态为救亡图存的政治性话语所主导，文学评价标准更是首当其冲。从“革命文学”的争论到“左翼作家联盟”的成立，再到毛泽东《在延安文艺座谈会上的讲话》的发表，一条无产阶级文艺思想的发展脉络清晰可见。其文学评价标准固然有一个演变的过程，但其基调则是革命的意识形态。这就意味着，这种文学评价标准是为现实政治服务的，是随着现实政治的变化而变化的。毛泽东在《讲话》中明确提出了“政治标准第一，艺术标准第二”的文学评价标准，而在当时，“政治标准”的含义是：“一切利于抗日和团结的，鼓励群众同心同德的，反对倒退、促成进步的东西，便都是好的；而一切不利于抗日和团结的，鼓动群众离心离德的，反对进步、拉着人们倒退的东西，便都是坏的。”可见有着极为鲜明的现实针对性。那么艺术标准呢？“按着艺术标准来说，一切艺术性较高的，是好的，或较好的；艺术性较低的，则是坏的，或较坏的。”[①]艺术性如何衡量呢？一方面要看“艺术科学”的标准，一方面则要看是否为人民大众“喜闻乐见”。在此后的三十多年中，尽管“政治”的内涵不断演变，但总体言之，在中国居于主流地位的文学批评标准基本上是沿袭这篇“讲话”精神的。这种评价标准的实质是来自现实政治的革命实用主义与来自苏联的社会主义现实主义文学观念的结合。由于以强有力的现实政治为依托，成为主流意识形态的有机组成，这种评价标准就得到了充分而有

① 毛泽东：《在延安文艺座谈会上的讲话》，见《毛泽东论文艺》，人民文学出版社1992年版，第56页。

效的贯彻,从而对这一时期中国文学艺术的创作与批评实践产生了决定性影响。这种文学评价标准过于强调文学的政治功能,把文学视为"工具",这确实严重影响了文学的丰富性与个性,这也正是"新时期"文学理论着力矫正的地方。但是《讲话》中有一个至关重要的主张为"新时期"文学理论所忽略,这就是把人民的"喜闻乐见"视为衡量文艺作品艺术性的评价标准。这在中国文学史与文学思想史上确实具有划时代的意义。可以看作马克思主义文学思想在中国最重要的影响。"文学是为什么人的"可以说是一个最重要的文学评价标准。在对待人民大众的态度上,以往的文学观念最多是主张反映人民的疾苦,这一点中国古代一千多年前的文人士大夫就已经做到了。中国现代的知识阶层,固然也赞同"劳工神圣"的主张,但那只是表达了一种尊重和同情,并不代表他们站在了工人阶级立场上。至于"哀其不幸,怒其不争""引起疗救的注意"云云,明显是站在启蒙者、拯救者的立场上。只有真正的马克思主义才会把人民大众的"喜闻乐见"作为文学艺术的评价标准。因为这是站在人民大众的立场上对文艺提出的要求。这在中国文学史上确实具有划时代的意义。

在20世纪70年代末80年代初的思想解放的历史语境中,"为文学正名"的呼声出现了。1979年《上海文学》四月号发表题为《为文艺正名——驳"文艺是阶级斗争的工具说"》,同年《上海戏剧》《湖南师院学报》《四平师院学报》等多家刊物刊登讨论文章,掀起了一场"为文艺正名"的热潮。所谓"为文艺正名",根本上说就是要求文学艺术摆脱"工具说"的束缚,真正回归自身,强调尊重"文艺的规律"。但是一个严峻的问题随即出现:离开了古老的政教传统,也摆脱了数十年的做"工具"的命运,文学艺术的评价标准是什么呢?人们如何判定一件艺术品的好坏呢?在当时知识界普遍张扬人性、人道主义的文化语境中,理论家们找到了"审美",于是"文学的审美本质"的理论主张出现了。然而"审美"或者"美学"的概念本身如果离开了具体阐释与限定,就仅仅是一种缺乏内涵的空洞能指而已,根本无法承担起文艺评价标准的重要功能。于是理论家们开始追根溯源，把这一概念与马克思的《1844 年经济学哲学手稿》、黑格尔的《美学》、席勒的《审美教育书简》直至康德的《判断力批判》联系起来，使之获得了具体而丰富的所指。于是在中国 80 年代初期的文化语境中，“审美”是与“人的本质力量对象化”“自然的人化”“无利害关系”“无功利”“自由”“游戏”等紧密相联的，带有鲜明的德国浪漫主义印记，本质上是一种启蒙精神。可以说，这种在西方延续了数百年的启蒙精神构成了中国 20 世纪 80 年代文学批评标准的基调。诸如“文学是人学”“人性”“个性”“自由”“主体性”“向内转”等成为围绕文学“审美本质”的限定性和解释性概念。换句话说，文学评价标准从直接的现实政治摆脱出来之后，又称为另一种政治——来自西方的启蒙主义意识形态——的表现形式。伊格尔顿认为一切文学批评根本上说都是“政治批评”，这一卓越见解也在我们这里得到了很好的印证。但是在中国的语境中纯粹的启蒙话语是缺乏存在条件的，因此把作为启蒙精神之象征的“审美”作为文学的本质就显得缺乏足够的合法性。于是我们的理论家就想出了“审美意识形态”这样的组合词。这是一个极富意味的提法。从表面的学理逻辑上看，这一提法是自然而然的：马克思主义的基本原理认为文学艺术与哲学、宗教等一样都属于建立在社会经济基础之上的意识形态。但文学艺术又不同于一般的观念形态，它是靠形象来说话的，而且也不仅仅说理，更主要地是表现情感体验。所以在马克思主义的解释框架内，文艺算是一种特殊的意识形态，如果为其设置一个限定词，那么就没有比“审美”更合适的了。当然，我们同样也可以把宗教称为“信仰的意识形态”，把哲学称为“逻辑思辨的意识形态”。中国学人的这一提法与伊格尔顿的“审美意识形态”概念有相通之处，也有重要区别。盖伊格尔顿强调的是“意识形态”，即认为审美也是一种意识形态，具有意识形态的功能与特性。我们则强调“审美”，目的在于凸显文艺的特殊性。这是“审美意识形态”这一提法表面的学理逻辑。从更深层的意义来看，这一提法隐含着一代中国人文知识分子在特定历史语境中的复杂心态。“审美”指向个体性、主体、感性、自由等意义维度,“意识形态”则指向“整体性”“社会”“阶级”“国家”等意义维度,这两个独立词语的结合表征着这一提法的提出者所代表的人文知识分子既要维护个体精神自由、维护个性与主体意识,又要承担社会责任,认同现存社会共同体的双向价值取向。在“审美意识形态”这个专业性很强的提法中实际上蕴含着一代中国学人的政治诉求与身份认同,可以说这是大多数中国知识分子所共有的。如果超越“新时期”这一时间范围,从新中国成立以来,中国的作家、艺术家、文艺批评家和所有文艺研究者们实际上一直在“审美”与“意识形态”之间滑动。就其主观意愿来说,自然是希望在二者之间寻求平衡,不偏不倚。但社会政治状况常常起着更加重要的作用,这就使得我们的文艺评价标准总是有所侧重,很难达到真正的平衡。新时期初期,人们呼唤“审美”,希望建立属于文学自身的评价标准,但一旦将“审美”认定为文学评价的标准时,他们又很快发现这是远远不够的,因为文学的丰富性、复杂性远不是“审美”二字可以涵盖的。而且,一旦把“审美”理解为一个历史范畴,它所带有的那种浪漫主义色彩就消失殆尽了。

四、后现代主义思潮及“文化研究”之影响

到了20世纪90年代以后,似乎一切都发生了根本性变化,弥漫在20世纪80年代整个精神文化领域的那种蓬勃的青春朝气不见了,代之而起的是怀疑、冷静和深沉。在文学理论与批评领域真正具有影响力的已经不是康德、席勒和黑格尔的美学,甚至也不再是海德格尔和萨特的存在主义,福柯、德里达、罗兰·巴特、利奥塔、克里斯蒂娃等一大串新的理论家的名字相继出现在我们的论文与著作之中。他们各有各的主张与见解,但也有一个共同的称号,叫作“后现代主义”。后现代主义在20世纪80年代中期已经为中国学界所熟知,这有赖于美国著名马克思主义文化批评家弗雷德里克·杰姆逊于1985年在北京大学进行的为期四个月的讲学并出版的《后现代主义与文化理论》一书,通过杰姆逊的介绍与点评,

后现代主义的各种流派与主张在中国学界广为人知。而后现代主义对中国学术产生真正深入肌理的影响却是在20世纪90年代以后的事情了。这一方面固然是因为一种学术影响的形成需要一个过程,但更重要的恐怕还是由于20世纪80年代的文化语境与后现代主义不相契合。而到了20世纪90年代中期之后,作为一种思考方式的后现代主义可以说在中国知识界已经占据相当重要的位置了。

整体言之,后现代主义所彰显的是一种怀疑的精神,它不仅是对"他者"的怀疑,而且是对自身的怀疑,是对自身赖以形成的传统的反思与质疑。后现代主义并不是要颠覆一切,更不是只破坏不建设,而是要清理以往文化建设中的"豆腐渣"工程,从而寻求更加稳固的根基。后现代主义的质询与怀疑本身就是对西方古希腊以来形成优秀文化传统的最好的继承。这是传统自然而然的结果。总体言之,后现代主义是一种文化传统自我更新能力的体现,是积极的而非消极的,是建设的而非破坏的,是进取的而非倒退的。中国学界20世纪90年代开始真正接纳后现代主义,并且将其质询与怀疑精神融进自己的学术研究之中是有其必然性与必要性的。中国现代学术文化传统蹒跚了近百年,还远未成熟,有太多需要审问、反思、质询与清理的问题。五四新文化运动高举"科学"与"民主"的大旗,囫囵吞枣式地接受了许多西方的政治、文化思想,一直没有得到很好的反思;革命的年代,为了现实政治的需求,在文化学术上提出了许多临时性的主张与要求,也没有得到充分审视;20世纪80年代,人文知识分子在思想解放运动热潮的激励下,提出或引进了许多学术观点与方法,同样没有得到很好的鉴别与印证。这一切都需要一种冷静而沉潜的学术研究来处理。后现代主义无疑对我们的学术思维提供了很好的启发。就文学理论与批评领域而言,长期以来,我们确实形成了某种"本质主义"和"一元论"的倾向,总希望找到某种属性来一劳永逸地解决"文学是什么"的问题,也希望建构一种最完备的、可以解释全部文学问题的理论体系和方法。这都是西方传统概念形而上学思维方式的产物,而概念形而上学恰恰就是后现代主义最主要的颠覆对象。在这个意义上说,后现代主义对我们的文学理论建设具有重要借鉴作用。就其对中国当下文学评价标准的影响而言,后现代主义的意义主要表现在三个方面:其一,不再相信以往那些既定的评价,而是对一切经典都按照自己的理解进行重新评价。有些在文学史上名不见经传的作品,在后现代主义的视野里也许获得空前的重视,反之亦然。其二,不再轻易接受任何现成的评价标准,无论它是来自古代传统还是来自西方。文学评价标准本身也成为被反思和质疑的对象。后现代思维有一个很突出的特点,那就是不把对象本身作为反思与质疑的切入点,而是探寻其赖以支撑的根基。人们通常认为是自明的、无须追问的那些前提,恰恰是最需要质疑的。文学评价标准就是这样一种存在,以往人们都是按照它来评价一部作品的美丑优劣的。但在后现代思维那里,何为"美丑优劣"本身就是个问题。这是谁给出的标准?人们为什么给出这样的而不是那样的标准?其背后隐含的文化逻辑是什么?我们为什么要不加反思地接受这些标准?不是"美丑优劣"这样的评价标准本身的是非对错问题,而是其背后隐含的诸如此类的问题才是真正有意义的。在这样的追问面前,那些原本很神圣的规则与信条就不再那么神圣了。这种追问方式告诉人们,从来就没有什么是天经地义的,规则与标准都是人们建构起来的,都表征着某种权力的运作与平衡。从这种追问方式来看,后现代思维给中国文学理论研究的影响是巨大的,是带有根本性的。对于这个在背后默默发挥作用的"权力"我们完全可以做出马克思主义的解释:它不是别的什么神秘之物,它就是恩格斯所说的"力的平行四边形",就是各种社会因素——阶级、阶层、社会集团、个人、政治组织、经济组织、文化教育机构、新闻传播机构等所构成的社会关系网络,"权力"就在这些网络中运行,它就是这些网络本身。其三,评价标准多元化了。以往的文学理论与批评追求文学评价标准的一元化,总认为既然都是文学,一定会有一种共同的本质、共同的创作原则,因此也应该有统一的评价标准。在后现代思维的启发下,人们不再追求这种事实上并不存在的“统一性”了。各种类型、各种层次的文学作品都有其存在的合理性。讲典型人物和典型环境的现实主义固然好,不讲典型,专门塑造概念化人物的现代主义也有其独特价值,即使连概念化人物也不塑造,只写人的瞬间感觉,甚至是文字游戏的后现代文学(如新小说之类)也有其存在的价值。

如此看来,可以毫不夸张地说,中国当代文学理论受惠于西方后现代主义者良多。

伴随着后现代主义思潮而来的是文化研究。从20世纪90年代中期到新世纪以来,在中国学界“文化研究”成为一大热潮,可以称为一时显学。有两大原因使得文化研究在中国学界必然会产生巨大影响:一是大众文化在中国的迅猛发展。从20世纪90年代初期至今的20多年间是大众文化在中国飞速发展的时期,电影、电视、网络文学、博客、微博、微信等,已经成为人们(特别是四十岁以下的年轻人)文化娱乐的主要方式。网络成了人们娱乐与获取各种知识信息的主要手段。有如此这般的文化现象,自然需要相应的学术研究。产生于西方的文化研究也就自然而然地受到中国学界的青睐了。二是文化研究的学术渊源与理论基础是马克思主义,它常常是站在社会下层人民的立场上言说的,这和我们新中国成立以来的学术传统有一种密切的关联性,所以很容易被接纳。文化研究不是文学研究,但与文学研究有着密切关系,它既受到文学研究的影响,又对文学研究产生影响。因此也与文学评价标准有着密切关联。这可以从下列三个方面看出来。首先,文化研究影响到人们对文学的理解。什么是文学?这本来是无须讨论的问题,但文化研究把它变成了一个重要的学术话题。例如西方文化研究的代表者英国伯明翰学派从理查德·霍加特到斯图加特·霍尔基本上都是文学批评家出身。但他们的研究范围远远超出了原来意义上的“文学”,他们研究包括大众文化及与大众文化密切相关的大众日常生活,具体涉及电视、电影、广播、报刊、广告、畅销书、儿童漫画、流行歌曲、青少年亚文化在内的形形色色的社会文化现象,特别是社会下层的、边缘的文化现象。他们借助于文学研究的方法去分析各类大众文化产品,从某种意义上说也就等于扩大了“文学”的边界。其次,在研究方法上,文化研究也不仅仅限于他们曾经操练过的“新批评”“结构主义符号学”等,而是广泛吸收了社会学、人类学、政治学等多学科的研究方法,形成了一种综合性研究。这也直接影响到文学研究方法。例如20世纪80年代在美国兴起的“新历史主义”或“文化诗学”也提倡跨学科的综合研究方法,也关注社会下层的、边缘化的文化现象,这无疑与文化研究具有内在一致性。当今中国文学研究领域已经很少再有那种囿于文本的“新批评”式的研究了,可以毫不夸张地说,综合性的跨学科研究已经成为文学研究的主流。研究方法和审视角度的变化意味着文学作为研究对象向人们呈现出不同以往的新面目,展示出新的意义,这自然也就意味着文学评价标准的变化。最后,也是最主要的,在文学评价标准上文化研究打破了长期以来在文学理论与批评中形成的“雅俗”观,打破了“俗文学”与“纯文学”的界限。在中国,文学是一种修养,历来是知识阶层的身份标志之一。在古代,诗词歌赋是“文人”的专利,是文人士大夫阶层区别于农、工、商等社会阶层的重要标志。诗词歌赋越是精妙玄奥,就越是显出其身份的高贵,因此文人士大夫们一味追求“雅化”,乐此不疲。到了现代,尽管知识分子大都为时代潮流所裹挟,对下层民众的趣味有所关注,但他们在某种程度上依然保留了与传统文人士大夫或西方启蒙知识分子相近似的“精神贵族”品味,力图借助于文学来确证自己身份的特殊性或非大众性——“非大众性”是知识分子普遍存在的一种身份意识,总觉得自己有别于或者高于社会大众,不肯轻易认同自己实际上的大众身份。即如20世纪80年代以来中国的文学理论与批评,可以标举“审美”,高扬“人性”“主体性”这些启蒙主义的价值,为什么不大看重四十年前毛泽东反复强调的文艺应该让人民大众“喜闻乐见”呢?因为在这一代人文知识分子的心灵深处依然盘踞着“非大众性”意识。这是很明显的,他们认同启蒙者身份,就意味着是站在社会大众之上的导师,而不是大众的一员。20 世纪 90 年代在知识界普遍存在的那种对于大众文化的轻蔑、鄙视态度也反映出他们这种“非大众性”身份意识。

五、关于文学评价标准的几点思考

以上我们考察了百年来中国文化现代性展开过程中文学评价标准形成与演变的历史轨迹,通过这样的考察我们有如下几点思考:

其一,文学评价标准的建立是一个复杂的综合性“工程”而不仅仅是文学自身的事情。可以毫不夸张地说,中国现代文学观念的形成与一个世纪以来整个中国的政治经济、文化学术的历史演变都息息相关,是作为它们的一种表征而存在的。它是社会政治状况的晴雨表,也是知识分子自我意识深刻程度的标尺。文学评价标准与人们关于社会的评价标准、人的评价标准具有深层的一致性。与知识分子自身的身份认同也具有深刻的相关性。可以说,现代文学评价标准的建立与演变的历史也可以看作百年来中国现代知识分子社会境遇、自我意识与身份认同的历史。

其二,中国现代文学评价标准不应该是对古代传统的完整继承,也不应该是对西方文学观念的简单照搬,而应该是中西两大文化传统相互碰撞、交融互渗的产物。百年来,在文学评价标准问题上,中国学人或者强调继承中国固有传统,或者主张全盘接受西方观念,事实证明都是有问题的。真正正确的路径恐怕还是鲁迅当年在《文化偏至论》里的那句名言:“外之既不后于世界之思潮,内之仍弗失固有之血脉,取今复古,别立新宗。”[①]就是说,我们应该坚持的文学评价标准不是古代的而是现代的,不是西方的而是中国的,是一个新的文化传统的组成部分,这个新的文化传统是中国古代文化资源、西方文化资源与一个世纪以来中国社会现实需要三种因素互融互动的产物,是一种有着独立精神与强大生命力的文化新传统。

其三,除了来自中国传统与西方的影响之外,真正对中国现代文学评

① 鲁迅:《文化偏至论》,见《鲁迅全集》第一卷,人民文学出版社 2005 年版,第 57 页。

价标准构成决定性影响的是现实的需求。无论是“文学革命”还是“革命文学”,无论是“政治标准第一”还是“为文艺正名”,都是现实社会需求在文学观念上的表现。凡是脱离社会现实需求而提出的文学评价标准都不可能是有效的,不会得到普遍接受。因此,如果我们衡量一部小说是不是好作品,一是要看它是否深刻植根于社会现实生活,二是看其是否契合了社会大众的趣味,而不是看它是不是符合西方通行的关于小说的某些准则。《红楼梦》不是按照西方的小说标准创作的,然而无论是内容的丰富性还是叙事的艺术性,没有一部西方小说能够超过它。文学艺术属于趣味范畴,而趣味是最不能整齐划一的。如果一种文学评价标准不是在自己的文化土壤中孕育出来而是从别人那里拿来的,那肯定是行不通的。

基于上述三点思考,我们似乎可以得出这样的结论:在文学评价标准的建立这一问题上,我们不能以古人的是非为是非,但是我们有必要从古人的经验中汲取营养。我们同样不能以西方的是非为是非,尤其不能以是否符合西方的文学体裁、风格、美丑标准来考量我们的文学作品,但是我们也同样有必要从西方经验中汲取营养。在此基础上,我们在进行文学研究与批评过程中,应该以我们的现实需求为衡量文学美丑妍媸、优劣高下的基本尺度,而就当下而言,广大人民群众的“喜闻乐见”便是最重要的现实需求了。

第三节　对20世纪中国古代文论研究若干问题之反思

20世纪中国古代文论研究不仅仅是一个学科内部的事情,它更是一种文化现象,是中国现代文化的一部分,是中国文化现代性展开过程中的一个侧面;由于古代文论虽然是一个现代性范畴的文化论域,却毕竟是以古代文学观念为谈论对象的,故而这一研究领域就自然而然地成为古代与现代、中国与西方文化碰撞的一个交汇处，成为一个具有多维意义蕴含与象征意味的文化扭结点。古代文论是中国文化现代性的产物，同时它所具有的种种局限以及今日之困境也是拜现代性之所赐。也正是由于这种复杂性，我们的反思也不仅仅囿于古代文论的学科范围，而是通过古代文论来透视在中国文化现代性展开过程中的若干具有普遍性的重要问题。

一、作为一个论域的"古代文论"

什么是"古代文论"？在现代汉语语境中，无论作为一种学术研究活动，还是作为一个学科门类的"古代文论"，都与另一个概念，即"文学批评史"基本上可以互换，是指研究中国古代文学观念和文学批评的一门学问。如果从上个世纪20年代算起，这门学问已经走过了80多年的历程。关于它的产生原因朱自清曾言：

> 中国文学批评史的出现，却得等到"五四"运动以后，人们确求种种新意念新评价的时候。这时候人们对文学取得了严肃的态度，因而对文学批评也取了郑重的态度，这就提高了在中国的文学批评——诗文评——的地位。这也许因为我们正在开始一个新的批评时代，一个重新估定一切价值的时代，要重新估定一切价值，就得认识传统里的种种价值，以及种种评价的标准；于是乎研究中国文学的人有些就将兴趣与精力放在文学批评史上。再说我们对现代中国文学所用的评价标准，起初虽然是普遍的——其实是借用西方的——后来就渐渐参用本国的传统的，如所谓"言志派"和"载道派"——其实不如说是"载道派"和"缘情派"。文学批评史不止可以阐明过去，并且可以阐明现在，指引将来的路；这也增高了它的趣味与地位。还有，所谓文学遗产问题，解决起来，不但用得着文学史，也用得着文学

批评史。中国文学批评史发展得相当快,这些情形恐怕都有影响。[①]

这段话至少包含着这样一些意思:第一,古代文论或文学批评史的产生有赖于文学以及与之相应的文学批评在文化系统中地位的提升。第二,五四之后中国文学界需要建立崭新的文学评价体系以应对日益蓬勃发展的新文学,古代文学批评因此作为需要清理的对象而受到重视。第三,当时刚刚开始形成的新的文学批评标准起初主要是来自西方的,后来人们发现本国传统中原有的标准也还是可以用的,为古为今用计,便开始重视古代文学批评。第四,出于整理文学遗产的目的而重视古代文学批评。这些分析是合乎实际的,古代文论或中国文学批评史实际上是伴随着中国现代新文学的发展而发展的,可以说是新的文学观念向中国古代的延伸,即用来自西方的文学观念重新整理中国古代的文学遗产,又反过来借用古代文学批评资源建构新的批评观,因此,古代文论研究可以说是中国现代新文学运动的一个组成部分。这看上去是很自然的事情,实际上却暗含了两种迥然不同的文化系统之间的诸多矛盾与对立。这种矛盾与对立决定着"古代文论"或"中国文学批评史"这门新兴学问的基本形态、演变轨迹与发展走向,对于我们的"反思"来说,这些都是有必要加以辨析与清理的。

如前所述,作为一种学术活动或者一个学科门类的古代文论是指伴随着现代西方文论观念的引进而产生的、以重新梳理中国古代诗文批评的理论与实践为主要目的的学术研究。这种学术研究与其研究主体一样,在中国是一种新兴的文化现象。古代文论研究主体属于"中国现代知识分子"范畴,是一个由传统文人士大夫脱胎而来的一个新的社会阶层;古代文论研究则属于"中国现代学术文化"范畴,与中国古代的"诗文评"传统有着根本差异。就是说,尽管作为古代文论这门学问之研究主体的

① 朱自清:《诗文评的发展》,见《朱自清古典文学论文集》(下),上海古籍出版社1981年版,第543页。

现代知识分子与传统文人士大夫存在着某种千丝万缕的联系,古代文论与传统“诗文评”之间也存在着某种相近之处,但它们是完全不同的两种东西,存在着性质上的根本差异。就研究主体来看,现代知识分子与传统文人士大夫在社会身份、社会功能等方面都存在着诸多差异,这里且不去管它,对我们的论题有追问意义的问题是:二者在思考问题和谈论问题时究竟有什么不同?这些不同是如何造成的?对这些问题的回答实际上也就解答了古代文论话语形态与传统“诗文评”话语形态之间的异同问题。

在中国古代没有现代意义上的文学研究,古人只是从经验和体验出发对诗文现象有所言说而已——这就是被古人称为“诗文评”的话语系统。“诗文评”之所以不同于现代的古代文论研究,除了前者建基于古代的“诗文”观念之上,而后者乃是建基于从西方引进的“文学”观念之上,更主要的乃在于“诗文评”是把所言说者作为“分内事”看待,而古代文论却是当作“别人的事”来看待的。换言之,“诗文评”的言说方式是“介入式”的,即通过体认、涵泳的方式表达自己的切身体会,而古代文论却是把研究对象作为“对象”来审视的,即“对象化”的。这种“入思”方式和言说方式上的差异就直接导致了“诗文评”永远不是一种现代意义上的“知识形态”而主要是活泼泼的经验与体验,而古代文论则是一种被逻辑思维按照一定规则整理、重构过的概念系统。从这个意义上说,中国古代从来就没有古代文论这样一种学问,这是一门纯粹的现代学科。

问题恰恰就在这里——一门以现代西方文学观念为基础,以概念、逻辑为基本运思工具的现代学科所面对的却是那样一种直接指涉着道德、政教、人格理想、玄妙之思以及活泼泼的感受、体验的特殊话语系统。这种对象与方法的错位就必然导致研究方法对研究对象的某种程度的扭曲、改造与遮蔽。然而这却是不可避免的,这不仅是古代文论研究的带有某种宿命性的窘困,而且是整个中国传统文化研究的悖论性命运——当你为了保持古代文化的原貌而用古人的思维方式、言说方式对其进行研究时,你是在“以古释古”,你的研究根本算不上是现代学术;当你用在西学影响下形成的现代思维和言说方式研究古代文化时,你就不可避免地重构了古人,根本无法避免“过度阐释”之嫌。我们的现代学术就是在这样的困境中形成并发展的。在这方面,古代文论颇具代表性。

古代文论首先要做的是什么?当然是划定自己言说的范围:比如在郭绍虞那里是确定“文学观”的含义并以此为标准为中国古代文学批评划分历史时期;在罗根泽那里是为“文学”区分广义、狭义和折中义并做出自己的选择;在朱东润那里则是根据现代文学观念选择值得书写的文论家①。尽管他们在谈论“文学”时看上去是以中国古代的材料为依据的,实际上却是预设了西方现代关于“文学”的分类与定义的合法性。这便是他们所说的“与现代人所用的一样”②的“文学”或者罗根泽所取的“折中义”的“文学”了③。因此郭、罗、朱等前辈学人撰写“中国文学批评史”的过程,也就是用现代文学观念选择、梳理、评介古代文本资料的过程。这种工作的积极意义与必要性是显而易见的:其一,不如此便不足以确立一个独立的学科,也就不能更有效地研究古人的诗文观念与现代文学观念的相近程度与差异之所在。其二,这种研究梳理出了古人关于诗文之言说的大致脉络与形态。在陈钟凡、郭绍虞、朱东润、罗根泽、方孝岳等中国文学批评史研究大家所奠定的基础上,数十年来,大批学人花费无穷精力与时间沿着这条路线不断开拓、修补、细化、深化,但始终不出其藩篱。前辈学者筚路蓝缕之功令人敬佩,也值得继续发扬光大。

但是毫无疑问,这种研究路向也存在着许多问题:

首先,它遮蔽了中国古代许多具有独特性的、不能纳入今日之“文学”范畴的诗文观念,例如中国古代的文章学(关于各种文体的规制、体势、写作技巧等方面的学说)极为发达,但其不属于今日所说的“文学”,

① 章培恒先生以为“美和激情”是“朱先生文学思想的根本点”(见章培恒《〈中国文学批评史大纲〉导读》),此论确然。“美和激情”是朱东润选择其所评述的文论家的基本标准。这一标准所暗含的依据正是“现代文学观念”。

② 郭绍虞:《中国文学批评史》,上海古籍出版社 1979 年版,第 4 页。

③ 罗根泽:《中国文学批评史》第一册,上海古籍出版社 1984 年版,第 3 页。

故而长期受到古代文论研究的冷落。又如“诗话”“小说评点”等批评话语虽然一直有大量学者进行研究，但是基本上都是在关注其中包含的那些符合现代的“文学”观念内容，而对其运思方式、表述方式则几乎不予理会，因为西方的文学批评从来没有相近的形式。

其次，用现代文学观念为基准衡量古代文论话语，常常导致研究者忽视这些话语产生的具体语境，把它们理解为一种如西方学术话语那样的普遍概念。古代文论话语的产生及使用，常常与言说者直接的体验密切相关，故而具有很强的针对性与很大的随机性、灵活性，古人在使用这些话语时是通过上下语境来确定其准确含义，而不是像西方学术那样多是在普遍性的定义基础上使用某一概念。这种情况对于那些做“跨语际”研究的学者可能会有更加突出的感受。刘若愚在谈及自己用英文撰写《中国文学理论》一书的困难时曾言：

> 首先，在中文的批评著作中，同一个词，即使由同一作者所用，也经常表示不同的概念；而不同的词，可能事实上表示同一概念……例如“神”这个字本身可能意指“神明”“鬼神”“精神的”“神圣的”“神妙的”或者“神奇的”；“韵”这个字可能意指“谐鸣”“和音”“押韵”“节奏”“声调”或者“个人风韵”。“神·韵”合在一起，在理论上可能以令人迷惑的各种方式加以解释，其中有些是合理的，而其余的毫无意义。然而，另一个困难来自有些中国批评家习惯上使用极为诗意的语言所表现的，不是知性的概念而是直觉的感性；这种直觉的感性，在本质上无法明确定义。①

用西文写作关于古代文论的著作或者翻译中国古代典籍时会遇到这样的困难，在现代汉语语境中对古代典籍展开研究时，也同样存在这样的问题。论者常常犯的错误正是力求将那些多义的或含义不固定的、感性

① 刘若愚：《中国文学理论》，杜国清译，江苏教育出版社2006年版，第7页。

的语词解释为具有普遍性的概念,误以为此类语词也有着向西方学术话语那样固定不变的内涵与外延。这就是古代文论研究者对那些古代文论语词,诸如志、情、气、体、势、风骨、意境、兴趣、神韵之类。绞尽脑汁地寻找其确切含义而总是达不到目的的根本原因,是这些语词的含义只能在特定语境中才可以确定,而且这种确定往往也只是意味着它们给出了某种具体的体验、感觉而不是明确的定义。正如"仁"这个儒学的核心话语,尽管孔子常常使用它,但从不为之下定义,而且每次使用的含义都有所不同。

最后,这种研究有时会忽视中国古代文论话语产生的复杂性和文化内涵上的丰富性。古代文论话语背后的依托是中国古人精神追求与价值理想,与西方文论话语的解释性品格大相径庭[①],但是以西方文学观念为基准来梳理古代文论话语显然就不得不舍弃那些与之相左的或者不搭界的内容。这样的研究无疑是遮蔽了中国古代文论话语资源的丰富性与独特性。例如在玄学语境中产生或使用的那些文论话语,像"淡远""飘逸""风骨""清丽""高古""虚静"之类总是与当时士人们的人格追求、价值理想有着密切关联,如果把它们单纯地理解为仅仅指涉诗文风格的语词就必然会舍弃其丰富的文化意味。

二、古代文论研究路径反思之一:"求真"之误区

纵观几十年来的古代文论研究大致有三种路径:一是沿着第一代学者的路子继续搜罗爬梳,进行资料的发掘、选择与整理工作,其旨在求真;二是以西方现代文论话语为参照对古代文论话语进行命名、分类、意义建构,其旨在彰显古代文论之现代意义;三是以西方某种学术观念和方法为

① 从亚里士多德的《诗学》开始,西方文论与批评著作所使用的基本概念大都是来自于对所研究之对象的归纳和抽象,基本上是对文学作品某方面之性质的解释。中国古代文论话语却有大量并非从诗文作品中归纳、抽象出来的语词,它们来自于另外某个话语系统,例如先秦诸子哲学中的许多语词在六朝之后转换为文论话语(道、神、妙、玄、气、清、风、雅、味、意等等),它们虽然成为文论话语,在语义上有所变化,但其原本具有的那些指涉人格境界、人生理想等方面的文化意味却并未丧失。

参照，努力发掘古代文论话语背后隐含的文化逻辑、权力关系、意识形态因素，其旨在更深的层面上求真。对这三种路径我们可以分别进行反思。

第一种路径旨在求真，其学术价值是毋庸置疑的。中国古代文论资源的确博大精深，发现与整理工作远没有完成，因此对那些在今日如此喧嚣浮躁的时代仍能默默地坐冷板凳、钻故纸堆的学者的确应该抱有极大的敬意。那么这种以求真为目的的治学路向的学理背景是什么呢？平心而论，"求真"作为一种学术旨趣并不是中国古代学术的主流，无论是先秦诸子、两汉经学，还是魏晋玄学、隋唐佛学、宋明理学都是在寻觅或建构人生的意义、开拓精神的空间，而不把"求真"作为治学之鹄的，只是清代的汉学，由于特殊的文化历史语境，才开出一种以"辨章学术，考镜源流"（章学诚语）为目的的文献整理之学。这种学术旨在对古代典籍进行辨别真伪、训诂考据的工作，自然是一种"求真"的学问。这种学问之所以有价值乃在于它是一切学术研究的基础性工作，就古代文论研究而言，倘若没有郭绍虞、朱东润、罗根泽等前辈学者的爬梳剔抉，后人对古代文论是怎样一种存在样态尚且不知，更何谈研究！罗根泽说：

> 盖庄周论道，蕲察"古人之全"；荀卿劝学，必解"一曲"之蔽。况乎史之为书，职司载述，不该不徧，不足语于实录；予取予夺，何得称为直笔？至《春秋》立褒贬之义，《史记》成一家之言，斯则以孔子悯道不行，笔削以垂训，马迁受辱发愤，纂著以自明。后人无孔子之圣，马迁之贤，而妄以支离卑痹之说，谬附笔削一家之言，未有不如王通续经，见诋通人者也。故今兹所作，不敢以一家之言自诡；搜览务全，铨叙务公，祛阴阳偏私之见，存历史事实之真，庶不致厚蔑古人，贻误来者。①

这里虽带有传统经典传注的意味，但其"存历史事实之真"的学术动

① 罗根泽：《中国文学批评史·自序》，上海古籍出版社1984年版，第3页。

机是很值得肯定的。正是这种求真精神,使古代文论研究的奠基者们为后人开出一片可以不断耕耘的学术田地。

但是古代文论研究的"求真"又似乎不仅仅是渊源于乾嘉学术。回顾中国现代学术史我们可以知道,20世纪20年代,中国学界出现的"整理国故"运动和随后在史学界出现的"古史辨"学派是中国现代学术史上的两件大事,其影响所及几乎涵盖了二三十年代整个中国学术界,对于古代文论研究的影响更是极为深远。古代文论研究的主要代表人物之一罗根泽先生本人就是"古史辨"派的中坚人物。对于"古史辨"的学术渊源,论者往往以为是宋儒、清儒疑古辨古之风,实则并不尽然。诚然,就连"古史辨"的代表顾颉刚先生自己也说他的疑古是受了郑樵、姚际恒、崔述等古代疑古家的影响,但他同时也多次谈到,他的历史研究方法是直接得自胡适的,根据有关史料我们可以确知,"古史辨"学派就是胡适提倡的"整理国故"在史学上的具体实践。所谓"整理国故"实际上就是用西方的学术观念——范畴、术语、分类标准——对中国古代材料进行一番系统清理,为他们命名、归类、勾勒脉络,从而呈现整体面貌。也就是胡适之所说的"把三千年来支离破碎的古学,用科学方法作一番有系统的整理"①。那么什么是"科学方法"呢?我们知道胡适在学术研究方面有一个十分显著的特点,那就是方法意识的自觉——他总是强调方法的重要性并在学术实践中极力贯穿自己所选择的方法。尽管胡适谈论方法的文字很多,但实际上他的方法并不复杂。众所周知,"大胆的假设,小心的求证"十个字就是其核心,大致是说要带着怀疑的眼光去博览群书,在阅读过程中善于发现问题,并提出某种解决这些问题的假设性结论,然后再认真寻找材料去加以证明。应该说这种研究方法是有其合理性的,但显然这并不是中国传统文化中固有的研究方法,而是西方学术的产物。胡适自云:

在我进哥大之前我已对《思维术》发生兴趣,也受其影响。杜威

① 《胡适口述自传》,唐德刚整理、翻译,安徽教育出版社2005年版,第219页。

认为有系统的思想通常要通过五个阶段：

第一阶段为思想之前奏(antecedent)。这是一个困惑、疑虑的阶段。这一阶段导致思想者认真去思考。

第二阶段为决定疑虑和困惑究竟在何处。

第三阶段[为解决这些困惑和疑虑]思想者自己会去寻找一个[解决问题]的假设；或面临一些[现成的]假设的解决方法任凭选择。

第四阶段，在此阶段中，思想者只有在这些假设中，选择其一作为他的困惑和疑虑的可能解决的办法。

第五阶段，也是最后的阶段，思想的人在这一阶段要求证，把他[大胆]选择的假设，[小心的]证明出来那是他对他的疑虑和困惑的最满意的解决。

杜威对有系统思想的分析帮助了我对一般科学研究的基本步骤的了解。他也帮助了我对我国近千年来——尤其是近三百年来——古典学术和史学家治学的方法，诸如“考据学”“考证学”等等的了解。①

很明显，胡适后来一再强调并自觉实践的“研究方法”即对杜威所谓系统思维“五步法”的继承。尽管他认为自己发现了中国古代考据学与此“五步法”的相近之处，但我们毋宁把这种“发现”理解为用杜威的观点解读中国考据学的产物。杜威的“实用主义”方法之根本点在于：这是西方近代科学主义思潮的体现，这种方法对人文科学的复杂性与特殊性缺乏应有的重视。因此胡适从杜威得来的方法用之于“考据”则大有成效，用之于意义的阐释则不唯无益，反而有害。事实证明，无论是胡适本人，还是在他影响下的“古史辨”派，治学的路径都流于科学主义一路，这种研究路向对古代典籍所蕴含的丰富意义是视而不见的。顾颉刚多次表示

① 《胡适口述自传》，唐德刚整理、翻译，安徽教育出版社2005年版，第103页。

自己的治学方法是来自乃师适之先生。他也认为自己学得的是“科学方法”，他说：

> 我常说我们要用科学方法去整理国故，人家也称许我用了科学方法而整理国故。我屡次问自己：“你所得到的科学方法到底有多少基本信条？”……后来进了大学，知道惟有用归纳的方法可以增进新知；又知道科学的基础完全建设于假设上，只要从假设去寻求证据，更从证据去修改假设，日益演进，自可日益近真。后来听了适之先生的课，知道研究历史的方法在于寻找一件事情的前后左右关系，不把它看作突然出现的。老实说，我脑筋中印象最深的科学方法不过如此而已。①

这种“科学方法”显然带有明显的科学主义倾向：它预设了历史的客观性，坚信史学家的任务就是通过阅读、归纳、假设、求证来证明这种客观性。这种研究往往无视历史事件背后所隐含的意义与价值，完全把所研究的人和事“对象化”“客体化”了。例如顾颉刚对汉儒说《诗》不遗余力地贬损就根本无视汉儒的良苦用心以及他们的诗学话语背后隐含的文化逻辑与政治性。这种方法只会根据材料进行归纳和推理，根本无法重建具体文化历史语境，因而也无法借助于体验与体认给被研究者的行为动机以合乎情理的解释。这就从根本上违背了人文科学研究的基本精神旨趣②。

从胡适到“古史辨”派，实际上代表了中国现代学术的一大倾向，也

---

① 顾颉刚《古史辨·自序》，河北教育出版社 2003 年版，第 87—88 页。

② 在 20 世纪 20 年代前期展开的著名的“科玄论战”中，许多问题实际上已经被提出了。张君劢在那篇关于“人生观”的著名讲演中对于人文科学（张称为“精神科学”）与自然科学（张称为“物质科学”）在研究立场、研究方法、社会功用、评价标准等方面的根本差异有清晰的表述，而丁文江关于科学对人生观有支配作用的思想很明显是西方近代科学主义思潮的反映。在这场争论中，胡适之坚定地站在丁文江一边，并把张君劢比作孙悟空，把科学和逻辑比作如来佛，认为前者无论怎样都跳不出后者的范围。这种把人文科学视为自然科学之一部分的观点在当时很有代表性，这正是 19 世纪许多西方学者的共同主张。

就是从尼采到狄尔泰再到海德格尔一直反思并否弃的那种在人文科学领域产生不良影响的科学主义学术倾向。西方近代以来,特别是 19 世纪在自然科学方面取得了巨大成就,影响所及,使许多人误以为自然科学的方法是一种可以统摄一切学问的普遍方法,因此在人文社会科学领域就出现了科学主义倾向,这种倾向一直到 20 世纪上半期还有很大市场。胡适不遗余力地倡导的、在中国现代学界影响至深的研究路向本质上正是这种科学主义。我们只要把胡适和冯友兰的中国哲学史研究,顾颉刚和钱穆的中国历史研究稍加对比就不难发现二者在基本学术路向上的巨大差异。借用陈寅恪先生的说法就是:冯、钱二人有着"理解之同情",胡、顾二人则缺乏这种同情。盖在冯、钱眼中,中国历史和哲学史不是僵死的文字材料,更不是事件的排列,而是蕴含着古人理想与情愫的活生生的经验、体验与哲思;而在胡、顾看来,中国历史和哲学史是没有生命的资料而已,而且其中许多还是大可怀疑的伪材料。故而,在冯、钱的研究中就带有继承与弘扬传统文化精神的意味,而在胡、顾这里则如手持手术刀的外科医生一样用冷冰冰的、充满挑剔、怀疑的目光审视自己的研究对象。二者的治学立场、所操持的方法都是大异其趣的。他们分别代表了中国现代学术文化的两大基本倾向。①

属于现代学术范畴的古代文论研究无疑也受到这两大学术路向的影响与制约。但总体言之,应该说是科学主义倾向占据了明显的上风。像朱东润、郭绍虞、罗根泽、朱自清等批评史研究专家基本上都立足于"求真""求实",即重视材料的发现、梳理而不重视意义的阐发。可以说,"求真"的研究路向如果仅仅作为古代文论研究中诸种方法之一种,仅仅限于基本材料的整理层面,其价值是不言而喻的,但是如果像胡适之治哲学

① "国粹派"、熊十力、梁漱溟、马一浮、贺麟、"学衡派"等属于冯、钱代表的"人文主义"研究路向;诸如杨树达、余嘉锡、钱玄同、傅斯年、陈垣等一大批致力于训诂考据版本目录之学的学者都属于胡、顾代表的"科学主义"研究路向。两派都取得了令人瞩目的学术成就。另外还有以批判为手段,以建构革命意识形态为指归的马克思主义学术研究,以郭沫若的史学研究为代表。

史、顾颉刚之治上古史那样将这种带有明显科学主义性质的方法视为唯一方法,而且还以此抵制一切其他方法,那就成大问题了。道理很简单:古代文论话语不仅仅是材料,它更是意义的世界,是活泼泼的精神存在。

这就是说,"求真"作为古代文论研究的一个基本的路向是无可厚非的,因为任何学术都具有"追问真相"的品格。即使是那种对"真实""真理"抱有怀疑态度的后现代主义诸学说,骨子里也还是在追问真相——只不过他们不相信前人发现的"真相"而已。对"深度模式""本质""规律""宏大叙事""逻各斯中心主义"的解构,目的正在于通过再度"祛蔽"而使"真相"自行呈现出来。这种"追问真相"的冲动从古希腊开始就一直是西方哲人学术思考的原动力,即使是以反思现代性、反思传统为己任的后现代思潮也依然如此。然而现代学者越来越发现,如果说在自然科学领域"追问真相"应该是最直接的目的,那么在人文科学领域就未必如此了。人文科学应该是意义建构与阐释的领域,这里并不存在什么一成不变的所谓"真相"。例如对于艺术与审美,我们能够知道的是它们的功能是什么,而不是它们的"真相"是什么,因为作为人类开拓出来的一个意义空间,艺术与审美并没有什么"真相"。因此在古代文论研究中"求真"的路向只是在某个层面上、一定范围内具有学术意义,它绝对不应成为古代文论研究的全部。但是即使把"求真"限定在一定范围内也还是存在问题:纵观数十年来的古代文论研究,"求真"与"意义建构"似乎是一个两难选择,二者很难兼顾。因为对"真相"的追问过程往往也就是对意义的解构过程——一旦明白了所谓"真相",例如文论话语背后隐含的权力运作与意识形态功能之后,那种神圣的"意义"就荡然无存了。

三、古代文论研究路径反思之二:在中西交汇中的取舍

第二种路径可以说是处于后殖民语境所必然产生的学术路向,因为现代以来充溢知识界的那种"事事不如人"的民族自卑感必然导致对西方"强势话语"的模仿。言说者往往预设了西方话语的合理性,于是用西

方近代以来形成的文学观念与诸种文学理论来衡量、取舍古代文论材料便成为一种很普遍的事情。这里也有两种情况：

一是用西方现成的概念、范畴为中国古代文论话语命名、分类，指出“某某”即“某某”，或“某某”属于“某某”。中国古代文论话语基本上不为自己下定义，也不明确规定自己的内涵与外延，因此在使用中的确给人一种“模糊性”或“不确定性”的感觉。但实际上，在古人的言说语境中，这些话语所要表现的内容是很清楚的，只不过这“内容”往往是一种包括直觉、体验、感觉、理解在内的复杂的、综合性的心理蕴含，而不是确定的逻辑判断与命题。它们是对“不可言说”之物的言说，是一种“迂回的”“象征性的”“类比的”或属于“审美秩序”的表述方式，是对那些微妙难测的心理状态或艺术境界的极其巧妙的呈现方式，而不是下定义。因此那种以西方文论的概念、范畴直接为中国古代文论话语命名、分类的做法毫无疑问是一种学术研究的歧途，是伪学术，没有任何学术价值，正如用西方史学观念为标准简单地给中国历史进行分期没有任何学术价值一样。这里的失误用八个字可以概括：圆凿方枘、削足适履。如果说在朱东润、郭绍虞、罗根泽等人那里在展开各自的研究时虽然已经预设了西方“文学”观念的合法性，但毕竟主要做的是整理材料、梳理脉络、确定学科框架的“开疆拓土”性的工作，因而对古代文学观念、范畴的“过度阐释”还不那么明显，那么到了许多后学们那里，随着西方文学理论与批评的大量引进，那种用西方话语来贴标签、曲解、遮蔽、压制古代文论资料的情形就比比皆是了。这种古代文论研究的效果不是弘扬其自身价值，也不是赋予其现代意义，而是用来印证西方文论的合理性、普适性。在这种研究看来，古代文论资源之所以还有研究之必要，仅仅在于它们证明了西方文论中现在才有的东西，在我们古人那里早就有了。由于现代学者自身创造能力的孱弱，只好抬出古人来与西方人对话，看上去是彰显了中华民族文化的优越与早熟，实际上却是用古人为西方人做注脚，先行承认了西方文论的权威性。

另一种情况则可以说是在中国当下文化历史语境中学术研究的正途。这就是以西方文论话语为参照来发掘中国古代文论话语中蕴含的那些以往不为人所知的意义。这种研究并不预设西方文论的权威性,而是把西方文论当作一种“他者”,用以作为比照自身的“镜子”,通过平等的比较来凸显中国古代文论话语在思维方式、表述方式上的特征。这无疑是一个非常正确的研究路向。在古代文论研究中的确有一种无视乃至排斥西方思想的倾向。认为只有埋头古籍,严守古人的治学门径,才是古代文论研究的正途,并因此而鄙视一切西学视野的古代文论研究。这实在是一种很糟糕的观点,甚至可以说是懒人的托辞。所谓“怠者不能修,忌者畏人修”者是也。王国维先生曾说:不懂得西洋哲学,也就不可能真正懂得中国哲学(大意如此),真可以说是真知灼见。没有一种“他者”视域,很难发现自身的独特价值。一个人是如此,一种学术,一种文化也同样如此。如果说纯粹的考据整理之学不去关注西方话语尚无大碍,那么如果涉及意义的阐释、价值的判断,倘仅限于自身传统的视野,那就难免有“以古释古”之弊了,这样的学术研究是不可能有任何现代意义的。“文化全球化”虽然是一个饱受争议的提法,但不同文化之间的互相影响、渗透无疑是当今世界范围内文化发展的大趋势。在这样的情况下,那种关起门来自说自话的治学路径是很值得怀疑的。对于已经发生的事情不能假装没有看见。眼观六路、耳听八方才应该是今日学者所应具备的素质。什么学科界限、古今界限、中西界限、雅俗界限……在独立的学术思考面前都应该被毫不留情地打破。

对于人类文化的整体发展而言,一种文化的价值所在正在于它与其他文化的不同之处。独特性永远是文化的魅力之所在。尤其是人文学科,其主要功能就是拓展人的精神空间、丰富人类的精神维度,不同类型的文化都提供了各自不同的精神空间与维度,并因此而获得各自存在的合理性。至于何种文化为人们所选择吸收,则是一个历史性问题,不是个人意志所决定的。古代文论话语资源在今天之所以还有存在的意义也同样是因为它的独一无二性,能够或者可能为人类文化的进一步发展提供一种无可替代的资源。而古代文论研究的主要任务也就应该是寻找、发现这种独特性。相比之下,资料的发掘与整理不过是为完成这个任务而提供的基础与前提而已。

能够充分借鉴西方现代美学与文学观念、用带有明显人文主义倾向的眼光对待古代文论材料并且能够发现中国古代文论之独特价值而对后世产生重大影响者,前有王国维,后有宗白华。他们都力求在中西融汇的基础上建构某种意义。

王国维在中国古代文论研究史上有着很特殊的地位。可以说他是将西方学术视野与中国古代"诗文评"传统相融合的第一人。其所创造之一系列文论概念(语词大都来自古人,王氏为之注入新义),诸如:古雅、眩惑、境界、有我之境、无我之境、写境、造境、客观之诗人、主观之诗人等等,都是中西诗学观念融汇的产物,这些概念的提出旨在为文学提供新的、更符合实际的解释。同时也是一种价值的诉求——既是审美价值也是精神价值。王国维对《红楼梦》的解读、对屈原精神的阐述,看上去都是简单地用来自西方的思想观念解读中国文学现象,似乎有些生搬硬套,实际上他是在借助于这种解读倡导一种新的价值观,是试图揭示这些古代文学现象所蕴含的现代意义。就运思方式和言说方式而言,王国维的《红楼梦评论》《屈子文学之精神》《古雅在美学上之位置》等论文可以说是中西结合的:既有西方学术话语的逻辑推理,又有中国传统话语的类比与体验。至于《人间词话》,尽管吸收了西方思想,但其运思与言说则属于传统诗话、词话的方法。应该说,王国维的文论话语根本上是在继承中国传统"诗文评"的基础上力求创新,走的是二者结合的路子,尽管还显得有些生硬,不够自然圆融,但这一路向本身是很正确的。可惜的是,后来的古代文论研究并没有继承他所开创的道路。

宗白华在中国古代文论方面的贡献是在现代汉语语境之中、借助于西方的文学思想,极力阐发中国古代文论话语的独特价值,并力求在自己

的批评实践中来运用古代文论的话语资源——这与那种纯粹以“求真”为目的的文学批评史研究是大不相同的。其云:

> 王船山先生论诗云:“君子之心,有与天地同情者,有与禽鱼草木同情者,有与女子小人同情者,有与道同情者——悉得其情,而皆有以裁用之,大以体天地之心,微以备禽鱼草木之几。”这是中国艺术中写实精神的真谛。中国的写实,不是暴露人间的丑恶,抒写心灵的黑暗,乃是“张目人间,逍遥物外,含毫独运,迥发天倪”。动天地、泣鬼神、参造化之权,研象外之趣,这是中国艺术家最后的目的。所以写实、传神、造境,在中国艺术上是一线贯穿的,不必分析出什么写实主义、理想主义来。近人震惊于西洋绘画的写实能力,误以为中国艺术缺乏写实兴趣,这是大错特错的。①

这是宗白华先生对中国古代艺术写实精神之特点进行的十分精到的概括。中国古人的写实不在于揭露黑暗,而在于揭示人与外在世界的相通性,是将写实、传神、造境融汇为一的艺术。考之古代艺术实际,我们不难发现,无论诗歌、绘画、音乐,均是如此。毫无疑问,宗先生在这里肯定是以西方的艺术创作和艺术理论作为参照的,但他绝对没有简单比附,而是在比较中发现中国艺术的特点,这是很值得赞赏的态度。宗先生还试图通过中西艺术之对比找出艺术之所以为艺术的某种共同特质,例如他关于“意境”的理解就体现了这一思路:

> 所以一切美的光都是来自心灵的源泉:没有心灵的映射,是无所谓美的。瑞士思想家阿米尔(Amiel)说:
>
> 一片自然风景是一个心灵的境界。
>
> 中国大画家石涛也说:

① 宗白华:《中国艺术的写实精神》,见《美学与意境》,人民出版社1987年版,第204—205页。

山川使予代山川而言也。……山川与予神遇而迹化也。

艺术家心灵映射万象，代山川而立言，他所表现的是主观的生命情调与客观的自然景象交融互渗，成就一个鸢飞鱼跃，活泼玲珑，渊然而深的灵境；这灵境就构成艺术之所以为艺术的“意境”。①

宗先生是在分析了人生的五种境界，即“功利境界”“伦理境界”“政治境界”“学术境界”“宗教境界”之后来分析“意境”这一“艺术境界”的。这种关于“意境”的理解显然是以西方文艺思想为参照的，是在努力寻找一种中西艺术共有的审美特性。这种宏阔通达的眼光与那种一味“以西解中”或“扬西贬中”的片面狭隘之见是不可同日而语的，与那种盲目抵制西学的抱残守缺者更是不能相提并论。

四、余论

除了我们前面反思的两种研究路向之外，其实还有一种不同的路径，可以称之为后现代视域中的“真相”探寻。这种路径虽然刚开始有人探索，甚至还谈不上有什么令人瞩目的成绩，却是最值得大力提倡的。这实际上也还是一种“求真”路向，只不过这里的“真”不再是那种材料之“真”，而是古代文论话语形成逻辑和内在机制之“真”，是更深层的，也是更复杂的“真”。

我们现代以来的许多学者（包括古代文论研究者）常常有一种误区，以为“求真”的工作也就是资料考据发掘、整理爬梳、辨伪诀疑等，连带着进而以为，所谓学术的功力也就完全视资料掌握的程度而论，实际上这是很成问题的。“求真”绝非仅仅是资料层面的事情，“功力”于资料之外更有“识见”（或云理论洞见）的维度——理论修养是较之资料积累更加难得也更加重要的学术功力，因为它不仅需要勤奋，还需要悟性。从“求真”的角度看，中国古代文论话语是如何形成的？其背后隐含的文化逻辑

① 宗白华：《中国艺术意境之诞生》，见《美学与意境》，人民出版社1987年版，第210页。

是什么?其意识形态功能何在?这都是题中应有之义。目前国内学界在这方面的研究还很薄弱,但早已经开始。这一研究路向可以说始于鲁迅先生的《魏晋风度及文章与药及酒之关系》,在这篇著名的演讲中,鲁迅先生开创了现代文学研究领域中从社会政治形势、言说者社会境遇、社会文化思潮、生活方式与心态的角度探讨文学观念与风格形成原因的路向,给后世以极大方法上的启迪。后继者中最为著名的应是王瑶先生的《中古文学史论》。从该书所论"题旨"我们可窥见其思路:"政治社会情况与文士地位""玄学于清谈""文论的发展""文体辨析与总集的成立""小说与方术""文人与药""文人与酒""论希企隐逸之风""曹氏父子与建安七子""玄言·山水·田园——论东晋诗"等等。此书挥洒自如,联系广泛,是在立体的、多维的、具体的文化历史语境之中来考察文学观念的。这部书稿写于20世纪40年代,可惜此后数十年中几无后继者。只是到了20世纪80年代后期这才有个别当代学人重新接续起这一研究路向。

在古代文论研究中,"求真"之路还有新的拓展空间。近年来,随着法国思想家福柯的"知识考古学"与西方马克思主义"意识形态批评"以及被西方学者广泛运用于心理学、社会学、文化研究等领域的"身份认同理论"等研究路向的引进,在古代文论研究中也出现了从权力关系、意识形态建构、身份等角度重新审视古代文学观念与批评实践的论文和著作。这一研究路向毫无疑问也是一种"求真"式的研究,只不过较之资料整理的"求真"有着更加深刻的追问意识,目的是彻底弄清楚一种古代文论话语是如何被建构起来的,它的实际的社会功能与意识形态功能究竟是什么。这种研究以其看上去冷静、客观、价值中立的立场以及深刻性而获得某种独特的理论魅力,但其局限也恰恰就在这里。一方面,这种研究破除了许多假象,使人们看清了许多看上去很庄严、神圣的人物或事件背后的权力与利益关系,从而提升了人们识别当下话语建构之真相的能力;另一方面,人类那些活泼泼的、引人向上的普遍精神也就在这把锋利无比的手术刀之下被解构了。

例如,对“飘逸”这个充满诱惑的古代文论词语我们就可以给出多种解读。首先,我们可以从意义建构的立场上说,这个语词代表了古代文人伟大的超越精神和个体性主体意识,是对现实污浊的政治状况、追名逐利的社会清醒地否弃与超越,是精神自由的象征形式,作为一个审美范畴,“飘逸”可以给我们无尽的享受,使我们忘记现实的痛苦与无奈。这种解释毫无疑问是有道理的,我们可以举出阮籍、嵇康等一大批魏晋六朝名士们的现实境遇、行为举止、诗文作品来论证这一点。其次,我们又可以站在“解构”的立场上对“飘逸”进行另外一种解读:从魏晋时期的具体语境来看,阀阅世家掌控政治经济的统治权,同时也是文化上的领导者。由于拥有种种特权,他们实际上具备一种“准贵族”的社会身份,为了强化这种身份,他们在审美趣味上精益求精,不断追求雅化,从而打造出一种精微玄妙的艺术品位。换言之,审美趣味、艺术风格都成为世族文人自身“准贵族”身份的确证方式,是他们在感性层面确立文化领导权的有效方式。如此一来,“飘逸”这一看上去最具有超越性质,最无涉世务的审美范畴也就带上了十分浓烈的政治性气息。

后 记

这本小书探讨了关于中国诗学的生成轨迹、基本特征以及其他方面的若干重要问题。特别是诗学观与意识形态、文人趣味的关系以及中国现代诗学观念的形成等问题是本书讨论的重点所在。在具体研究中我们试图尝试一种综合性的研究方法:历史化、语境化以及不同文化门类间的关联性视角。这种方法或许可以称之为“中国的文化诗学”。

感谢丛书的主编钱中文先生和吴子林先生,感谢黄山书社的朋友们,是他们的智慧与辛劳使这套书能够面世。另外,本书是本人承担的教育部重点研究基地北京师范大学文艺学研究中心“十三五规划”重大项目“中国文化精神的文学表征”(项目批准号:16JD750008)的阶段性成果,特此说明。

李春青

2017 年 2 月 15 日于北京京师园

图书在版编目(CIP)数据

中国诗学:从古典到现代/李春青著. —合肥:黄山书社,2017.8

(中国文学理论与批评丛书/吴子林主编)

ISBN 978-7-5461-6679-7

Ⅰ.①中… Ⅱ.①李… Ⅲ.①中国文学-古典文学研究 Ⅳ.①I206.2

中国版本图书馆 CIP 数据核字(2017)第 193690 号

中国诗学:从古典到现代

ZHONGGUO SHIXUE:CONG GUDIAN DAO XIANDAI

李春青 著

策　　划	汤吟菲　朱莉莉
责任编辑	郑　程
责任印制	李　磊
装帧设计	观止堂_未氓
出版发行	时代出版传媒股份有限公司(http://www.press-mart.com) 黄山书社(http://www.hspress.cn)
地址邮编	安徽省合肥市蜀山区翡翠路 1118 号出版传媒广场 7 层 230071
印　　刷	安徽新华印刷股份有限公司
版　　次	2019 年 10 月第 1 版
印　　次	2019 年 10 月第 1 次印刷
开　　本	700mm × 1000mm　1/16
字　　数	250 千
印　　张	19.75
书　　号	ISBN 978-7-5461-6679-7
定　　价	69.80 元

服务热线　0551-63533706

销售热线　0551-63533761

官方直营书店(https://hsss.tmall.com)